Margaret Atwood
Das Herz kommt zuletzt

PIPER

Zu diesem Buch

Wer wohnt schon gern in seinem Auto? Zumal, wenn marodierende Banden die Stadt beherrschen? Stan und Charmaine, ein nettes, normales Paar, durch die Wirtschaftskrise in Not geraten, werden immer verzweifelter. Eine Anzeige verheißt Rettung: das Positron Project, ein »soziales Experiment«, verspricht ein Leben in Sicherheit und geregelten Verhältnissen. Hastig unterschreiben sie, obwohl die Bedingungen eigenwillig sind: Alle Bewohner der streng abgeschiedenen Stadt Consilience wechseln im Monatsturnus zwischen dem Status eines Gefangenen und dem eines Freien. Zunächst läuft alles bestens – auch wenn Charmaine und Stan, ohne dass der jeweils andere davon weiß, eine sexuelle Obsession für ihre Hauspartner entwickeln – also jene Leute, die ihr schmuckes Heim bewohnen, wenn sie selbst den Gefängnismonat absolvieren. Doch dann finden sich Charmaine und Stan durch einen »Buchungsfehler« in verschiedenen Zyklen wieder, und bald ist viel mehr gefährdet als nur ihre Ehe ...

Margaret Atwood, geboren 1939 in Ottawa, gehört zu den bedeutendsten Erzählerinnen unserer Zeit. Ihr »Report der Magd« wurde zum Kultbuch einer ganzen Generation. Bis heute stellt sie immer wieder ihr waches politisches Gespür unter Beweis, ihre Hellhörigkeit für gefährliche Entwicklungen und Strömungen. Sie wurde vielfach ausgezeichnet, unter anderem mit dem renommierten Man Booker Prize, dem Nelly-Sachs-Preis, dem Pen-Pinter-Preis und dem Friedenspreis des Deutschen Buchhandels. Margaret Atwood lebt in Toronto.

Margaret Atwood

Das Herz kommt zuletzt

Roman

Aus dem kanadischen Englisch
von Monika Baark

Mehr über unsere Autoren und Bücher:
www.piper.de

Von Margaret Atwood liegen im Piper Verlag vor:
Lady Orakel
Der Salzgarten
Der Report der Magd
Katzenauge
Tipps für die Wildnis
Gute Knochen
Alias Grace
Der blinde Mörder
Oryx und Crake
Moralische Unordnung
Das Zelt
Payback
Das Jahr der Flut
Die Geschichte von Zeb
Die steinerne Matratze
Das Herz kommt zuletzt
Aus Neugier und Leidenschaft
Die Zeuginnen
Die Füchsin

Ungekürzte Taschenbuchausgabe
ISBN 978-3-492-31275-2
1. Auflage Mai 2018
3. Auflage Mai 2021
© O. W. Toad Ltd. 2015
Titel der englischen Originalausgabe:
»The Heart Goes Last«, Bloomsbury Publishing Plc, London/New York
© der deutschsprachigen Ausgabe:
Berlin Verlag in der Piper Verlag GmbH, München 2017
Umschlaggestaltung: zero-media.net, München
Umschlagabbildung: Lawrence Manning/getty images
Typografie: Sieveking · Agentur für Kommunikation, München
Satz: Kösel Media GmbH, Krugzell
Gesetzt aus der ITC Giovanni und der Gill Sans
Druck und Bindung: CPI books GmbH, Leck
Printed in the EU

Für Marian Engel (1933–1985)
Angela Carter (1940–1992) und
Judy Merril (1923–1997)

Und, wie immer, für Graeme

»Schneeiges Elfenbein mit seltnem Geschick und Gelingen schnitzt er indes und verleiht ihm Gestalt ... Wirkliche Jungfrau scheint die Gestalt, und man meinte, lebendig sei sie und wolle, wofern nicht Scham es verböte, sich regen. So lässt Kunst nicht sehen die Kunst ... Küsse auch gibt er und glaubt sie erwidert und spricht und umarmt sie ...

Ovid, *Metamorphosen*, Zehntes Buch, Pygmalion

»Am Ende aber fühlen sich die Dinger einfach nicht richtig an. Sie sind aus gummiartigem Material, das sich nicht mal annähernd wie ein menschliches Körperteil anfühlt. Das wiederum versuchen sie wettzumachen, indem sie sagen, man soll sie erst in warmem Wasser einweichen und dann haufenweise Gleitcreme benutzen ...«

Adam Frucci, »I Had Sex With Furniture«, *Gizmodo*, 10/17/09

»Verliebte und Verrückte
Sind beide von so brausendem Gehirn,
So bildungsreicher Phantasie, die wahrnimmt,
Was nie die kühlere Vernunft begreift.«

William Shakespeare, *Ein Sommernachtstraum*

1 WOHIN?

BEENGT

Das Schlafen im Auto ist beengt. Als Dritte-Hand-Honda ist es ohnehin schon kein Palast. Wär's ein Transporter, hätten sie mehr Platz, aber sich so einen leisten zu können, nie im Leben, nicht mal damals, als sie noch Geld zu haben glaubten. Stan sagt, sie hätten Glück, überhaupt ein Auto zu haben, und das stimmt, aber dieses Glück macht das Auto nicht größer.

Charmaine findet eigentlich, dass Stan hinten schlafen sollte, weil er mehr Platz braucht – es wäre nur fair, er ist größer –, aber er muss vorne sein, um im Notfall schnell losfahren zu können. Unter solchen Bedingungen zu funktionieren, traut er Charmaine nicht zu: Sie wäre viel zu beschäftigt mit Schreien, sagt er. Also kann Charmaine den geräumigeren Rücksitz haben, wobei nicht mal sie sich ausstrecken kann, sondern sich wie eine Schnecke zusammenrollen muss.

Die Fenster lassen sie meist zu, wegen der Mücken und der Gangs und der allein herumziehenden Vandalen. Letztere haben eher selten Gewehre oder Messer dabei – wenn ja, muss man dreimal so schnell das Weite suchen –, sind aber dafür meist massiv gestört, und ein Irrer mit einem Stück Metall oder einem Stein oder selbst einem hochhackigen Schuh kann jede Menge Schaden anrichten. Die halten einen für einen Dämon oder einen Zombie oder eine Vampirhure, und nichts, was man auch nur irgendwie zur Beruhigung zu ihnen sagen könnte, wird sie von dieser Überzeugung abbringen. Wie Oma Win immer zu sagen pflegte: *Um Verrückte sollte man einen Bogen machen oder am besten gleich die Beine in die Hand nehmen.*

Bei den bis auf einen winzigen Spalt geschlossenen Fenstern wird die Luft irgendwann knapp und schwer von ihren eigenen Ausdünstungen. Es gibt kaum Möglichkeiten, zu duschen oder seine Sachen zu waschen, und das schlägt Stan aufs Gemüt. Auch Charmaine schlägt es aufs Gemüt, aber sie bemüht sich, dieses Gefühl zu verdrängen und die Sache positiv zu sehen, denn was nützt das Jammern?

Was nützt überhaupt irgendwas?, denkt sie des Öfteren. Aber was soll es nützen, auch nur zu denken, *Was nützt es?* Also sagt sie stattdessen: »Sind wir doch optimistisch, Schatz!«

»Wozu?«, könnte Stan erwidern. »Nenn mir einen verdammten Grund, verdammt noch mal optimistisch zu sein.« Oder er könnte sagen: »Halten wir lieber die Klappe, Schatz«, wobei er ihren leichten, positiven Tonfall imitiert, was gemein von ihm ist. Er kann gemein sein, wenn er schlechte Laune hat, doch im Grunde seines Herzens ist er ein guter Mann. Die meisten Menschen sind im Grunde ihres Herzens gut, wenn sie die Chance bekommen, ihre Güte zu zeigen: Charmaine ist wild entschlossen, auch weiterhin daran zu glauben. Eine Dusche bringt das Gute im Menschen hervor, denn, wie Oma Win zu sagen pflegte: *Reinlichkeit kommt gleich nach Frömmigkeit, und Frömmigkeit bedeutet Gutmütigkeit.*

Das war so einer ihrer Sprüche, genau wie: *Deine Mutter hat sich nicht das Leben genommen, das ist dummes Gerede. Dein Vater hat sein Bestes getan, aber irgendwann wurde es ihm zu viel. Du solltest wirklich versuchen, alles andere zu vergessen, ein Mann ist nicht zurechnungsfähig, wenn er getrunken hat.* Und dann sagte sie: *Lass uns Popcorn machen!*

Und dann machten sie Popcorn, und Oma Win sagte: *Guck nicht aus dem Fenster, Herzchen, das willst du gar nicht sehen, was die da draußen machen. Das ist nicht schön. Die brüllen einfach aus Lust und Laune. Das ist Selbstdarstellung. Komm, setz dich zu mir. Es ist doch jetzt alles gut, denn schau, du bist hier, und wir sind jetzt glücklich und in Sicherheit!*

Aber es war nicht von Dauer. Das Glück. Die Sicherheit. Das Jetzt.

WOHIN?

Stan rutscht im Fahrersitz hin und her und sucht nach einer bequemen Lage. Aber keine Chance. Was kann er also tun? Wohin können sie sich wenden? Es gibt keinen sicheren Ort, es gibt keine Anweisungen. Es ist wie von einem heftigen, aber sinnlosen Wind im Kreis herum geweht zu werden. Ausweglos.

Er fühlt sich so einsam, und Charmaines Gegenwart verstärkt dieses Gefühl manchmal sogar noch. Er hat sie enttäuscht.

Ja, er hat einen Bruder, aber das wäre die letzte Instanz. Er und Conor haben damals, höflich ausgedrückt, getrennte Wege eingeschlagen. Unhöflich ausgedrückt: eine betrunkene nächtliche Schlägerei mit dem großzügigen Austausch von Worten wie *Wichser* und *Schlappschwanz* und *Gehirnamputierter*, das war der Weg, für den Conor sich bei ihrer letzten Begegnung entschieden hatte. Streng genommen hatte auch Stan diesen Weg gewählt, nur hatte er noch nie so ein dreckiges Mundwerk gehabt wie Con.

Stans Ansicht nach – seiner damaligen Ansicht nach – stand Conor schon immer mit einem Fuß im Gefängnis. Stan dagegen war in Cons Augen ein Opfer des Systems, Arschkriecher, Witzfigur und Feigling. Eier wie 'ne Kaulquappe.

Wo ist er heute, der aalglatte Con, was treibt er? Zumindest wird er im großen Wirtschafts- und Finanzcrash, der diesen Teil des Landes in eine Rostlaube verwandelt hat, nicht seinen Job verloren haben: Wer keinen Job hat, kann ihn nicht verlieren. Anders als Stan wird er nicht entlassen, vertrieben und zu einem hektischen Flüchtlingsleben mit verklebten Augen und ungewaschenen Achselhöhlen verurteilt worden sein. Con hat immer von dem gelebt, was er anderen abschwatzen oder abnehmen konnte, schon seit frühester Kindheit. Stan hat alles noch auf dem Schirm, sein Schweizer Messer, mühsam zusammengespart, seinen Transformer, seinen Nerf-Blaster mit Schaumstoffmunition: Alles war plötzlich wie vom Erdboden verschluckt, während sein kleiner Bruder Con immer nur kopfschüttelnd dastand und sagte: Wer, ich? Ich doch nicht!

Nachts schreckt Stan aus dem Schlaf und glaubt für einen Moment, er sei zu Hause in seinem Bett oder wenigstens in irgendeinem Bett. Er tastet nach Charmaine, aber sie liegt nicht neben ihm, und dann fällt es ihm wieder ein, er ist in seinem miefigen Auto und muss pinkeln, hat aber Angst, die Tür aufzumachen wegen der plärrenden Stimmen und der Schritte, die knirschend über den Kies oder donnernd über den Asphalt kommen, und vielleicht wegen der Faust, mit der irgendeiner gegen das Autodach hämmert, bevor ein vernarbtes Gesicht mit grinsendem Mund voller Zahnstümpfe durchs Fenster glotzt: *Na, wen haben wir denn da! Fickware! Mach auf die Karre! Gib mal die Brechstange!*

Und dann Charmaines entsetztes Flüstern: »Stan! Stan! Wir müssen hier weg!« Ach was. Der Zündschlüssel steckt immer. Aufheulender Motor, quietschende Reifen, Gebrüll und Gejohle, Herzrasen, und dann? Alles wieder auf Anfang, anderer Parkplatz, andere Seitenstraße, irgendwo anders. Ein Maschinengewehr müsste man haben; was Kleineres würde es nicht mal annähernd bringen. So jedoch ist Flucht seine einzige Waffe.

Er fühlt sich vom Unglück verfolgt, als wäre das Unglück ein Straßenhund, der seine Witterung aufgenommen hat, der hinter der nächsten Biegung lauert. Der unterm Gebüsch hervorspäht, um ihn mit seinem bösen Blick, seinem gelben Augenpaar zu fixieren. Vielleicht braucht er vor allem einen Hexendoktor, irgendeinen handfesten Voodoozauber. Dazu ein paar Hunderter, um die Nacht im Hotel verbringen zu können, mit Charmaine an seiner Seite statt unerreichbar auf dem Rücksitz. Das wäre das Mindeste: Sich mehr zu wünschen würde den Bogen überspannen.

Charmaines Mitgefühl macht die Sache nicht besser. Sie gibt sich so viel Mühe. »Du bist kein *Versager*«, sagt sie. »Nur weil wir das Haus verloren haben und im Auto schlafen müssen, und nur weil du …« *Gefeuert wurdest* will sie nicht sagen. »Du hast nicht aufgegeben, zumindest suchst du immer noch Arbeit. Das mit dem Haus, und, und … so was ist vielen passiert. Den meisten.«

»Aber nicht allen, verdammte Scheiße«, sagt Stan dann. »Nicht allen.«

Nicht den Reichen.

Anfangs war alles so vielversprechend gewesen. Sie hatten beide einen Job. Charmaine arbeitete als Eventmanagerin in einem Seniorenheim der Ruby-Slippers-Kette – sie habe ein Händchen für ältere Menschen, sagten ihre Vorgesetzten – und machte dort gerade Karriere. Auch er war erfolgreich: Er war bei Emo-Robotics in der Qualitätssicherung, er testete das Empathiemodul für die Kundenbetreuung. Die Leute wollten nicht nur ihre Einkäufe in Tüten gepackt bekommen, erklärte er Charmaine damals gern: Sie wollten das Rundum-Shoppingerlebnis, und dazu gehörte ein Lächeln. Und das hatte seine Tücken; ein Lächeln konnte schnell zur Grimasse oder zu einem anzüglichen Grinsen werden, aber wenn man's überzeugend rüberbrachte, waren die Leute spendabler. Wahnsinn, wenn man bedenkt, wofür die Leute damals Geld ausgegeben haben.

Sie heirateten im kleinen Kreis – nur Freunde, da es auf beiden Seiten kaum noch Familie gab, die Eltern waren tot, auf die eine oder andere Art. Charmaine sagte, ihre Eltern hätte sie ohnehin nicht eingeladen, und dabei blieb es, weil sie nicht gern darüber redete, nur ihre Oma Win, die hätte sie gern dabeigehabt. Und wer wusste schon, wo Conor gerade war? Stan machte sich nicht eigens auf die Suche, denn Con hätte ja doch nur versucht, Charmaine zu begrabschen oder anderweitig Aufmerksamkeit zu heischen.

Dann hatten sie die Flitterwochen in Georgia verbracht. Ein echtes Highlight. Da sind sie, die beiden, auf den Fotos, goldblond und lächelnd in einem Dunst aus glitzerndem Sonnenlicht, und prosten sich zu mit ihrem – was war das noch mal, irgendein tropischer, limettenlikörlastiger Cocktail. Charmaine in einem geblümten schulterfreien Retro-Top und Wickelrock, Hibiskusblüte hinterm Ohr, die blonden Haare glänzend und vom Wind zerzaust, er in einem grünen Hemd mit Pinguinen, ausgesucht von Charmaine, und mit Panamahut; na ja, keinem echten, aber das war die Idee. Sie wirkten so jung, so unberührt. So begierig aufs Leben.

Stan schickte Conor ein Foto, um ihm zu beweisen, dass er endlich ein Mädchen hatte, das Conor ihm nicht abspenstig machen konnte; auch als Beispiel für den Erfolg, den selbst Con erwarten könnte, wenn er denn mal zur Ruhe kommen und anständig werden und nicht dauernd im Knast landen und aufhören würde, am Rande der Gesellschaft krumme Dinger zu drehen. Nicht dass Con nicht schlau war: Er war eher *zu* schlau. Er ließ halt nichts anbrennen.

Con schrieb zurück: *Titten und Arsch nicht übel, großer Bruder. Kann sie kochen? Die Pinguine sind aber scheiße.* Typisch Con: immer diese hämischen Bemerkungen, immer austeilen. Das war, bevor er sich aus dem Netz verabschiedet und jeglichen Kontakt unmöglich gemacht hatte.

Oben im Norden hatten sie damals eine Anzahlung auf ein Haus geleistet, ihr erstes kleines Häuschen, das etwas Zuwendung brauchte, aber mit genug Platz für die Familienplanung, wie der Makler mit einem Augenzwinkern sagte. Es schien erschwinglich, aus heutiger Sicht jedoch war der Kauf eine Fehlentscheidung – es gab Renovierungsarbeiten, Reparaturen, also zusätzliche Belastungen. Sie redeten sich ein, sie könnten es stemmen: Sie lebten sparsam, sie arbeiteten hart. Und das war das Fatale: die Schufterei. Er hatte sich den Arsch aufgerissen. Hätte er sich alles schenken können angesichts dessen, was ihm geblieben war. Er könnte ausrasten bei dem Gedanken, wie er geschuftet hatte.

Dann ging alles vor die Hunde. Gefühlt über Nacht. Nicht nur in seinem Leben; das ganze Kartenhaus, das ganze System fiel in sich zusammen, Abermillionen Dollar wurden von den Bilanzen gewischt wie Dunst von einer Scheibe. Horden von billigen Experten gaben im Fernsehen vor zu erklären, wie es passiert war – Demografie, Vertrauensverlust, ein gigantisches Schneeballsystem –, alles Schwachsinn, reine Spekulation. Irgendwer hatte gelogen, irgendwer hatte getrickst, irgendwer hatte Leerverkäufe gemacht, irgendwer die Inflation geschaffen. Zu wenig Jobs, zu viele Menschen. Oder nicht genug Jobs für Normalverbraucher wie Stan und Charmaine. Den Nordosten, ihre Gegend, traf es am härtesten.

Die Zweigstelle von Charmaines Seniorenheim geriet in finanzielle Not: Die Ruby-Slippers-Kette war im oberen Preissegment, und viele Familien konnten es sich nicht mehr leisten, ihre alten Leute dort zu parken. Die Zimmer leerten sich, Betriebskosten wurden gekürzt. Charmaine bewarb sich auf eine andere Stelle – an der Westküste ging es der Kette immer noch gut –, aber statt Versetzung kam die Freisetzung. Dann brach Emo-Robotics die Zelte ab und zog nach Westen, und Stan bekam nicht einmal eine Abfindung.

Sie saßen in ihrem neuen Haus auf ihrem neuen Sofa mit den passenden geblümten Dekokissen, nach denen Charmaine so lange gesucht hatte, hielten sich in den Armen und beteuerten einander ihre Liebe, und Charmaine weinte und Stan tätschelte ihr den Rücken und fühlte sich nutzlos.

Charmaine fand einen befristeten Job als Kellnerin; als der Laden dichtmachen musste, fand sie einen neuen Job. Dann wieder einen neuen, in einer Bar. Alles keine Nobelschuppen; die machten alle zu, denn jeder, der sich tolles Essen leisten konnte, verschlang es weiter im Westen oder in irgendwelchen exotischen Ländern, wo Mindestlohn ein Fremdwort war.

Stan hatte nicht so viel Glück mit seinen Nebenjobs: Er sei überqualifiziert, hieß es bei der Stellenvermittlung. Er beteuerte, er sei nicht wählerisch – er würde auch Fußböden wischen oder Rasen mähen –, worauf sie spöttisch grinsten (welche Fußböden? Welchen Rasen?) und versprachen, ihn in ihre Kartei aufzunehmen. Aber dann machte die Stellenvermittlung selbst zu, denn was nützte eine Stellenvermittlung, wenn es keine Stellen gab?

Sie hielten an ihrem Häuschen fest, lebten von Fastfood und dem Verkauf ihrer Möbel, sparten an Strom und Heizung und saßen im Dunkeln, hoffend, dass sich die Dinge zum Besseren wenden würden. Am Ende warfen sie das Haus auf den Markt, aber es gab keine Käufer mehr; die Nachbarhäuser zu beiden Seiten standen schon leer, die Plünderer waren damit durch und hatten alles ausgeräumt, was sich zu Geld machen ließ. Eines Tages war kein Geld mehr da für die Hypothekenzahlung, und ihre Kreditkarten wurden gesperrt. Sie gingen freiwillig, bevor man sie auf die Straße setzte, sie fuhren davon, bevor die Gläubiger ihr Auto pfänden konnten.

Zum Glück hatte Charmaine etwas Bargeld gehortet. Das und ihr kleines Gehalt aus der Bar plus Trinkgeld reichte bisher für Benzin und ein Postfach, falls doch noch was auftauchte für Stan, und hin und wieder für den Waschsalon, wenn sie's in ihren dreckigen Klamotten nicht mehr aushielten.

Zweimal hatte Stan sein Blut verkauft, aber nicht viel dafür bekommen. »Sie werden's nicht glauben«, sagte die Frau, als sie ihm nach der zweiten Blutabnahme einen Pappbecher künstlichen Fruchtsaft reichte, »aber wir hatten schon Leute, die haben uns gefragt, ob wir nicht das Blut ihres Babys kaufen wollten, das müssen Sie sich mal vorstellen.«

»Echt?«, sagte Stan. »Wieso? Babys haben doch gar nicht so viel Blut.«

Es sei kostbarer, lautete die Antwort. In der Zeitung habe gestanden, eine komplette Bluterneuerung, junges Blut gegen altes, könne vor Altersdemenz schützen und die biologische Uhr bis zu dreißig Jahre zurückdrehen. »Bisher wurde es nur an Mäusen ausprobiert«, sagte sie. »Mäuse sind keine Menschen! Aber es gibt Leute, die greifen nach jedem Strohhalm. Wir haben bestimmt ein Dutzend Babyblut-Angebote abgelehnt. Wir sagen immer, das können wir nicht annehmen.«

Irgendjemand nimmt es aber an, dachte Stan. Darauf kannst du wetten. Hauptsache, es bringt Geld.

Könnten die beiden doch nur irgendwohin, wo die Aussichten besser sind. Oregon boomt ja angeblich – angetrieben durch die Entdeckung von Seltenerdmetallen, der Hauptabnehmer ist China –, aber wie hinkommen? Sie müssten auf Charmaines Geldrinnsal verzichten, und irgendwann wäre das Benzin alle. Sie könnten das Auto stehen lassen und versuchen zu trampen, aber Charmaine hat schreckliche Angst davor. Das Auto ist ihr einziger Schutz vor einer Gruppenvergewaltigung, und das gelte nicht nur für sie, sagt Charmaine, wenn man bedenke, was nachts da draußen ohne Hosen durch die Gegend streift. Und sie hat recht.

Was soll er tun, um sie aus dieser Misere zu retten? Er würde alles machen. Die Arbeitswelt wimmelte einst von Arschkriecherjobs, aber die Ärsche sind unerreichbar geworden. Die Banken haben die Region verlassen, ebenso wie die Betriebe; die Überflieger-Start-ups sind auf fetteres Weideland in gedeihlichere Regionen und Nationen abgewandert. Früher galt der Servicesektor als Heilsversprechen, aber diese Jobs sind zu selten, zumindest hier in der Gegend. Ein inzwischen verstorbener Onkel von Stan war Koch, damals zu der Zeit, als Koch noch eine gute Sache war, weil die Oberschicht auf dem Festland lebte und Nobelrestaurants glamourös waren. Anders als heute, wo dieserart Kunden auf steuerbefreiten Meeresplattformen hinter der Offshore-Grenze vor sich hin dümpeln. Leute, die so reich sind, nehmen ihre Köche mit.

Wieder Mitternacht, wieder ein Parkplatz. Es ist der dritte in dieser Nacht; von den ersten beiden mussten sie fliehen. Jetzt sind sie so nervös, dass sie nicht mehr schlafen können.

»Vielleicht sollten wir's noch mal am Automaten probieren«, sagt Charmaine. Sie hatten ein Mal gespielt und zehn Dollar gewonnen. Nicht viel, aber immerhin hatten sie nicht alles verloren.

»Auf keinen Fall«, sagt Stan. »Das können wir nicht riskieren. Wir brauchen das Geld für Benzin.«

»Hier, nimm einen Kaugummi, Schatz«, sagt Charmaine. »Entspann dich ein bisschen. Schlaf jetzt. Dein Gehirn ist zu aktiv.«

»Welches Gehirn?« Gekränktes Schweigen: Er sollte es nicht an ihr auslassen. Arschloch, sagt er zu sich. Sie kann doch nichts dafür.

Morgen wird er seinen Stolz überwinden. Er wird Conor aufspüren, er wird ihn unterstützen bei seinen krummen Deals, egal was es gerade ist, er wird sich der kriminellen Halbwelt anschließen. Er hat schon eine Idee, wo er anfangen kann zu suchen. Vielleicht haut er Con auch einfach nur um Geld an, vorausgesetzt, Con ist flüssig. Früher war es genau umgekehrt, früher hat Conor *ihn* angehauen, als sie noch jünger waren und bevor Conor dahinterkam, wie man das System austrickst – jetzt wird er es tunlichst vermeiden, Conor an die frühere Rollenverteilung zu erinnern.

Oder vielleicht sollte er das doch tun. Con ist ihm einiges schuldig. Er könnte sagen, *jetzt bin ich dran*, oder so was. Nicht dass er am längeren Hebel säße. Aber dennoch, Con ist sein Bruder. Und er ist Cons Bruder. Für irgendetwas muss das doch gut sein.

II PITCH

GEBRÄU

Es war keine gute Nacht. Charmaine bemühte sich noch um ein tröstliches Wort: »Wir wollen uns auf das konzentrieren, was wir haben, ja?«, hatte sie in die feuchtwarme miefige Dunkelheit des Autos hinein gesagt. »Wir haben uns.« Sie hatte Anstalten gemacht, über den Vordersitz zu greifen und Stan zu berühren, ihn zu beruhigen, aber dann hatte sie sich besonnen. Stan könnte es falsch verstehen, er würde zu ihr auf die Rückbank wollen, er würde Sex haben wollen, und das konnte extrem unbequem werden, zu zweit dahinten; sie würde mit dem Kopf gegen die Autotür gedrückt werden und langsam vom Sitz rutschen und Stan würde sie bearbeiten, als wenn sie ein Job wäre, den er ganz schnell hinter sich bringen müsste, und ihr Kopf würde gegen die Innenseite der Tür schlagen, wumms wumms wumms. Es war nicht gerade inspirierend.

Außerdem wäre es ihr unmöglich, sich zu konzentrieren, denn es könnte sich draußen immer jemand anschleichen, und was dann? Stan hätte die Hose in den Kniekehlen und müsste so schnell wie möglich auf den Vordersitz klettern und den Motor starten, und die Gangster würden gegen die Scheiben trommeln und versuchen, sie aus dem Wagen zu zerren. Aber in erster Linie ginge es nicht um sie. Worauf sie es abgesehen hätten, das einzig wirklich Wertvolle, wäre das Auto. Sie wäre nur ein Nebenprodukt, nachdem sie Stan beseitigt hätten.

Es waren schon Autobesitzer auf die Straße geworfen worden, ganz in der Nähe, abgestochen und mit eingeschlagenem Schädel verblutet. Es kümmert sich niemand mehr um diese Fälle, niemand sucht nach den Tätern, das würde ja Zeit kosten, und nur reiche Leute können sich Polizei leisten. *Alles, was wir nie zu schätzen wussten, bis wir's nicht mehr hatten*, wie Oma Win immer sagte, denkt Charmaine reumütig.

Oma Win wollte auf keinen Fall ins Krankenhaus, als sie schwer krank wurde. Viel zu teuer, sagte sie zu Recht. Also starb sie zu Hause; bis zuletzt von Charmaine gepflegt. *Verkauf das Haus, Liebes*, hatte Oma Win gesagt, als sie noch klar im Kopf war. *Geh studieren, mach das Beste aus dir. Du kriegst das hin.*

Und Charmaine hatte das Beste aus sich gemacht. Sie hatte Gerontologie und Spieltherapie studiert, weil Oma Win sagte, damit hätte sie beide Seiten abgedeckt, sie sei empathisch und habe eine besondere Gabe, Menschen zu helfen. Sie hatte ihr Studium abgeschlossen.

Nicht dass das jetzt noch irgendeine Rolle spielen würde.

Wenn irgendwas passiert, ist jeder von uns auf sich selbst gestellt, sagt Stan viel zu oft zu ihr. Kein beruhigender Gedanke. Kein Wunder, dass er's so eilig hat, wenn er es dann doch mal schafft, sich auf sie zu wälzen. Er muss ununterbrochen auf der Hut sein.

Also hat sie Stan letzte Nacht nicht berührt, sondern geflüstert: »Schlaf gut. Ich liebe dich.«

Stan sagte irgendetwas. »Ich dich auch« vielleicht, wobei es eher wie ein Murmeln klang, mit einem sanften Schnauben. Wahrscheinlich schlief er schon, der Arme. Er liebt sie wirklich, er werde sie immer lieben, hat er gesagt. Sie war so dankbar damals, als sie ihn gefunden hat oder als er sie gefunden hat. Als sie einander gefunden haben. Er war so ausgeglichen und zuverlässig. So wäre sie auch gern, ausgeglichen und zuverlässig, selbst wenn sie ihre Zweifel hat, dass sie das jemals hinkriegt, denn sie ist furchtbar schreckhaft. Aber sie muss härter werden. Sie braucht ein bisschen mehr Mumm. Sie will keine Last sein.

Sie wachen beide früh auf – es ist jetzt Sommer, das Licht dringt viel zu hell durch die Scheiben. Vielleicht sollten sie sich Vorhänge anschaffen, denkt Charmaine. Dann bekämen sie mehr Schlaf und wären weniger gereizt.

Im nächstgelegenen Einkaufszentrum holen sie sich Schoko-

Donuts vom Vortag und kochen sich im Auto mit dem Tauchsieder Instantkaffee, der viel billiger ist als der Kaffee aus dem Donutladen.

»Fast wie ein Picknick«, sagt Charmaine munter, wobei das Ganze – bei leichtem Nieselregen im Auto zu sitzen und alte Donuts zu essen – wenig von einem Picknick hat.

Stan geht auf ihrem Prepaid-Telefon die Websites mit den Stellenangeboten durch, was sich als deprimierend erweist. Immer wieder sagt er: »Nichts, Scheiße, nichts, Scheiße, nichts«, also sagt Charmaine, wie wär's mit einer Runde Joggen? Damals, als sie noch ihr Haus hatten, haben sie so etwas oft gemacht: früh aufstehen, vor dem Frühstück joggen gehen und danach eine heiße Dusche. Man fühlt sich so energiegeladen, so sauber. Aber Stan guckt sie an, als hätte sie den Verstand verloren, und sie sieht es ein, ja, es wäre bescheuert, das Auto mit ihrem ganzen Zeug drin, Kleidung zum Beispiel, unbeaufsichtigt zu lassen und sich zusätzlich auch noch all den Gefahren auszusetzen, denn wer weiß, was im Gebüsch lauert? Außerdem, wo sollten sie joggen? Durch die Straßen mit den verrammelten Häusern? Parks sind zu gefährlich, die sind voll mit Drogensüchtigen, das weiß jeder.

»Joggen, klar«, sagt Stan nur. Er ist ruppig und schlecht gelaunt, und er müsste sich mal die Haare schneiden lassen. Vielleicht kann sie ihn nachher mit einem Handtuch und einem Rasierer in ihre Bar schmuggeln, damit er sich in der Männertoilette waschen und rasieren kann. Kein Luxus, aber es kommt immerhin noch Wasser aus der Leitung. Zwar rostrot, aber Wasser.

PixelDust heißt die Bar. Sie stammt noch aus der Zeit, als es hier einen Mini-Boom gab – einen Haufen Start-ups und App-Entwickler –, und die jungen Nerds sollten mit Games und Tischfußball und Pool und Online-Autorennen angelockt werden. Es gibt große Flachbildschirme, auf denen als cooler Wandschmuck damals Filme ohne Ton liefen; einer ist kaputt und über die anderen flimmert nur noch normales Fernsehen, auf jedem eine andere Sendung. Es gibt ein paar kleine Nischen und Ecken für intelligente Gespräche – Thinktank, hieß dieser Bereich. Das Schild ist noch da, nur hat irgendwer mal das Wort *Think* durchgestrichen und durch das Wort *Fuck* ersetzt, weil zwei Nutten dort regelmäßig ihre Dienste anbieten. Als es vorbei war mit dem Mini-Boom, hat irgendein Klugscheißer die *Pixel*-Hälfte des LED-Schilds demoliert, und jetzt steht da nur noch *Dust*.

Im wahrsten Sinn des Wortes, denkt Charmaine: Auf allem liegt eine permanente Schmutzschicht. Die Luft riecht nach ranzigem Fett vom Hähnchengrill nebenan; die Kunden bringen das Essen in Papiertüten mit und reichen es herum. Die Chicken Wings sind ziemlich widerlich, doch Charmaine greift trotzdem zu, wenn ihr etwas angeboten wird.

Den Laden gäbe es längst nicht mehr, wäre er nicht, wie sie vermutet – oder eigentlich sogar weiß –, die Hauptanlaufstelle der örtlichen Drogendealer. Hier treffen sie ihre Lieferanten und Kunden; sie brauchen keine Angst zu haben, dass sie erwischt werden, nicht hier, nicht mehr. Es gibt ein paar Stammgäste, dazu die beiden Nutten, zwei harmlose, lustige Mädchen, gerade mal neunzehn. Beide sind sehr hübsch, die eine ist blond, die andere hat lange dunkle Haare. Sandi und Veronica, aufgebrezelt in Paillettentops und ultrakurzen Shorts. Beide waren an der Uni, bevor alle hier ihr Geld verloren, das behaupten sie zumindest.

Es wird nicht mehr lange gutgehen mit den beiden, jedenfalls ist Charmaine dieser Meinung. Entweder werden sie verprügelt und sie beenden das hier, oder sie resignieren und fangen an, diese Drogen zu nehmen, was auf dasselbe hinausläuft. Oder ein Zuhälter nimmt sich ihrer an; oder sie verschwinden eines Tages durch ein Loch im Universum, und niemand wird sie jemals wieder erwähnen wollen, denn sie werden tot sein. Ein Wunder, dass noch nichts von alldem passiert ist. Charmaine würde ihnen dringend raten, hier abzuhauen, aber wohin, und außerdem geht es sie nichts an.

Wenn sie nicht im Fucktank beschäftigt sind, sitzen sie am Tresen und trinken Light-Getränke und plaudern mit Charmaine. Sandi erzählte ihr mal, sie würden nur anschaffen, während sie auf richtige Arbeit warteten, und Veronica sagte: »Ich arbeite mir den Arsch ab«, und dann lachten beide. Sandi möchte Fitnesstrainerin werden, Veronica Krankenschwester. So, wie sie reden, könnte man meinen, das wäre realistisch. Charmaine widerspricht ihnen nicht, denn *Wunder gibt es immer wieder*, wie Oma Win zu sagen pflegte. Dass Charmaine zu ihr gezogen sei – das sei zum Beispiel ein Wunder gewesen!

Also wer weiß? Sandi und Veronica waren ein paarmal da, als Stan sie von der Arbeit abholte, und sie hatte sie notgedrungen miteinander bekannt machen müssen. Draußen im Auto sagte er: »Werd diesen Nutten gegenüber bloß nicht zutraulich«, und Charmaine sagte, sie sei nicht zutraulich, die beiden seien eigentlich total süß, und er sagte, *süß, genau*, was ihrer Meinung nach nicht sehr nett von ihm war. Doch sie hielt ihren Mund.

Hin und wieder kommen Fremde reingeschneit, junge Typen meist, Touristen aus wohlhabenderen Ländern oder Städten, die sich mal unters Volk mischen wollen, auf der Suche nach dem billigen Kick; dann muss sie wachsam sein. Sie kennt inzwischen viele der Stammgäste, von denen wird sie in Ruhe gelassen – es hat sich herumgesprochen, dass sie nicht so ist wie Sandi und Veronica, sie hat einen Mann –, und nur ein Neuer könnte auf dumme Ideen kommen.

Sie hat die Nachmittagsschicht, da ist es ziemlich ruhig. Die Abendschicht wäre besser fürs Trinkgeld, aber Stan will nicht, dass sie abends arbeitet, da seien zu viele Besoffene, wobei er da vielleicht nachgeben muss, falls sie die Schicht angeboten bekommt, denn ihr Geldvorrat geht langsam echt zur Neige. Nachmittags sind es nur sie und Deirdre, ein Überbleibsel aus besseren PixelDust-Zeiten – sie war mal Programmiererin, sie hat ein Möbiusband-Tattoo auf dem Arm und immer noch zwei mädchenhafte braune Zöpfe, diesen leicht schrägen Detektivin-Harriet-Look. Und dann ist da noch Brad, der Randalierern wenn nötig böse Blicke zuwirft.

Sie kann auf den Flachbildschirmen fernsehen, alte Elvis-Filme aus den Sechzigern, die haben was total Beruhigendes; oder Soaps, auch wenn die eigentlich gar nicht lustig sind, und überhaupt sind Komödien kalt und herzlos, sie machen sich lustig über menschliches Elend. Viel lieber sind ihr die Dokudramen, wo Leute entführt oder vergewaltigt oder in ein finsteres Loch gesperrt werden und man eigentlich nicht lachen soll. Man soll verstört sein, so wie man es wäre, wenn es einem selbst passieren würde. Verstört zu sein ist ein Gefühl von Wärme, von Nähe, kein distanziertes, unterkühltes Gefühl wie beim Auslachen von Leuten.

Früher hat sie immer eine Realityshow – nein, keine Sitcom – namens *Heimatfront mit Lucinda Quant* geguckt. Lucinda war mal eine superwichtige Moderatorin, aber dann wurde sie älter, und dann lief *Heimatfront* nur noch auf Kabel. Lucinda zog durch die Gegend und interviewte Leute, die zwangsgeräumt wurden, und man konnte zugucken, wie die ganze Habe dieser Menschen auf der Straße landete, Sofas und Betten und Fernseher, was total traurig war, aber auch interessant, alles, was sie sich mal gekauft hatten, und Lucinda fragte sie, was ihnen im Leben passiert sei, und sie erzählten, wie hart sie gearbeitet hätten, aber dann habe die Fabrik zugemacht oder das Stammhaus sei umgezogen oder was auch immer. Die Zuschauer sollten dann Geld spenden, um diesen Leuten zu helfen, was manchmal sogar geschah, und das war dann der Beweis für das Gute im Menschen.

Charmaine fand *Heimatfront* ermutigend, denn was ihr und Stan passiert war, konnte jedem passieren. Doch dann erkrankte Lucinda Quant an Krebs und bekam eine Glatze und begann direkt aus dem Krankenhaus Videos von ihrer Krankheit zu posten, und das fand Charmaine deprimierend, also hörte sie auf, Lucinda zu gucken. Wobei sie ihr alles Gute und baldige Genesung wünschte.

Manchmal plaudert sie mit Deirdre. Sie erzählen sich ihre Lebensgeschichte; die von Deirdre ist schlimmer als die von Charmaine, mit weniger liebevollen Erwachsenen wie Oma Win und mehr Missbrauch, auch eine Abtreibung kommt vor; nichts, wozu sich Charmaine jemals durchringen könnte. Im Moment nimmt sie die Pille, sie kriegt sie billig über Deirdre, aber sie wollte immer ein Baby, wobei sie keine Ahnung hat, was wäre, wenn sie aus Versehen schwanger würde, jetzt, wo sie und Stan im Auto leben. Andere Frauen – die von früher, zähere Frauen – sind ja auch mit Babys auf engem Raum zurechtgekommen, zum Beispiel auf Ozeandampfern und Planwagen. Aber vielleicht nicht in Autos. Gerüche gehen so schwer aus Autopolstern raus, also müsste man besonders aufpassen, wenn das Baby spuckt und so weiter.

Gegen elf essen sie und Stan noch einen Donut. Dann machen sie halt hinter einem Suppenlokal, aber sie haben Pech, die Müllcontainer sind alle schon zerpflückt worden. Gegen Mittag fährt Stan sie zum Waschsalon in einem der Einkaufszentren – den kennen sie, zwei der Maschinen funktionieren noch –, und er passt auf das Auto auf, während sie eine Ladung Wäsche wäscht und mit ihrem Telefon bezahlt. Alles Weiße hat sie entsorgt – sogar ihre Baumwollnachthemden – und durch Farbiges ersetzt. Es ist einfach zu schwierig, weiße Sachen wieder sauber zu kriegen, und sie hasst schmuddelige Klamotten. Zu Mittag essen sie ein paar Scheiben Käse und einen alten Bagel, dazu noch eine Tasse Instantkaffee. Heute Abend wird es was Besseres geben, weil Charmaine ihren Lohn bekommt.

Dann fährt Stan sie zum Dust und verspricht ihr, sie um sieben wieder abzuholen.

Brad sagt, Deirdre habe sich krankgemeldet, aber das ist okay, es ist ohnehin nicht viel los. Es sitzen nur ein paar Typen an der Bar und trinken Bier. Auf der Tafel stehen tolle Mixgetränke, die jedoch nie einer bestellt.

Sie macht sich auf die übliche nachmittägliche Langeweile gefasst. Sie arbeitet hier erst seit ein paar Wochen, doch es fühlt sich länger an. Warten, warten, warten, bis sich Leute entscheiden, bis irgendetwas passiert. Es erinnert sie ans Ruby-Slippers-Seniorenheim, dessen Motto war: »Zu Hause ist's am schönsten«, was, so gesehen, ein bisschen krank war, da die Leute ja gerade deshalb dort lebten, weil sie zu Hause nicht mehr zurechtkamen. Meist brachte man den alten Leuten in regelmäßigen Abständen Mahlzeiten und Getränke, genau wie im Dust, war nett zu ihnen, genau wie im Dust, und lächelte viel, genau wie im Dust. Hin und wieder organisierte sie etwas Unterhaltung: therapeutische Clowns, therapeutische Hunde, einen Zauberer oder irgendeine Musikgruppe, die ein gutes Werk tun wollten. Aber meist passierte sehr wenig, wie in diesen Tiercam-Websites mit den Adlerjungen, bis sie urplötzlich unter Krächzen und Federnstieben zerfleischt werden. Genau wie im Dust. Wobei in der Bar selbst niemand zusammengeschlagen wird, wenn es sich irgendwie verhindern lässt.

»Noch 'n Bier«, sagt ein Mann an der Bar. »Dasselbe noch mal.« Charmaine lächelt unpersönlich und bückt sich, um die Flasche aus dem Kühlschrank zu holen. Beim Aufrichten sieht sie sich im Spiegel – sie sieht immer noch gut aus, wirkt trotz der unruhigen Nacht nicht allzu müde – und ertappt den Mann dabei, wie er sie anglotzt. Sie wendet den Blick ab. Hat sie sich zu aufreizend gebückt? Nein, sie hat nur ihren Job gemacht. Soll er doch glotzen.

Letzte Woche fragten Sandi und Veronica, ob sie nicht auch Lust hätte auf ein paar Freier. Damit würde sie mehr verdienen als hinterm Tresen und noch viel mehr, wenn sie rausginge. Sie hätten in der Nähe ein paar Zimmer, stilvoller als der Fucktank, sogar mit Betten, die könnte sie mitbenutzen. Charmaine habe so was Frisches: Die Kunden hätten eine Vorliebe für süße, großäugige, kindliche Blondinen wie sie.

O nein, sagte Charmaine. O nein, das könnte ich nicht! Obwohl sie einen kleinen Schauder verspürte, als spähte sie durch ein Fenster und sähe dort eine andere Version von sich, die ein Parallelleben führt, ein verwegeneres und lohnenderes Parallelleben. Zumindest finanziell lohnender, und sie täte es schließlich für Stan, oder nicht? Und das würde, was auch immer passierte, rechtfertigen. Diese Dinge mit fremden Männern, diese anderen Dinge. Wie das wohl wäre?

Aber nein, das könnte sie nicht, es war viel zu gefährlich. Solche Männer waren unberechenbar, sie konnten sich vergessen. Zu sehr entfalten wollen. Und was, wenn Stan dahinterkäme? Er würde sich niemals darauf einlassen, egal wie dringend sie die Kohle bräuchten. Er wäre am Boden zerstört. Außerdem, so was gehörte sich einfach nicht.

ÜBERFRAGT

Stan versucht es mit Conors letzter bekannten Adresse, einem verrammelten Bungalow in einer Straße, die nur noch zur Hälfte bewohnt ist. Kann sein, dass jemand aus einem der Fenster guckt, oder auch nicht. Womöglich sind es nur Lichtreflexe. Dann ist da ein Park, zumindest war es früher vielleicht mal einer, mit etwas, das nach verwelkten Erbsenranken aussieht. Ein paar Holzpflöcke ragen aus dem stachligen kniehohen Unkraut. Auf dem kaputten Gehweg zur Veranda prangt ein roter Totenschädel; mit genau so einem haben er und Con ihr Clubhaus im elterlichen Geräteschuppen geschmückt; da war er zehn. Was hatten sie damals im Sinn? Bestimmt Piraten. Seltsam, dass die Symbole immer gleich bleiben.

Hier hatte Con gehaust, als Stan ihn zuletzt sah, vor zwei Jahren, oder waren es drei? Con hatte ihm eine SMS geschickt, es schien dringend zu sein, aber als er hinkam, war es das alte Lied: Con brauchte Geld.

Er fand ihn in Muskelshirt und Badehose mit Spinnentattoos auf dem Arm; Con zielte gerade mit einem Messer auf eine Innenwand des Hauses – um genau zu sein zielte er auf den mit lila Filzstift gezeichneten Umriss einer nackten Frau –, während ein paar seiner vollverblödeten Kumpels ein paar Joints herumreichten und ihn anfeuerten. Damals hatte Stan noch einen Job und Oberwasser, also hatte er die Große-Bruder-Nummer abgezogen und Con als faulen Sack beschimpft, und Con hatte gesagt, er solle sich ins Knie ficken. Einer der Kumpel hatte sich erboten, Stan was aufs Maul zu geben, aber Con hatte nur gelacht und gemeint, aufs Maul geben könne er selber, und dann hinzugefügt: »Der Arsch ist mein Bruder. Bevor er was rüberschiebt, kommt immer erst mal 'ne verfickte Moralpredigt.« Finstere Blicke, dann beidseitiges Rückenklopfen, und Stan hatte Con ein paar Hunderter geliehen, die er nie wiedersehen würde, aber heute ganz schön dringend gebrauchen könnte. Dann hatte Stan den Fehler gemacht, sich nach dem Schweizer Messer von damals zu erkundigen, und Con hatte ihn ausgelacht, wie man sich so ins Hemd machen könne wegen 'nem Scheißmesser, und am Ende hatten sie sich wütende Beleidigungen an den Kopf geworfen wie zwei Neunjährige.

Stan klopft gegen die Tür mit der abgesplitterten grünen Farbe. Keine Antwort, also drückt er dagegen, sie ist nicht abgeschlossen. Irgendwer muss drinnen Feuer gelegt haben, die Hütte ist halb ausgebrannt; heißes Sonnenlicht wird von den Scherben auf dem Fußboden zurückgeworfen. Es beschleicht ihn das mulmige Gefühl, dass Conor in Form eines schwarzen Skeletts noch irgendwo im Haus sein könnte, doch in keinem der verkohlten und dachlosen Räume ist jemand. Der Gestank von Rauch dringt aus den angekokelten Möbeln, in denen Mäuse genistet haben.

Als er wieder ins Freie tritt, späht gerade ein Mann in sein Auto und spielt bestimmt mit dem Gedanken, es zu klauen. Der Typ wirkt eher schmächtig und scheint keine Waffe zu haben, Stan könnte es also notfalls mit ihm aufnehmen. Trotzdem lieber nicht zu nah rangehen.

»Hey«, sagt er zu dem Typen im schmuddelig grauen Shirt und mit Halbglatze. Der Typ dreht sich auf dem Absatz um.

»Ich guck nur«, sagt er. »Schönes Auto.« Einschmeichelndes Lächeln, aber Stan lässt sich nicht für blöd verkaufen: In den tiefliegenden Augen ist ein verschlagenes Flackern. Vielleicht hat er doch ein Messer?

»Ich bin der Bruder von Conor«, sagt er. »Der hat hier mal

gewohnt.« Irgendetwas ist plötzlich anders: Was immer der Typ vorhatte, er wird's lassen. Das heißt, dass Con noch am Leben ist, mit einem noch schlechteren Ruf als vor zwei Jahren.

»Der ist hier nicht«, sagt der Typ.

»Ja, das seh ich«, sagt Stan. Schweigen. Entweder der Typ weiß, wo Conor ist, oder er weiß es nicht. Er versucht zu sondieren, was Stan die Information wert ist. Dann wird er entweder lügen oder versuchen, Stan in die Irre zu führen, oder eben nicht. Vor ein paar Jahren noch hätte Stan diese Situation beängstigender gefunden.

Schließlich sagt der Mann: »Aber ich weiß, wo er ist.«

»Gut, dann kannst du mich ja hinbringen«, sagt Stan.

»Drei Dollar«, sagt der Typ und hält die Hand auf.

»Zwei. Aber erst, wenn ich ihn sehe«, sagt Stan und behält seine linke Hand in der Tasche. Er hat nicht die Absicht, für eine Leerstelle ohne Connor zu blechen. Er hat sowieso nicht die Absicht zu blechen, zumal er keine zwei Dollar hat. Con kann ihn ja bezahlen. Das oder dem Typen die Zähne einschlagen, die paar, die er noch hat.

»Woher soll ich wissen, dass er dich sehen will?«, fragt der Typ. »Vielleicht bist du gar nicht sein Bruder.«

»Das ist dein Risiko«, sagt Stan lächelnd. »Fahren wir?« Das könnte gefährlich werden – er wird den Typ auffordern müssen, sich auf den Beifahrersitz zu setzen, und vielleicht hatte er doch eine Waffe. Aber er muss es riskieren.

Sie steigen ein, beide argwöhnisch. Die Straße runter, um die Biegung. Eine andere Straße entlang, wo ein paar verlotterte Jugendliche einen verbeulten Fußball hin und her kicken. Irgendwann taucht eine Wohnwagensiedlung auf oder zumindest einzelne geparkte Wohnwagen. Ein paar suspekt aussehende Typen vor der Einfahrt, die sich in den Weg stellen, einer braun, der andere nicht. Dann ist das hier wohl eine Art Festung.

Stan bremst, lässt das Fenster runter. »Ich will zu Conor«, sagt er. »Ich bin Stan. Sein Bruder.«

»Behauptet er zumindest«, sagt sein Beifahrer vorsichtshalber.

Einer der Wachposten versetzt dem linken Vorderreifen einen halbherzigen Tritt. Der andere telefoniert kurz. Er guckt durchs Fenster, telefoniert weiter – er beschreibt Stan, kein Zweifel. Dann bedeutet er ihm, auszusteigen. »Keine Sorge, wir passen drauf auf«, sagt der Telefonierer, der Stans Gedanken lesen kann, und die drehen sich im Moment um ein Auto ohne Reifen und ohne alles Mögliche andere. »Geh einfach durch. Herb bringt dich.«

»Dann bete mal, dass er der Bruder ist«, sagt der zweite Mann zu Herb. »Sonst kannst du zwei Löcher graben.«

Conor ist hinter dem hinteren Wohnwagen auf einem überwucherten Stück Gelände, das womöglich mal ein Häusergrundstück war. Er wirkt größer. Er hat abgenommen; eine Zeitlang war er ziemlich verwahrlost, aber jetzt sieht er gepflegt aus. Er schießt auf eine Bierdose, die auf einem Baumstumpf steht; nein, auf einem Stapel Ziegelsteinen. Die Waffe ist ein altes Luftgewehr, an das sich Stan noch aus seiner Kindheit erinnert. Es war mal seins, aber Conor hatte es beim Armdrücken gegen ihn gewonnen. Cons Vorstellung von einem Wettkampf war einfach: Man spielte so lange, bis er gewann, dann hörte man auf. Größer als Stan war er nicht, aber durchtriebener. Außerdem war er erheblich gewaltbereiter. Sein Ausschaltknopf funktionierte nicht sehr gut damals als Kind.

Ping! macht das Kügelchen, als es gegen die Dose trifft. Stans Begleiter unterbricht ihn nicht, er stellt sich an die Seite, wo Conor ihn nicht übersehen kann.

Es macht noch ein paarmal *Ping*: Con lässt sie warten. Schließlich hält er inne, lehnt das Luftgewehr gegen einen Zementblock und dreht sich um. Verdammte Scheiße, er ist sogar rasiert. Was ist bloß mit ihm passiert? »Bruderherz«, sagt er grinsend. »Wie geht's, wie steht's?« Er macht einen Schritt nach vorn, breitet die Arme aus, und sie umarmen sich unbeholfen und klopfen sich gegenseitig auf den Rücken.

»Ich hab ihn hergebracht«, sagt der schmächtige Mann. »Ich sollte doch auf das Haus aufpassen.«

»Gut gemacht, Herb«, sagt Conor. »Sprich mit Rikki, der gibt dir was.« Der Typ schlurft von dannen. »Hirnamputierter Wichser. Komm, lass uns 'n Bier trinken«, sagt Conor, und sie betreten einen der Wohnwagen. Ein Airstream: echt nobel.

Im Innern ist es erstaunlich kühl und sauber. Conor hat nichts versaut: keine gewollte Vermüllung, keine protzigen Poster von Rockstars, die sich in den Schritt fassen, anders als zu Hause in Cons Jugendzimmer. Stan hatte ihn immer in Schutz genommen, hatte den Eltern erklärt, das wachse sich aus. Vielleicht ganz gut, dass es nicht so war. Zumindest scheint er eine Geldquelle zu haben, und keine allzu schlechte, gemessen am Resultat.

Blassgraues Design, diskret verteilte, eckige Hightech-Alumöbel, Gardinen vor den Scheiben, alles geschmackvoll: Hat Con eine Frau, ist es das? Eine ordentliche Frau, keine Schlampe. Oder verdient er einfach nur eine Stange Geld? »Schön hier«, sagt Stan reumütig und denkt an sein eigenes beengtes, miefiges Auto.

Con geht an den Kühlschrank und holt zwei Dosen Bier raus. »Ich komm über die Runden«, sagt er. »Und bei dir?«

»Geht so«, sagt Stan. Sie setzen sich an den eingebauten Tisch und kippen ihre Biere.

»Hast deinen Job verloren«, sagt Con nach der angemessenen Pause. Es ist keine Frage.

»Woher weißt du das?«, fragt Stan.

»Was willste sonst hier«, sagt Con neutral.

Abstreiten hat wenig Sinn. »Ich hab gedacht, du könntest mir vielleicht –«, sagt er.

»Klar, ich schulde dir ja was«, sagt Con. Er steht auf, dreht Stan den Rücken zu, kramt in einem Jackett, das an der Tür hängt. »Reichen dir ein paar Hundert fürs Erste?« Stan bedankt sich schroff und steckt die Scheine ein. »Brauchst du einen Job?«

»Als was?«, fragt Stan.

»Na, du weißt schon«, sagt Con. »Dies und das. Bisschen Geld rausschaffen ins Ausland. Hier und da was bunkern. Damit wir respektabel aussehen.«

»Was macht ihr denn?«, fragt Stan.

»Alles easy«, sagt Conor. »Nix Gefährliches. Je nach Kunde. Bestellungen halt.«

Stan fragt sich, ob er Kunstwerke klaut. Aber wo sollte es noch so was geben hier in der Gegend? »Danke«, sagt er. »Vielleicht später.« Er war nicht scharf drauf, für seinen kleinen Bruder zu arbeiten, auch nicht, wenn es ungefährlich sein sollte. Es wäre wie Geld von der Familie nehmen. Jetzt, wo er ein bisschen flüssig ist und etwas Luft hat, kann er sich umsehen. Sich was Vernünftiges suchen.

»Nix zu danken«, sagt Con. »Brauchst du 'n Handy oder so was? Ist aufgeladen. Reicht für 'nen Monat, wenn du aufpasst.«

Ein zweites Telefon, warum nicht. Dann können er und Charmaine sich gegenseitig anrufen. Bis das Guthaben aufgebraucht ist.

»Keine Sorge, ist alles drauf gelöscht«, sagt Con. »Kann nicht geortet werden.«

Stan lässt das Telefon in seine Tasche gleiten. »Wie isses mit der Frau?«, fragt Con. »Charmaine?«

»Gut, gut«, sagt Stan.

»Glaub ich gern, dass es *gut* mit ihr ist«, sagt Con. »Ich trau deinem Geschmack. Aber wie *geht's* ihr?«

»Es geht ihr gut«, sagt Stan. Es hat ihn schon immer nervös gemacht, wenn Con ein gesteigertes Interesse an einer seiner Freundinnen zeigte. Con war der Meinung, Stan habe zu teilen, ob nun freiwillig oder nicht. Ein paar von Stans Mädchen waren auch dieser Meinung gewesen. Es wurmt ihn noch immer.

Er würde Con gern um irgendeine Waffe bitten, um sich gegen die nächtlichen Gangster zur Wehr setzen zu können, aber er sitzt am kürzeren Hebel und kann sich ungefähr ausmalen, was Con sagen würde: »Du konntest mit dem Nerf schon nicht umgehen, du ballerst dir doch nur in den Fuß.« Oder schlimmer noch: »Und was krieg ich dafür? Krieg ich was ab von deiner Frau? Hätte sie doch Bock drauf! Hey, Bruder! War 'n Witz!« Oder: »Klar, wenn du für mich arbeitest.« Also versucht er es gar nicht erst.

Die beiden Wachen begleiten Stan zurück zu seinem Auto. Sie sind jetzt viel freundlicher, sie halten ihm sogar die Hand hin.

»Rikki.«

»Jerold.«

»Stan«, sagt Stan. Als wüssten sie das nicht längst.

Gerade als er in sein Auto steigt, hält ein anderer Wagen vor der Einfahrt zur Wohnwagensiedlung, ein Hybridauto, schwarz und edel, mit getönten Scheiben. Wie es aussieht, hat Con ein paar Luxus-Spielkameraden.

»Jetzt wird's ernst«, sagt Jerold. Stan ist neugierig, wer wohl aussteigt, aber es steigt niemand aus. Sie warten darauf, dass er wegfährt.

PITCH

Charmaine hat es gern, wenn viel los ist, aber manchmal ist nachmittags im Dust einfach nichts zu tun. Sie hat schon zweimal den Tresen gewischt, sie hat ein paar Gläser umsortiert. Sie könnte auf dem nächstgelegenen Flachbildschirm die Wiederholung eines Baseballspiels gucken, aber sie interessiert sich nicht besonders für Sport; sie versteht nicht, wie ein paar Männer, die sich gegenseitig um ein Spielfeld jagen und versuchen einen Ball zu treffen und sich dann in die Arme fallen und den Hintern tätscheln und brüllend auf und ab springen, so sehr die Gemüter erregen können.

Der Ton ist leisegedreht, aber wenn Werbung kommt, wird er lauter, und außerdem läuft auch noch der Text über den unteren Bildrand, damit die Botschaft auch ja rüberkommt. Während der Sportsendungen geht die Werbung meist um Autos und Bier, aber plötzlich kommt etwas völlig anderes.

Ein Mann im Anzug, nur Kopf und Schultern, sieht direkt in die Kamera, sieht ihr direkt in die Augen. Er hat etwas Überzeugendes, noch bevor er auch nur ein Wort gesagt hat – er ist so ernst, als wenn das, was er gleich sagen wird, sehr wichtig wäre. Und als er schließlich spricht, könnte sie schwören, dass er ihre Gedanken liest.

»Haben Sie genug davon, in Ihrem Auto zu leben?«, fragt er sie. Wirklich, er fragt sie persönlich! Das kann nicht sein, wie soll er wissen, dass sie überhaupt existiert, aber es fühlt sich so an. Er lächelt so verständnisvoll. »Natürlich haben Sie genug davon! So hatten Sie sich ihr Leben nicht vorgestellt. Sie hatten Träume. Sie haben es besser verdient.« O ja, sagt Charmaine atemlos zu sich. *Besser!* Stimmt genau.

Als Nächstes sieht man ein Tor in einer Art Mauer aus schwarz glänzendem Glas und Leute, die hindurchgehen – junge Paare, Hand in Hand, schwungvoll und lächelnd. Pastellfarbene Kleidung, frühlingshaft. Dann ein Haus, ein ordentliches, frisch gestrichenes Haus mit Hecke und Rasen, ohne ausgeschlachtetes Auto und Sperrmüllsofa im Vorgarten, und dann zoomt die Kamera heran, schwenkt vorbei an den Gardinen – Gardinen! – und bewegt sich durchs Innere des Hauses. Geräumig! Großzügig! Begriffe aus den Inseraten für Land- und Strandhäuser in der Ferne, in fremden Ländern. Beim Blick durch die offene Badezimmertür sieht man eine entzückende tiefwandige Badewanne, daneben hängen jede Menge flauschige weiße Handtücher. Das Bett ist sehr breit, mit schöner, sauberer geblümter Bettwäsche in Blau und Rosa und vier Kopfkissen. Mit jeder Faser ihres Körpers sehnt sich Charmaine nach diesem Bett und dem sicheren, kuscheligen Gefühl wie damals bei Oma Win.

Nicht dass Oma Win genau so ein Haus gehabt hätte. Es war viel kleiner. Aber es war aufgeräumt. Sie erinnert sich mehr oder weniger an ein anderes Haus aus ihrer Kindheit; es war vielleicht so wie das auf dem Bildschirm. Nein, es hätte so sein können, wäre es nicht so verwahrlost gewesen. Kleidung auf dem Fußboden, in der Küche schmutziges Geschirr. Gab es eine Katze? Vielleicht, für kurze Zeit. Irgendetwas war mit der Katze. Sie hatte sie in der Diele gefunden, aber sie sah verbogen aus, und irgendetwas sickerte aus ihr heraus. *Mach das sauber! Keine Widerworte!* Sie hatte keine Widerworte gegeben – weinen war nicht gleich reden –, aber das spielte keine Rolle, sie hatte trotzdem immer unrecht.

In der Wand ihres Kinderzimmers war ein faustgroßes Loch. Kein Wunder, denn das Loch war durch eine Faust entstanden. Sie versteckte immer Sachen in dem Loch. Ein Beanie Baby. Ein Spitzentaschentuch, vom wem war das noch? Einen Dollar, den sie mal fand. Damals dachte sie, wenn sie die Hand tief genug hineinversenkte, würde sie auf der anderen Seite im Wasser landen, und in dem Wasser wären blinde Fische und andere Wesen mit dunklen Zähnen, die herauskommen könnten. Also war sie vorsichtig.

»Erinnern Sie sich noch, wie Ihr Leben mal war?«, fragt die Stimme des Mannes während der Tour mit der Bettwäsche und den Kopfkissen. »Bevor die Welt, wie wir sie kannten, auseinanderbrach? Beim Positron-Projekt in der Stadt Consilience kann es wieder so sein wie früher. Arbeiten Sie zusammen mit Gleichgesinnten! Helfen Sie mit, Probleme unseres Landes wie Arbeitslosigkeit und Kriminalität zu lösen, und gleichzeitig Ihre eigenen Probleme zu lösen! Betonen Sie das Positive!«

Dann wieder das Gesicht des Mannes. Nicht direkt schön, aber ein Gesicht, dem man vertrauen konnte. Ein bisschen wie ein Mathematiklehrer oder ein Pfarrer. Man sieht, dass er es ehrlich meint, und ehrlich ist besser als schön. *Wirklich schöne Männer sind keine gute Idee,* sagte Oma Win, weil sie zu viel Auswahl hätten. Zu viel Auswahl an was?, hatte Charmaine damals gefragt, und Oma Win sagte: *Schon gut.*

»Das Positron-Projekt nimmt jetzt neue Mitglieder auf«, sagt der Mann. »Wenn Sie unsere Voraussetzungen erfüllen, werden wir Ihre erfüllen. Wir bieten Ausbildung in vielen Berufsfeldern. Werden Sie der Mensch, der Sie immer sein wollten! Bewerben Sie sich noch heute!« Wieder dieses Lächeln, als wenn er ihr direkt in den Kopf gucken würde. Aber nicht beängstigend, sondern freundlich. Er will nur das Beste für sie. Sie kann der Mensch sein, der sie immer sein wollte, sobald sie sich sicher genug fühlen würde, überhaupt etwas für sich zu wollen.

Komm hierher. Glaub nicht, du könntest dich verstecken. Sieh mich an. Du bist ein böses Mädchen, stimmt's? Nein war die falsche Antwort, also musste sie ja sagen.

Hör auf zu jammern. Halt die Klappe, du sollst die Klappe halten, hab ich gesagt! Ach, das tut weh? Du weißt doch gar nicht, was das heißt.

Denk nicht an die traurigen Dinge, Liebes, pflegte Oma Win zu sagen. *Lass uns Popcorn machen. Da, ich hab Blumen gepflückt.* Oma Win hatte ein kleines Beet vorm Haus. Kapuzinerkresse, Zinnien. *Denk an die Blumen, und schon bist du eingeschlafen.*

Während die Werbung noch läuft, kommen Sandi und Veronica herein. Jetzt sitzen sie an der Bar, trinken Cola light und verfolgen den Spot ebenfalls. »Sieht toll aus«, sagt Veronica.

»Es gibt nichts umsonst«, sagt Sandi. »Das ist doch zu schön, um wahr zu sein. Der Typ sieht nicht aus, als hätte er was zu verschenken.«

»Aber einen Versuch wär's wert«, sagt Veronica. »Schlimmer als im Fucktank kann's nicht sein! Geile Handtücher!«

»Ich frag mich, was da gespielt wird«, sagt Sandi.

»Poker«, sagt Veronica, und beide lachen.

Charmaine fragt sich, was daran komisch ist. Sie ist nicht sicher, ob Sandi und Veronica die Art Leute sind, die der Mann sucht, aber das auszusprechen wäre überheblich und auch entmutigend, wo die beiden doch eigentlich so nette Mädchen sind, also sagt sie stattdessen: »Sandi! Ich wette, du könntest dort Krankenschwester lernen!« Der Name einer Website und eine Telefonnummer laufen über den unteren Bildrand; Charmaine schreibt hastig mit. Sie ist total aufgeregt! Wenn Stan sie nachher abholt, können sie sich auf dem Handy noch mal alles genauer ansehen. Sie nimmt ihren ungewaschenen Körper wahr, den Geruch ihrer Kleider, ihrer Haare, den ranzigen Fettgestank vom Hähnchengrill nebenan. Alles das kann man ablegen, Schicht für Schicht, wie eine Zwiebelhaut, sie kann aus dieser Haut schlüpfen und ein anderer Mensch werden.

Gibt es in diesen neuen Häusern auch Waschmaschine und Trockner? Natürlich. Und einen Esstisch. Kochrezepte: Sie wird wieder kochen können wie damals, als sie und Stan frisch verheiratet waren. Mittagessen, Abendessen nur zu zweit. Sie werden beim Essen auf Stühlen sitzen, sie werden richtiges Porzellan haben statt Plastik. Vielleicht sogar Kerzen.

Auch Stan wäre glücklich: Wie sollte es anders sein? Er wird nie wieder schlechte Laune haben. Klar, erst mal wird sie ihn noch durch eine Phase schlechter Laune hindurchbegleiten müssen, er wird nämlich sagen, das sei bestimmt genauso Beschiss wie alles andere, irgendeine Abzocke, und was sollten sie sich die Mühe machen und sich bewerben, sie hätten sowieso keine Chance. Aber wer nicht wagt, der nicht gewinnt, wird sie sagen, wir können es doch einfach mal probieren, oder? Sie wird ihn rumkriegen, so oder so.

Wenn es hart auf hart kommt, wird sie ihm Sex in Aussicht stellen. Sex in einem luxuriösen Doppelbett mit sauberer Bettwäsche – das wäre doch auch was für Stan, oder? Ohne geisteskranke Leute, die Scheiben einschlagen und einbrechen wollen. Wenn nötig, lässt sie heute Abend sogar die beengte Nummer auf dem Rücksitz über sich ergehen, als Belohnung, wenn er ja sagt. Sie wird dabei nicht besonders viel Spaß haben, aber der Spaß kann warten. Bis sie in ihrem neuen Haus sind.

III WECHSEL

DURCHGANG

Die Aufnahme ins Positron-Projekt ist kein Selbstläufer. Die interessieren sich nicht einfach für jeden, wie Charmaine Stan zuflüstert, als sie im Bus sitzen, der sie vom Sammelpunkt auf dem Parkplatz abgeholt hat. Einige im Bus werden es auf keinen Fall schaffen, sie sind viel zu heruntergekommen und ledrig, mit verfaulten Zähnen oder Zahnlücken. Stan fragt sich, ob man sich da drin die Zähne machen lassen kann. Seine Zähne sind immer noch gut; Glück gehabt, wenn man bedenkt, wie viel billigen überzuckerten Mist sie die ganze Zeit essen.

Auch Sandi und Veronica sind im Bus, sie sitzen ganz hinten und knabbern kalte Chicken Wings aus der mitgebrachten Tüte. Hin und wieder lachen sie etwas zu laut. Alle im Bus sind nervös, vor allem Charmaine. »Was ist, wenn sie uns nicht nehmen?«, fragt sie Stan. »Was ist, wenn sie uns nehmen?« Sie kommt sich vor wie damals in der Schule, wenn die Sportmannschaften zusammengestellt wurden: Nervös ist man so oder so.

Die Busfahrt dauert ewig, es nieselt ununterbrochen; sie fahren über Land, vorbei an Einkaufszentren mit meist verrammelten Fenstern und baufälligen Burgerlokalen. Nur die Tankstellen scheinen noch in Betrieb zu sein. Irgendwann schläft Charmaine mit dem Kopf an Stans Schulter ein. Er hat den Arm um sie gelegt; er zieht sie näher zu sich heran. Auch er nickt ein.

Als der Bus vor einer Tordurchfahrt in einer hohen schwarzgläsernen Mauer anhält, ist er wach. Solarenergie, denkt Stan. Gar nicht so dumm. Die Gruppe im Bus erwacht, streckt sich, steigt aus. Es ist später Nachmittag; wie auf Zuruf bricht mildes Sonnenlicht durch die Wolken und taucht sie in goldenen Schein. Viele lächeln. Verfolgt von Überwachungskameras strömen sie durch den Eingangsbereich, wo Augen gescannt und Fingerabdrücke genommen werden und wo jeder eine Plastikkarte mit Nummer und Barcode erhält.

Dann sitzen sie wieder im Bus und werden durch die Stadt Consilience kutschiert, wo das Projekt angesiedelt ist. Charmaine sagt, sie traue ihren Augen kaum: Alles ist so aufgehübscht, wie ein schönes Foto. Wie eine Stadt in einem Film, einem sehr alten Film. Wie in der guten alten Zeit, als noch keiner von ihnen auf der Welt war. Erwartungsvoll drückt sie Stans Hand, und er drückt zurück. »Wir tun genau das Richtige«, sagt sie.

Vor dem Harmony Hotel steigen sie aus dem Bus; es sei nicht nur das beste Hotel der Stadt, sagt der adrett gekleidete junge Mann, der sich jetzt ihrer angenommen hat, sondern auch das einzige, Consilience sei nicht gerade die Touristenhochburg. Er führt sie in den Festsaal zu einem Begrüßungsempfang mit Drinks und Häppchen. »Es steht Ihnen frei, jederzeit zu gehen«, sagt er, »wenn Ihnen das Ambiente nicht zusagt.« Er grinst; es soll ein Witz sein.

Denn was soll einem an dem Ambiente nicht zusagen? Stan lässt eine Olive auf seiner Zunge herumrollen, bevor er sie zerkaut; er hat schon lange keine Olive mehr gegessen. Der Geschmack ist irritierend. Er sollte wachsamer sein, denn natürlich werden sie genau beobachtet, wobei schwer zu sagen ist, von wem. Alle hier sind so verflucht nett! Die Nettigkeit ist wie die Olive: Es ist lange her, seit Stan so erdrückend viel Lächeln und Nicken erlebt hat. Wer hätte gedacht, dass er ein so faszinierender Kerl ist? Er jedenfalls nicht, aber drei Frauen, offenbar Gastgeberinnen, sogar mit Namensschildern, sind nur dazu da, um ihn von seiner Unwiderstehlichkeit zu überzeugen. Er lässt den Blick durch den Raum schweifen: Da ist Charmaine, die von zwei Männern und einer jungen Frau auf ähnliche Art bearbeitet wird. Ihre Freundinnen aus dem Pixel-Dust sind in derselben Gruppe. Sie haben sich hübsch gemacht, sie tragen sogar Kleider. Niemand käme darauf, dass sie Nutten sind.

Über den Abend hinweg schrumpft die Menge – ein diskretes Aussieben, vermutet Stan. Wer die falsche Einstellung hat, fliegt raus. Aber Stan und Charmaine haben anscheinend überzeugt, denn am Ende der Party sind sie immer noch da. Alle, die übrig sind, bekommen eine Zimmerreservierung. Dazu einen Gutschein für eine Mahlzeit einschließlich einer Karaffe Wein, und ein anderer junger Mann führt sie ein Stück die Straße hinunter zu einem Restaurant namens Together.

Im Hintergrund läuft eine alte Melodie, weiße Tischdecken, Plüschteppich.

»Ach, Stan«, sagt Charmaine atemlos im Schein der elektrischen Kerzen auf ihrem Zweiertisch. »Ist das nicht ein Traum!« Sie nimmt die Rose aus ihrer kleinen Vase und schnuppert daran.

Die ist nicht echt, will Stan zu ihr sagen. Aber warum soll er ihr den Spaß verderben? Sie ist so glücklich.

Sie übernachten im Hotel Harmony. Charmaine nimmt zweimal ein Bad, so scharf ist sie auf die Handtücher. Schärfer als auf mich, denkt Stan; aber immerhin, sie sucht seine Nähe, also kann er sich nicht beschweren. »So«, sagt sie danach. »Ist doch besser als der Autorücksitz, oder?« Würden sie sich für das Positron-Projekt verpflichten, sagt sie, könnten sie mit Kusshand auf dieses schreckliche Auto verzichten, und die Vandalen und Diebe könnten sich drüber hermachen, denn sie selbst hätten dann keine Verwendung mehr dafür.

DIE NACHT DRAUSSEN

Am nächsten Tag beginnen die Workshops. Nach der ersten Sitzung stehe es ihnen immer noch frei, zu gehen, heißt es. Sie müssten sogar gehen, weil Positron möchte, dass man sich die Alternative gut ansehe, bevor man eine Entscheidung fälle. Wie sie sicher wüssten, handle es sich um eine schwärende Müllhalde da draußen vor den Toren von Consilience. Menschen, die hungern. Plündern, stehlen, im Abfall wühlen: Das sei doch kein Leben! Also würden sie allesamt ihre, wie Positron hoffe – ja aufrichtig hoffe! –, letzte Nacht draußen verbringen. Damit sie Zeit hätten, sich die Sache reiflich zu überlegen. An Trittbrettfahrern, an Touristen, die nur mal reinschnuppern wollten, sei das Projekt nicht interessiert. Das Projekt verlange ernsthaftes Engagement.

Denn nach dieser Nacht sei man entweder draußen oder man sei drin. Drin bedeute für immer. Aber es werde niemand gezwungen. Wer sich melde, tue das aus freien Stücken.

Der Workshop am ersten Tag besteht hauptsächlich aus Powerpoint-Präsentationen. Er beginnt mit Videos über die Stadt Consilience, glückliche Menschen bei der Arbeit, in ganz normalen Jobs: Metzger, Bäcker, Klempner, Motorroller-Reparateur und so weiter. Danach kommen Videos vom Positron-Gefängnis im Zentrum von Consilience, ebenfalls mit glücklichen Menschen bei der Arbeit, alle in orangefarbenen Overalls. Stan guckt nur halb hin: Ihm ist klar, dass sie morgen die Papiere unterschreiben werden, denn Charmaine hat ihr Herz daran gehängt. Trotz des mulmigen Gefühls, das er hat – das beide haben, denn Charmaine fragte beim Frühstück mit Milchkaffee und echter Grapefruit: »Schatz, bist du dir sicher?« –, waren es die Handtücher, die den Ausschlag gaben.

Ihre Nacht draußen vor der Mauer verbringen sie in einem schäbigen Motel, von dem Stan vermutet, dass es eigens zu diesem Zweck eingerichtet wurde, mit gewollt demoliertem Mobiliar, Zigarettenqualm aus der Sprühdose, importierten Kakerlaken und brutalem Partylärm aus dem Nebenzimmer, vermutlich vom Band. Aber es ist echt genug, um die Welt innerhalb der Mauern von Consilience begehrenswerter denn je erscheinen zu lassen. Wahrscheinlich ist doch alles echt, denn wozu sollte man künstlich herstellen, was es im Überfluss gibt?

Wegen des Lärms und der klumpigen Matratze können sie nicht einschlafen, also hört Stan sofort, wie jemand leise ans Fenster klopft. »Yo! Stan!«

Verdammt, was soll denn das jetzt? Er zieht den zerfetzten Vorhang beiseite und späht vorsichtig hinaus. Es ist Conor mit seinen zwei Schränken, die ihm Rückendeckung geben.

»Conor!«, sagt er. »Was soll die Scheiße?« Zumindest ist es Conor und nicht irgendein Irrer mit einem Brecheisen.

»Hey, Bruder«, sagt Con. »Komm mal raus. Ich muss mit dir reden.«

»Was, jetzt?«, sagt Stan.

»Würde ich sagen, ich *muss*, wenn ich nicht müsste?«

»Schatz, was ist denn?«, fragt Charmaine und zieht sich die Bettdecke übers Kinn.

»Es ist nur mein Bruder«, sagt Stan. Er steigt in seine Klamotten.

»Conor? Was will der denn hier?« Sie mag Conor nicht, sie hat ihn noch nie gemocht; sie findet, er ist kein guter Einfluss und bringt Stan nur auf dumme Gedanken, als wenn das so einfach wäre. Con könnte ihn zu Dingen verführen, von denen sie nichts hält, Alkohol und Schlimmeres, finsteren Sachen, die sie nicht näher ausführen will, aber was sie meint, sind Huren. »Geh da nicht raus, Stan, er könnte –«

»Ich mach das schon«, sagt Stan. »Er ist mein Bruder, verdammt noch mal.«

»Lass mich hier nicht allein!«, sagt sie ängstlich. »Ich grusel mich! Warte, ich komm mit!« Ist das nur Show, um ihn an der Leine zu halten, damit Con ihn nicht mit in irgendeine Lasterhöhle schleppt?

»Bleib du mal liegen, Schatz. Ich bin direkt vor der Tür«, sagt er mit einer Stimme, die hoffentlich beruhigend und besänftigend auf sie wirkt. Gedämpftes Schniefen kommt aus Richtung des Bettes. War klar, dass Con wieder auftauchen und alle verrückt machen würde.

Stan schlüpft aus der Tür. »Was *ist* denn?«, fragt er so gereizt wie möglich.

»Mach da nicht mit bei diesem Ding«, sagt Conor beinahe flüsternd. »Glaub mir. Das willst du nicht.«

»Wie hast du mich gefunden?«, fragt Stan.

»Wozu gibt's Telefone? Du hast doch eins von mir. Ich hab dich geortet, du Flasche. Ich hab dich in eurem Bus bis hierher verfolgt. Lektion eins, nimm von fremden Männern keine Telefone an«, sagt Conor und grinst.

»Du bist kein fremder Mann«, sagt Stan.

»Genau. Also, pass gut auf. Der ganzen Nummer ist nicht zu trauen, egal was sie dir erzählen.«

»Wieso nicht?«, fragt Stan. »Was ist denn daran falsch?«

»Ich sag dir, was daran falsch ist: Du bist da gefangen, du kommst nur im Sarg wieder raus. Außer du hast was zu melden«, sagt Conor. »Ich mach mir Sorgen um dich, verstehst du.«

»Was willst du mir damit sagen?«

»Du weißt nicht, was da drin abgeht«, sagt Con.

»Aha. Weißt du's denn?«

»Ich hab Sachen gehört«, sagt Conor. »Das ist nix für dich. Du bist nicht der Typ dafür. Du bist viel zu weich.«

Stan schiebt das Kinn vor. Einst wäre das der Auftakt zu einer Schlägerei gewesen. »Und du bist paranoid«, sagt Stan.

»Alles klar. Sag nur nicht, ich hätte dich nicht gewarnt. Tu dir den Gefallen, bleib draußen. Hör zu, du bist meine Familie. Ich helf dir, so wie du mir damals. Brauchst du einen Job, brauchst du Kohle, brauchst du einen Gefallen, dann weißt du, wo du mich findest. Du bist immer willkommen. Und deine Kleine kannst du mitbringen.« Con grinst. »Für die finden wir auch 'nen Platz, jederzeit.«

Ach so ist das. Con der Wilderer, er hat ein Auge auf Charmaine geworfen. Darauf fällt Stan nicht rein, nicht ums Verrecken. »Danke, Bruder«, sagt er. »Ich weiß das zu schätzen. Ich werd drüber nachdenken.«

»Einen Scheiß wirst du«, sagt Conor, doch er lächelt fröhlich, und die beiden klopfen sich auf den Rücken.

»Stan?«, ruft Charmaine ängstlich aus dem Zimmer.

»Geh und tröste dein kleines Frauchen«, sagt Conor, und Stan weiß genau, was er denkt: *Fotzenknecht.*

Er sieht Con mit seinen zwei Bodyguards davongehen; sie steigen in ein langes schwarzes Auto, das leise wie ein U-Boot ins nächtliche Dunkel davongleitet. Es scheint das Auto aus der Wohnwagensiedlung zu sein. Typen wie Con, die an Geld kommen, wollen immer solche Autos fahren.

Wobei auch Stan zu so einem Auto nicht nein sagen würde.

ZWILLINGSSTADT

Am nächsten Morgen tun sie den letzten Schritt. Stan wirft kaum einen Blick auf die Vertragsbedingungen, weil Charmaine so drängt. Schließlich seien sie ausgewählt worden, sagt sie. Im Gegensatz zu so vielen anderen. Versonnen lächelt sie Stan an, während er seinen Namen unter das Dokument setzt. »O danke«, sagt sie. »Jetzt fühl ich mich unglaublich sicher.«

Dann fangen die Workshops ernsthaft an, oder, wie einer der Gruppenleiter scherzhaft sagt, das Shoppen hätten sie ja schon erledigt, jetzt komme die Arbeit. Sie seien im Begriff, jede Menge verblüffende Dinge zu erfahren, und nun sei ihre volle Konzentration gefragt. Die Männer-Workshops hier, die Damen dort drüben, denn für beide Seiten werde es eigene Herausforderungen, Verpflichtungen und Erwartungen geben, zudem würden sie ohnehin monateweise getrennt sein, wenn sie im Gefängnis seien – das sei Bestandteil des Projekts, ein Punkt, der ihnen in Kürze genauer erläutert werde –, insofern könnten sie sich jetzt schon daran gewöhnen, sagt ihr erster Gruppenleiter mit einem Gluckser. Abstinenz könne bekanntlich Wunder wirken in der Liebe. Noch ein Gluckser.

Hast du keinen, wichs dir einen. Ein Reim von Conor, der als Teenager eine ganze Sammlung solcher Sprüche draufhatte. Stan sieht zu, wie Charmaine und alle anderen Frauen aus der Gruppe den Raum verlassen. Sandi und Veronica blicken sich nicht noch mal um, aber Charmaine. Sie schenkt ihm ein strahlendes Lächeln, um ihm zu zeigen, dass sie überzeugt ist von ihrer Entscheidung, auch wenn sie eine Spur nervös wirkt. Genau genommen ist er selbst eine Spur nervös. Was sind das wohl für verblüffende Dinge, die sie im Begriff sind zu erfahren?

Die Leiter der Männerworkshops sind ein halbes Dutzend junger, bierernster, verpickelter, dunklen-Anzug-tragender Absolventen der Coaching-Abteilung irgendeines global finanzierten Thinktanks. Stan kennt solche Typen aus seinem früheren Leben bei Emo-Robotics. Er mochte sie schon damals nicht; aber genau wie damals sind sie unvermeidlich, denn die Workshops sind Pflicht.

Der Tag ist vollgepackt mit Seminaren, eins nach dem anderen, und sie erfahren in etwa alles. Das Grundprinzip hinter Consilience, Geschichte, potenzielle Hindernisse, Schwachstellen und warum es so wichtig ist, diese Schwachstellen zu überwinden.

Die Zwillingsstadt Consilience/Positron sei ein Experiment. Ein unerhört wichtiges Experiment; die Thinktanker verwenden mindestens zehn Mal das Wort *unerhört*. Sollte es gelingen – und es *müsse* gelingen, es *könne* gelingen, wenn sie alle zusammenarbeiten –, wäre es die Rettung: nicht nur für die vielen, in letzter Zeit so gebeutelten Regionen, sondern irgendwann, wenn sich dieses Modell auf höchster Ebene durchgesetzt habe, für die ganze Nation. Probleme wie Arbeitslosigkeit und Kriminalität würden auf einen Schlag gelöst, mit einem neuen Leben für alle Beteiligten – das müsse man sich mal vorstellen!

Sie, die eintreffenden Positron-Bewohner, seien wahre Helden! Sie hätten entschieden, sich selbst aufs Spiel zu setzen, auf der positiven Seite des Menschseins ihr Glück zu wagen und psychische Untiefen auszuloten. Sie seien, wie die ersten Pioniere, Wegbereiter, sie schlügen eine Bresche in die Zukunft: in eine Zukunft, die sicherer, blühender und einfach rundherum besser sein würde, und zwar ihretwegen! Die Nachwelt werde sie verehren. Laber, laber. Stan hat noch nie in seinem Leben so viel

Schwachsinn gehört. Andererseits möchte er es irgendwie auch gerne glauben.

Der letzte Sprecher ist älter als die pickligen Jugendlichen, aber nur unwesentlich. Sein Anzug ist genauso dunkel, wirkt aber teurer. Er hat schmale Schultern, einen langen Oberkörper, kurze Beine; auch kurze Haare, im Nacken rasiert, zurückgekämmt. Der Look sagt: *Ich bin stockkonservativ.*

An seiner Seite ist eine Frau, ihr Kostüm ebenfalls dunkel, mit glatten schwarzen Haaren und Pony und eckigem Unterkiefer; ungeschminkt, aber immerhin trägt sie Ohrringe. Ihre Beine sind wohlgeformt, wenn auch muskulös. Sie sitzt am Rand und ist mit ihrem Telefon zugange. Ist sie eine Assistentin? Unklar. Stan steckt sie in die Kategorie Kampflesbe. Streng genommen dürfte sie hier in den Männerseminaren gar nicht sein, und Stan fragt sich, warum sie es dennoch ist. Aber immer noch besser, sie anzugucken als Typen.

Der Typ fängt damit an, dass er Ed genannt werden will. Er hofft, allen gehe es gut, denn sie wüssten – genau wie er! –, dass sie die richtige Wahl getroffen hätten.

Jetzt wolle er ihnen etwas an die Hand geben, etwas mit ihnen teilen: einen genaueren Blick hinter die Kulissen. Es sei ein Kampf gewesen, die zahlreichen Genehmigungen zu bekommen, um das Unternehmen Positron auf die Beine zu stellen. Die Obrigkeit hätte sich alles andere als leicht überzeugen lassen; mehr als ein Politguru-Arsch sei in die Schusslinie geraten (er grinst ein wenig, weil er es gewagt hat, *Arsch* zu sagen), wie man an dem Aufschrei habe erkennen können, der ertönte, als der Plan erstmals publik wurde. Der Sprecher, beziehungsweise die Sprecherinnen und Sprecher – Ed wirft der Frau einen Blick zu, und sie lächelt –, seien im Internet allerhand Pöbeleien von Radikalen und Querulanten ausgesetzt gewesen, die Consilience/Positron als Eingriff in die persönliche Freiheit, als Versuch einer totalen sozialen Kontrolle, als Beleidigung des menschlichen Geistes darstellen wollten. Niemandem liege die persönliche Freiheit mehr am Herzen als ihm, aber bekanntlich – hier schickt Ed ein verschwörerisches Lächeln in die Runde – werde man von der sogenannten persönlichen Freiheit nicht satt, der menschliche Geist zahle einem nicht die Miete und irgendwie müsse dem Druck im gesellschaftlichen Dampfkochtopf abgeholfen werden. Nicht wahr?

Die Frau im Kostüm blickt hoch. Wohin schaut sie? Sie lässt den Blick über die Reihen schweifen, ruhig, kühl. Dann wendet sie sich wieder ihrem Telefon zu. Ohne eigenes Telefon fühlt Stan sich nackt: Zu Beginn des Workshops hatten sie die Handys abgeben müssen. Man hatte ihnen neue versprochen, die jedoch nur innerhalb der Mauern funktionieren würden. Stan fragt sich, wann sie die neuen Telefone bekommen.

Ed senkt die Stimme: Jetzt wird's ernst. Und siehe da, es folgt eine Powerpoint-Präsentation mit einer Unmenge von Schaubildern. Die Finanzbosse hätten die Statistiken verschleiert, um Panik zu verhindern, sagt er, aber schockierende vierzig Prozent der Bevölkerung in dieser Region seien arbeitslos, davon fünfzig Prozent unter 25. Der Zusammenbruch des Systems sei vorprogrammiert: Anarchie, Chaos, sinnlose Zerstörung, sogenannte Revolution, das heißt Plündern, Bandenherrschaft, Warlords und die Terrorisierung der Schwachen und Hilflosen. Das sei die bittere Wahrheit, die den Menschen in dieser Gegend geradezu ins Gesicht springe. Sie selbst seien mit den Symptomen bereits vertraut, daher sicherlich auch ihr Verlangen, beim Projekt einzusteigen.

Was könne getan werden?, fragt Ed und zieht die Brauen zusammen. Wie bekomme man die Lage wieder unter Kontrolle? Schließlich sei es im Interesse der Gesellschaft im Allgemeinen, nicht wahr? Den Politikern gingen allmählich die Ideen aus. Es gebe nur ein begrenztes Kontingent an Arbeitskräften und Steuergeldern, um gegen Ausschreitungen vorzugehen und den Überwachungsapparat am Laufen zu halten, um flinke Jugendliche durch dunkle Gassen zu jagen und verdächtige Versammlungen mit Wasserwerfern und Pfefferspray aufzulösen. Zu viele einst lebhafte Städte stagnierten oder verfielen, vor allem im Nordosten des Landes, doch auch andere Staaten seien betroffen, vor allem die, wo lange Dürreperioden ihren Tribut gefordert hätten. Zu viele der Entrechteten lebten in verlassenen Autos oder U-Bahn-Tunneln, ja sogar in der Kanalisation. Rauschgiftsucht und Alkoholismus grassierten: hochgiftiger Schnaps und chemische Körperfresser-Drogen, die die Leute in kaum einem Jahr dahinrafften. Besinnungslos zu sein werde zunehmend attraktiv, nicht nur für die Jugend, sondern auch für die Menschen mittleren Alters, denn wozu sein Gehirn pflegen, wenn keine Denkleistung der Welt das Problem auch nur annähernd lösen könne? Wobei es nicht einmal mehr ein Problem sei, es sei jenseits aller Probleme. Es sei vielmehr ein dräuender Kollaps. Ob denn ihre einst so herrliche Region, ihr einst so herrliches Land, dazu verurteilt sei, zu einer Einöde aus Trümmern und Armut zu verkommen?

Zuerst habe die Lösung so ausgesehen, mehr Gefängnisse zu bauen und mehr Menschen einzusperren, aber das sei bald über die Maßen kostspielig geworden. (Hier klickt Ed hastig durch ein paar weitere Projektionen.) Zudem habe es Legionen von Entlassenen mit kriminellem Know-How hervorgebracht, welches draußen in der Welt nur allzu bereitwillig zum Einsatz gebracht worden sei. Selbst nach der Privatisierung der Gefängnisse, selbst als man die Häftlinge als unbezahlte Arbeiter an internationale Geschäfte verlieh, habe sich in der Kosten-Nutzen-Rechnung nichts verbessert, weil die Leistung der Sklavenarbeiter anderer Länder durch amerikanische Sklavenarbeiter einfach nicht zu übertreffen sei. Konkurrenzfähigkeit auf dem Sklavenarbeitermarkt sei verknüpft mit den Lebensmittelpreisen, und die Amerikaner – die allem zum Trotz herzensgute Leute geblieben seien, allesamt Retter der Straßenhunde – hier lächelt Ed nachsichtig, verächtlich –, seien nicht bereit, ihre Häftlinge bis auf die Knochen zu schinden und gleichzeitig verhungern zu lassen. Egal wie heftig die Häftlinge von Politikern und Presse als Dreck und Abschaum diffamiert würden, Leichenberge abgemagerter Körper ließen sich nicht ewig vor der

Öffentlichkeit verbergen. Den ein oder anderen unerklärlichen Tod, vielleicht – es habe schon immer den ein oder anderen unerklärlichen Tod gegeben, sagt Ed achselzuckend –, aber eben keine Berge. Irgendein Schnüffler könnte mit seiner Handykamera ein Video machen; solche Dinge könnten trotz aller Deckelungsversuche nach außen dringen, und wer weiß, was für ein Aufschrei, um nicht zu sagen Aufstand daraus resultieren könnte.

Stan spürt ein Prickeln im Nacken. Es geht um Leute wie seinen Bruder. Oder vielleicht nicht direkt um Con, aber er ist ziemlich überzeugt, dass Ed schon ein Blick auf Con genügen würde, um ihn als Abschaum abzustempeln. Stan darf so was denken, es bleibt ja in der Familie, und es ist nicht so, dass er Cons Machenschaften billigen würde. Nur – sind das die Gerüchte, die Con zu Ohren gekommen waren? Dass Positron extrem hart durchgreift beim Thema Kriminalität? Einmal erwischt und raus bist du?

Er würde Conor gern anrufen, noch mal mit ihm reden. Erfahren, was er wirklich über den Laden weiß. Aber wie denn, ohne Telefon. Abwarten, sagt er zu sich. Gib der Sache erst mal eine Chance.

Ed öffnet seine Arme wie ein Fernsehprediger; seine Stimme wird lauter. Dann sei es den Positron-Planern eingefallen – ein Geniestreich –, dass Gefängnisse, wenn sie ausgebaut und vernünftig gehandhabt würden, zu rentablen Win-win-Wirtschaftseinheiten umgestaltet werden könnten. Eine Vielzahl an Jobs könnten geschaffen werden: Baujobs, Wartungsjobs, Putzjobs, Gefängniswärterjobs. Krankenhausjobs, Uniformschneiderjobs, Schuhmacherjobs, Jobs in der Landwirtschaft, sofern ein Bauernhof angegliedert sei: ein niemals versiegendes Füllhorn an Jobs. Mittelgroße Städte mit Gefängnissen könnten Selbstversorger sein, und die Menschen in diesen Städten könnten ein komfortables Mittelschichtsleben führen. Und wenn jeder Bürger entweder Wärter oder Häftling wäre, landete man bei null Prozent Arbeitslosigkeit: Die eine Hälfte wären Häftlinge, die andere Hälfte eingebunden in die Versorgung der Häftlinge oder in die Versorgung der Versorger der Häftlinge.

Und da es unrealistisch war, von fünfzig Prozent der Bevölkerung zertifizierte Kriminalität zu erwarten, wäre es nur gerecht, sich abzuwechseln: einen Monat drin, einen Monat draußen. Man denke nur an die Ersparnis, wenn jedes Haus von zwei Wohnparteien genutzt wird! Timesharing in seiner logischen Konsequenz!

Daher also die Zwillingsstädte Consilience/Positron. Von denen sie nun alle ein wichtiger Teil seien! Ed lächelt, es ist das einladende, offene, umfassende Lächeln des geborenen Kaufmanns. Es ergibt alles einen Sinn!

Stan will nach der Profitmarge fragen und ob ein privates Unternehmen dahinterstecke. Muss so sein. Irgendwer besitzt die lukrative Infrastruktur und die Zulieferverträge, Mauern bauen sich nicht von allein, und die Sicherheitssysteme sind erstklassig, nach allem, was er vom Eingangstor aus hatte beobachten können. Doch er hält sich zurück: Es scheint ihm nicht der richtige Moment, um nachzufragen, denn gerade taucht riesengroß der Begriff CONSILIENCE auf dem Bildschirm auf:

CONSILIENCE = KONSEQUENZ + RESILIENZ.

ZEIT IN HAFT IST ZEIT FÜR DIE ZUKUNFT!

EIN SINNVOLLES LEBEN

Stan muss zugeben, das PR-Team und die Werbefachleute haben ganze Arbeit geleistet; Ed denkt das offenkundig auch. Man habe den Namen des bereits bestehenden Gefängnisses geändert, sagt er, weil »Vollzugsanstalt Nord« düster und langweilig klinge. Sie seien auf »Positron« gekommen, was streng genommen ein Elementarteilchen sei, das Antiteilchen des Elektrons, aber das wüssten die wenigsten da draußen, nicht wahr? Das Wort habe doch einen sehr, nun, positiven Klang. Und positiv zu sein sei nötig, um unsere aktuellen Probleme zu lösen. Selbst die größten Zyniker – so Ed –, selbst die Verbittertsten würden das zugeben müssen. Dann hätten sie ein paar namhafte Designer hinzugezogen, um sich in Sachen Gesamtoptik und Flair beraten zu lassen. Für die audiovisuellen Aspekte hätten sie die fünfziger Jahre gewählt, weil in diesem Jahrzehnt die meisten Menschen nach eigenen Angaben am glücklichsten waren. Was zu den erklärten Zielen hier gehöre: größtmöglichstes Glück. Wer würde dieses Kästchen *nicht* ankreuzen?

Als der neue Name und die neue Ästhetik präsentiert wurden, habe sich gezeigt, dass Positron den Nerv der Zeit getroffen hatte. Glaubwürdige Strategie, fanden die Nachrichtenblogger. Endlich eine Vision! Selbst die Schwarzseher unter ihnen meinten, ausprobieren könne nicht schaden, wo doch sonst nichts funktioniert habe. Die Menschen hätten sich verzehrt nach einem Hoffnungsschimmer, sie seien bereit gewesen, alles auch nur halbwegs Erbauliche zu schlucken.

Nachdem die ersten Reklamespots im Fernsehen gelaufen seien, sei die Zahl der Online-Bewerber überwältigend gewesen. Und kein Wunder, bei so vielen Vorzügen. Wer würde nicht lieber dreimal am Tag gut essen, mit mehr als einer Tasse Wasser duschen, saubere Kleider tragen und in einem bequemen Bett ohne Bettwanzen schlafen? Ganz zu schweigen von dem inspirierenden Gefühl, mit anderen Menschen an einem Strang zu ziehen. Statt in irgendeiner verlassenen, verschimmelten Wohnung zu verrotten oder in einem miefigen Wohnwagen zu hocken und Nacht für Nacht ins Leere stierende Teenager mit kaputten Glasflaschen abzuwehren, die kein Problem damit hatten, für eine Handvoll Zigarettenkippen einen Mord zu begehen, hätte man eine lukrative Arbeitsstelle, drei nahrhafte Mahlzeiten pro Tag, einen Rasen zur Pflege, eine Hecke zum Schneiden, das sichere Gefühl, einen Beitrag zum Allgemeinwohl zu leisten, und eine Toilette mit funktionierender Spülung. Mit einem Wort, oder besser, mit drei Wörtern: EIN SINNVOLLES LEBEN.

Das war der letzte Slogan auf der letzten Projektion der letzten Powerpoint-Präsentation. Das könnten sie nun mit nach Hause nehmen, sagt Ed. In ihr neues Zuhause, hier im Innern von Consilience. Und im Innern von Positron natürlich. Denken Sie sich ein Ei mit einem Eiweiß und einem Eigelb. (Ein Ei erschien auf dem Bildschirm, ein Messer teilte es der Länge nach entzwei.) Consilience ist das Eiweiß, Positron das Eigelb, und das gibt zusammen das Ei. Das Ei in seinem Nest, sagt Ed lächelnd. Letztes Bild: ein Nest und darin ein goldglänzendes Ei.

Er beendet die Präsentation, setzt seine Lesebrille auf, wirft einen Blick auf eine Liste. Praktische Fragen: Ihre neuen Telefone würden in der großen Halle ausgegeben. Im gleichen Zuge würden ihnen ihre Häuser zugeteilt. Die Einzelheiten würden auf den grünen Blättern in ihrer Mappe näher erläutert, aber zusammengefasst: In Consilience würden alle zwei Leben leben – einen Monat als Häftlinge, im nächsten Monat als Wärter oder Beamte. Jedem werde ein Tauschpartner zugeteilt. Ein freistehendes Einfamilienhaus biete somit Platz für mindestens vier Personen: Im ersten Monat werden die Häuser von den Zivilisten besetzt, im zweiten Monat von den Häftlingen, die nun die Rolle der Zivilisten übernehmen und in die Häuser einziehen. Und so werde es Monat für Monat weitergehen, immer abwechselnd. Denken Sie daran, wie viel Sie an Lebenshaltungskosten sparen, sagt Ed mit einem Augenzwinkern, oder ist es ein Tic?

Und was die Kaufkraft anbelange – immer ein heißes Thema: Jeder erhalte anfangs eine Summe von Posidollars, die gegen Waren in den Läden von Consilience oder im internen Onlinekatalog eingetauscht werden könnten. Die Summe werde an jedem Zahltag automatisch aufgestockt. Erworbene Gegenstände zur individuellen Gestaltung der Wohnräume könnten während der Gefängniszeit entweder eingelagert oder mit den Tauschpartnern geteilt werden; falls etwas zu Bruch geht, ersetzen die Tauschpartner unter Verwendung ihrer eigenen Posidollars die Gegenstände natürlich. Es gebe Wartungspersonal für Klempnerarbeiten und Elektrik. Und für Lecks, sagt Ed. Das beziehe sich auf Dächer, nicht auf Daten, fügt er mit einem Lächeln hinzu. Ein weiterer Witz, vermutet Stan.

Er wirft einen raschen Blick auf den grünen Zettel. Alleinstehende würden in Zweizimmerwohnungen untergebracht, die sie mit einem anderen Single und den beiden Tauschpartnern teilen. Häuser seien für Paare und Familien bestimmt – also auch für ihn und Charmaine. Jugendliche hätten zwei Schulen: eine innerhalb der Gefängnismauern und eine außerhalb. Kleinkinder blieben bei ihren Müttern im Frauentrakt, wo sie im Rahmen von Krabbelgruppen, Kindergärten und Tanzkursen betreut würden. Es sei wirklich ideal für kleine Kinder und die Elternzufriedenheit bisher sehr hoch.

Jede Unterkunft verfüge über vier Schließfächer, ein Fach für jeden Erwachsenen. Zivilkleider, die aus dem Onlinekatalog ausgesucht werden dürften, würden während des Monats, in dem die Besitzer eine Gefängnisschicht absolvierten, in diesen Schließfächern aufbewahrt. Die orangefarbene Gefängniskluft sei auf Positron beschränkt, werde während der Haft getragen und zur Reinigung dagelassen.

Die Gefängniszellen seien aufgewertet worden, und auch wenn große Sorgfalt darauf verwendet wurde, dem Prinzip Gefängnis treu zu bleiben, seien erhebliche Annehmlichkeiten eingebaut worden. Man mute ihnen keineswegs ein rückständiges Gefängnismodell zu! Das Gefängnisessen beispielsweise sei mindestens Dreisternequalität. Er selbst sei begeistert davon, es sei verblüffend, was sich mit Sorgfalt und der richtigen Einstellung aus einfachen und nahrhaften Zutaten zubereiten lasse.

Ed blickt erneut auf seine Notizen. Stan rutscht von einer Pobacke auf die andere: Wie lange will dieser Windbeutel denn noch reden? Er hat ein ungefähres Bild, und bis hierhin gibt es nichts, was ihm Angst machen würde. Jetzt wäre ein Kaffee nicht schlecht. Besser noch, ein Bier. Er fragt sich, was sie wohl Charmaine erzählen, drüben in den Frauenworkshops.

Richtig, noch etwas, sagt Ed. Von Zeit zu Zeit könnte ein Filmteam auftauchen, um das ideale Leben der Menschen hier zu filmen, für all diejenigen außerhalb von Consilience, als Reklame für die nutzbringende Arbeit, die hier geleistet wird. Sie selbst könnten sich diese Dokumentationen im internen Netz von Consilience ansehen. Auch Musik und Filme seien in diesem Netz erhältlich, allerdings weder Pornografie noch Gewalt, um jede Aufregung zu vermeiden, auch keine Rockmusik oder Hip-Hop. Unbegrenzt erhältlich seien jedoch Streichquartette, Bing Crosby, Doris Day und die Mills Brothers sowie Songs aus alten Hollywoodmusicals.

Scheiße, denkt Stan. Nur was für Omas. Was ist mit Sport, werden sie sich Spiele ansehen können? Er fragt sich, ob es die Möglichkeit gibt, auch von außen Empfang zu kriegen. An Football ist doch nichts Schlimmes, oder? Aber vielleicht wär's besser, vorerst nichts in dieser Art zu wagen.

Noch zwei, drei Dinge, sagt Ed. Es gebe eine Liste für Jobpräferenzen, im Gefängnis und in der Stadt. Sie sollten ihre ersten drei Präferenzen angeben. Wer noch nie Motorroller gefahren sei, solle sich auf dem gelben Zettel eintragen; die Roller-Kurse würden Dienstag beginnen. Die Roller seien farblich auf die Schließfächer abgestimmt. Und jeder sei selbst verantwortlich für seinen Roller.

Er sei sicher, sie würden dieses revolutionäre Unterfangen zu großem Erfolg führen. Viel Glück! Er winkt wie der Nikolaus und verlässt den Raum. Die Frau im dunklen Kostüm folgt ihm. Vielleicht ist sie sein Bodyguard, denkt Stan. Knackiger Hintern.

Als er zu der Liste mit den Jobs kommt, wählt Stan als Erstes Robotertechnik. Danach IT; und als Drittes Motorroller-Reparatur. Ihm wäre alles recht. Solange er nicht die Küche putzen muss.

An diesem Abend gehen er und Charmaine zum ersten Mal mit ihren Posidollars einkaufen und essen ihre erste Mahlzeit in ihrer neuen Unterkunft. Charmaine kriegt sich gar nicht mehr ein; sie ist so glücklich, ihre Stimme ein einziges Flöten. Sie muss alle Schranktüren aufziehen, alle Geräte ausprobieren. Sie kann's kaum erwarten, einen Job zugeteilt zu bekommen, und sie hat sich für den Roller-Kurs angemeldet. Es wird alles so toll werden!

»Lass uns schlafen gehen«, sagt Stan. Sie ist kaum zu bändigen. Er hat den Eindruck, er braucht einen Kescher, um sie wieder einzufangen, so überdreht ist sie.

»Ich bin einfach wahnsinnig aufgeregt!«, sagt sie. Ach was, denkt Stan. Er wünschte, er wäre der Gegenstand ihrer Aufregung und nicht die Geschirrspülmaschine, über die sie gerade in Entzücken gerät wie über ein Katzenbaby. Er wird das Gefühl nicht los, dass dieser Laden auf einer Art Schneeballsystem beruht und dass jeder, der nicht mitmacht, das Nachsehen hat. Dabei gibt es gar keinen offenkundigen Grund für dieses Gefühl. Vielleicht ist er einfach nur von Natur aus undankbar.

ICH HUNGERE NACH DIR

Stan weiß nicht mehr genau, wie viele Tage sie nun schon in den Zwillingsstädten sind. Man verliert ein bisschen das Zeitgefühl. Ist schon ein Jahr vergangen? Mehr als ein Jahr. Einen Monat lang hat er Motorroller repariert, im nächsten hat er mit der Entwicklung einer Software zum Eierzählen zu tun gehabt, dann waren wieder die Roller dran. Hat er alles gut hingekriegt.

Über sein Handy-Headset hört er »Paper Doll« und spült dabei seine Kaffeetasse aus. *And then the flirty flirty guys*, summt er vor sich hin. Erst konnte er die Musik in Consilience nicht ausstehen, aber inzwischen findet er sie eigenartig beruhigend. Sogar Doris Day hat irgendwie was Erotisches.

Heute ist Rollentausch; er und Charmaine gehen wieder ins Gefängnis. Wie verbringt sie wohl die Zeit ohne ihn, in ihrem Frauentrakt? »Wir stricken viel«, hat sie ihm erzählt. »Wenn wir freihaben. Und dann sind da die Gemüsebeete und das Kochen – bei den täglichen Aufgaben wechseln wir uns ab. Und die Wäsche natürlich. Und dann hab ich meinen Job im Krankenhaus in der Medikationsabteilung – der ist sehr verantwortungsvoll! Mir ist nie langweilig! Die Zeit vergeht wie im Flug!«

»Vermisst du mich?«, fragte Stan vor einer Woche. »Wenn du da drin bist?«

»Natürlich vermisse ich dich. Sei nicht albern«, sagte sie und küsste ihm die Nasenspitze. Aber ein Nasenkuss war nicht das, was er wollte. *Verzehrst du dich nach mir, wirst du fast wahnsinnig ohne mich?* Das würde er eigentlich gern fragen. Aber er wagt es nicht, weil er fast sicher ist, dass sie lachen würde.

Nicht dass sie gar keinen Sex hätten. Auf jeden Fall öfter als damals im Auto; aber der Sex wird von Charmaine nur praktiziert, ähnlich wie Yoga, mit kontrollierter Atmung. Was er will, ist Sex, gegen den man machtlos ist. Er will Hilflosigkeit. Nein nein nein, ja ja ja! Das meint er damit. Das ist ihm klar geworden in den letzten Monaten.

Unten im Keller öffnet er das große grüne Schließfach und verstaut darin die Sommersachen, die er im Moment trägt: Shorts, T-Shirts, Jeans. Die wird er vorerst wohl nicht mehr brauchen: Wenn er nächsten Monat zurückkommt, ist es vielleicht schon vorbei mit der Hitze, und dann sind die Fleecepullover dran, wobei man im September nie wissen kann. Er wird sich weniger um den Rasen kümmern müssen, das ist schon mal von Vorteil. Wobei der Rasen am Arsch sein wird. Manche Leute haben einfach kein Gefühl dafür, für sie ist ein Rasen einfach nur da, sie lassen ihn vermoosen und vertrocknen, und dann kommen die gelben Ameisen, und es kann sehr mühsam sein, das Gras wieder aufzupäppeln. Wäre er die ganze Zeit über hier, wäre der Rasen in einem Topzustand.

Oben liegen saubere Handtücher im Bad, und das Bett ist frisch bezogen. Das hat Charmaine schon erledigt, bevor sie sich auf ihren Roller schwang, um ins Gefängnis zu fahren. In den letzten Monaten hat er immer erst nach ihr das Haus verlassen, also checkt er alles noch mal: keine dreckige Badewanne, kein einsamer Socken, keine Seifenreste und keine losen Haarnester auf dem Boden. Wenn sie am ersten Tag des übernächsten Monats zurückkommen, sollten Stan und Charmaine das Haus in makellosem Zustand vorfinden, blitzsauber, nach zitronigen Putzmitteln duftend, und Charmaine hinterlässt es auch gern so. Sie sagt, sie müssten mit gutem Beispiel vorangehen.

Bei ihrer Rückkehr war es aber einige Male schon alles andere als sauber gewesen. Charmaine entdeckte Haare und Toastkrümel und Schmutzflecken. Mehr noch: Vor drei Monaten fand Stan einen zusammengefalteten Zettel; er schaute unter dem Kühlschrank hervor. Womöglich war er mit der silbernen Magnet-Ente am Kühlschrank befestigt gewesen, derselben Ente, mit der Charmaine immer den Einkaufszettel anbringt.

Trotz des strengen Kontaktverbots mit den Tauschpartnern liest er sich den Zettel sofort durch. Er war computergeschrieben, aber dennoch schockierend intim:

Liebster Max, ich kann es kaum erwarten, bis wir uns
wiedersehen. Ich hungere nach dir! Ich brauche dich so
sehr. Kuss und vieles mehr – Jasmine.

Darunter prangte ein Lippenstiftkuss in Pink. Nein, dunkler: irgendein Lilaton. Nicht Violett, nicht Malve, nicht Rotbraun. Er ging im Kopf die Farbmuster und Stoffproben durch, mit denen Charmaine sich immer so lange beschäftigte. Er hatte sich den Zettel unter die Nase gehalten und geschnuppert: ein zarter Duft wie von Kirschbubblegum.

Lippenstift in dieser Farbe hat Charmaine noch nie getragen. Und sie hat ihm auch noch nie so einen Zettel geschrieben. Er ließ ihn in den Mülleimer fallen, als würde er brennen, fischte ihn aber wieder heraus und schob ihn zurück unter den Kühlschrank: Jasmine sollte nicht wissen, dass ihr Brief an Max abgefangen worden war. Möglicherweise sucht Max unter dem Kühlschrank gezielt nach solchen Briefen – vielleicht ist das ein Spiel zwischen den beiden –, und dann wäre er enttäuscht. »Hast du meinen Zettel bekommen?«, würde Jasmine fragen, während sie verschlungen daliegen. »Welchen Zettel?«, würde Max erwidern. »Ach du Schreck, die haben ihn gefunden!«, würde Jasmine rufen. Dann würde sie lachen. Es würde sie vielleicht sogar anmachen, zu wissen, dass ein drittes Augenpaar den Abdruck ihres gierigen Mundes gesehen hatte.

Nicht dass sie so was nötig hätte. Immer wieder muss Stan daran denken. An Jasmine, an ihren Mund. Es ist schlimm genug hier im Haus, wenn Charmaine neben ihm liegt, schwer oder leicht atmend, je nachdem, was sie gerade tun, oder besser, was *er* gerade tut – Charmaine war nie ein großer Mitmacher, eher jemand, die ihn vom Rand des Spielfelds aus anfeuert. Aber im Gefängnis, in seinem schmalen Bett im Männertrakt, schwebt dieser Kuss in der Dunkelheit vor seinen offenen Augen wie einladende samtene Kissen, die im nächsten Moment einen Seufzer ausstoßen oder irgendetwas sagen wollen. Inzwischen kennt er die Farbe dieses Mundes, er ist ihr auf die Spur gekommen.

Fuchsia. Das klingt nach etwas Feuchtem, Üppigem. *Mach schnell*, sagt der Mund. *Ich will dich, ich will dich. Ich hungere nach dir!* Und zwar an Stan gerichtet und nicht an den Kerl, dessen Klamotten im benachbarten Schließfach liegen. Nicht an Max.

Max und Jasmine, das sind die Namen – die Namen der Tauschpartner, der beiden anderen, die das Haus bewohnen, die jeden Tag darin herumlaufen, die, wenn er und Charmaine nicht da sind, die Idee eines normalen Lebens darin ausleben. Er darf die Namen eigentlich nicht kennen, er darf nichts über die dazugehörigen Personen wissen: Das gehört zu den Regeln von Consilience. Doch aufgrund dieses Briefes kennt er die Namen eben doch. Und inzwischen weiß – oder schlussfolgert oder, besser noch, imaginiert – er noch einiges mehr.

Max hat das rote Schließfach. Charmaines Schließfach ist rosa, das von Jasmine ist lila. In gut einer Stunde – wenn Stan sich abgemeldet und das Haus verlassen hat – wird Max durch die Haustür treten, das rote Schließfach öffnen, seine Sachen rausnehmen, sie nach oben tragen und im Schlafzimmer in den Schrank einsortieren für seinen einmonatigen Aufenthalt.

Dann wird Jasmine auftauchen. Sie wird sich nicht um ihr Schließfach kümmern, erst mal nicht. Sie werden sich in die Arme fallen. Nein: Jasmine wird sich Max in die Arme werfen, sich gegen ihn pressen, ihren fuchsiafarbenen Mund öffnen, Max die Kleider vom Leib reißen und dann sich selbst und ihn hinunterziehen auf – was? Den Wohnzimmerteppich? Oder werden sie nach oben stolpern, torkelnd vor Wollust, und sich eng umschlungen auf das Bett werfen, das Charmaine so beflissen und ordentlich mit frisch gebügelter Wäsche bezogen hat? Bettwäsche mit einer Bordüre aus blauen Vögelchen, die mit dem Schnabel rosa Schleifchen binden. Bettwäsche für Kleinkinder: Charmaine findet so was süß. Es scheint nicht die richtige Bettwäsche zu sein für Max und Jasmine, die sich niemals so biedere pastellfarbene Textilwaren kaufen würden. Schwarzes Satin würde eher zu ihnen passen. Wobei die Bettwäsche, wie die gesamte Basiseinrichtung, zum Haus gehört.

Jasmine hält nichts vom Bügeln, und sie bezieht auch für Stan und Charmaine das Bett nicht, bevor sie geht: Die Matratze ist nackt, und es sind keine frischen Handtücher im Badezimmer. Aber natürlich ist Jasmine nachlässig, wenn es um solchen Haushaltskram geht, denkt Stan, denn das Einzige, was sie wirklich kümmert, ist Sex.

Stan arrangiert Jasmine und Max im Kopf noch mal um, erst so, dann so, den Spitzen-BH aufgerissen, die Beine in der Luft, die Haare zerzaust, auch wenn er keine Ahnung hat, wie die beiden überhaupt aussehen. Max' Rücken ist voller Kratzspuren, wie das Ledersofa eines Katzenbesitzers.

Was für eine Schlampe, diese Jasmine. Sofort flammend heiß, wie ein Induktionsherd. Nicht auszuhalten.

Vielleicht ist sie ja hässlich. Hässlich hässlich hässlich, wiederholt er wie einen Zauberspruch und versucht sie zu exorzieren – mit ihrem nervigen Bubblegum-Lippenstift und ihrer Moschusstimme, eine Stimme, die er noch nie gehört hat. Aber es funktioniert nicht, denn sie ist nicht hässlich, sie ist schön. Sie ist so schön, dass sie im Dunkeln leuchtet.

Mit Charmaine gibt es keine solchen Späße. Keine glühenden Fuchsiaküsse, kein Gerangel auf dem Teppich. Heute in einem Monat wird es heißen, »Stanley! Stan! Schatz! Ich bin wieder da!«, mit einer glockenklaren Stimme, einer Stimme ohne Untertöne: Charmaine in ihrer weiß-blau gestreiften Bluse, quietschsauber mit dem zarten Duft von Bleichmittel und der Note von Weichspüler mit Babypudermotiv.

Er würde sie auch gar nicht anders haben wollen. Deswegen hatte er sie ja geheiratet: Sie war seine Flucht vor der vielschichtigen, undurchsichtigen, ironischen, heiß-kalten Frau, mit der er bis dahin verstrickt gewesen war; Frauen, die allzu empfänglich dafür waren, von Conor gestürmt zu werden, und von anderen. Transparenz, Sicherheit, Treue: Nach diversen Rückschlägen hatte er so etwas schätzen gelernt. Er mochte das Altmodische an Charmaine, dieses Backe-backe-Kuchen-hafte, ihre Zimperlichkeit und dass ihr kaum jemals ein Fluch über die Lippen kam. Als sie heirateten, hatten sie sich Kinder vorgestellt, sobald genug Geld da wäre. Vielleicht passiert es ja jetzt, wo sie nicht mehr in ihrem Auto leben.

Er gibt den Zahlencode für sein Schließfach ein, wartet auf die Leuchtanzeige GESCHLOSSEN, geht die Kellertreppe hoch, verlässt das Haus. Draußen tippt er einen zweiten Code in das Signalfeld neben der Tür und meldet sich ab.

Im Gefängnis drüben werden Jasmine und Max schon ihre Zivilkleidung tragen, die sie letzten Monat dort eingelagert haben. Jetzt werden sie aus ihrem jeweiligen Gefängnistrakt auschecken und ihre orangefarbenen Gefängnisuniformen am Empfang abgeben. Sehr bald werden sie auf ihren Motorroller steigen und sich auf den Weg zum Haus machen. Stan hat den voyeuristischen Drang, sich hinter der Hecke zu verstecken, jener Zedernhecke, die er letzte Woche noch gestutzt hat, um die Stümperei in Ordnung zu bringen, die Max bei seinem letzten Aufenthalt veranstaltet hat.

Er wird warten, bis die beiden drin sind, und dann einen Blick durchs Fenster werfen. Er hat die Sichtachsen schon ausgetüftelt, er hat die Jalousien im Erdgeschoss einen Spalt offen gelassen. Doch wenn die beiden nach oben gehen, wird er keine andere Wahl haben, als die Ausziehleiter aufzustellen, und er kennt das metallische Quietschen nur zu gut.

Und wenn er von der Leiter stürzt? Schlimmer noch, wenn Max sich splitterfasernackt aus dem Fenster beugt und ihn von der Leiter stößt? Er weiß nichts über Max, außer was der Brief suggeriert; und dass Max, der die erste Wahl bei den Schließfächern hatte, das rote wählte. Er ist bestimmt aggressiv. Stan hat nicht den Wunsch, von einem wütenden nackten Mann von einer Ausziehleiter gestoßen zu werden, von einem nackten Mann, dessen Haut er jetzt auch noch mit zahlreichen Tätowierungen schmückt. Wahrscheinlich hat Max einen kahlrasierten Kopf, der mit Narben und Striemen übersät ist von all den Malen, die er irgendwelchen Männern mit der schieren Kraft seines pistolenkugelförmigen Schädels Zähne ausgeschlagen und Kieferknochen zertrümmert hat.

Auf Stans eigenem Schädel sitzt noch immer ein Helm aus rotblondem Haar, aber es wird schon lichter, obwohl er erst 32 ist. Er hat noch nie jemandem den Schädel in den Mund gerammt, aber Max ganz bestimmt, da würde er jede Wette eingehen. Wahrscheinlich hat Max in seinem Leben vor Positron für irgendeinen Koksdealer/Mädchenhändler/Jackett-und-Goldkettchenträger-Großkotz als Bodyguard gearbeitet. Jemand wie Conor, nur größer, abgebrühter und stärker. Ebenerdig wäre Stan vielleicht in der Lage, sich gegen einen solchen Mann zu wehren, aber auf der Leiter könnte er sein Gleichgewicht nicht halten. Er würde in die Hecke krachen und ein Loch hineinreißen, und das nach all seiner Mühe damit.

Max, dieser Wichser, geht mit der Hecke noch schnöder um als mit dem Rasen. Stan fand die Heckenschere in der Garage, die Klinge total verklebt von geschlachtetem Laub. Aber Max kann sich ums Verrecken nicht aufs Heckenschneiden konzentrieren, denn jedes Mal, wenn Jasmine den armen Kerl in seinen Arbeitshandschuhen sieht, fällt sie über ihn her und macht sich an seiner Gürtelschnalle zu schaffen.

Insofern ist es besser, keinen Blick durchs Fenster zu werfen.

SCHICHTWECHSEL

Es ist ein herrlicher wolkenloser Tag, nicht allzu heiß für den ersten August. Charmaine findet, dass die Tage des Schichtwechsels fast etwas Festliches haben: Wenn es nicht gerade regnet, sind die Straßen voller Menschen, sie lächeln und grüßen einander, einige sind zu Fuß unterwegs, andere auf ihren farblich abgestimmten Rollern, seltener auch mal in einem Golfwägelchen. Hin und wieder gleitet ein Überwachungswagen durch die Menge: Von denen sind an diesen Tagen immer mehr unterwegs.

Alle wirken glücklich: Zwei Leben zu haben bedeutet, dass man sich immer auf Abwechslung freuen kann. Es ist, als hätte man jeden Monat Urlaub. Aber welches Leben ist Urlaub und welches ist Arbeit? Schwer zu sagen, findet Charmaine.

Auf ihrem rosa-lila Roller ist sie unterwegs zur städtischen Apotheke und wirft einen Blick auf ihre Uhr: Die Zeit ist knapp. Spätestens um halb sechs muss sie sich im Gefängnis zurückmelden, und es ist schon drei. Stan hat sie erzählt, sie müsse fürs Krankenhaus ein paar Bestellungen aufgeben, daher die Eile, das Haus zu verlassen. Vorletzten Monat hatte sie neue Bettbezüge vorgeschoben – ob er die jetzigen nicht auch etwas langweilig fände, von der Farbe her, und ob sie nicht mal zusammen losgehen und gucken wollten, was es so gebe, um irgendwas Fröhlicheres zu beantragen? Nach der Abbildung im Computer könne man das nicht beurteilen, man müsse sich den Stoff schon in echt ansehen. Da, sie hat ein paar Stoffmuster. Irgendwas Geblümtes, oder vielleicht lieber was Geometrisches?

Egal was sie in diese Richtung erzählt – Stan schaltet ab, und sie kann sich darauf verlassen, dass er kein Wort mitbekommt. Wenn sie auf einmal spurlos verschwände, würde er es vielleicht bemerken, aber ansonsten nimmt er sie kaum wahr. In letzter Zeit behandelt er sie wie weißes Rauschen, wie ein murmelndes Bächlein, das Geräusch ihrer elektronischen Einschlafhilfe. Früher wäre sie gekränkt gewesen – *war* sie gekränkt –, aber heute passt es ihr bestens.

Sie stellt den Roller auf dem Parkplatz hinter der Apotheke ab und geht um das Gebäude herum zum Eingang. Schon jetzt schlägt ihr Herz schneller. Sie atmet tief durch, macht auf geschäftig und wirft einen Blick in ihr kleines Notizbuch, als stünde dort etwas geschrieben. Dann bestellt sie auf Krankenhausrechnung eine große Schachtel Mullbinden. Die Mullbinden sind unnötig, fallen aber auch nicht weiter auf. Niemand wird die Mullbindenvorräte kontrollieren, zumal das jeden zweiten Monat genau ihr Job ist.

Sie schenkt Bill Nairn ihr sonnigstes Lächeln; es sind seine letzten Arbeitsstunden als Apotheker, bevor er den weißen Kittel ablegt und die Rolle einnimmt, die er innerhalb der Gefängnismauern spielt, was immer das sein mag. Bill erwidert ihr Lächeln, sie tauschen sich über das herrliche Wetter aus und verabschieden sich. Wieder lächelt sie. Sie hat so unschuldige Zähne: asexuelle Zähne, die ganz und gar nichts mit Reißzähnen zu tun haben. Früher störte sie sich immer an ihrem ebenmäßigen Aussehen, an ihrer Blondheit, aber inzwischen hält sie beides für vorteilhaft. Ihre kleinen Zähne beunruhigen niemanden: Unscheinbarkeit ist eine gute Tarnung.

Sie eilt zurück zum Parkplatz, und siehe da, ein kleiner Briefumschlag steckt unter dem Sitz ihres Rollers. Sie nimmt ihn, schießt aus dem Parkplatz, düst um die Ecke, erreicht eine Wohnstraße und hält an.

Sie verabreden sich nicht über ihr Consilience-Handy. Viel zu riskant, man weiß nie, wen die Überwachungszentrale gerade auf dem Radar hat. Die ganze Stadt liegt unter einer Glasglocke, unter der Informationen ausgetauscht werden können. Aber es dringt nichts nach außen und nichts nach innen, höchstens über die zugelassenen Kanäle. Keine Klagen, keine Beschwerden, kein Whistleblowing. Die Außenwelt muss versichert sein, dass das Consilience/Positron-Zwillingsstadtprojekt wirklich funktioniert, und diese generelle Botschaft unterliegt strengster Kontrolle.

Und es funktioniert ja wirklich, denn: sichere Straßen, keine Obdachlosigkeit, Jobs für alle!

Wobei der Weg dorthin über ein paar Unebenheiten führte, die ausgebügelt werden mussten. Aber im Moment hat Charmaine nicht die Absicht, sich mit diesen unschönen Holperstellen oder mit dem Ausbügeln derselben zu befassen.

Sie faltet den Zettel auseinander, liest die Adresse. Sie wird den Zettel entsorgen, indem sie ihn verbrennt, wenn auch nicht hier in der Öffentlichkeit: Eine Frau auf einem Roller beim Anzünden von etwas würde wahrscheinlich auffallen. Es sind keine schwarzen Autos in Sicht, doch es kursiert das Gerücht, dass die Überwachung ihre Augen überall hat.

Die heutige Adresse ist ein Bauprojekt aus irgendeinem Jahrzehnt Mitte des zwanzigsten Jahrhunderts: eines der vielen Relikte aus der Vergangenheit der Stadt. Wie sie aus der Einführungsveranstaltung wissen, wurde die heutige Stadt Consilience im späten neunzehnten Jahrhundert von Quäkern gegründet. Es war ihnen um Bruderliebe gegangen; die Stadt wurde Harmony getauft, ihr Wappen war der Bienenstock, das Sinnbild für kooperative Arbeit.

Das erste industrielle Gewerbe war eine Zuckerrübenfabrik; danach kam ein Möbelwerk, dann eine Manufaktur für Miederwäsche. Dann ein Autobauer – einer dieser Vorläufer von Ford –, dann ein Kamerafilmhersteller und schließlich eine staatliche Haftanstalt.

Nach dem Zweiten Weltkrieg mussten die wichtigsten Unternehmen schließen, bis von Harmony nichts mehr übrig war als eine ausgeweidete Innenstadt, ein paar baufällige öffentliche Gebäude mit weißen Säulen und jede Menge reklamierte Häuser, die nicht mal die Banken verkaufen konnten. Und natürlich die Haftanstalt, wo die Einwohner ihre Jobs hatten, wenn sie denn Jobs hatten.

Aber jetzt, denkt Charmaine, ist alles anders. Was sich nicht alles verbessert hat! Die Turnhalle zum Beispiel wurde schon renoviert. Und jede Menge Häuser werden aufgewertet – eine neue Gruppe von Bewerbern soll in den nächsten Monaten eintreffen, um sie zu füllen. Oder um die zu füllen, die nicht so aufgewertet wurden, wie im Fall von ihr und Stan. Es hatte Rohrleitungsprobleme gegeben; oder eher *Vorfälle*, denn *Probleme* wäre untertrieben. Einmal regnete es so stark, dass in der Küchenspüle das Abwasser durch den Abfluss hochspritzte: Das war mehr als nur ein Problem.

Zum Glück hatte man ihre Verlegung genehmigt; vermutlich waren ihre Tauschpartner mit umgezogen, aber vielleicht auch nicht. Es ist ihr noch nicht in den Sinn gekommen, Max danach zu fragen. Sie und Max haben andere Themen.

Jeden Monat ist es eine andere Adresse: besser so. Zum Glück gibt es jede Menge Leerstände aus der Zeit, als die Fabriken zumachten und die Grundstücke an die Gläubiger fielen, und aus der Zeit danach, weil niemand die Häuser kaufen wollte. Wenn er nicht in seiner Gefängniszelle wohnt, gehört Max zum städtischen Team für Wohnraumrückgewinnung. Das Rückgewinnungsteam begutachtet die Häuser und gibt sie entweder für die Abrissbirne frei, damit die Grundstücke in Parks und Gärten verwandelt werden können, oder sie ordnet die Renovierung an; er weiß also genau, welche geeignet sind.

Max gibt sich Mühe, Häuser mit Charmaines Lieblingsdeko auszusuchen: Sie mag hübsche Tapeten mit Rosen- oder Gänseblümchenmuster. Und er findet tatsächlich welche mit solchen Tapeten. Doch in jedem Haus waren vor ihnen schon die Vandalen gewesen, damals, als sie noch von Stadt zu Stadt und von Haus zu Haus zogen und Fensterscheiben einwarfen und Flaschen zertrümmerten und sich betranken und Drogen nahmen und auf dem Fußboden schliefen und die Badewanne als Plumpsklo benutzten, lange vor dem Positron-Projekt.

Die Gangs und Verrückten hinterließen ihre Spuren auf den Blümchentapeten, Aufkleber und anderes. Obszöne Zeichnungen. Kurze krasse Wörter, gesprayt oder mit Filzstift oder Lippenstift geschrieben, und ein paarmal etwas Braunes, Verkrustetes, was vielleicht mal Scheiße war.

»Lies es mir vor«, hatte ihr Max ins Ohr geflüstert, im ersten Haus, beim ersten Mal.

»Ich kann nicht«, sagte sie. »Ich will nicht.«

»Doch, du kannst«, sagte Max. »Du willst.« Und sie muss es wohl wirklich gewollt haben, denn anschließend sprudelte es regelrecht aus ihr heraus. Er lachte, hob sie hoch und schob seine Hände unter ihren Rock. Sie trägt nie Jeans zu diesen Treffen, genau aus dem Grund. Sekunden später lagen sie auf den nackten Dielen.

»Warte!«, sagte sie keuchend vor Lust. »Erst die Knöpfe!«

»Ich kann nicht warten«, sagte er, und nein, er konnte nicht warten, und weil er nicht konnte, konnte auch sie nicht. Es klang wie der Klappentext der triefendsten Liebesschmonzette aus der sehr überschaubaren Bibliothek von Positron. *Mitgerissen. Im Rausch der Sinne. Wie ein Wirbelsturm. Sie stöhnte hilflos.* Das volle Programm. Sie hatte nie etwas geahnt von solchen Kräften, von einer so aufgestauten Energie. Sie dachte, dergleichen gäbe es nur in Büchern und im Fernsehen, oder bei anderen.

Danach sammelte sie die Knöpfe auf und steckte sie ein. Nur zwei waren abgeplatzt. Später nähte sie sie wieder an, nach ihrem Gefängnisaufenthalt, vor ihrer Rückkehr in das Haus, in dem sie mit Stan lebte.

Sie liebte Stan, ja, aber anders. Es war eine andere Art von Liebe. Familiär, beschaulich. Wie man Fische im Aquarium liebt – nicht dass sie Fische hätten –, und wie Katzen vielleicht. Wie Eier zum

Frühstück, pochierte Eier, hübsch in ihren Pochierpfannen. Und wie Babys.

Nachdem Oma Win gestorben war, hatte Charmaine ihren Weg allein machen müssen; das Eis war dünn mit sichtbaren Rissen, und darunter lauerten schlimme Gefahren, aber der Trick bestand darin, einfach immer weiterzugleiten. Sie liebte Stan, weil sie gern festen Grund unter den Füßen hatte, nichtspiegelnde Oberflächen, Filme mit ordentlichem Ende. Schluss, wie man sagte. Sie hatte sich im Gefängnis für die Leitung der Medikationsabteilung gemeldet, weil es um Sortieren und Inventarisieren ging und weil dort alles seinen Platz hatte.

Zumindest dachte sie das; aber es gibt Untiefen, wie sich gerade zeigt. Es gehören noch andere Aufgaben dazu, von denen sie jetzt erst erfährt, es gibt eine gewisse Unordentlichkeit, man muss sich durch gewisse Dinge hindurchlavieren. Sie wird allmählich gut darin. Und wie sich außerdem zeigt, ist sie weniger ordnungsfanatisch als gedacht.

Es war schlampig von ihr, den Zettel unter den Kühlschrank zu schieben. Und dieser Lippenstiftkuss war total kitschig. Sie bewahrt den Lippenstift in ihrem Schließfach auf; sie hat ihn nur für diese eine Nachricht verwendet. Stan würde eine so leuchtende Farbe niemals dulden: »Purpur Passion«, wie geschmacklos.

Und genau deshalb hatte sie ihn gekauft: So denkt sie über ihre Gefühle für Max. Purpurfarben. Passioniert. Leuchtend. Und ja, geschmacklos. Zu so einem Mann, für den man solche Gefühle hat, kann man alle möglichen Dinge sagen, wovon *Ich hungere nach dir* noch das Harmloseste ist. Wörter, die sie niemals benutzt hätte, früher. Vandalenwörter. Manchmal kann sie selbst nicht glauben, was aus ihrem Mund kommt, geschweige denn was hineingesteckt wird. Sie macht alles, was Max will.

Er heißt natürlich nicht Max, genauso wenig wie Charmaine Jasmine heißt. Sie verwenden nicht ihre echten Namen; darauf haben sie sich beim ersten Mal wortlos geeinigt. Es ist, als könnten sie gegenseitig ihre Gedanken lesen.

Oder besser: ihre Gedankenlosigkeit. Wenn sie mit Max zusammen ist, schaltet sie ihr Gehirn aus.

ORDENTLICH

Beim ersten Mal war es ein Versehen gewesen. Stan war schon weg und Charmaine für die Endreinigung noch geblieben, wie immer in den Zeiten vor Max. »Fahr ruhig schon los«, sagte sie zu Stan, um ihn vom Hals zu haben, der gerade entblößt war, weil sie sich zum Putzen die Haare zum Pferdeschwanz hochgebunden hatte. Sie mochte ihr Putzritual, zog sich gern ihre Schürze an und die Gummihandschuhe und hakte in aller Ruhe im Kopf ihre Checkliste ab: Teppiche, Wanne, Waschbecken. Handtücher, Toilette, Bettwäsche. Außerdem konnte Stan Staubsaugerlärm nicht ausstehen. »Ich bezieh nur noch schnell das Bett«, sagte sie. »Raus mit dir, Schatz. Bis nächsten Monat. Schönen Tag noch!«

Und das war's, womit sie beschäftigt gewesen war – Betten beziehen, vor sich hin summen –, als Max ins Zimmer spazierte. Sie erschrak. Er drängte sie in die Ecke: Es gab nur die eine Tür. Ein eher dünner Mann, drahtig. Nicht besonders groß. Volles schwarzes Haar. Durchaus gutaussehend. Ein Mann, der sicher jede Menge Auswahl hatte.

»Keine Sorge«, sagte er. »Sorry. Ich bin zu früh. Ich wohne hier.« Er machte einen Schritt auf sie zu.

»Ich auch«, sagte Charmaine. Sie sahen einander an.

»Das rosa Schließfach?« Noch einen Schritt.

»Ja. Und Sie das rote.« Sie wich zurück. »Ich bin gleich fertig hier, dann können Sie …«

»Keine Eile«, sagte er. Er machte noch einen Schritt auf sie zu. »Was haben Sie eigentlich da drin, in Ihrem rosa Schließfach? Ich hab mich das schon oft gefragt.«

Sollte das ein Witz sein? Ironie war nicht Charmaines Stärke.

»Möchten Sie einen Kaffee?«, fragte sie. »In der Küche. Ich hab die Maschine zwar schon sauber gemacht, aber ich könnte … der Kaffee ist allerdings nicht so toll.« Hör auf, solchen Schwachsinn zu reden, ermahnte sie sich.

»Nur keine Umstände«, sagte er. »Ich würde lieber hierbleiben und Ihnen zugucken. Es gefällt mir, dass Sie immer das Bett frisch beziehen, bevor Sie gehen. Und die sauberen Handtücher. Wie im Hotel.«

»Schon okay, mir macht das irgendwie Spaß, ich finde, es sieht dann einfach …« Jetzt hatte er sie gegen den Nachttisch gedrängt. Ich muss hier raus, sagte sie zu sich. Vielleicht könnte sie ihm seitlich ausweichen. Sie machte einen Schritt zur Seite und dann nach vorn. »Tut mir leid, ich muss los«, sagte sie in hoffentlich neutralem Tonfall. Aber er legte ihr die Hand auf die Schulter. Er kam noch näher.

»Ihre Schürze gefällt mir«, sagte er. »Oder was das sein soll. Wird die im Rücken gebunden?« Im nächsten Moment – wie war das passiert? – lag ihre Schürze auf dem Boden und ihre Haare waren offen – war er das? –, und sie küssten sich, und seine Hände waren unter ihrer frisch gebügelten Bluse. »Wir haben noch ein paar Stunden«, sagte er und löste sich von ihr. »Aber hier können wir nicht bleiben. Meine Frau … Hör zu, ich kenn da ein Haus …« Hastig schrieb er eine Adresse auf. »Fahr da hin.«

»Nur noch schnell das Laken gerade ziehen«, sagte sie. »Das sieht sonst falsch aus.« Der Satz entlockte ihm ein Lächeln. Sie zog tatsächlich das Laken gerade, wenn auch nicht so straff wie sonst, denn ihre Hände zitterten. Dann folgte sie seiner Anweisung.

Es war ihr erstes leeres Haus. Es war trübe, tote Fliegen lagen herum, es gab weder Licht noch fließend Wasser; die Wände waren voller Risse und Flecken, aber bei diesem ersten Mal spielte das alles keine Rolle, weil sie keinerlei Blick für Details hatte. Er war zuerst hineingegangen, durch den Seiteneingang. Nachdem sie auf seinen Rat hin bis fünfhundert gezählt hatte, war sie durch die

Haustür geschlüpft, hatte sich bemüht, eilig und geschäftig auszusehen, und war später auf ihrem Roller direkt ins Gefängnis gefahren, wo sie sich eingecheckt, ihre Zivilkleidung abgegeben, die vorgeschriebene Dusche genommen und die bereitliegende saubere orangefarbene Gefängniskluft angezogen hatte. Nach dem gemeinsamen Abendessen im Frauentrakt – es gab Schweinebraten mit Rosenkohl – hatte sie sich ihrem Strickkreis angeschlossen und über dieses und jenes geplaudert, ebenfalls wie immer. Aber es war, als würde sie schlafwandeln.

Sie hätte eigentlich angewidert sein müssen, von sich selbst, von dem, was sie getan hatte. Stattdessen war sie verblüfft und auch beglückt. War das wirklich passiert? Würde es noch mal passieren? Wie konnte sie Kontakt mit ihm aufnehmen, überhaupt an seine Existenz glauben? Unmöglich. Es war, als stünde sie an einem Abgrund. Ihr war schwindlig.

Um zehn Uhr begab sie sich in ihre Zelle, wo ihre Zellengenossin schon schlief, und es folgte das beruhigende Klappern der Tür und das Einrasten des Schlosses. Es war ein Gefühl von Sicherheit, auf diese Weise eingesperrt zu sein, jetzt, wo sie wusste, dass sie diesen anderen Menschen in sich hatte, der zu solch ungeahnten Eskapaden und Verrenkungen imstande war. Nicht Stan war schuld, die Chemie war schuld. Immer war von *Chemie* die Rede, wenn eigentlich etwas anderes gemeint war, Persönlichkeit zum Beispiel, aber sie meint wirklich Chemie. Geruch, Beschaffenheit, Geschmack, heimliche Zutaten. Bei ihrer Arbeit hat sie viel mit Chemie zu tun, sie weiß, was Chemie alles anrichten kann. Chemie hat Zauberkräfte. Sie kann gnadenlos sein.

In jener Nacht schlief sie wie volltrunken. Am Tag darauf ging sie so tatkräftig wie möglich ihren Krankenhauspflichten nach und versteckte sich hinter dem Gitterwerk ihres Lächelns. Seitdem wartet sie: in Positron, während Max in Consilience leere Häuser besichtigt; dann im Haus mit Stan und in der Bäckerei, wo sie tagsüber arbeitet; sie backt Torten und Zimtbrötchen. Dann ist sie wieder ein oder zwei Stunden lang Jasmine, mit Max, an den Tagen des Schichtwechsels, wenn er ins Gefängnis und sie zurück ins Zivilleben geht oder umgekehrt. Ein leeres Haus. Die Nervosität. Die Eile. Der Wahn.

Dann heißt es wieder warten. Es ist, als würde man auf die Folter gespannt und im nächsten Moment zerreißen; aber das ist noch nicht passiert. Wobei, ihm den Brief dazulassen war vielleicht eine Art Riss. Zumindest der Anfang. Sie hätte sich beherrschen sollen.

Stan muss den Brief gelesen haben. So muss es gewesen sein. Er muss ihn gelesen und zurück unter den Kühlschrank geschoben haben, denn Max schilderte ihr die Stelle, wo er ihn gefunden hatte, viel weiter rechts. Seitdem ist Stan so geistesabwesend, dass er ebenso gut taub oder blind sein könnte. Wenn Stan zärtlich wird – so würde es Charmaine ausdrücken, im Gegensatz zu dem, was mit Max passierte –, wirkt es, als würde er gar nicht sie meinen. Als hätte er ein anderes Bild von ihr im Kopf. Er scheint wütend auf sie zu sein.

»Lass los«, sagte er einmal zu ihr. »Lass einfach mal los, verdammt!«

»Was hast du damit gemeint, mit ›lass los‹?«, fragte sie ihn danach mit ihrer verwirrt-naiven Stimme, ihrer einstmals einzigen Stimme. »Was soll ich loslassen? Wovon redest du?« Er sagte: »Ach, schon gut«, »Entschuldige« und wirkte beschämt. Sie tat nichts, um ihn zu beschwichtigen. Sie will, dass er beschämt ist, denn solche Gefühle bei ihm auszulösen gehört zu ihrer Tarnung.

Einmal nannte er sie versehentlich Jasmine. Was, wenn sie geantwortet hätte? Fast hätte sie sich verraten. Aber dann fing sie sich wieder und tat, als hätte sie es gar nicht mitbekommen. Vielleicht hat sich Stan ja in ihren Zettel verliebt, in den leichtfertigen fuchsiafarbenen Kuss. Ist das jetzt lustig oder gefährlich?

Was, wenn Stan dahinterkommt? Hinter sie, hinter Max. Was würde er tun? Er ist aufbrausend; schlimmer war es damals, als sie noch im Auto lebten, aber auch seitdem sie hier sind, hat er mit

Gläsern geworfen, hat geflucht, wenn irgendetwas nicht lief, wie er es wollte: Heckenschere, Rasenmäher. Dass es Jasmine gar nicht gab, nur in ihr drin, würde ihm nicht gefallen. Sie würde ihn verlieren. Er würde es nicht ertragen.

Sie muss mit Max Schluss machen. Sie muss beide schützen – sowohl Stan als auch Max – und auch sich selbst. Nur noch nicht sofort. Sie wird sich ein paar weitere Stunden, ein paar Momente davon erlauben können, was immer es sein mag. Glück, nein, das ist es nicht.

Besser wäre es gewesen, wenn Jocelyn diesen Brief gefunden hätte, die Frau von Max. Was hätte sie wohl gedacht? Nichts allzu Bedrohliches. Sie hätte mit dem Namen Max nichts anfangen können, weil er gegenüber seiner Frau diesen Namen nie benutzt, sagt er zumindest, und weil er nur selten Sex mit ihr hat, jedenfalls nicht solchen, wie er und Charmaine ihn haben, insofern besteht kein Grund zur Eifersucht. Es sind zwei Welten: Max und Jasmine sind in der einen und die Frau von Max ist in der anderen.

Für Jocelyn wären »Max« und »Jasmine« einfach nur ihre Tauschpartner, die im selben Haus wohnen, solange sie und ihr Mann im Gefängnis sind. Sie würde denken, Max und Jasmine seien Stan und Charmaine, wenn sie sich überhaupt Gedanken machen würde um den Zettel. Was sollte sie auch sonst denken?

Puh!, sagt Charmaine zu sich. Sieht aus, als wärt ihr aus dem Schneider, vorerst.

Was hast du gerade gesagt? Sie hört Max' Stimme in ihrem Kopf, wie so oft, wenn er nicht da ist. Sie erfindet ihn, das ist ihr klar; sie erfindet Dinge, die er sagt. Wobei es sich nicht wie eine Erfindung anfühlt, es fühlt sich an, als wenn er wirklich mit ihr reden würde. *»Puh?« Du redest wie 'ne Comicfigur aus der Steinzeit! Du bist so retro, Baby, total geil! Und jetzt werd ich dafür sorgen, dass du noch viel bessere Sachen sagst mit deinem Purpurmund, du kleine Schlampe. Sag mir, dass du's willst. Bück dich.*

Alles, antwortet sie. Alles, in diesem unwirklichen Haus, in diesem leeren Raum, einem nicht existierenden Raum, zwischen zwei

Menschen ohne richtigen Namen. *Oh, alles.* Und schon ist sie ihm zu Willen.

Hier ist sie, die heutige Adresse. Max' Roller steht schon da, diskret, vier baufällige Türen weiter. Sie schafft es kaum die Treppe hoch, so weich sind ihre Knie. Würde ihr jemand zusehen, würde er denken, sie habe ein lahmes Bein.

IV DAS HERZ KOMMT ZULETZT

HAARSCHNITT

Stan meldet sich in Positron zurück, duscht, schlüpft in seinen orangefarbenen Overall und reiht sich ein, um sich seinen turnusmäßigen Haarschnitt verpassen zu lassen. Sie wollen das Bild eines authentischen Gefängnisses aufrechterhalten, wobei der geschorene Häftlingskopf veraltet ist – er gehört, wie die Kopfläuse, zu den alten Zeiten – und der Haarschnitt nicht mehr ganz so kurz ausfällt: gerade so kurz, dass die Haare eine zivile Länge erreicht haben, wenn man das Gefängnis wieder verlässt.

»Na, wie war der Monat draußen?«, fragt Clint, der Herrenfriseur. Clint hat ein großes H auf der Brust, weil ihm die Rolle des Handlangers zukommt. Er gehört nicht zu den alteingesessenen Kriminellen, die schon bei Projektbeginn hier waren. Einem Straftäter überließe man schwerlich Schere und Rasiermesser. Draußen im zivilen Leben beschneidet Clint die Bäume. Vor seinem Eintritt ins Projekt war er Versicherungsfachmann, hatte aber seinen Job verloren, als seine Firma an die Westküste zog.

Solche Geschichten hört man oft, obwohl die Leute nicht viel darüber reden, was sie früher gemacht haben: Man soll nicht zurückblicken. Auch Stan denkt nicht mehr allzu oft an sein Intermezzo bei Emo-Robotics, damals, als er noch glaubte, die Zukunft sei wie ein Gehweg und man bräuchte sich immer nur Block für Block vorzuarbeiten; er denkt auch nicht daran, was anschließend kam, seine Arbeitslosigkeit. Furchtbarer Gedanke, wie er damals war: ungewaschen, übellaunig, und wie ihm das Gefühl der Nutzlosigkeit die Luft aus den Lungen gesaugt hatte und wie ein Nebel umgab. Es tut gut, wieder Ziele zu haben, zum Beispiel das Auffinden und die Verführung Jasmines. Er kann sie fast in den Fingerspitzen spüren – die nachgiebige, elastische Haut, die feuchte Dschungelhitze.

Ruhig, sagt er zu sich und setzt sich schwungvoll auf den Stuhl. Nimm die Hände aus den Taschen. Zieh dir bloß keinen Leistenbruch zu.

Clint muss das Schneiden im Gefängnis gelernt haben; alle hatten sie irgendeine Lehre machen, sich eine für Positron nutzbringende praktische Tätigkeit aneignen müssen.

»War ein guter Monat, ich kann nicht klagen«, sagt Stan. »Und selbst?«

»Großartig«, sagt Clint. »Ich hab 'n bisschen was am Haus gemacht. Bin zum Gremium, hab 'ne Genehmigung bekommen und hab die Küche neu gestrichen. Knallgelb, macht echt einen Riesenunterschied. Nordseite. Meine Frau war begeistert.«

»Was macht sie hier drin?«, fragt Stan.

»Sie ist im Krankenhaus, in der Chirurgie. Hauptsächlich Herz-OPs. Und Ihre?«

»Die ist auch im Krankenhaus, Leiterin der Medikationsabteilung«, sagt Stan. Er ist schon ein bisschen stolz auf Charmaine: Trotz ihres rosafarbenen Schließfachs ist sie kein Dummchen. Sie hat einen ernstzunehmenden Job, der mit Macht verbunden ist. Man muss zuverlässig sein, optimistisch, sagte sie mal. Geerdet, diskret und ohne depressive Neigungen.

»Ist bestimmt manchmal ein harter Job«, sagt Clint. »Ständig mit kranken Menschen zu tun haben.«

»Anfangs ja«, sagt Stan. »Da hat er ihr ein bisschen zugesetzt. Aber inzwischen hat sie sich dran gewöhnt.« Sie hat ihm nie viel von ihrer Arbeit erzählt, er ihr auch nicht von seiner.

»Man braucht einen kühlen Kopf«, sagt Stan. »Empfindsam darf man nicht sein.«

Dem kann Clint nur grunzend zustimmen. Er entscheidet sich für ein taktvolles Schnippschnapp und Schweigen, was für Stan völlig okay ist. Er muss sich auf Jasmine konzentrieren, Jasmine mit ihrem fuchsiafarbenen Kuss. Sie geht ihm nicht aus dem Kopf.

Er schließt die Augen, sieht sich als einen der bekloppten jungen Videospiel-Helden seiner Kindheit, der sich durch Sümpfe mit menschenfressenden Schlingpflanzen schlägt, riesige Blutegel unschädlich macht und sich durch giftige Sträucher einen Weg hackt zu dem eisernen Schloss, wo Jasmine schlafend liegt, bewacht von einem Drachen, dem Drachen Max, um in Kürze durch einen Kuss geweckt zu werden, dem Kuss von Stan. Das Dumme ist nur, sie ist schon wach, sie ist hellwach und hat gerade Sex mit dem Drachen. Mit seinem großen schuppenbedeckten Schwanz.

Kein guter Tagtraum. Er schlägt die Augen auf.

Wer ist Max? Er könnte jemand sein, dem Stan ständig begegnet, ohne es zu wissen. Er könnte jemand sein, der ihm schon mal seinen Roller zur Reparatur gebracht hat, er könnte in diesem Moment einen Wärter spielen, der Stan nachts in seine Zelle sperrt und *Nicht aus der Reihe tanzen* sagt. Er könnte sogar Clint sein: Wäre das möglich? Ist Clint vielleicht ein falscher Name? Nein, bestimmt nicht. Clint ist schon älter, mit graumeliertem Haar und Bierbauch.

»So, das wär's dann«, sagt Clint. Er hält einen Spiegel hoch, damit Stan seinen Hinterkopf sehen kann. In seinem Nacken bildet sich eine stoppelige Speckrolle, aber nur wenn er den Kopf zurücklegt. Wenn er Jasmine findet, muss er daran denken, den Kopf immer gerade zu halten. Oder leicht nach vorn zu neigen. Sie könnte ihre Hand dort ablegen, eine Hand mit langen kräftigen Fingern und Fingernägeln in der Farbe von hellem Blut. Beim bloßen Gedanken daran errötet er. Clint bürstet die kitzelnden Härchen weg.

»Danke«, sagt Stan. »Bis in acht Wochen.«

Acht Wochen – vier drin, vier draußen – bis zu seinem nächsten Haarschnitt bei Clint. Bis dahin wird er mit Jasmine Kontakt aufgenommen haben, koste es, was es wolle.

Er stellt sich in die Schlange fürs Mittagessen; das kommt immer als Erstes nach dem Haareschneiden. Das Gefängnisessen ist hervorragend, denn wenn das Küchenteam Mist fabriziert, wird man ihnen aus Rache im nächsten Monat ebenfalls Mist vorsetzen. Es klappt wunderbar. Verblüffend, wie viele gewissenhafte Köche auf diese Art hervorgebracht werden. Heute gibt es Geflügelklöße, eines seiner Leibgerichte. Hinzu kommt, dass er in seiner Rolle als Geflügelkontrolleur selbst einen Beitrag zur Produktion der Hühner geleistet hat.

In den ersten Monaten im Projekt war die Mittagszeit anstrengend gewesen. Damals gab es im Haus noch waschechte Kriminelle. Dealer, Gangster, Gauner und Trickbetrüger, Diebe aller Couleur. Gefährliche Glatzköpfe mit Tätowierungen, die Aufschluss über Zugehörigkeiten gaben und Fehden ankündigten. Es gab Geschubse bei der Essensausgabe. Es gab finstere Blicke, Handgemenge. Stan lernte einige geniale Wortschöpfungen, auf die er selbst nie gekommen wäre, nicht mal im Streit mit Conor, und man musste den Erfindungsreichtum, ja sogar die Poesie dahinter bewundern. Plätzchen lösten Prügeleien aus, Gesichter wurden mit Rührei eingeseift.

Manchmal eskalierten Situationen: Beine gestellt, Knochen gebrochen. Dann sollten die Wärter durchgreifen, aber nur wenige waren gelernte Wärter, also fehlte es ihnen an Autorität. Es wurde getreten, geschlagen, gewürgt, mit Kaffee verbrannt, und hinter den Kulissen ging es weiter: Messerstechereien in der Dusche, Wunden, die von geklauten Grillgabeln aus der Küche herrührten. Gehirnerschütterungen, weil draußen im Gemüsegarten zwischen den schützenden Reihen der Tomaten jemand mit dem Kopf gegen die Steine geknallt wurde.

An diesen Tagen nahm Stan sich zurück, hielt den Mund und versuchte sich möglichst unsichtbar zu machen, wohl wissend, dass er kein Conor war – ihm fehlte die Fähigkeit zu solchen Hardcorespielchen. Aber diese Phase war nicht von Dauer, denn die von den kriminellen Elementen verursachten Störungen stellten eine zu große Bedrohung für das Projekt dar. Zunächst hatte man angenommen, die Verbrecher würden sich an die Freiwilligen anpassen, die jetzt das Gros der Häftlinge ausmachten und eigentlich einen positiven Einfluss auf die Kriminellen ausüben sollten. Andererseits sollten die Verbrecher jeden zweiten Monat entlassen werden, um Zivilisten zu sein und in Consilience einem Job nachzugehen oder als Wärter zu arbeiten.

Dies würde ihnen eine ungekannte Erfahrung ermöglichen – nämlich Arbeit –, ihnen Respekt bei anderen verschaffen und einen Platz in der Gemeinschaft sichern, was wiederum zu neuer Selbstachtung führen sollte. Häftlinge als Wärter einzusetzen und umgekehrt hätte nur Vorteile, so das Mantra. Wärter würden ihre Macht weniger schnell missbrauchen, da sie bald selbst wieder hinter Gittern säßen. Und die Häftlinge hätten einen Anreiz zu gutem Benehmen, da Gewalt nur zu Racheakten führen würde. Außerdem brachte Kriminalität keinen Gewinn mehr. Gang-Vormacht brachte keinen materiellen Wohlstand, auch Hehlerei war unmöglich: Wer wollte schon kaufen, was ohnehin in allen vollmöblierten Häusern von Consilience stand? Es gab keine verbotenen Substanzen, die geschmuggelt oder vertickt werden konnten, keine Schiebereien. So ging die offizielle Theorie.

Aber wie es schien, wollten einige Verbrecher einfach so auf dicke Hose machen: Wer oben war, war oben, auch wenn dabei nichts für ihn rausssprang. Es formierten sich Gangs, Nichtkriminelle wurden von Kriminellen eingeschüchtert oder ließen sich in dubiose Machenschaften hineinziehen, weil sie plötzlich einen Reiz darin sahen. Es gab Einbrüche in der Stadt, Partys mit zertrümmertem Mobiliar, vielleicht sogar – wollte man Gerüchten glauben – Gruppenvergewaltigungen. Irgendwann hieß es, gegen das Management sei ein Aufstand mit Geiselnahmen und abgetrennten Ohren geplant, aber das Vorhaben wurde rechtzeitig durch einen Agenten aufgedeckt.

Die Machthaber hätten von außen jederzeit Strom und Wasser abdrehen können – um darauf zu kommen, muss man nicht studiert haben, findet Stan –, aber dann würden die schlechten Nachrichten nach draußen sickern und das Projekt wäre am Ende, und zwar viel zu öffentlich. Das Modell würde als gescheitert gelten. Und ein Haufen Investorengelder wäre in den Sand gesetzt worden.

Nachdem die Kontrollen verstärkt worden waren, verschwanden die schlimmsten Störenfriede von der Bildfläche. Consilience war ein geschlossenes System – wer einmal drin war, kam nicht wieder raus –, wo waren sie also gelandet? »In einen anderen Trakt versetzt«, lautete die offizielle Erklärung. Oder es war die Rede von »Gesundheitsproblemen«. Gerüchte über ihr wahres Schicksal begannen zu kursieren. Auf einmal herrschte Disziplin.

DIENST

Nach dem Mittagessen ruht Stan sich kurz in seiner Zelle aus; als die Geflügelklöße verdaut sind, geht er in den Fitnessraum an die Gewichte und konzentriert sich auf seine Rumpfmuskulatur. Dann ist es Zeit für seine Schicht in der Geflügel-Anlage.

Positron verfügt über vier Sorten Tiere: Rinder, Schweine, Kaninchen und Hühner. Ebenso über ausgedehnte Treibhäuser, die auf dem Gelände der zerstörten Gebäude stehen, sowie über mehrere Hektar Apfelbäume und diverse Gemüsebeete. Diese, dazu Sojabohnen und ganzjährige Weizenfelder, sollen die Frischeprodukte sowohl für das Gefängnis als auch für die Stadt Consilience liefern. Nicht nur die Frischeprodukte, sondern auch die Tiefkühlprodukte, nicht nur Essen, sondern auch Getränke. Bald soll eine Brauerei eröffnet werden. Einiges wird von außen zugekauft – relativ viel sogar –, aber nur als Übergangslösung, heißt es. Es werde nicht mehr lange dauern, bis Positron sich selbst versorgen kann.

Außer bei Papierprodukten, Plastikprodukten, Benzin, Zucker, Bananen und …

Dennoch, man bedenke nur, was in anderen Bereichen eingespart wird, Hühner zum Beispiel! Die Hühner sind ein unbestrittener Erfolg. Sie sind prall und lecker, sie pflanzen sich in Windeseile fort; mit der Regelmäßigkeit eines Uhrwerks kullern Eier heraus.

Sie fressen die Gemüsereste und die Tischreste aus dem Gefängnis und das, was von den Schlachttieren übrig bleibt. Die Schweine fressen das Gleiche, nur mehr davon. Die Rinder und Kaninchen sind nach wie vor Vegetarier.

Doch abgesehen davon, dass er sie isst, hat Stan mit den Rindern, Schweinen und Kaninchen nichts zu tun, nur mit den Hühnern. Diese leben in Drahtkäfigen, aber zweimal am Tag werden sie ins Freie gelassen und bekommen Auslauf, was ihre Moral heben soll. Heizung und Licht sind computergesteuert, der Rechner steht in einem kleinen Schuppen und wird von Stan ständig kontrolliert: Ein Fehler hätte fast einmal zu Grillhähnchen geführt, doch Stan konnte die Software umprogrammieren und das Schlimmste verhindern. Die Eier werden mit Hilfe von genialen Rutschen und Trichtern gesammelt und digital ausgezählt. Stan selbst hat ein paar Verbesserungen vorgenommen, damit weniger Eier zu Bruch gehen, und jetzt läuft das System einwandfrei. Seine Vierstundenschicht verbringt er hauptsächlich damit, den Nachmittagsauslauf der Hühner zu überwachen, bei Hackordnungskämpfen einzuschreiten und die Tiere auf Gesundheitsprobleme und depressives Verhalten hin zu beobachten.

Es sind Arbeitsbeschaffungsmaßnahmen, das ist ihm klar. Er vermutet, dass jedes Huhn gechipt wird und dass darüber die eigentliche Überwachung erfolgt, in einem Raum voller automatisierter Hühnerschnüffler, die Ziffern auf Flowcharts und Tabellen festhalten. Dennoch, der Job hat was Beruhigendes.

Anfangs – während der Herrschaft der amokbereiten echten Verbrecher und vor dem Einbau der Überwachungskameras in der gesamten Geflügel-Anlage – verging kein Tag, ohne dass Stan bei seiner Schicht von einem Mithäftling besucht wurde.

Was die Männer wollten, war ein Huhn, mit dem sie kurz allein sein konnten. Im Gegenzug wurde Stan Schutz vor der Gangstertyrannei geboten, die den ordnungsgemäßen Gefängnisalltag wie eine unterirdische Strömung unterlief.

»Du willst was?«, fragte er beim ersten Mal. Der Typ hatte es ausbuchstabiert: Er wollte Sex mit einem Huhn. Den Hühnern sei's egal, er mache das ständig, es sei völlig normal, sehr verbreitet, und Tiere wüssten zu schweigen. Triebstau halt, was soll man machen ohne Ventil? Außerdem sei es unfair von Stan, die Hühner so zu horten, und wenn er nicht sofort den Käfig aufsperre, werde sein Leben bald nicht mehr so angenehm sein, vorausgesetzt, er bleibe am Leben, am Ende werde er noch selbst als Huhn missbraucht, Schwuchtel, die er wahrscheinlich sei.

Stan hatte verstanden. Er ließ die Männer zu den Hühnern. Und wurde somit zu was? Zum Hühnerluden? Immer noch besser als tot.

Conor hätte gewusst, was zu tun wäre. Conor hätte dem Typen eins aufs Maul gegeben, ihn zu Hühnerfutter verarbeitet. Conor hätte einen höheren Preis verlangt. Conor hätte selbst das Kommando über die Gangster übernommen. Aber andererseits hätte Conor vielleicht nicht überlebt, nachdem die Geschäftsleitung die internen Probleme ernsthaft in Angriff nahm.

Jetzt, wo er an den Käfigen vorbeischlendert, dem beruhigenden Gackern der glücklichen Hennen lauscht, den vertrauten Ammoniakgeruch von Hühnerkacke in der Nase, fragt er sich, ob seine Zuhälterei ihm unangenehm ist, und er muss zugeben, nein. Schlimmer noch, er spielt mit dem Gedanken, es selbst mal mit einem Huhn zu probieren; vielleicht würde es seine Qualen lindern und er könnte sich gewissermaßen mit einem lebenden Staubwedel Jasmines Bild von seiner Hirnoberfläche fegen. Wären da nur nicht die Kameras: Ein Mann, der sich ein Hühnchen aufspießt wie einen Marshmallow, könnte einen sehr unwürdigen Anblick bieten. Bestimmt würde die Teufelsaustreibung nach hinten losgehen: Am Ende träumt er noch von Jasmine im Federkleid.

Schluss jetzt, Stan, sagt er zu sich. Lass es sein. Hör auf zu jammern. Diese Sache nimmt langsam überhand. Es muss doch irgendein Medikament gegen diesen Wachtraum geben. Nein, diesen Albtraum: endlose Verlockung ohne Erlösung. Vielleicht wird er Charmaine um irgendeine Beruhigungspille bitten, was zur Entspannung. Sie arbeitet in der Medikationsabteilung, sie kommt doch sicher an irgendwas ran. Aber wie soll er ihr sein Problem erklären – ich bin scharf auf eine Frau, die ich noch nie gesehen habe –, geschweige denn seine Bedürfnisse? Sie ist so sauber, so frisch, so blau-weiß, so babypuderduftend. Sie würde so kranke Gelüste gar nicht nachvollziehen können. Geschweige denn so vollkommen hirnrissige Gelüste.

Vielleicht sollte er nach seiner Geflügelschicht noch ein bisschen Zeit in der Tischlerei verbringen. Irgendwas zersägen. Ein paar Nägel einschlagen.

DAS HERZ KOMMT ZULETZT

Charmaine zieht ihren grünen Kittel über den orangefarbenen Overall. Für heute Nachmittag steht eine Sonderbehandlung auf dem Plan. Die sind immer nachmittags; niemals nachts, niemals im Dunkeln. So macht es allen Beteiligten mehr Laune, einschließlich ihr selbst.

Sie prüft noch mal nach, ob sie Maske und Chirurgenhandschuhe eingesteckt hat: ja, alles in der Tasche. Erst muss sie sich den Schlüssel vom Schalter holen, der sich am Schnittpunkt dreier Korridore befindet. An diesem Schalter gibt es keine Empfangsperson, nur einen Monitor, aber immerhin ist auf dem Bildschirm ein Kopf zu sehen. Oder eine Kopfkonserve. Ob das Ganze live ist oder nicht, wer weiß: Heutzutage ist ja alles so gut gemacht. Vielleicht übernehmen bald Roboter die Sonderbehandlung. Wäre das eine gute Sache? Nein. Für die Behandlung braucht man eine menschliche Note. Dann ist es humaner.

»Könnte ich bitte den Schlüssel haben?«, fragt sie den Kopf. Am besten behandelt man den Kopf, als wäre er echt, nur falls er tatsächlich echt ist.

»Bitte loggen Sie sich ein«, sagt der Kopf lächelnd. Sie, oder es, ist eine attraktive, wenn auch kantige Brünette mit Pony und kleinen Ohrringen. Die Köpfe wechseln alle paar Tage, vielleicht um die Illusion zu vermitteln, dass sie in Echtzeit existieren.

Charmaine fragt sich jedes Mal, ob der Kopf sie sehen kann. Sie gibt ihren Code ein, verifiziert ihn mit dem Daumen, starrt auf den Irisscanner neben dem Monitor mit dem Kopf, bis er blinkt.

»Danke«, sagt der Kopf. Ein Plastikschlüssel rutscht aus dem Schlitz am unteren Rand des Monitors. Charmaine steckt ihn ein. »Hier sind die Informationen zu der heute auszuführenden, streng vertraulichen Sonderbehandlung.« Ein Blatt Papier gleitet aus einem anderen Schlitz; Zimmernummer, Positron-Name, Alter, letzte Dosis Sedativum wann verabreicht. Der Mann muss vollgepumpt sein mit Medikamenten. Ist auch besser so.

Mit Hilfe des Schlüssels betritt sie die Medikamentenausgabe, geht an den Schrank, gibt den Code ein. Dort liegt die Ampulle schon für sie bereit, und die Spritze. Energisch streift sie sich die Handschuhe über.

In dem zugewiesenen Raum ist der Mann an fünf Stellen fixiert, wie es inzwischen üblich ist; wildes Umsichschlagen, Treten und Beißen sind unmöglich. Er ist groggy, aber wach. Charmaine ist für wach: Es wäre falsch, die Behandlung bei einem Schlafenden auszuführen, dann würde er alles verpassen. Was genau, das weiß sie nicht, aber irgendetwas, das netter ist, als es sonst wäre.

Er sieht zu ihr hoch: Trotz der Medikamente hat er offenbar Angst. Er versucht zu sprechen: ein belegtes Geräusch dringt aus seiner Kehle. *Uhuhuhu* … Das machen alle, dieses Geräusch; sie findet es ein wenig quälend.

»Hallo«, sagt sie. »Ist es nicht ein wunderschöner Tag heute? Sehen Sie nur, die Sonne scheint! Wer wird an so einem Tag denn Trübsal blasen? Es tut auch gar nicht weh.« Das stimmt: Nach allem, was sie beobachtet hat, scheint es ein ekstatisches Erlebnis zu sein. Weh tut es allenfalls ihr selbst, weil sie sich Gedanken machen muss, ob das, was sie macht, richtig ist. Es ist eine große Verantwortung, und dass sie niemandem davon erzählen darf, nicht einmal Stan, ist noch schlimmer.

Gut, es sind nur die schlimmsten Verbrecher, bei denen eine Behandlung vorgenommen wird, die Unbelehrbaren, die man nicht hat umkrempeln können. Die Unruhestifter, diejenigen, die Consilience zugrunde richten würden, wenn man sie ließe. Es ist ein letzter Ausweg. Das hat man ihr immer wieder beteuert.

Die meisten Behandlungen sind Männer, aber nicht alle. Wobei sie bisher noch keine Frau hatte. Frauen sind nicht ganz so unbelehrbar; das muss es sein.

Sie beugt sich vor, küsst dem Mann die Stirn. Ein junger Mann mit glatter Haut, goldbraun unter den Tätowierungen. Sie lässt die Maske in der Tasche. Eigentlich soll sie sie während der Behandlung zum Schutz gegen Keime aufsetzen, aber sie verzichtet darauf: Eine Maske wäre gruselig. Ohne Zweifel wird sie durch irgendeine versteckte Kamera beobachtet, aber bisher wurde sie wegen dieses kleinen Verstoßes noch nicht abgemahnt. Personen, die bereit seien, die Behandlung effizient und dennoch liebevoll vorzunehmen, seien schwer zu finden, hieß es; engagierte Personen, aufrichtige Personen. Aber irgendjemand müsse es tun, für das Gemeinwohl.

Als sie die Sache mit dem Kuss auf die Stirn zum ersten Mal ausprobierte, war der Kopf nach vorn geschnellt, um nach ihr zu schnappen. Er hatte geblutet. Sie beantragte eine zusätzliche Schelle für den Hals. Die gewährt wurde. Auf Feedback wird prompt reagiert hier in Positron.

Sie streichelt dem Mann über den Kopf, lächelt mit ihren trügerischen Zähnen. Sie hofft, dass er in ihr einen Engel sieht, einen gnadenreichen Engel. Denn genau das ist sie doch, oder? Solche Männer sind wie Stans Bruder Conor: Sie passen nirgends hin. Sie werden niemals glücklich sein, wo sie sind – nicht in Positron, nicht in Consilience, wahrscheinlich an keinem Ort der Erde. Also bietet sie ihm eine Alternative. Die Flucht. Entweder wird dieser Mann an einem besseren Ort landen oder im Nirgendwo. Wie auch immer, auf dem Weg dorthin wird er gleich einen Heidenspaß haben.

»Ich wünsch Ihnen eine wundervolle Reise«, sagt sie. Sie tätschelt ihm den Arm, dann dreht sie ihm den Rücken zu, damit er nicht sehen kann, wie sie die Spritze in die Ampulle schiebt und den Inhalt aufzieht.

»Dann geht's jetzt los«, sagt sie munter. Sie findet die Vene, drückt die Spritze hinein.

Uhuhuh, sagt er. Es zieht ihn nach oben. Seine Augen sind voller Entsetzen, aber nicht lange. Das Gesicht entspannt sich; er wendet den Blick von der Decke ab, von der blanken Decke, die für ihn jetzt nicht mehr weiß und blank ist. Er lächelt. Sie hat die Behandlung zeitlich begrenzt: fünf Minuten Ekstase. So viel kriegen die meisten Leute nicht mal in ihrem ganzen Leben.

Dann ist er bewusstlos. Dann setzt der Atem aus. Das Herz kommt zuletzt.

Vorbildlich. Mehr als das. Ein gutes Gefühl, wenn man gut ist in dem, was man macht.

Sie gibt den Zahlencode für den erfolgreichen Abschluss ein, lässt die Spritze in den Recyclingcontainer fallen – sterile Spritzen sind hier eher sinnlos, also werden sie bei der nächsten Behandlung wiederverwendet. In Sachen Müllvermeidung ist Positron ganz weit vorn. Sie schält sich aus den Handschuhen, schmeißt sie in den Wertstoffeimer und verlässt den Raum. Jetzt kommen andere, um das Ihre zu tun. Als Todesursache wird »Herzstillstand« angegeben, was so gesehen der Wahrheit entspricht.

Was passiert mit der Leiche? Eingeäschert wird sie nicht: zu viel Energieverbrauch. Und kein Häftling, ob tot oder lebendig, kommt durch die Tore von Consilience. Sie hat sich schon gefragt, ob ihnen die Organe entnommen werden, aber hätte man sie dann nicht lieber hirntot und am Tropf als einfach nur tot? Je frischer, desto besser; müsste doch eigentlich so sein bei Organen. Proteinreiches Tierfutter? Das kann Charmaine sich nicht vorstellen, es wäre respektlos. Wie auch immer, es ist ganz bestimmt sinnvoll, und mehr muss sie nicht wissen. Es gibt Dinge, über die man besser nicht nachdenkt.

Heute Abend wird sie wie immer zu ihrem Strickkreis gehen. Einige Frauen stricken gerade Babymützen, andere arbeiten an etwas Neuem – blaue Teddybären, unheimlich süß. »Und, hatten Sie einen schönen Tag?«, werden die Frauen aus dem Strickkreis zu ihr sagen. »O ja, einen perfekten Tag«, wird sie entgegnen.

ROLLER

Es ist Mitte September. Abends, wenn Stan noch eine Runde um den Block dreht, trägt er eine Fleecejacke. Es liegt schon Laub auf dem Rasen; frühmorgens, noch vor dem Frühstück, harkt er es zusammen. Um die Zeit sind noch nicht viele Leute unterwegs. Nur ab und zu gleitet ein schwarzer Überwachungswagen vorbei, leise wie ein Haifisch. Soll man freundlich winken? Stan hat sich dagegen entschieden; besser man tut, als wären sie unsichtbar. Außerdem, sitzt da überhaupt jemand drin? Die Autos könnten ferngesteuert sein, wie Drohnen.

Nach dem Frühstück – pochierte Eier, wenn er Glück hat, die isst er am liebsten – und einem Abschiedsküsschen von Charmaine fährt er zu seiner zivilen Arbeitsstelle in der Elektroroller- werkstatt. Es war eine gute Wahl: Dass er früher bei Emo-Robotics war, wurde von den Jobverteilern berücksichtigt, zudem hat er immer schon gern an Geräten herumgeschraubt. Den billigen singenden Toaster, das Hochzeitsgeschenk irgendeines Spaßvogels bei Emo-Robotics, hat er damals auseinandergenommen und wieder so zusammengebaut, dass er »Steam Heat« spielte. Charmaine fand das süß, anfangs. Wobei so ein immer gleiches Gedudel schon nerven kann.

Jedem Roller wird eine Nummer, aber kein Name zugeordnet, denn es wäre nicht gut, wenn ein Fahrer seinen Tauschpartner kennen würde, falls es am Tag des Schichtwechsels zu einer Begegnung käme. Es gäbe Feindseligkeiten, es gäbe Streit: Wer hat die Delle ins Blech gemacht? Von wem stammt der Kratzer im Lack? Wer ist denn so blöd und vergisst, die Batterie aufzuladen, welcher Penner lässt seinen Roller im Regen stehen? Wozu gibt's 'ne Plane! Die Roller gehören der Stadt Consilience, sie gehören keiner Einzelperson. Auch keinem Paar. Schon erstaunlich, wie besitzergreifend man wegen so einer Scheiße werden kann.

Der Roller, an dem er in der Werkstatt gerade bastelt, ist der, den Charmaine fährt: rosa mit lila Streifen. Die Roller sind alle zweifarbig, passend zu den beiden Schließfächern ihrer Fahrer. Sein eigener Roller – und der von Max – ist grün und rot. Es macht ihn wütend, dass dieser Wichser auf demselben Roller herumgurkt, dass Max seinen Arsch auf denselben Rollersitz pflanzt, den Stan als seinen Sitz ansieht. Aber besser nicht drüber nachdenken. Er muss locker bleiben.

Charmaines Roller hat Probleme gemacht. Das dumme Ding – so hat sie sich ausgedrückt – stottert beim Starten und gibt schon nach wenigen Blocks den Geist auf. Vielleicht ist es irgendwas mit dem Solarsystem.

»Ich nehm ihn mit, wenn du willst«, erbot sich Stan. »Zu mir in die Werkstatt. Ich guck ihn mir da mal an.«

»O danke, Schatz, das wär toll«, sagte sie leichthin. Vielleicht nicht ganz so dankbar wie früher, oder bildet er sich das nur ein? »Bist ein Engel«, fügte sie ein wenig zerstreut hinzu. Sie war gerade dabei, den Herd zu reinigen: Solche Aufgaben findet sie reizvoll, Schmutzentfernung macht sie an. Für ihn bedeutet das immer quietschsaubere Unterwäsche, also will er sich nicht beschweren.

Er hatte das Problem entdeckt – ein durchgescheuertes Kabel – und ein paar Abende in der Garage verbracht, um den Roller so weit flottzukriegen, um damit in die Werkstatt fahren zu können, er wolle dort noch etwas daran basteln, das erzählte er zumindest Charmaine.

Aber eigentlich wollte er den Roller für sich haben. Er will ihn präparieren, denn in zwei Wochen – am ersten Oktober – wird Jasmine ihn übernehmen.

Warum hat er so lange gebraucht, um auf diese Idee zu kommen? Jasmine mit dieser Methode auf die Spur zu kommen? Es war doch sonnenklar! Alles, was er braucht, ist ein zweites Smartphone; mit etwas Manipulation kann er es mit seinem eigenen Handy synchronisieren und in den Roller einbauen. Dann kann er Jasmine orten, während er im Gefängnis ist, und die gespeicherten Informationen über sein Telefon abrufen, sobald er wieder draußen ist. Niemand im Projekt hat Zugang zum Außen-WLAN, aber man kann über das interne Consilience-Netz kommunizieren und sich den Stadtplan von Consilience runterladen; mehr braucht er nicht.

An Charmaines Telefon zu kommen war keine Kunst. Sie war in letzter Zeit so zerstreut, dass sie irgendwann selbst glaubte, dass sie es irgendwo hatte liegen lassen, vielleicht auf der Arbeit, und wer weiß, was damit passiert ist? Sie hat es als verloren gemeldet, und man hatte ihr ein neues gegeben. So weit, so gut. Er wird den ganzen Oktober im Knast sein und Hühner versorgen, aber wenn er am ersten November rauskommt, wird er sämtliche Wege rekonstruieren können, die Jasmine in seiner Abwesenheit zurückgelegt hat.

Und irgendwann werden sich diese Wege irgendwie mit seinen überschneiden – irgendwo, wo er vielleicht einen Blick auf sie erhaschen oder sie sogar hinterrücks überfallen kann. Während eines Schichtwechsels wird er ihr im Supermarkt über den Weg laufen, oder in dem, was in Consilience als Supermarkt gilt. Er wird an einer Straßenecke auf sie warten. Er wird hinter einem Busch lauern, auf einem leeren Grundstück. Dann wird er ihr mir nichts, dir nichts den Mund auf die kirschroten Lippen drücken, und sie wird schwach werden; sie wird ihm nicht widerstehen können, genauso wenig wie ein Stück Papier einem brennenden Streichholz widerstehen kann. Wusch! Stichflamme! Meterhoch! Was für ein Bild. Fast nicht auszuhalten.

Du bist verrückt, sagt er zu sich. Du bist ein Stalker. Du bist ein Irrer. Man könnte dich erwischen. Und dann, du Schlaumeier? Ab in die Klinik wegen sogenannter Gesundheitsprobleme?

Er macht trotzdem weiter. Im Sitzpolster lässt sich das Telefon am besten verstecken. Er schneidet einen Schlitz ins Kunstleder, seitlich ganz unten, wo es nicht auffällt. Da. Fertig. Mit Sekundenkleber klebt er den Schlitz wieder zu; man müsste schon sehr genau hingucken, um ihn zu sehen.

»Ist wieder so gut wie neu«, sagt er zu Charmaine, als er ihr den Roller zurückgibt. Sie stößt ein freudiges Gurren aus, das er mal aufreizend fand, aber jetzt nur noch widerlich süß, und umarmt ihn flüchtig.

»Ich bin dir so dankbar«, sagt sie. Aber nicht dankbar genug. Als er sich an diesem Abend auf sie legt und ein paar neue Tricks ausprobiert, in der Hoffnung auf mehr als ihr beschränktes Repertoire aus ein bisschen Keuchen gefolgt von einem Seufzer, fängt sie an zu kichern und sagt, es kitzle. Was verdammt noch mal wenig ermutigend ist. Genauso gut könnte er ein Hühnchen vögeln.

Aber ach, scheiß drauf. Jetzt, wo er Jasmine verfolgen, ihre kleinste Bewegung vorhersagen, ihre Gedanken lesen kann, ist sie zum Greifen nah. In der Zwischenzeit kann er zwei Wochen üben, indem er Charmaine auf dem Roller verfolgt. Das wird sicher langweilig, wohin wird sie schon fahren? In ihre Bäckerei, einkaufen, nach Hause, Bäckerei, einkaufen. Sie ist so berechenbar. Immer dasselbe. Aber er wird wissen, ob seine Telefonmethode funktioniert.

LEICHTES OPFER

Und schon ist der erste Oktober da. Der nächste Schichtwechsel. Wo ist nur die Zeit geblieben?

Charmaine liegt in ihre Klamotten verheddert auf dem Fußboden des leerstehenden Hauses – ein ziemlich intaktes Haus diesmal, zur Renovierung ausgeschrieben, nicht zum Abriss. Die Tapete ist dezent, ein geprägtes Rankenmuster in Eierschale und Trüffel. Die Schmierereien heben sich deutlich vom Hintergrund ab: dunkelrote Farbe, schwarzer Marker. Kurze kraftvolle Wörter, unvermittelt und krass. Sie stößt sie hervor wie einen Zauberspruch.

»Du überraschst mich immer wieder«, sagt Max zu ihr. Er murmelt es ihr ins Ohr, an dem er gerade knabbert. Werden sie's heute zweimal machen?, fragt sie sich. Sie war zeitig da gewesen, in der Hoffnung, dass es so sein würde. »Erst die Coole«, fährt Max fort, »aber dann … Dein Mann kann sich echt glücklich schätzen.«

»Bei ihm bin ich nicht so«, sagt sie. Sie würde lieber nicht nach Stan gefragt werden. Es ist unfair.

»Erzähl mir, wie du bei ihm bist«, sagt Max. »Nein. Erzähl mir, wie du bei einem wildfremden Mann wärst.« Er will etwas hören, was ihn anmacht, eine Andeutung von Gewalt. Ein paar Fesseln, gemäßigte Schreie. Es ist ein Spiel zwischen ihnen, jetzt, wo es Herbst ist und sie sich schon besser kennen.

Sie muss an Stan denken. Stan aus dem wahren Leben. »Max«, sagt sie. »Ich will, dass wir mal ernst sind.«

»Ich bin ernst«, sagt Max und küsst ihren Hals von oben nach unten.

»Nein, hör zu. Ich glaube, er ahnt was.« Warum denkt sie das überhaupt? Weil Stan sie in letzter Zeit ansieht, oder eher, weil er durch sie hindurchsieht, als wäre sie aus Glas. Das ist viel unheimlicher, als wenn er einfach nur schlecht gelaunt oder wütend wäre oder ihr etwas an den Kopf werfen würde.

»Kann doch gar nicht sein«, sagt Max. Er taucht zu ihr auf: Er ist beunruhigt. Käme Stan jetzt durch die Tür, wäre Max im Nu durchs Fenster verschwunden. Ja, so wär's, das ist ihr inzwischen klar: Er würde rennen, türmen, Haken schlagen wie ein Hase, das ist die realistische Wahrheit. Sie sollte ihm nicht zu viel Angst einjagen, denn sie will nicht, dass er flüchtet, nicht bevor es unbedingt sein muss. Sie will, dass er sie an sich drückt wie Kinder ihre Stofftiere: Der Gedanke, ihn loszulassen, macht sie trauriger als alles andere.

»Ich glaub nicht, dass er Bescheid weiß«, sagt sie. »Nicht direkt. Nicht an sich. Aber er guckt mich immer so komisch an.«

»Das ist alles?«, fragt Max. »Hey. Ich guck dich doch auch komisch an. Wer würde das nicht tun?« Er packt sie an den Haaren, dreht ihren Kopf zu sich, drückt ihr einen schnellen Kuss auf die Lippen. »Machst du dir Sorgen?«

»Ich weiß nicht. Vielleicht auch nicht. Er ist so aufbrausend«, sagt sie. »Vielleicht wird er gewalttätig.« Max horcht auf.

»Würde ich auch werden«, sagt er. »Hey. Ich würde liebend gern mal bei dir gewalttätig werden.« Er hebt die Hand; sie zuckt zurück, so wie er das will. Jetzt sind sie wieder ineinander verschlungen, verknäult mit irgendwelchen Kleidungsstücken, und stürzen hinab ins Namenlose.

Die Augen geschlossen, nach Atem ringend, geht ihr auf, wie besorgt sie nämlich doch ist: Auf einer Skala von eins bis zehn ist es mindestens eine Acht. Was, wenn Stan doch Bescheid weiß? Und was, wenn es ihm was ausmacht? Er könnte fies werden, aber wie fies? Er könnte bedrohlich werden. Sein Bruder Conor ist so, nach allem, was sie von Stan über ihn weiß: Er hätte keinerlei Skrupel, ein Mädchen, das ihm untreu war, windelweich zu prügeln. Was, wenn auch Stan so eine böse Seite in sich verborgen hält?

Vielleicht sollte sie sich schützen, solange es noch geht. Würde es auffallen, wenn sie bei jeder Behandlung von jeder Ampulle eine winzige Menge zurückbehielte – wenn sie eine der Spritzen einstecken statt in den Recyclingeimer werfen würde? Sie würde ihm die Spritze im Schlaf setzen müssen, er käme nicht in den

Genuss eines seligen Abgangs. Was unfair wäre. Aber alles hat seine Vor- und Nachteile.

Was würde sie mit der Leiche machen? Das wäre ein Problem. Im Garten eine Grube ausheben? Würde man mitkriegen. Sie hat den verrückten Gedanken, die Leiche in ihr rosa Schließfach zu stopfen, vorausgesetzt, sie würde es schaffen, ihn bis runter in den Keller zu schleppen: Stan ist ziemlich schwer. Und sie müsste ihm womöglich etwas abschneiden, damit er hineinpasst, wobei die Schließfächer ziemlich groß sind. Aber irgendwann würde es anfangen schrecklich zu stinken, und wenn Max' Frau Jocelyn das nächste Mal in den Keller käme, um an ihr lilafarbenes Schließfach zu gehen, würde sie es sicherlich riechen.

Von Jocelyn hat Max trotz Charmaines sanftem Drängen nie viel erzählt. Anfangs schwor sie sich, niemals eifersüchtig zu sein, denn ist es nicht Max, der sie unbedingt haben will? Und sie ist nicht eifersüchtig: Neugier ist nicht gleich Eifersucht. Aber wann immer sie nachfragt, blockt Max ab. »Das brauchst du nicht zu wissen«, sagt er.

Sie stellt sich Jocelyn als langgliedrige Aristokratin mit streng zurückgekämmten Haaren vor, wie eine Ballerina oder eine Schullehrerin aus alten Filmen. Eine distanzierte, blasierte, missbilligende Frau. Manchmal hat sie das Gefühl, dass Jocelyn Bescheid weiß und sie verachtet. Schlimmer noch: dass Max ihr von Charmaine erzählt hat, dass die beiden sie für ein leichtes Opfer und ein Flittchen halten, Dutzendware eben, und dass sie zusammen über sie lachen. Aber das ist paranoid.

Sie glaubt nicht, dass Max ihr eine große Hilfe wäre mit Stan, angenommen, Stan wäre tot. Ja, Max ist überwältigend sexy, aber er hat kein Rückgrat, er hat keinen Biss, anders als Charmaine selbst. Er würde sie einfach stehen lassen mit ihrer Tasche, der Tasche voller Gefahren. Der Tasche voller Stan, denn sie würde Stan in irgendeine Art Tasche tun müssen, sie würde ihn nicht einfach kaltblütig angucken können. Wie er reglos und wehrlos daliegt. Es würde sie zu sehr daran erinnern, wie es war, als sie frisch verliebt waren, wie sie geheiratet haben und wie sie Sex im Meer hatten und wie er dieses grüne Hemd mit den Pinguinen anhatte … allein der Gedanke an dieses Hemd und dass Stan tot wäre, treibt ihr die Tränen in die Augen.

Also liebt sie ihn vielleicht doch. Ja, natürlich tut sie das! Man bedenke nur, wie froh sie war, ihn kennenzulernen, nachdem Oma Win gestorben war und sie alleingelassen hatte, wo doch ihre Mutter nicht mehr da war und ihr Vater auch nicht, wenn auch anders, außerdem fehlte ihr jedwede Lust, diesen Menschen jemals wiederzusehen. Man bedenke nur, was sie und Stan zusammen durchgestanden hatten, was sie gehabt und dann verloren hatten, was sie noch immer hatten, trotz der Verluste. Man bedenke, wie treu er ihr immer gewesen war.

Sei der Mensch, der du immer sein wolltest, heißt es in Positron. Ist das der Mensch, der sie immer sein wollte? Ein Mensch, der so lax, so kapitulationswillig, so schnell geschwächt ist und dem es an vielem mangelt, an was mangelt es denn? Na ja, an was immer es ihr mangelt, sie würde Stan niemals wehtun wollen.

»Dreh dich rum, kleines Luder«, sagt Max. »Mach die Augen auf.« Manchmal mag er es, wenn sie ihm zusieht. »Sag mir, was du willst.«

»Hör nicht auf«, sagt sie.

Er hält inne. »Womit?« Solche Unterbrechungen sind es, mit denen er sie dazu bringen kann, alles zu sagen.

Hat sie sich für dumm verkaufen lassen? Ja, keine Frage. Hat es sich gelohnt? Nein. Vielleicht. Ja.

Oder ja, in diesem Moment.

V HINTERHALT

HINTERHALT

BÜRGERVERSAMMLUNG

Am Abend vor dem Schichtwechsel am ersten Dezember gibt es wieder einmal eine Bürgerversammlung. Nicht dass sich irgendwer versammeln würde: Sie verfolgen die Versammlung im Fernsehen, vom Gefängnis oder von draußen aus, je nachdem wo sie gerade sind. Die Bürgerversammlung soll darüber informieren, wie gut das Consilience/Positron-Projekt läuft. Interaktionskoeffizienten, Produktionsziele, Instandhaltungsquoten: solche Dinge. Motivationsvorträge, Zing-Bewertungen, nützliches Feedback. Ein Minimum an Ermahnungen und am Ende ein paar neue Vorschriften.

Die Bürgerversammlungen betonen das Positive. Gewaltausbrüche sind auf dem tiefsten Stand, wie sie heute erfahren – auf dem Bildschirm erscheint eine Tabelle –, und die Eierproduktion zieht an. Im Bereich Geflügel wird demnächst ein neues Verfahren eingeführt: kopflose Hühner, die künstlich ernährt werden, womit erwiesenermaßen der Stressfaktor gesenkt und das Fleischwachstum gesteigert wird; hinzu kommt, dass das Thema Tierquälerei vom Tisch ist, also genau die Form von multipler Win-Situation, für die Positron inzwischen steht! Ein Hoch auf das Rosenkohl-Team, das zwei Monate in Folge seinen eigenen Rekord gebrochen hat. Lasst uns in der zweiten Novemberhälfte die Kaninchenproduktion ankurbeln, demnächst wird es ein paar tolle neue Kaninchengerichte geben. Mehr Augenmerk auf Mülltrennung, bitte; es klappt nur dann, wenn wir alle an einem Strang ziehen. Und so weiter und so fort.

Kopflose Hühner, ohne mich, denkt Stan. Vor Beginn der Versammlung hat er drei Bier gekippt: Die Brauerei von Consilience ist inzwischen in Betrieb, und das Bier ist besser als nichts, auch wenn er sich vorstellen kann, was Conor dazu zu sagen hätte. *Du machst Witze. Das ist kein Bier, das ist Pferdepisse. Was haben die denn da reingetan?*

Ja, was eigentlich, denkt er und nimmt noch einen Schluck. Er lässt die Gedanken schweifen; Charmaine, die neben ihm auf dem Sofa sitzt, sagt mit munterer Stimme: »Oh, die Eierproduktion läuft gut! Damit bist du gemeint, stimmt's, Schatz?« Hin und wieder erzählt er ihr von seinem Job in der Hühnermastanlage, wogegen sie sich in Sachen Arbeit eher bedeckt hält, was seine Neugier geweckt hat. Was genau macht sie eigentlich in ihrer Medikationsabteilung? Sie gibt doch wohl nicht nur Pillen aus. Aber wenn er nachfragt, macht sie ein neutrales Gesicht und bricht die Unterhaltung ab. Oder sie sagt, es sei alles bestens, als würde er das Gegenteil denken.

Noch etwas stört ihn seit neuestem an Charmaine. Während ihrer Stadtzeit hat er gelegentlich ihren Roller geortet, nur um zu testen, ob seine Telefonmethode funktioniert. Jedes Mal war es wie erwartet: Charmaine verbrachte ihre Zeit damit, zwischen Bäckerei, Supermarkt und Haus hin und her zu düsen. Doch dann, an den von ihm überwachten Tagen des Schichtwechsels, ist sie Umwege gefahren. Was hatte sie in den ärmeren Teilen der Stadt zu suchen, wo die nicht reklamierten Häuser stehen? Was sollte das? Nach Immobilien gucken, für später? Das war offenbar der Grund, warum sie so viel Zeit in den Häusern verbrachte: Sie muss die Räume ausgemessen haben. War das Nestbauinstinkt? Hat sie vor, eine weitere Versetzung durchzuboxen, will sie in ein größeres Haus ziehen? Plant sie ein Baby? Das würde naheliegen, wobei sie das Thema in letzter Zeit nicht mehr angeschnitten hat. Er ist sich nicht ganz sicher, was er davon halten soll: Ein Baby könnte seine Jasmine-Pläne durchkreuzen. Nicht dass die besonders klar wären. Über die erste stürmische Begegnung hinaus hatte er sich noch nicht sehr viel ausgemalt.

Wohin sich Jasmine während ihrer Zeit als Bürgerin von Consilience begibt, weiß er: Sie schwingt sich auf ebenjenen rosa-lila Roller und fährt ins Fitnessstudio. Anscheinend trainiert sie viel. Wie stark und flexibel ihr Körper sein muss.

Das beunruhigt ihn: Sie könnte sich wehren, wenn er wie ein mächtiger Riesenkrake aus dem Schwimmbecken auftaucht und seine nassen nackten Arme um sie schlingt. Aber lange wird sie sich nicht wehren.

Er hat selbst angefangen zu trainieren und sich im Fitnessstudio umgesehen. Nicht dass er Jasmine dort vermutete, sie saß ja gerade im Gefängnis. Aber die Hantelbank, die Laufbänder; ihr verlockender Hintern muss auf Ersterer geruht haben, ihre flinken Füße müssen auf Letzterem gerannt sein. Er weiß zwar, es ist unmöglich, aber er würde sich fast nicht wundern, Hinweise auf sie zu finden: ein fallen gelassenes Taschentuch, einen gläsernen Schuh, einen fuchsiafarbenen Slip.

Manchmal fühlt er sich beim Herumlungern beobachtet; vielleicht von dem verschwommenen Gesicht am Fenster eine Etage höher, das einen Blick über den Pool des Fitnessstudios wirft. Dort trainiert angeblich die Geschäftsleitung, also werden sie natürlich jemanden von der Überwachung in der Nähe haben. Dieser Gedanke macht ihn nervös: Er will nicht aus der Menge herausgegriffen werden, er will nicht von besonderem Interesse sein. Außer für Jasmine.

Die heutige Bürgerversammlung schenkt sich die einleitenden Glückliche-Arbeiter-Impressionen und Tortendiagramme und schießt sich gleich auf Ed ein, der im vollen Motivationsmodus ist. Wie gut sie alle ihre Projektaufgaben meistern – Eds Erwartungen wurden weit übertroffen! Sie müssen sehr stolz sein auf ihre Mühen und Errungenschaften, hier wird Geschichte geschrieben, sie sind das Vorbild für zukünftige Städte; tatsächlich werden bereits neun weitere Städte nach dem Muster Consilience/Positron errichtet. Wenn alles gutgeht, wird dieses Modell bald überall dort greifen, wo die Not am größten ist – wo die Wirtschaft zum Erliegen gekommen ist und fleißige Menschen im Stich gelassen wurden!

Besser noch, dank dieses Modells und seiner Neuordnung des

bürgerlichen Lebens, dank der durch den Bau generierten Dollars und dank Müllvermeidung ist der wirtschaftliche Aufschwung so gut wie geschafft! So viele neue Initiativen! So viele Problemlösungen! Die Menschen können so kreativ sein, wenn sie nur die Chance bekommen!

Moment mal, denkt Stan. Was steckt hinter dieser Selbstbeweihräucherung? Irgendwer muss sich doch dumm und dämlich verdienen an dieser ganzen Veranstaltung. Aber wer, und wo sitzen diese Leute? Denn in Consilience kommt eher wenig an von alldem Profit. Alle haben ein Dach über dem Kopf, okay, aber niemand ist reicher als irgendwer sonst.

Werden sie denn alle nur angelogen, an der Nase herumgeführt? Zum Arbeiten verleitet, während andere in Geld schwimmen? Das war ja immer Conors Rede: Stan sei zu gutgläubig, er lasse sich viel zu leicht abzocken, er würde, wenn er könnte, eine Unsumme abdrücken für 'ne Tüte Backpulver und sich die Scheiße klaglos durch die Nase ziehen. Und wahrscheinlich auch noch behaupten, das Zeug sei gut.

Hab ich wirklich nie was gecheckt?, fragt sich Stan. Was genau hab ich da überhaupt unterschrieben? Und kommt man hier wirklich nur im Sarg wieder raus? Das kann so nicht stimmen: Die hohen Tiere können doch sicherlich kommen und gehen, wie sie wollen. Doch abgesehen von Ed weiß er gar nicht, wer diese hohen Tiere überhaupt sind.

Er will unbedingt noch ein Bier. Aber er wird warten, bis die Sendung vorbei ist, denn was, wenn er durch den Bildschirm hindurch beobachtet wird?

Stan, Stan, sagt er zu sich. Keine Paranoia. Warum sollten die ein Interesse daran haben, dich beim Gucken ihrer Sendung zu beobachten?

Jetzt runzelt Ed auf väterliche Weise die Stirn. »Der ein oder andere von Ihnen«, sagt er, »und Sie wissen, wer gemeint ist, hat sich ein wenig an den Daten zu schaffen gemacht. Dabei kennen Sie alle die Regeln: Das Telefon ist zur Kommunikation mit Freunden und Familie gedacht, aber nicht mehr. Wir nehmen das Thema Grenzen sehr ernst hier in Positron! Sie glauben vielleicht, es sei Ihr Privatvergnügen und Ihr Versuch, die Intimsphäre anderer Menschen zu verletzen, sei ein Kavaliersdelikt. Bisher ist alles noch im Rahmen. Doch unsere Systeme sind hochsensibel; sie fangen auch noch die schwächsten unautorisierten Signale auf. Trennen Sie umgehend die Verbindung – wie gesagt, Sie wissen, wer gemeint ist –, und wir lassen die Sache auf sich beruhen.«

Jetzt läuft die Consilience-Melodie – die Richtfest-Musik aus dem Film *Eine Braut für sieben Brüder* –, und dazu der Slogan KONSEQUENZ UND RESILIENZ = CONSILIENCE. ZEIT IN HAFT IST ZEIT FÜR DIE ZUKUNFT.

Stan läuft ein kalter Schauer über den Rücken. Mach dich nicht verrückt, sagt er zu sich. Diese Botschaft von Ed schien auf verschiedene Leute abzuzielen, es muss überhaupt nichts heißen. Dennoch, er wird das Telefon sofort wieder aus dem Roller entfernen. Macht nichts, er hat Jasmine schon im Visier. An den Tagen des Schichtwechsels ist ihre erste Station das Haus, die zweite das Fitnessstudio.

HINTERHALT

Es wird nicht das Fitnessstudio sein, beschließt er: Das wäre zu öffentlich. Stattdessen wird er hier sein, im Haus. Am Morgen des Schichtwechsels wird Charmaine auf ihrem Roller davonfahren und womöglich wieder Immobilien besichtigen, und danach wird sie den Roller am Gefängnis abstellen, worauf ihn Jasmine übernehmen und damit herfahren wird. Inzwischen wird er seine sauberen, zusammengelegten Kleidungsstücke in dem grünen Schließfach verstauen und die Tür hinter sich zusperren, aber statt direkt nach Positron zu fahren, wird er in der Garage warten. Wenn Jasmine auftaucht, wird er beobachten, wie sie ins Haus geht. Dann wird er ihr folgen, und die unvermeidliche stürmische Begegnung wird ihren Lauf nehmen. Vielleicht schaffen sie's nicht mal bis nach oben, so übermächtig wird ihre Lust sein. Die Wohnzimmercouch, nein, auch das wäre noch zu förmlich. Der Teppich. Aber nicht der Küchenfußboden. Viel zu strapaziös für die Knie.

Max wird nicht dazwischenfunken, denn wie soll er hierherkommen ohne den Roller, den er sich mit Stan teilt – den rot-grünen? Mit dem er ungefähr jetzt in Positron sein müsste, der aber die Garage noch nicht verlassen hat. Befriedigende Vorstellung, wie Max sich die Beine in den Bauch steht und immer wieder auf seine Armbanduhr schaut, während seine unberechenbare, unersättliche Jasmine Stan mit Armen und Beinen umschlingt.

Jetzt ist er in der Garage. Es ist warm für den ersten Dezember, dennoch zittert er ein wenig: Das muss die Anspannung sein. Die Heckenschere hängt an der Wand, frisch gesäubert, aufgeladen, einsatzbereit, nicht dass es Max, dieser Armleuchter, zu schätzen wissen würde. Angenommen, er würde es irgendwie anders bis zum Haus schaffen und es käme zu einer Auseinandersetzung, wäre die Heckenschere eine gute Waffe. Das Ding springt extrem leicht an; auf höchster Stufe könnte man mit der scharfen rotierenden Säge problemlos jemandem den Kopf abtrennen. Er würde auf Notwehr plädieren.

Wenn das aber nicht passiert und er und Jasmine stattdessen leidenschaftlich ineinander verschlungen sind, kommt er zu spät zum Check-in. Das wird nicht gern gesehen, aber er wird es riskieren müssen, denn er kann unmöglich weiterleben wie bisher. Es macht ihn fertig. Es bringt ihn um.

Die Garagentür steht einen Spalt offen. Stan späht hindurch, er wartet, dass Jasmine auf ihrem rosa Roller die Auffahrt hochkommt, weswegen er gar nicht mitbekommt, wie die Seitentür aufgeht.

»Stan, hab ich recht?«, sagt eine Stimme. Er schreckt hoch und fährt herum. Sein erster Impuls ist es, nach der Heckenschere zu greifen. Aber da steht eine Frau.

»Wer sind *Sie* denn?«, fragt er. Sie ist eher klein, mit glatten, schwarzen, schulterlangen Haaren. Dunkle Augenbrauen. Sehr volle Lippen, kein Lippenstift. Schwarze Jeans, schwarzes T-Shirt. Typ lesbische Kampfsportexpertin.

Irgendwie kommt sie ihm bekannt vor. Kennt er sie aus dem Fitnessstudio? Nein, von dort nicht. Es war beim Workshop, kurz nach der Ankunft hier. Sie war die Begleitung dieser Pfeife von Ed.

»Ich wohne hier«, sagt sie. Sie lächelt. Ihre Zähne sind eckig wie Klaviertasten.

»Jasmine?«, fragt er unsicher. Das kann nicht sein. So sieht Jasmine nicht aus.

»Es gibt keine Jasmine.« Jetzt ist er verwirrt. Wenn es keine Jasmine gibt, woher weiß sie dann, dass es eine hätte geben sollen?

»Wo ist Ihr Roller?«, fragt er. »Wie sind Sie hergekommen?«

»Mit dem Auto«, sagt sie. »Ich habe nebenan geparkt. Übrigens, ich bin Jocelyn.« Sie reicht ihm die Hand, aber Stan schüttelt sie nicht. Scheiße, denkt er. Sie ist bei der Überwachung, sonst hätte sie kein Auto. Ihm ist kalt.

»Und jetzt sollten Sie mir besser mal erklären, warum Sie dieses Telefon in meinem Roller versteckt haben«, sagt sie und zieht ihre Hand zurück. »Oder in dem Roller, von dem sie glaubten, er sei meiner. Ich bin Ihrem schlauen Peilsender gefolgt. Er war auf unseren Kontrollbildschirmen sehr gut zu erkennen.«

Irgendwie sind sie jetzt in der Küche – in seiner Küche, in ihrer Küche, in ihrer beider Küche. Er setzt sich hin. Alles ist ihm so vertraut – da ist die Kaffeemaschine, da sind die Geschirrhandtücher, die Charmaine vor dem Gehen rausgelegt hat –, und doch erscheint es ihm fremd.

»Wollen Sie ein Bier?«, fragt sie. Ein Geräusch kommt aus seinem Mund. Sie schenkt ihm ein Glas ein und auch sich selbst, dann setzt sie sich ihm gegenüber, beugt sich nach vorn und schildert ihm haarklein, was es mit Charmaines Ausflügen an den Tagen des Schichtwechsels auf sich hat. Rein und raus aus den leerstehenden Häusern, mittlerweile schon seit Monaten, in Konstellation mit ihrem Mann Max. *Konstellation* ist das Wort, das sie verwendet. Neben anderen, kürzeren Begriffen.

Wobei ihr Mann nicht wirklich Max heiße. Er heiße Phil, und sie habe dieses Problem nicht zum ersten Mal mit ihm. Sie wisse darum. Und er wisse, dass sie Bescheid weiß, aber so tut, als habe sie keine Ahnung. Er wisse von den versteckten Kameras in den leerstehenden Häusern, er wisse, dass sie Zugang zu dem Filmmaterial habe. Darin liege unter anderem der Reiz für ihn: in der Gewissheit, dass er für sie Theater spielt. Er werde so weitermachen – es sei eine Sucht, wie Glücksspiel, eine Krankheit, ob Stan nicht ihrer Meinung sei, eigentlich müsste man Mitleid haben –, und sie werde ihn eine Zeitlang gewähren lassen. Es sei sein Ventil: In einer geschlossenen Stadt ohne Tür nach draußen gebe es kaum Ventile für einen Mann wie ihn. Er habe versucht, etwas zu tun gegen seine Sexsucht, Beratungsgespräche, Aversionstherapie, aber bislang habe nichts gefruchtet. Sein gutes Aussehen mache die Sache nicht einfacher. Schwärmerisch veranlagte Frauen würden sich ihm mehr oder minder an den Hals werfen. Da herrsche kein Mangel.

Wenn sie meine, dass er mit seinen Verstrickungen weit genug gegangen ist, stelle sie ihn zur Rede. Das sei dann das Ende: Er mache Schluss mit der betreffenden Frau, ganz konsequent. Nach einer Zwischenphase, in der er Besserung gelobe, fange er mit der nächsten etwas an. Für sie persönlich sei es jedes Mal von neuem eine Demütigung, auch wenn er ihr versichere, dass er ihr im Herzen treu sei, bloß seinen Trieb nicht unter Kontrolle habe.

»Aber einen Joker, das hatten wir noch nicht«, sagt sie. »Zumindest nicht unter unseren Tauschpartnern. Denen von mir und Phil.«

Verdammte Scheiße! Stan ist total durcheinander, er kann nicht klar denken. Charmaine! Direkt vor seiner Nase, diese Schlampe – und sich ihm verweigern, oder ihm bestenfalls in keimfreiem Bettzeug ein paar unterkühlte Sparportionen Sex bewilligen. Dann muss also sie diesen Brief verfasst und mit einem fuchsiafarbenen Kuss versiegelt haben. Wie konnte sie es wagen, all das zu sein, was er in ihr gesucht und ärgerlicherweise nicht gefunden hatte? Und dann auch noch mit irgendeiner Pappnase namens Phil, dem Mann dieses weiblichen Ringers! Andererseits war es eine Frechheit, seine Frau einfach nur als ein Ventil zu bezeichnen. »Joker«, sagt er matt. »Sie meinen Charmaine.«

»Nein. Ich meine Sie«, sagt sie. Sie sieht unter ihren Augenbrauen hervor und begegnet seinem Blick. »Sie sind der Joker.« Sie lächelt ihn an; ein sittsames Lächeln sieht anders aus. Trotz ihres fehlenden Make-ups wirkt ihr Mund dunkel und fließend wie Öl.

»Ich muss los«, sagt er. »Ich muss vor der Sperrstunde in Positron sein. Ich muss –«

»Alles schon erledigt«, sagt sie. »Ich bin zuständig für die Identitätscodes. Ich habe die Daten vertauscht, Phil geht für Sie rein.«

»Was?«, sagt Stan. »Aber was ist mit meinem Job? So was muss man lernen, da kann nicht einfach jeder –«

»Er schafft das«, sagt Jocelyn. »Er hat zwar zwei linke Hände, anders als Sie, aber mit Computern kennt er sich aus. Der passt gut auf Ihre Hühner auf, auf beide Öffnungen. Es wird sich keiner an ihnen vergreifen.«

Verdammt, denkt Stan. Beide Öffnungen. Sie weiß Bescheid über das mit den Hühnern. Wie lange beobachtet sie ihn schon?

»In der Zwischenzeit«, sagt sie. Sie neigt den Kopf zur Seite, als dächte sie nach. »In der Zwischenzeit werden Sie hier bei mir sein. Sie können mir alles erzählen von Ihrem Interesse an Jasmine. Wenn Sie Lust haben, können wir Max und Jasmine ein bisschen belauschen bei ihren kleinen Rendezvous in leeren Häusern. Ich habe die Aufzeichnungen da, die Überwachungsvideos. Die Tonqualität ist hervorragend, Sie werden staunen. Es ist ziemlich aufregend. Wir können's uns selbst ein bisschen gemütlich machen auf der Couch. Ich finde, dass ich jetzt mal an der Reihe bin, Phils Spielchen zu spielen, meinen Sie nicht auch?«

»Aber das …« Er will sagen: »Das ist doch echt krank«, aber er hält sich zurück. Diese Frau gehört zum oberen Management, sie arbeitet bei der Überwachung: Sie könnte ihn außerordentlich unglücklich machen. »Das ist unfair«, sagt er. Seine Stimme klingt immer verschwommener.

Wieder lächelt sie mit ihrem ölig wirkenden Mund. Sie hat Bizeps und Schultern, und ihre Oberschenkel können einem Angst machen; davon abgesehen ist sie eine Voyeurin. Was hat er sich bloß angetan, sich und seinem Leben? Und warum? Wo ist seine schlichte muntere Charmaine? Er will sie und nicht dieses kastrationswütige Kraftpaket mit ihren höchstwahrscheinlich unrasierten Beinen.

Heimlich sieht er nach dem Ausgang: Gartentür, Tür zum Flur, Tür zur Kellertreppe. Was, wenn er die Frau in sein grünes Kellerschließfach schieben und einfach die Biege machen würde? Aber wohin? Seine Fluchtwege hat er sich selbst versperrt. »Ernsthaft. Das hier wird nicht funktionieren, das ist nicht … ich bin nicht … ich muss los«, sagt er. Er kann sich nicht dazu überwinden, bitte zu sagen.

»Keine Sorge. Niemand wird Sie vermissen. Sie kriegen einen Monat extra hier im Haus. Nächsten Monat, wenn Charmaine rauskommt, können Sie wieder rein ins Gefängnis.«

»Nein«, sagt er. »Ich will nicht …«

Sie seufzt. »Denken Sie's sich einfach als Maßnahme zur Vermeidung potenzieller Gewalt. Sie werden zugeben, dass sie ihr am liebsten an die Gurgel wollen, das ginge jedem so. Sie werden es mir noch danken. Außer Sie wollen, dass ich einen Bericht über Ihre sämtlichen Regelverstöße einreiche. Noch ein Bier?«

»Ja«, sagt er mühsam. Er hat sich sein Grab geschaufelt und stürzt immer tiefer hinein. »Am besten gleich zwei.« Er sitzt in der Falle. »Was muss ich sonst noch tun?« Um Konsequenzen zu vermeiden, meint er, aber das muss er nicht erklären. Sie weiß genau, dass sie ihn in der Hand hat.

Sie lässt sich Zeit mit der Antwort, sie trinkt, sie leckt sich die Lippen. »Das finden wir raus, oder?«, sagt sie. »Wir haben alle Zeit der Welt. Ich bin sicher, Sie sind sehr talentiert. Übrigens, ich habe die Schließfächer ausgetauscht. Sie haben jetzt das rote.«

CHATROOM

Am Schichtwechsel des ersten Januars erfährt Charmaine von einer der Frauen am Schalter, dass sie noch nicht gehen dürfe, die Personalabteilung wünsche ein Gespräch mit ihr. Sofort wird ihr angst und bange. Wissen sie über das mit Max Bescheid? Wenn ja, hat sie schlechte Karten, denn wie oft hatte es geheißen, man dürfe sich unter gar keinen Umständen mit den Tauschpartnern seines Hauses verbrüdern. Man durfte nicht mal wissen, wie sie aussehen. Was gerade das Aufregende war an ihrer Liebelei mit Max. Es war total verboten, total unzulässig.

Liebelei. Wie altmodisch ausgedrückt! Aber sie ist nun mal ein altmodisches Mädchen – das glaubt zumindest Stan. Auch wenn ihre Treffen mit Max nicht viel von einer Liebelei haben. Sie sind eher wie Nahaufnahmen in trübem Licht. Ein Ohr, eine Hand, ein Schenkel.

O bitte, lass sie nichts davon wissen, betet sie insgeheim und drückt beide Daumen. Was bei Regelverstößen passiert, wurde nie ausformuliert, wobei Max ihr gut zugeredet hatte. Das sei kein Ding, sagte er: Man bekomme einen Verweis und vielleicht einen neuen Tauschpartner. Außerdem seien sie ja übervorsichtig, und keines dieser Häuser sei mit Spyware ausgestattet; er müsse es wissen, schließlich sei das sein Job. Aber was, wenn Max sich geirrt hatte? Schlimmer noch: wenn Max gelogen hatte?

Sie atmet tief durch, lächelt und zeigt dabei ihre kleinen ehrlichen Zähne. »Gibt's ein Problem?«, fragt sie die Beamtin, und ihre Stimme klingt höher und mädchenhafter als sonst. Geht es um ihren Job als Leiterin der Abteilung Medikation? Wenn ja, will sie sich künftig noch mehr Mühe geben, schließlich will sie nur Bestleistungen bringen, das Optimum aus sich rausholen.

Sie hofft, dass es darum geht. Vielleicht wurde bemerkt, dass sie die Vorschrift mit dem Mundschutz ignoriert, vielleicht wurde entschieden, dass sie bei den Sonderbehandlungen zu nett war.

Das Kopfstreicheln, die Stirnküsse, diese kleinen Gesten der Freundlichkeit und Zuwendung kurz vor der Injektion: Sie sind nicht verboten, aber auch nicht vorgesehen. Sie sind schmückendes Beiwerk, kleine Gnadenakte – ein letzter Schliff, weil sie das Gesamterlebnis qualitativ aufwerten, nicht nur für den Kandidaten, auch für sie selbst. Es ist ihre Überzeugung, dass man dabei menschlich bleiben muss: Diese Meinung würde sie schlimmstenfalls auch vor einem Tribunal vertreten. Wobei es hoffentlich nie dazu kommen wird. Aber jetzt vielleicht doch.

»Ach, es ist bestimmt nichts weiter«, sagt die Beamtin. Nur eine Formalität, fügt sie hinzu. Irgendjemand müsse ein paar falsche Daten eingegeben haben; dergleichen komme vor, und das Entwirren könne ein bisschen dauern. So fortgeschritten die Technologie auch sei, es gebe immer den Faktor menschlichen Versagens, und Charmaine müsse einfach Geduld haben, bis der vermutete Softwarefehler behoben sei.

Sie nickt und lächelt. Doch die Beamtinnen sehen sie komisch an (jetzt sind es zwei, sogar drei hinter dem Schalter, von denen eine auf ihrem Handy herumtippt), und ihre Stimmen klingen irgendwie seltsam; sie sagen nicht die Wahrheit. Das bildet sie sich doch nicht nur ein.

»Wenn Sie im Chatroom warten wollen«, sagt die Frau mit dem Handy und deutet auf eine Tür seitlich des Schalters. »Um den Ablauf hier nicht zu stören. Danke. Da ist ein Stuhl, setzen Sie sich ruhig. Die Kollegin von der Personalabteilung wird gleich bei Ihnen sein.«

Charmaine sieht hinüber zu den Häftlingen, die gerade gehen. Sind da nicht auch Sandi und Veronica? Sie hat die beiden in den letzten Monaten hier und da mal gesehen – sie sind zur gleichen Zeit wie sie im Gefängnis –, aber sie sind nicht in ihrem Strickkreis und arbeiten auch nicht im Krankenhaus, also gab es bisher keine Gelegenheit zur Kontaktaufnahme. Jetzt aber sehnt sie sich nach einem freundlichen Gesicht. Aber sie sehen sie nicht, sie haben sich abgewendet. Sie haben ihre orangefarbenen Gefängnisoveralls abgelegt und tragen ihre Stadtkleidung, sie freuen sich bestimmt schon auf die lustigen Zeiten, die ihnen draußen bevorstehen.

Genau wie Charmaine selbst bis vor wenigen Augenblicken. Sie trägt einen weißen Spitzen-BH unter ihrem neuen kirschroten Pullover. Sie hat die Teile letzten Monat ausgesucht, um für Max heute besonders hübsch auszusehen.

»Was ist denn los?«, ruft ihr eine der Frauen zu. Eine aus dem Strickkreis. Charmaine scheint Verzweiflung auszustrahlen, sie macht wohl ein trauriges Gesicht. Sie zwingt sich, die Mundwinkel hochzuziehen.

»Ach, nichts. Irgendein Dateneingabefehler. Ich werde heute etwas später entlassen«, sagt sie so fröhlich wie möglich. Aber sie hat ihre Zweifel. Sie spürt, wie der Achselschweiß ihren Pullover durchtränkt. Der BH wird gewaschen werden müssen, und zwar umgehend. Bestimmt färbt der Pullover ab, und es ist immer so schwer, solche Farbflecken wieder rauszukriegen aus weißem Stoff.

Sie sitzt auf dem Holzstuhl im Chatroom und versucht nicht die Minuten zu zählen, sie widersteht dem Drang, zurück an den Schalter zu gehen und eine Szene zu machen, was definitiv nichts bringen würde. Und selbst wenn sie später am Tag noch entlassen wird, was ist mit Max? Was wird aus ihrem Treffen, das schon vor einem Monat geplant wurde? Genau in diesem Moment wird er auf seinem Roller zu dem leerstehenden Haus unterwegs sein, das er für heute ausgesucht hat; er hatte ihr die Adresse genannt, und sie hatte sie auswendig gelernt, hatte sie wie ein stilles Gebet vor sich hergesagt in ihrem schmalen Bett in ihrer Zelle in Positron, in ihrem Polycotton-Einheitsnachthemd.

Max will immer hören, wie sie dieses Nachthemd beschreibt. Er will hören, wie quälend es für sie ist, alleine dort zu liegen in ihrem kratzigen Nachthemd und sich zu wälzen und nicht einschlafen zu können und an ihn zu denken, jedes Wort und jede Berührung immer wieder von neuem zu durchleben und mit ihren Händen die Wege nachzuzeichnen, die seine Hände über ihre nackte Haut und in ihr Körperinneres genommen haben. *Und was dann, was dann*, wird er flüstern, wenn sie zusammen auf den schmutzigen Dielen liegen. *Sag's mir. Zeig's mir.*

Was ihm noch mehr gefällt – weil sie sich kaum dazu überwinden kann, er muss sie dazu zwingen, Wort für Wort –, was ihm noch mehr gefällt, ist, wenn er Charmaine ihre Gefühle beschreiben lässt, wenn sie mit Stan im Bett ist. *Und was macht er dann? Sag's mir, zeig's mir. Und was fühlst du dann?*

Ich stell mir vor, du wärst es, sagt sie immer. *Ich kann nicht anders. Ich würde sonst verrückt werden. Ich könnte das nicht ertragen.* Was so gesehen nicht stimmt, aber das ist es, was Max hören will.

Beim letzten Mal ging er noch weiter. *Wie wär's denn mal mit uns beiden gleichzeitig?,* fragte er. *Einer hinten, einer vorne. Sag's mir …*

O nein, das könnte ich nicht! Nicht gleichzeitig! Das wäre …

Ich glaube, du könntest. Ich glaube, du willst es. Guck mal, du wirst ja rot. Du bist ein dreckiges kleines Luder, hab ich recht? Du würdest es mit 'ner ganzen Zwergenfußballmannschaft machen, wenn du genug Löcher hättest. Du willst es. Du willst uns beide gleichzeitig. Sag es.

In solchen Momenten würde sie alles sagen. Was er nicht weiß: In gewisser Hinsicht ist es ohnehin immer mit beiden gleichzeitig. Je nachdem, mit wem sie gerade zusammen ist; der andere ist immer dabei und macht mit, unsichtbar, unbewusst. Unbewusst für ihn, aber bewusst für sie, denn sie hält beide in ihrem Bewusstsein, ganz behutsam wie zartes Baiser oder ein rohes Ei oder ein Vogeljunges. Sie kann daran nichts Anrüchiges finden: Beide sind dem Wesen nach sehr unterschiedlich, und sie ist nun mal gut darin, das Einzigartige eines Menschen hochzuhalten. Diese Gabe hat nicht jeder.

Und jetzt, heute, wird sie ihr Treffen mit Max verpassen und hat keine Möglichkeit, ihn vorzuwarnen. Was wird er denken? Er wird zeitig am Haus sein, weil er sich kaum zurückhalten kann, genau wie sie. Er lebt für diese Begegnungen, er sehnt sich danach, sie in seine Arme zu schließen und ihre Kleider zu ruinieren, Reißverschlüsse, Knöpfe und sogar den ein oder anderen Saum aufzureißen vor Lust und Gier. Er wird warten und warten in dem leeren Haus, er wird auf dem fleckigen, schlammverkrusteten Boden auf und ab gehen und durch die Scheiben mit den toten Fliegen nach draußen sehen. Aber sie wird nicht auftauchen. Ob er wohl denkt, sie hätte ihn versetzt? Abserviert? Abgeschossen? Im Stich gelassen in einem Anflug von Feigheit oder von Loyalität zu Stan?

Und dann wäre da noch Stan selbst. Nach dem Gefängnismonat wird er seinen Overall abgegeben haben und in seine Jeans und Fleecejacke geschlüpft sein. Er wird den Männertrakt verlassen haben; er wird auf seinem Roller durch die Straßen von Consilience gefahren sein, vorbei an den vielen Leuten, die alle in Feierstimmung sind und von denen die einen ins Gefängnis strömen und die anderen nach draußen, zurück in ihr städtisches Leben.

Auch Stan wird auf sie warten, nicht in einem verlassenen Gebäude, dumpfig von Drogenpartys vergangener Zeiten und Bikersex, sondern in dem Haus, das sie als ihr Zuhause ansieht. Zumindest zur Hälfte. Stan wird in diesem Haus sein, in ihrem vertrauten Nest, und denken, sie werde jeden Moment erscheinen, sich die Schürze umbinden und Essen kochen, während er in der Garage herumwerkelt. Vielleicht hat er sogar vor, ihr zu sagen, sie habe ihm gefehlt – das macht er meistens, in letzter Zeit jedoch nicht ganz so oft –, und sie flüchtig umarmen.

Sie genießt diese flüchtigen Umarmungen: *Flüchtig* heißt, er hat keine Ahnung, was sie gerade getrieben hat. Er weiß nicht, dass sie von einer gestohlenen Stunde mit Max kommt. Sie liebt diesen Ausdruck – gestohlene Stunde. Total fünfziger Jahre. Wie die romantischen Filme, die sie hin und wieder auf Consilience-TV zeigen, wo am Ende alles gut wird.

Obwohl gestohlene Stunde eigentlich keinen Sinn ergibt, wenn man mal genau drüber nachdenkt. Ähnlich wie gestohlene Küsse: Bei der gestohlenen Stunde geht es um Zeit, und bei gestohlenen Küssen um einen Ort, um die Frage, wessen Lippen einander suchen. Aber wieso stehlen? Wer ist der Dieb? Ist Stan der Inhaber dieser Stunde und dieser Küsse? Wohl kaum. Und selbst wenn es so wäre – solange er von der fehlenden Stunde und den fehlenden Küssen nichts weiß, tut es ihm auch nicht weh, oder? Es gab schon Kunstdiebe, die haben exakte Kopien von kostbaren Gemälden angefertigt und anstelle der echten aufgehängt, und die Besitzer haben monate- oder gar jahrelang nichts gemerkt. So läuft's nämlich.

Aber Stan wird merken, wenn sie nicht auftaucht. Er wird verärgert sein, dann bestürzt. Er wird die Consilience-Beamten bitten, die Straßen abzusuchen, er wird sich nach Rollerunfällen umhören. Dann wird er sich mit Positron in Verbindung setzen. Wahrscheinlich wird man ihm sagen, Charmaine sei noch im Gefängnis. Wobei man ihm nicht sagen wird, warum.

Charmaine sitzt und sitzt auf dem harten kleinen Stuhl im Chatroom und versucht Ruhe zu bewahren. Kein Wunder, dass früher Menschen in Einzelhaft verrückt wurden, denkt sie. Es gibt niemanden zum Reden, es gibt nichts zu tun. In Positron wurde die Einzelhaft abgeschafft. Doch die Zellen hatte man ihr und Stan bei der Gefängnistour gezeigt, damals, als sie vor der großen Entscheidung standen. Die ehemaligen Einzelzellen waren jetzt mit Schreibtischen und Computern ausgestattet – für die Informatiker und auch für die geplante Robotortechnik-Abteilung. *Da tun sich sehr spannende Sachen*, sagte der Mann, der sie herumführte. *Und jetzt sehen wir uns den Speisesaal an und danach Nutztiere und Gartenbau – die Hühner werden alle vor Ort gezüchtet –, und dann können wir einen Blick in den Handarbeitsraum werfen, wo Sie Ihre Strickutensilien bekommen.*

Stricken. Wenn sie noch einen Monat im Gefängnis bleiben muss, kommt ihr das Stricken bald zu den Ohren raus. Anfangs war es noch lustig, irgendwie unzeitgemäß und gemütlich, aber neuerdings haben sie ein Plansoll zu erfüllen. Die Wärterinnen geben einem das Gefühl, man wäre faul, wenn man nicht schnell genug strickt.

Ach Max. Wo bist du? Ich hab Angst! Aber selbst wenn Max sie hören könnte, würde er kommen?

Stan würde kommen. Er spielt ihre Angst nie herunter. Spinnen zum Beispiel: die mag sie nicht. Stan ist sehr effizient mit Spinnen. Das weiß sie zu schätzen.

WÜRGEHALSBAND

Es ist später Nachmittag. Die Sonne steht tief am Himmel und die Straße ist leer. Zumindest scheint sie leer: Zweifellos sind überall Augen – im Laternenpfahl. Im Feuerhydranten. Nur weil man sie nicht sehen kann, heißt es nicht, dass sie einen nicht beobachten.

Stan schneidet die Hecke und gibt sich alle Mühe, nicht nur fleißig, sondern auch gut gelaunt zu wirken. Die Hecke braucht nicht geschnitten zu werden – es ist der erste Januar, es ist Winter, wobei kein Schnee liegt –, aber er findet die Tätigkeit aus denselben Gründen beruhigend wie Nägelkauen: Sie ist monoton, sie imitiert eine sinnvolle Tätigkeit und sie ist gewalttätig. Die Heckenschere summt bedrohlich wie ein Wespennest. Das Geräusch gibt ihm die Illusion von Macht, und das lindert seine Panik. Panik wie eine Ratte in einem Käfig, mit reichlich Futter und Wasser und sogar Sex, aber ohne Ausweg und mit dem Verdacht, dass all das zu einem sicherlich qualvollen Experiment gehört.

Grund für seine Panik: Jocelyn, Schraubzwinge auf Beinen. Sie hat ihn an ihr Fußgelenk gekettet. Er ist an ihrer unsichtbaren Leine; er trägt ihr unsichtbares Würgehalsband. Er kann sich nicht befreien.

Gut durchatmen, Stan, sagt er zu sich. Nach jedem Tief kommt ein Hoch. Und hoch kriegst du ihn noch. Er lacht innerlich. Der war gut, Stan.

Er trägt ein Headset, das an sein Handy angeschlossen ist. Die surrende Heckenschere liefert den Hintergrundsound zu Doris Day, deren Greatest Hits ihm als Wiegenlieder bei Tage dienen. Anfangs fantasierte er noch davon, Doris von der Dachkante zu treten, doch die Musikauswahl ist nicht sehr groß – alles, was aufwühlend oder anarchisch wirken könnte, wird zensiert –, also lieber sie als das Medley aus *Oklahoma!* oder Bing Crosby mit seinem »White Christmas«.

Zum schwungvollen Takt von »Love Me or Leave Me« hackt er ein Büschel fedriger Zedernzweige ab. Jetzt, wo er sich an sie gewöhnt hat, beruhigt ihn der Gedanke an die ewig unbefleckte, aber mit beeindruckend festem BH-gestütztem Busen ausgestattete Doris, die mit ihrem lang vergangenen, sonnengebleichten Lächeln in der Küche Milchshakes zaubert, wie der auf Consilience-TV ständig ausgestrahlte Biopic beweist. Sie war ein »nettes Mädchen«, damals zu einer Zeit, als »ungezogene Mädchen« das Gegenstück bildeten. Er hat eine frühe Erinnerung an einen Alkoholiker-Onkel, der die jungen Mädchen ungezogen nannte, weil sie kurze Röcke trugen. Stan war elf damals und fing gerade an, derlei zu bemerken.

Doris hätte niemals einen kurzen Rock getragen, außer zu sportlichen und asexuellen Anlässen wie etwa Tennis. Vielleicht hatte er sich genau so ein Mädchen wie Doris gewünscht, als er Charmaine heiratete. Sicher, schlicht, sauber. Mit einer Rüstung aus reinweißer Unterwäsche. Was sich ja nun als kolossaler Witz erwiesen hat.

Lonely, summt er vor sich hin. Aber Einsamkeit soll ihm nicht gegönnt sein, sobald Jocelyn von ihrem gruseligen Tagesjob zurückkehrt. »Zieh dir dein Lederzeug an«, sagte sie vorgestern Abend in einem Tonfall, den sie offenbar für verführerisch hielt. »Mit dem kleinen Schraubenzieherdings. Wir tun so, als wärst du der Klempner.« Sie meint das, was er gerade anhat: die Arbeitshandschuhe, die Arbeitsschürze mit den Taschen und Schlaufen. In ihren Augen Erotikverkleidung für Männer. Er hatte sich aber geweigert. Ein Rest an Stolz ist ihm immerhin noch geblieben. Wobei der zusehends schrumpft.

Er steht auf einer Trittleiter, um von oben an die Hecke zu kommen. Wenn sie ins Wackeln geriete, könnte er fallen, und das könnte tödliche Folgen haben, denn die Heckenschere ist irrsinnig scharf. Mit einer einzigen schnellen Bewegung könnte man jemandem den Hals durchtrennen wie in den japanischen Samurai-Filmen, die er und Conor als Kinder immer geguckt haben. Mittelalterliche Henker konnten mit einem einzigen Hieb ihrer Axt einen Kopf abschlagen, zumindest in den Historienfilmen. Wäre er je zu etwas so Extremem in der Lage? Angefeuert durch Trommelwirbel und eine johlende Menge gemüsewerfender Hinterwäldler, vielleicht. Er bräuchte ein Paar Lederhandschuhe mit Stulpen und eine lederne Gesichtsmaske wie in den Horrorstreifen. Wäre sein Oberkörper nackt? Besser nicht: Erst müsste er trainieren, Muskeln aufbauen. Er setzt allmählich Fett an; er trinkt zu viel von diesem Bier: schmeckt nach Pisse, aber was soll's, Hauptsache, es knallt.

Gestern bohrte Jocelyn ihren Zeigefinger in den Rettungsring unter seinem Brustkorb. »Mach mal den Speck weg!«, sagte sie. Es sollte ein Scherz sein, klang aber dennoch wie ein unausgesprochenes »sonst ...«. Was sonst? Stan weiß, dass er getestet wird; doch wenn er bei dieser seltsamen Prüfung durchfällt, was dann?

Secret love, singt Doris. *Dum de dum, me, yearning free.* Stan nimmt den Text kaum noch wahr, so oft hat er ihn schon gehört. Tapete mit Rosenmuster. Wäre das Leben von Doris Day anders verlaufen, wenn sie sich Doris Night genannt hätte? Wenn sie schwarze Spitze getragen und sich die Haare rot gefärbt hätte und Bluessängerin geworden wäre? Und was ist mit Stans Leben? Wäre er schlanker und fitter, wenn er Phil hieße wie Jocelyns treuloser Flachwichser von einem Mann?

Oder wie Conor. Was, wenn sein Name Conor gewesen wäre?

No more, singt Doris. Als Nächstes kommt die Patti-Page-Top-Ten-Playlist. »How Much Is That Doggie in the Window?« *Waff waff.* Mit echtem Kläffen. Charmaine findet das Lied süß. Süß gehört zu ihren wichtigsten Kategorien, ähnlich wie richtig und falsch. Krokusse: süß. Gewitter: nicht süß. Eierbecher in Hühnchenform: süß. Stan wütend: nicht süß. In letzter Zeit ist er des Öfteren nicht süß.

Was wäre besser, Axt oder Heckenschere?, überlegt er. Axt, vorausgesetzt, man beherrscht den Trick mit dem sauberen Hieb. Ansonsten, für den Laien, die Heckenschere. Die Sehnen wären wie Butter, dann wäre da das heiße Blut, es würde ihm ins Gesicht schießen wie aus einem Wasserwerfer. Bei diesem Gedanken wird ihm ein bisschen flau. Das ist das Problem mit seinen Fantasien: Irgendwann werden sie zu lebhaft, laufen aus dem Ruder und enden in einem Fiasko, und dann sieht er nur noch, was alles schiefgehen könnte. Es ist ja schon genug schiefgegangen.

Man könnte sich mit der Heckenschere auch gut den eigenen Kopf abschneiden; allerdings nicht mit der Axt. War die Heckenschere angeschaltet, würde sie einfach weiterlaufen, ob man bei Bewusstsein war oder nicht. Conor hatte ihm mal von einem Typen erzählt, der mit einem elektrischen Tranchiermesser in seinem eigenen Bett Selbstmord begangen hatte. Seine untreue Frau habe neben ihm gelegen; sie sei aufgewacht, weil sein warmes Blut in die Matratze sickerte. Auch davon hatte er fantasiert, denn an manchen Tagen fühlt er sich so gefangen, so mutlos, so am Ende, so unmännlich, dass er fast alles tun würde, um hier zu verschwinden.

Aber warum ist er so negativ? *Warum bist du so negativ, Schatz?*, hört er Charmaines putzmuntere, kindlich hohe Barbiepuppenstimme. *So schlecht ist doch dein Leben gar nicht!* Will sagen: solange sie ein Teil seines Lebens ist. *Verpiss dich*, sagt er zu der Stimme. Die Stimme gibt ein leicht schockiertes *Oh* von sich, dann zerplatzt sie wie eine Seifenblase.

PERSONALABTEILUNG

Charmaine wartet und wartet. Warum gibt es hier keine Zeitschriften, keinen Fernseher? Sie würde notfalls sogar ein Baseballspiel gucken. Außerdem muss sie auf die Toilette, und es gibt keine. Das ist nicht sehr rücksichtsvoll, aber sie muss sich zusammennehmen, sonst wird sie unleidlich, und Unleidlichkeit führt zu gar nichts, wenn man nicht die Macht hat, seine Unleidlichkeit zu unterstützen. Die Leute nehmen einen nicht ernst oder sie werden noch unleidlicher als man selbst. *Ein Lächeln öffnet Türen*, pflegte Oma Win immer zu sagen. *Weine, und du weinst allein.* Sie darf nicht weinen: Sie muss tun, als wenn das hier etwas ganz Normales wäre, etwas Langweiliges. Reine Bürokratie.

Schließlich taucht eine Frau mit einem PosiPad auf, in Wärteruniform, aber mit Namensschild an der Brusttasche: AURORA, PERSONALABTEILUNG. Charmaine rutscht das Herz in die Hose.

Aurora aus der Personalabteilung lächelt freudlos aus schiefergrauen Augen. Sie hat eine Nachricht zu überbringen und tut es mit geschmeidiger Stimme: Es täte ihr sehr leid, aber Charmaine müsse noch einen Monat im Gefängnis bleiben; und darüber hinaus habe man sie ihrer Pflichten in der Medikationsabteilung entbunden.

»Aber wieso …?«, fragt Charmaine, und ihre Stimme bricht. »Wenn jemand Beschwerde eingelegt hat …« Blöd, so was zu sagen, wo die Nutznießer ihrer Medikationen doch innerhalb von fünf Minuten nach der Behandlung abdanken, was ja auch das Normale ist bei Herzstillstand, wer sollte also noch unterwegs sein, um sich zu beschweren? Vielleicht sind ja ein paar Leute aus dem Jenseits zurückgekehrt und haben an ihrer Arbeit herumgekrittelt, sagt sie sich scherzhaft. Und wenn ja, dann lügen sie, fügt sie entrüstet hinzu. Sie ist zu Recht stolz auf ihre Bemühungen und ihr Talent, sie hat wirklich eine Gabe, das sieht man doch allein schon an den Blicken. Sie exekutiert gekonnt, sie bereitet einen guten Tod: Alle in ihrer Obhut verlassen die Welt in einem Glückszustand und mit einem Gefühl der Dankbarkeit ihr gegenüber, falls die Körpersprache irgendein Indiz ist. Und das ist sie ja nun mal: Durch Max hat sie ihre Fähigkeiten im Bereich Körpersprache verfeinern gelernt.

»O nein, das nicht«, sagt Aurora von der Personalabteilung einen Hauch zu beiläufig. Ihr Gesicht bewegt sich kaum: Sie hat was machen lassen und hat's damit übertrieben. Sie hat Glubschaugen, und ihre Haut ist aus dem Gesicht zurückgezogen, als würde ihr jemand am Hinterkopf die Haare zusammenziehen. Wahrscheinlich war sie im Rahmen ihrer Umschulung auf der gefängnisinternen Kosmetikschule. Die Chirurgen dort sind Studenten, also ist es nur logisch, dass da von Zeit zu Zeit mal ein Missgeschick passiert. Wobei Charmaine von einer Brücke springen würde, wenn ihr Gesicht dermaßen verpfuscht wäre. Im Seniorenheim damals und den angegliederten Kliniken wurde viel besser gearbeitet. Die kriegten es hin, dass jemand mit 70, 80, sogar 85 am Ende nicht älter wirkte als 60.

Wahrscheinlich lernen viele hier Schönheitschirurgie, die Nachfrage wird nämlich bald sehr groß sein. Das Durchschnittsalter von Consilience liegt bei 33, insofern ist es noch keine große Kunst, sich hübsch zu fühlen, aber was wird aus dem Projekt, wenn Jahre vergangen sind?, fragt sich Charmaine. Eine Bevölkerung, die hauptsächlich aus Greisen im Rollstuhl besteht? Oder werden die Leute dann alle entlassen, oder besser, abgeschoben – auf die Straße gesetzt, um in der mühseligen Außenwelt weiterzumachen? Nein, es ist ein lebenslanger Vertrag. So hatte es geheißen, bevor sie alle unterschrieben haben.

Aber – und dies ist ein neuer Gedanke für Charmaine, und kein schöner – es gab keine Garantie, wie lange dieses Leben dauern könnte. Vielleicht werden die Leute ab einem bestimmten Alter ja zur Behandlung in die Medikation geschickt. Vielleicht blüht mir genau dasselbe, denkt Charmaine, vielleicht wird da jemand sein, der mir gut zuredet und über die Haare streicht und mir die Stirn küsst und mich mit einer Spritze einschläfert, und ich kann mich weder bewegen noch sprechen, weil ich festgeschnallt und bis Unterkante Oberlippe mit Drogen vollgepumpt bin.

»Doch wenn es keine Beschwerden gab, warum denn dann?«, fragt Charmaine und gibt sich alle Mühe, sich von ihrer Verzweiflung nichts anmerken zu lassen. »Ich werde in der Medikation gebraucht, das muss man können, ich hab Erfahrung, ich hatte nie auch nur einen einzigen …«

»Nun, wie Sie sicherlich einsehen werden«, fährt Aurora dazwischen, »mussten wir im Hinblick auf die Unsicherheit Ihrer Identität Ihre Codes und Karten deaktivieren. Fürs Erste sind Sie, wenn Sie so wollen, auf Eis gelegt. Das Überprüfen der Daten ist ein sehr gründlicher Prozess, verständlicherweise, denn ich kann Ihnen sagen, wir hatten hier schon mehr als genug Betrüger. Journalisten.« Sie runzelt die Stirn, soweit das möglich ist mit ihrem gestrafften Gesicht. »Und andere Unruhestifter. Die versucht haben, böse Geschichten über unsere wunderbare und vorbildliche Gemeinschaft aufzudecken, oder besser: zu *erfinden*.«

»Ach, das ist ja schrecklich!«, haucht Charmaine. »Dass die immer was erfinden müssen ...« Sie überlegt, was für böse Geschichten das wohl sind, fragt aber lieber nicht nach.

»Tja, nun«, sagt Aurora. »Wir müssen alle sehr vorsichtig sein mit dem, was wir sagen, man weiß nie, nicht wahr? Ob die Person echt ist oder nicht.«

»Oh, das war mir nicht klar«, sagt Charmaine wahrheitsgemäß.

Auroras Gesicht entspannt sich einen Millimeter. »Sie werden neue Karten und Codes bekommen, falls – « sie fängt sich –, »wenn sie verifiziert worden sind. Bis dahin müssen wir Ihnen vertrauen.«

»*Vertrauen?*«, sagt Charmaine empört. »Es hat noch *nie* irgendwelche ...«

»Es geht hier nicht um Sie persönlich«, sagt Aurora. »Es geht um Ihre Daten. Ich bin sicher, Sie sind in jedweder Hinsicht glaubwürdig. Mehr als loyal.« Ist das ein hämisches Grinsen? Schwer zu sagen bei einem so festgezogenen Gesicht. Charmaine spürt, wie sie errötet. *Loyal*. Hat Max irgendetwas durchsickern lassen, hat jemand sie gesehen? Immerhin, ihrer Arbeit war sie immer treu.

»Nun«, sagt Aurora und wechselt in den Effizienzmodus. »Ich werde Sie vorübergehend in die Wäscherei versetzen, zum Handtuchfalten – in der Abteilung herrscht Personalknappheit. Ich habe selbst schon Handtücher gefaltet, es ist sehr beruhigend. Bei zu viel Stress und Verantwortung ist es manchmal klug, eine Pause einzulegen, und den Freizeitaktivitäten können wir –«, sie zögert und sucht nach dem richtigen Wort, »können wir dann *aktiv* nachgehen … um mit diesem Stress umzugehen. Handtuchfalten lässt Zeit zum Nachdenken. Denken Sie's sich als eine Zeit zur beruflichen Weiterentwicklung. Wie Urlaub.«

Verflixt und zugenäht, denkt Charmaine. Handtuchfalten. Ihr Status in Positron hat gerade einen Sturz über die Klippe erfahren.

Charmaine legt ihre vor Stunden angezogene Stadtkleidung wieder ab. (Ach, Mist, guck dir den BH an: Der Pullover hat hellrosa Flecken hinterlassen, wie soll sie die jemals wieder rauskriegen?) Da war noch etwas anderes. Aurora kann nicht lächeln wie ein normaler Mensch, aber es war nicht nur dieses seltsame Lächeln, es war der Tonfall. Über die Maßen besänftigend. Wie man mit einem Kind spricht, dem eine schmerzhafte Impfung bevorsteht, oder mit einer Kuh auf dem Weg zum Schlachthof. Es gab doch spezielle Rampen für diese Kühe, um sie einzulullen, damit sie ihrem Schicksal ruhig entgegengehen.

Am Abend, nach vier Stunden Handtuchfalten und dem gemeinsamen Abendessen – Hackfleischauflauf, Spinatsalat, Himbeermousse –, schließt sich Charmaine im Gemeinschaftsraum des Frauentrakts dem Strickkreis an. Es ist nicht ihr üblicher Strickkreis, nicht die Gruppe, die sie kennt: Die Frauen sind ja heute raus und durch ihre Tauschpartner ersetzt worden. Charmaine kennt diese Frauen nicht, aber auch die Frauen fremdeln. Sie geben ihr zu verstehen, dass ihnen nicht klar ist, warum Charmaine plötzlich in ihre Runde verpflanzt wurde. Sie sind höflich zu ihr, aber nicht mehr. Ihre Konversationsversuche werden abgeschmettert; es ist fast, als hätte man diesen Frauen etwas Anrüchiges über sie erzählt.

Die Gruppe soll blaue Bären für Vorschulkinder stricken – einige für die Krabbelgruppen in Positron und Consilience, weitere für den Export, für Kunsthandwerksläden in entlegenen, blühenderen Städten, vielleicht sogar in fremden Ländern, denn Positron muss sich seinen Unterhalt schließlich verdienen. Aber Charmaine kann sich auf ihren Teddybären nicht konzentrieren. Sie ist zappelig, sie wird von Minute zu Minute unruhiger.

Diese Datenverwechslung: Wie konnte so etwas passieren? Das System ist doch angeblich fehlerresistent. Die IT-Leute seien dran, hatte Aurora gesagt, unterdessen solle Charmaine ruhig im Fitness-studio Yoga machen und ihrem Alltag nachgehen, ja, schade, aber so sei das nun mal mit den Zahlen, ihre Zahlen zeigten sie nicht als diejenige an, als die sie sich ausgegeben habe. Sie sei sicher, dass sich die Sache bald klären werde.

Doch Charmaine traut diesem Hin und Her keine Sekunde. Irgendjemand muss sie auf dem Kieker haben. Aber wer? Ein bester Freund, die Geliebte eines ihrer Sonderbehandelten? Aber woher sollte das jemand wissen, wie sollte er da rangekommen sein? Diese Informationen waren doch angeblich streng vertraulich! Sie sind hinter die Sache mit ihr und Max gekommen. Sie entscheiden jetzt, was mit ihr passieren soll. Was ihr passieren soll.

Könnte sie doch nur mit Stan reden. Nicht mit Max: Schon bei der kleinsten Andeutung einer Gefahr wäre Max über alle Berge. Er ist im Grunde nichts als ein Handlungsreisender. *Ich werde unsere gemeinsamen Momente in Ehren halten, du wirst immer in meinem Herzen sein,* und dann nix wie raus aus dem Badezimmerfenster und über den Gartenzaun, und er wird sie damit alleinlassen, was nun mit den rauchenden Pistolen und der Leiche auf dem Boden passiert, die ja vielleicht am Ende ihre eigene ist.

Max ist wie Treibsand. Wie Quecksilber. Er ist windig. Das war ihr sofort klar. Stan dagegen – Stan ist solide. Wäre er hier, würde er die Ärmel hochkrempeln und der Realität ins Auge sehen. Er würde ihr sagen, was zu tun ist.

Verflixt noch mal. Jetzt hat sie den blauen Teddybären vermasselt, sie hat den Hals rechts gestrickt statt links. Soll sie die Reihe aufräufeln und noch mal neu machen? Nein. Der Bär wird einfach eine kleine Wulst um den Hals haben müssen. Sie könnte ihm ja ein Schleifchen umbinden. Den Fehler kaschieren, indem sie ihm eine individuelle Note gibt. *Wenn das Leben dir Zitronen gibt,* sagt sie zu sich, *mach rosa Limonade draus.*

Als sie an diesem Abend in ihre Zelle zurückkommt, ist die Zelle leer. Ihre Zellengenossin ist weg; sie darf jetzt einen Monat in Consilience verbringen. Doch das andere Bett ist nicht gemacht, es ist abgezogen. Als wäre jemand gestorben.

Sie geben ihr also keine neue Zellengenossin. Sie isolieren sie. Ist das der Beginn ihrer Strafe? Warum hat sie sich jemals auf Max eingelassen? Schon beim ersten Anblick dieses Mannes hätte sie aus dem Zimmer rennen sollen. Sie ist ein viel zu leichtes Opfer gewesen. Und jetzt ist sie ganz allein.

Zum ersten Mal an diesem Tag weint sie.

HAUSFREUND

»Kopf hoch, Schatz, so schlimm ist das Leben doch gar nicht«, sagte Charmaine damals immer, als sie noch im Auto lebten, und es ging ihm gewaltig auf den Zeiger. Wie konnte sie so verdammt gut gelaunt sein, während sie von allen Seiten mit Scheiße bombardiert wurden? Jetzt aber versucht er sich ihren leichten Tonfall ins Gedächtnis zu rufen, ihre beruhigenden Worte, die tröstlichen Zitate ihrer Oma Win. *Wenn die Nacht am tiefsten, ist der Tag am nächsten.* Er sollte sich am Riemen reißen, denn sie hat recht: So schlecht ist das Leben gar nicht. Viele Männer würden liebend gern mit ihm tauschen.

An den Wochentagen geht er zu seiner sogenannten Arbeit in der Rollerwerkstatt, wo er die Fragen der anderen Männer zunächst hatte abwehren müssen – »Was machst du denn schon wieder hier? Bist du diesen Monat nicht im Gefängnis?« Worauf er entgegnete: »Diese Penner von der Verwaltung haben da was verpeilt, meine Daten vertauscht, mich irgendwie verwechselt. Aber na ja, soll ich mich beschweren?«

Man muss nicht hinzufügen, dass der Typ, der in letzter Zeit seine putzmuntere untreue Ehefrau bespringt, die Arschkarte hat und dass der Verwaltungspenner eine hochrangige Überwachungs-agentin ist, die die Begegnungen ihres Mannes mit Charmaine in körnigen, jedoch erstaunlich erotischen Videos festgehalten hat. Stan weiß, dass sie erstaunlich erotisch sind, weil er sie mit Jocelyn zusammen geguckt hat, auf derselben Couch, auf der er normaler-weise mit Charmaine zusammen fernsieht.

Die Couch, königsblauer Grund mit gedeckt weißen Lilien, hatte bislang Eintönigkeit und trostreichen Alltag suggeriert; dort hatte er allenfalls Charmaines Hand gehalten oder ihr den Arm um die Schultern gelegt, denn Charmaine hatte behauptet, sie wolle die Sachen, die man im Bett macht, auch wirklich nur im Bett machen, denn da gehörten sie hin. Eine haarsträubende Behaup-tung, wenn man nach den Videos geht, wo schon eine geschlos-sene Tür und ein nackter Fußboden reichen, um Charmaines innere Straßennutte zu entfesseln, die Phil um Dinge anfleht, die Stan nie tun durfte, und die Dinge sagt, die sie nie auch nur ein einziges Mal zu Stan gesagt hat.

Jocelyn sieht Stan gern beim Zuschauen zu und lächelt dabei verbissen, aber lechzend. Dann will sie die Videos mit ihm nach-spielen: Er spielt Phil, und sie spielt Charmaine. Das Schreckliche ist, dass es ihm manchmal sogar gelingt; genauso schrecklich aller-dings, wenn nicht. Wenn er sie hart rannimmt, tut er es, weil sie's von ihm verlangt hat; wenn er's nicht bringt, ist er ein Versager; so oder so hat er verloren. Jocelyn hat die neutrale Couch mit ihren langweiligen Lilien in eine Lasterhöhle der Qualen und Erniedri-gungen verwandelt. Er bringt es kaum noch fertig, sich dort hinzu-setzen: Wer hätte gedacht, dass ein harmloses Konsumprodukt aus Stoff und Polstermaterial zu einer lähmenden Psychowaffe werden könnte?

Er hofft, dass Jocelyn auch diese Szenen aufgezeichnet hat und Phil genauso zum Gucken zwingen wird. Gemein genug ist sie dazu. Bestimmt wird Phil sich fragen, warum er noch im Gefäng-nis sitzt, und er wird sich aufspielen – *Hier stimmt was nicht, ich darf doch jetzt gehen, ich will meine Frau kontaktieren, die ist bei der*

Überwachung, dann kriegen wir das ganz schnell geregelt. Stan hat eine diebische Freude daran, sich dieses Szenario auszumalen, sowohl die eisigen Blicke als auch die verhohlene Häme unter den Wärtern, denn Befehl ist ja nun mal Befehl, und der kommt von oben, nicht wahr? *Jetzt mal halblang, Kollege, hier steht's geschrieben, Identitätsnummern lügen nicht, das System zu hacken ist unmöglich.* Der kranke Wichser Phil hat sich das alles selbst eingebrockt.

Dieser Gedanke hilft Stan, in Schwung zu bleiben bei seinen Sondernummern mit Jocelyn, die mehr ans Fleischklopfen erinnern als an irgendetwas, das auch nur im Entferntesten mit Lust zu tun hätte.

Ach Stan! Wieder hat er Charmaines muntere, kicherige, gekünstelte Stimme im Ohr. *Als würde dir das nicht gefallen! Ist doch so, zumindest meistens, und dass es mal nicht klappt, das passiert doch jedem mal, aber davon abgesehen glaub nur nicht, dass ich dein Stöhnen nicht gehört hätte, also musst du's ja gut gefunden haben, jetzt streite das nicht ab!*

Du kannst mich mal, sagt er zu ihr. Doch Charmaine, mit ihrem Engelsgesicht und dem unaufrichtigen Herzen – die echte Charmaine –, kann ihn nicht hören. Sie kann nicht wissen, dass Jocelyn mit ihnen beiden ihre Spielchen treibt und sich dafür rächt, dass Phil ihr ausgespannt wurde; am Ersten des nächsten Monats aber wird sie es erfahren. Sobald sie ins Haus kommt und auf Stan zu treffen hofft, wird es Phil sein, der dort auf sie wartet. Er wird selbst nicht begeistert sein, denkt Stan, denn ein schneller hormongeschwängerter Fick zwischen Tür und Angel ist was völlig anderes als so ein Ehealltag.

Und dann wird Charmaine darauf kommen, dass das Feuer ihrer Lenden nicht der ist, für den sie ihn hält – nicht der Max ihrer Fieberträume, dessen falschen Namen sie in diesen Videos immer und immer wieder beschwört –, sondern ein viel geringeres Alphamännchen, das bei Tageslicht betrachtet erheblich anders aussehen wird. Schlaffer, älter, aber auch durchtrieben, verschlagen, berechnend: Es steht ihm auf den Videos ins Gesicht geschrieben.

Sie und Phil werden einander ausgeliefert sein, auf Gedeih und Verderb. Charmaine wird mit seinen dreckigen Socken leben müssen, mit seinen Haaren im Bad; sie wird sich sein Schnarchen anhören müssen, sie wird mit ihm am Frühstückstisch Smalltalk machen müssen; und das alles wird dem gegenseitigen Kleider-vom-Leib-Reißen einen gehörigen Dämpfer verpassen.

Wie lange wird es dauern, bis die beiden sich erst miteinander langweilen und sich irgendwann nicht mehr ertragen können? Wie lange, bis Phil zu häuslicher Gewalt übergeht, nur um sich irgendwie zu beschäftigen? Nicht lange, hofft Stan. Es würde ihn nicht stören, wenn Phil ein paar kräftige Ohrfeigen austeilen würde, nicht nur als Beilage zum Sex, wie auf den Videos, sondern ernsthaft: Es ist überfällig.

Aber Phil sollte damit nicht zu weit gehen, sonst jagt ihm Charmaine noch ein Grapefruitmesser in die Halsschlagader, denn hinter ihrer Blondinennummer steckt schon irgendwas Perverses. Irgendwo fehlt ein Baustein, ist eine Verbindung locker. Er hatte es übersehen, als er mit ihr zusammenlebte – er hatte ihre Abgründe unterschätzt, das war Fehler Nummer eins, denn jeder Mensch hat Abgründe, selbst ein Dummchen wie sie.

Da ist noch ein Gedanke, ein weniger schöner: Wenn Phil und Charmaine in diesem Haus ihr gemeinsames Leben aufnehmen, was soll denn dann aus ihm werden, aus Stan? Dass er nicht auch hier im Haus bleiben kann, ist klar. Wird Jocelyn ihn verschwinden lassen, in ein heimliches Liebesnest bringen und dort an ihren Bettpfosten ketten? Oder wird sie es irgendwann leid sein, ihn wie einen hauseigenen Hengst zu behandeln, sein Hirn kurzzuschließen und dabei zuzusehen, wie er gleich einem galvanisierten Frosch vor sich hin zuckt, und schickt ihn zwecks wohlverdienter Erholung ins Gefängnis zurück?

Obwohl, vielleicht bleibt sie sogar bei dem Zeitplan: Vielleicht wird sie Stan einfach an ihrer Seite behalten, ihr bizarres Spiel vom glücklichen Paar weiterspinnen und die anderen beiden im Knast erst mal runterkommen lassen. Irgendwann kommt der nächste

Schichtwechsel, und Charmaine und Phil können es kaum erwarten, in ihre Zivilklamotten zu steigen und sich auf direktem Wege zu ihrem nächsten schäbigen Rendezvous zu begeben, aber dann wird ihnen irgendein uniformierter Hansel erzählen, sie würden noch nicht entlassen. Was für Charmaine drei Monate am Stück bedeuten wird. Die dreht bestimmt inzwischen am Rad.

Phil wird sich schon gedacht haben, dass Jocelyn ihm wieder mal auf die Schliche gekommen ist. Wenn er auch nur halbwegs zurechnungsfähig ist, wird er sich in einem Zustand fortgeschrittener Unruhe befinden. Ihm wird klar sein, dass seine Frau unter ihrem sachlich-coolen Businessgehabe und ihrer leidenden Duldungspose eine rachsüchtige Harpyie ist.

Charmaine dagegen wird die Welt nicht mehr verstehen. Sie wird bei der Gefängnisleitung ihre Kleinmädchen-Manipulationsgeschütze auffahren: Grübchen und blondgelockte Verblüffung, zitternde Unterlippe, Empörung, tränenreiches Flehen – aber das alles wird ihr nichts nützen. Dann wird sie einen echten Zusammenbruch erleiden. Sie wird den Verstand verlieren, sie wird heulen, sie wird einknicken. Die Beamten werden das nicht dulden: Sie werden sie wieder auf die Beine stellen, den Gartenschlauch andrehen. Das würde Stan gern sehen; es wäre eine kleine Genugtuung für die Verachtung, mit der sie ihn die ganze Zeit gestraft hat. Vielleicht wird Jocelyn ihm die Filme zeigen.

Was aber eher unwahrscheinlich ist. Sein Zugang zum Spycam-Material ist auf Charmaine und Phil begrenzt, wie sich die beiden auf dem Boden wälzen. Für Jocelyn ist das ein echter Kick. Ihr Wunsch, diese Aktivitäten mit ihm nachzustellen, ist geschmacklos: Ihr muss doch klar sein, dass bei ihm da keine Leidenschaft aufkommt. Lieber würde er Terpentin trinken oder sich eine Chilischote in die Nase schieben – alles, nur um bei diesen wechselseitig beschämenden Szenen sein Hirn zu betäuben. Er sollte sich einfach immer wieder sagen, dass er eine Art Roboter ist, er muss den Laden am Laufen halten. Es könnte sein Leben davon abhängen.

Gestern Abend hat Jocelyn etwas Neues ausprobiert. Sie verfügt, soweit er sehen kann, über sämtliche Zugangscodes, also hat sie Charmaines rosa Schließfach geöffnet, in Charmaines Sachen gewühlt und ein Nachthemd gefunden, das ihr passt. Eins mit Gänseblümchen und Schleifchen – ziemlich das Gegenteil von Jocelyns funktionalem Stil, aber das war wohl genau der Punkt.

Jocelyn schläft normalerweise im Gästezimmer, wo sie auch ihrer »Arbeit« nachgeht, was immer das sein mag; gestern Abend jedoch hatte sie eine Duftkerze angezündet und war in Charmaines Nachthemd auf Zehenspitzen in sein Zimmer geschlichen. »Überraschung«, hatte sie geflüstert. Ihr Mund war knallig geschminkt, und als sie ihre Lippen auf seine drückte, nahm er denselben Lippenstiftduft wahr wie auf dem Brief von damals. *Ich hungere nach dir! Ich brauche dich so sehr. Kuss und vieles mehr – Jasmine.* Wie ein Volltrottel war er reingefallen auf diese schwüle Jasmine mit ihrem traubensaftfarbenen Mund. Was für eine Täuschung! Und dann, was für eine Enttäuschung.

Und jetzt wollte Jocelyn wen darstellen? Sie hatte ihn aus dem Schlaf gerissen, er war desorientiert: Einen Moment lang wusste er nicht, wo er war oder wer sich da gegen ihn presste. »Stell dir einfach vor, ich wäre Jasmine«, murmelte sie. »Lass los.« Aber wie, mit Charmaines vertrautem Baumwollnachthemd unter seinen Fingern. Die Gänseblümchen. Die Schleifchen. Es ging einfach nicht zusammen.

Wie lange noch kann er so weitermachen, in dieser Schlafzimmerposse die Hauptrolle spielen, ohne restlos den Verstand zu verlieren und gewalttätig zu werden? In der Rollerwerkstatt, da hat er sich unter Kontrolle: Das Lösen mechanischer Probleme hält ihn im Lot. Doch je mehr sich der Werktag dem Ende neigt, desto mehr graut ihm. Dann muss er auf seinen Roller steigen und zum Haus zurückfahren. Er nimmt sich vor, ein paar Biere zu zischen und dann zu tun, als würde er sich auf die Gartenarbeit konzentrieren, bis Jocelyn auftaucht.

Biernebel und Elektrogeräte sind eine riskante Kombination,

aber er geht das Risiko gerne ein. Ohne Betäubung macht er am Ende noch irgendeine Dummheit.

Jocelyn jedoch steht weit oben auf der Statusleiter, wahrscheinlich lässt sie jedes einzelne ihrer Schamhaare durch eine Spezialeinheit überwachen, die bei der kleinsten Bedrohung in todbringende Aktion tritt. Schon die harmloseste Maßnahme würde wahrscheinlich Großalarm auslösen, wenn Stan sie zum Beispiel fesseln und in Charmaines rosafarbenes Schließfach sperren würde – nein, nicht in *das* Schließfach, er kennt ja den Code nicht; in sein eigenes rotes Schließfach – und sich davonmachen würde. Aber wohin? Es führt kein Weg aus Consilience heraus, zumindest nicht für diejenigen, die so unfassbar dämlich waren, in das Projekt einzusteigen. Sich ihm auszuliefern. ZEIT IN HAFT IST ZEIT FÜR DIE ZUKUNFT.

Die haben euch total verarscht, sagt Conors Stimme in seinem Kopf.

Und da kommt auch schon Jocelyn in ihrem abgedunkelten, sanft schnurrenden Spionagewagen. Sie muss einen Fahrer haben, denn sie steigt immer hinten aus. Angeblich wird in Positron gerade an allerhand neuer Robotertechnik gefeilt, die den Laden finanziell voranbringen soll, insofern wird das Auto womöglich von einem Bot gefahren.

Er hat den wilden Impuls, ihr mit der Heckenschere entgegenzulaufen, das Ding anzuschmeißen und sowohl Jocelyn als auch ihren künstlichen Fahrer damit zu bedrohen, wenn sie ihn nicht sofort zum Ausgang von Consilience bringt. Und wenn sie's drauf ankommen lässt und sich weigert? Wird er's dennoch tun, um am Ende mit einem lahmgelegten Auto voller Elektronik und einem verstümmelten Leichnam dazustehen?

Aber wenn es klappt, wird er sie zwingen, ihn durchs Tor und in die bröckelnde Ödnis jenseits der Mauer zu fahren. Er wird aus dem Auto springen und einfach abhauen. Ein sonderlich tolles Leben hätte er da draußen nicht, er würde sich durch Müllhalden wühlen und Plünderer abwehren müssen, aber immerhin wäre er wieder Herr seiner selbst. Er wird Conor finden, oder Conor wird ihn finden. Wenn jemand weiß, wie man da draußen klarkommt, dann Con. Doch er wird seinen Stolz hinunterschlucken müssen. Er wird zurückrudern müssen. *Ich hatte unrecht, ich hätte auf dich hören sollen*, und so weiter, die ganze elende Leier.

Wobei, vielleicht wäre die Heckenscherennummer doch nicht so ratsam. Bestimmt kann Jocelyn mit einem Zucken ihrer Zehen den Alarm auslösen. Von ihren schnellen Tricks ganz zu schweigen: Die ganze Überwachungsabteilung ist doch sicherlich kampfsporterfahren. Die haben's drauf, wie man seinem Gegner mit dem Daumen die Luftröhre abdrückt.

Jetzt steigt sie aus dem Wagen, Füße voran. Schuhe, Fußgelenke, graues Nylon. Bei solchen Beinen kann doch keiner nein sagen. Oder?

Den Gedanken halt mal fest, Stan, sagt er zu sich. Die Sache hat nicht nur Nachteile.

VI VALENTINSTAG

IN DER SCHWEBE

Es ist der zehnte Februar, und Stan ist immer noch in der Schwebe. Charmaine ist am Tag des Schichtwechsels nicht wieder aufgetaucht, wie er gehofft und gleichzeitig befürchtet hatte. Gehofft, weil er sie – zugegeben – vermisst und sehen will und sie dann Jocelyn ersetzen wird. Gefürchtet, weil – wird er die Beherrschung verlieren? Wird er ihr erzählen, dass er die Videos gesehen hat, wird er sie mit all den Lügen konfrontieren, die sie ihm aufgetischt hat, ihr eine scheuern, wie es Conor vielleicht tun würde? Wird sie trotzig reagieren, wird sie ihn auslachen? Oder wird sie weinen und sagen, wie falsch das alles von ihr gewesen sei und wie leid ihr das alle tue und wie sehr sie ihn liebe? Und wenn ja, woher soll er dann wissen, dass sie's ernst meint?

Er steht ja selbst auf wackligem Grund. Was, wenn sich Jocelyn auf ihre Seite schlägt, was, wenn sie ihr von Stans Versuch erzählt, der falschen Jasmine nachzustellen und noch ein paar Details hinzufügt über das, was sie und Stan auf der blauen Couch getrieben haben? Und beileibe nicht nur dort. Jedes Mal, wenn er sich vorstellt, mit Charmaine wieder vereint zu sein, verheddern sich seine Gedanken.

»Ich finde, ihr beiden tut euch im Moment nicht gut«, lautete Jocelyns Kommentar, als wären er und Charmaine zwei kleine Streithähne, denen eine strenge, aber liebende Mutter eine Auszeit verordnet. Nein, keine Mutter: ein dekadenter Babysitter, der sich in Kürze wegen Verführung Minderjähriger verantworten muss, denn kaum war diese verklemmte kleine Predigt abgeliefert, wurde Stan auch schon wieder auf die blaue Couch mit den keuschen, aber inzwischen schmuddeligen Lilien zitiert, um eine von Jocelyns Lieblingsszenen aus der beliebten Pornovideo-Saga mit ihren beiden heißblütigen Ehepartnern in der Hauptrolle nachzuspielen.

»Wie wär's denn mal mit uns beiden gleichzeitig?«, fragte er demnach grollend, wie aus weiter Ferne. Es war seine Stimme, der Text aber stammte von Max. An dieser Stelle verlangte das Drehbuch nach ein wenig Handarbeit. Es war gar nicht so einfach, sich den ganzen Text zu merken und ihn mit den richtigen Gesten zu synchronisieren. Wie machten die das bloß beim Film? Aber da wurden ja auch immer mehrere Durchläufe gedreht: Wenn irgendwas nicht geklappt hatte, konnte die Szene wiederholt werden. »Einer hinten, einer vorne?«

»O nein, das könnte ich nicht! Das …«, entgegnete Jocelyn mit einer Stimme, die atemlos und schamhaft zugleich klingen sollte, genau wie Charmaine im Video. Und sie klang tatsächlich ein bisschen so: Es war nicht gespielt, oder zumindest nur teilweise. »Nicht gleichzeitig! Das …«

Wie ging es weiter? Blackout. Um Zeit zu schinden, riss er ihr ein paar Knöpfe ab.

»Ich glaube, du könntest«, soufflierte ihm Jocelyn.

»Ich glaube, du könntest«, sagte er. »Ich glaube, du willst es. Guck mal, du wirst ja rot. Du bist ein dreckiges kleines Luder, stimmt's?«

Was denn noch alles? Warum konnte er nicht einfach diese bescheuerte Rollenspielerei überspringen und zur Sache kommen, an die Stelle nämlich, wo sich ihre Augen nach hinten rollten und sie anfing zu kreischen wie eine Metallsäge. Aber die Kurzfassung wollte sie nicht. Sie wollte Dialog und Ritual, sie wollte hofiert werden. Sie wollte das, was Charmaine hatte, da auf dem Bildschirm, und keine Silbe weniger. Es war traurig, wenn Stan mal genauer drüber nachdachte: Als wäre sie übergangen worden, als wäre sie das einzige Kind, das nicht auf die Geburtstagsparty eingeladen wurde und deshalb allein feiern musste.

Und sie war tatsächlich allein, mehr oder minder, denn präsent in dem Sinne war Stan nicht. Warum bestellt sie sich nicht einfach einen Roboter?, dachte er. Unter den Jungs in der Rollerwerkstatt hieß es, die neuen und verbesserten Sexbots seien in der Mache und würden irgendwo in den Tiefen von Positron gerade getestet. Vielleicht ist das Ganze ein moderner Mythos oder Wunschdenken, aber die Jungs schwören, dass es stimmt: Sie haben's aus erster Hand. Es sei eine holländische Produktlinie von Prostibots, teils für den heimischen Markt, hauptsächlich aber für den Export bestimmt. Die Bots seien lebensecht mit Körperwärme und berührungssensitiver Plastikfaserhaut, die sogar erschaudern könne, und mit diversen Stimmmodi und hygienisch ausspülbarem Innenleben, denn man wolle sich ja schließlich keinen Tripper holen.

Diese Bots würden den Mädchenhandel eindämmen, sagen die Befürworter: Schluss mit den jungen Frauen, die über Ländergrenzen geschmuggelt, geschlagen, ans Bett gekettet, kaputtgemacht und irgendwann in der Kanalisation entsorgt werden. Damit werde es bald vorbei sein. Außerdem, die Dinger würden monstermäßig Geld abwerfen.

Aber es werde niemals so sein wie in echt, sagen die Kritiker: Wenn man ihnen in die Augen schaue, werde kein echter Mensch den Blick erwidern. Oh, da hätten sie noch ein paar Tricks auf Lager, sagen die Befürworter: verfeinerte Gesichtsmuskulatur, verbesserte Software. Aber sie spürten keinen Schmerz, so die Kritiker. An dieser Funktion werde momentan noch getüftelt, entgegnen die Befürworter. Jedenfalls würden sie nie nein sagen. Oder nur dann, wenn man es von ihnen verlange.

Stan hat gehörige Zweifel: Die Empathiemodule bei Emo-Robotics hätten nicht mal ein fünfjähriges Kind überzeugt. Aber vielleicht hatte es inzwischen einen Quantensprung gegeben.

Die Jungs scherzen darüber, sich in Positron als Prostibot-Tester zu bewerben. Soll ein ziemlich abgefahrenes Erlebnis sein, wenn auch unheimlich. Stimme und Phrasenoption dürfe man selbst wählen, der Bot flüstert erotische Schmeicheleien oder Schweinereien; bei Berührung zuckt sie; man macht's mit ihr. Während der Säuberungsvorgang einsetzt – der Teil sei seltsam: klingt etwas zu sehr nach Geschirrspülmaschine –, müsse man einen Fragebogen ausfüllen, Kästchen ankreuzen, diese oder jene Funktion bewerten, gut oder schlecht, Vorschläge zur Verfeinerung machen. Immerhin besser für schnellen Sex als das weitverbreitete Hühnerrammeln damals im Gefängnis, fügen sie hinzu. Kein Gegacker, keine scharfen Krallen. Und auch besser als eine warme Wassermelone, die einfach nur daliegt.

Für die Jocelyns dieser Welt muss es doch auch männliche Prostibots geben, denkt Stan. Der Robo-Mann, der immer kann. Aber das wäre nichts für Jocelyn, sie braucht ein Gegenüber, das Unmut, ja Wut spüren kann. Spüren und unterdrücken kann. Er weiß inzwischen einiges über ihre Vorlieben.

Am Silvesterabend hatte sie Popcorn gemacht und Stan zum Vorspiel-Gucken gedrängt: Phils Ankunft am baufälligen Haus, unruhiges Auf-und-ab-Gehen, Minzbonbon-in-den-Mund-Schieben, hastiges Zurechtmachen vor der letzten Spiegelscherbe an der Wand. Das Popcorn war fettig von der geschmolzenen Butter, doch als Stan aufstehen und sich ein Stück Küchenrolle holen wollte, legte ihm Jocelyn die Hand aufs Bein; nur leicht, aber es war ein Befehl, das erkannte Stan sofort. »Nein«, sagte sie mit diesem zunehmend schwer zu deutenden Lächeln. War sie gequält? Oder wollte sie quälen? »Bleib hier. Ich will deine Butterfinger am ganzen Körper.«

Immerhin mal was Neues, das mit der Butter. Etwas, was Phil und Charmaine nicht gemacht hatten. Zumindest nicht auf den Videos.

Und so ging es weiter. Im Lauf des Monats jedoch ließ Jocelyns Eifer, oder wie man es nennen soll, immer mehr nach. Sie wirkte zerstreut; sie saß in ihrem Zimmer am Rechner, und statt nach Sex auf der Couch zu verlangen, ging sie dazu über, die Schuhe auszuziehen, die Füße hochzulegen und auf ebenjener Couch Romane zu lesen. Er weiß inzwischen mehr über sie, zumindest über ihre vorgeschobene Geschichte. Wie sie eigentlich im Überwachungsdienst gelandet sei, fragte er sie einmal beim Frühstück, nur um irgendetwas zu sagen.

»Ich habe englische Literatur studiert«, sagte sie. »Das hilft wirklich.«

»Du willst mich verarschen, stimmt's?«

»Überhaupt nicht«, sagte sie. »Da hat man alle Plots. Da lernt man was über Drehungen und Wendungen. Meine Abschlussarbeit ging über *Das verlorene Paradies*.«

Verlorenes Paradies?, dachte Stan. Dazu fiel ihm nur die Seite eines australischen Nachtklubs ein, die er mal auf der Suche nach Pornos entdeckt hatte, aber der Laden hatte schon vor Jahren dichtgemacht. Fast hätte er Jocelyn gefragt, ob das mal die Vorlage zu einer HBO-Miniserie war oder so was, vielleicht wär ihm die Story dann doch ein Begriff, aber er hielt sich zurück; je weniger ungebildet er wirkte, desto besser. Sie behandelte ihn ja so schon wie einen hirngeschädigten Spaniel, mit einer Mischung aus Belustigung und Verachtung. Außer er zeigte ihr gerade, wo der Hammer hing. Was aber immer seltener geschah.

An manchen Abenden trank er allein sein Bier, weil Jocelyn außer Haus war. Es war eine Erleichterung – endlich mal kein Leistungsdruck –, aber er hatte auch Angst, denn was, wenn sie vorhatte, ihn zu beseitigen? Und was, wenn sie ihn nicht für Positron vorsah, sondern für jene unbekannte Leere, in die alle ursprünglichen Häftlinge, die echten Verbrecher, verschwunden waren? Jocelyn hatte die Macht, ihn auszulöschen. Sie musste nur mit dem Finger schnippen. Sie hatte es nie explizit gesagt, aber er wusste, dass sie sehr einflussreich war.

Doch der erste Februar war gekommen und gegangen, ohne dass er ausgetauscht wurde. Schließlich wagte er es, das Thema anzuschneiden: Wann genau er denn wieder ins Gefängnis solle?

»Vermisst du deine Hühner?«, hatte sie gefragt. »Keine Sorge, vielleicht haben sie dich bald schon wieder.« Der Satz ließ ihm die Haare zu Berge stehen: Die Hühnerfutterfrage in Positron hatte immer wieder Anlass zu grausigen Gerüchten gegeben. »Aber erst möchte ich den Valentinstag mit dir verbringen.« Ihr Tonfall hatte etwas beinahe Sentimentales, doch es schwang ein Hauch von

Zündstoff mit. »Ich will, dass es ein besonderer Tag wird.« Sollte das Wort *besonders* eine Drohung sein? Sie beobachtete ihn mit einem leichten Lächeln. »Ich möchte nicht, dass wir ... gestört werden.«

»Wer sollte uns denn stören?«, fragte er. In den alten Filmen auf Consilience-TV – Komödien, Tragödien, Melodramen – gab es häufig Störungen. Irgendwer platzte ins Zimmer – ein eifersüchtiger Ehemann, ein betrogener Liebhaber. Anders im Spionagefilm, da war es ein Doppelagent, im Krimi dann ein Lockvogel, der die Gang ans Messer lieferte. Es folgte ein Handgemenge oder eine Schießerei. Eine Flucht vom Balkon, Kugeln in den Kopf. Schnellboote, die im Zickzack davonschießen. Zu so was führten Störungen, und danach gab's ein Happy End. Aber solche Störungen waren in diesem Fall unmöglich.

»Ach, niemand«, sagte sie. Sie beobachtete ihn. »Charmaine ist in Sicherheit«, fügte sie hinzu. »Sie ist gesund und munter. Ich bin ja kein Unmensch!« Da war sie wieder, diese Hand auf seinem Bein. Spinnenseide, stärker als Eisen. »Machst du dir etwa Sorgen?«

Natürlich mach ich mir Sorgen, verdammt noch mal!, hätte er am liebsten gebrüllt. *Was denkst du denn, mit deinem perversen Hirn! Glaubst du, das ist ein Ponyhof hier, den Haussklaven zu spielen für eine Hundetrainerin, die mich jeden Moment einschläfern lassen kann?* Aber alles, was er sagte, war: »Nein, eigentlich nicht.« Und dann, zu seiner eigenen Beschämung: »Ich freu mich drauf.« Er ekelte sich vor sich selbst. Was würde Conor an seiner Stelle tun? Conor würde die Sache in die Hand nehmen, irgendwie. Conor würde den Spieß umdrehen. Nur wie?

»Worauf denn?«, fragte sie mit ihrem Pokerface. Sie war eine unverbesserliche Spielerin. Und als er ins Stocken geriet, fragte sie noch einmal: »Worauf freust du dich, Stan?«

»Auf den Valentinstag«, murmelte er. Du Weichei. Auf die Knie, Stan. Leck mir die Schuhe. Kriech mir in den Arsch. Dein Leben hängt vielleicht an einem dünnen Faden.

Diesmal schenkte sie ihm ein offenes Lächeln. Dieser Mund,

auf den er bald seine Lippen würde drücken müssen, diese Zähne, die bald schon wieder an seinem Ohr knabbern würden. »Gut«, sagte sie mit lieblicher Stimme und tätschelte ihm das Bein. »Freut mich, dass du dich darauf freust. Ich mag Überraschungen, du nicht auch? Beim Valentinstag muss ich immer an scharfe Zimtbonbons denken. Diese herzförmigen roten Lutschbonbons. Erinnerst du dich?« Sie leckte sich die Lippen.

Lass den Scheiß, hätte er am liebsten gesagt. Lass deine blöden Anspielungen. Ich weiß schon, dass du scharf bist auf mein scharfes rotes Herz.

»Ich brauch ein Bier«, sagte er.

»Dann verdien's dir«, sagte sie, schlagartig wieder schroff. Sie fuhr mit der Hand an seinem Bein hoch und drückte zu.

TURBAN

Charmaine soll eintreten und ihre Daten verifizieren: Sie muss sich hinsetzen für den Iris-Scan, erneut ihre Fingerabdrücke nehmen lassen, für die Stimmanalyse aus *Pu der Bär* lesen. Wird sich dann ihr Profil wieder authentifizieren lassen? Schwer zu sagen: Sie ist immer noch allein in ihrer Zelle, wird immer noch vom Strickkreis geschnitten, muss immer noch Handtücher falten.

Doch am nächsten Tag taucht Aurora von der Personalabteilung in der Wäscherei auf und bittet Charmaine, sie zu einem kurzen Gespräch nach oben zu begleiten. Die anderen Handtuchfalterinnen merken auf: Hat Charmaine irgendetwas angestellt? Wahrscheinlich hoffen sie es. Charmaine fühlt sich im Nachteil – sie ist voll mit Flusen, wie peinlich –, doch sie klopft sich ab und folgt Aurora zum Fahrstuhl.

Das Gespräch findet im Chatroom neben dem Schalter am Ausgang statt. Sie freue sich, sagt Aurora, Charmaine mitteilen zu können, dass man ihr Karten und Codes zurückgeben werde – oder anders gesagt, sie seien bestätigt worden. Der Fehler in der Datenbank sei behoben worden und sie sei nun wieder die, die zu sein sie behaupte. Aurora lächelt angespannt. Das seien doch gute Nachrichten, nicht wahr?

Charmaine stimmt ihr zu. Zumindest hat sie wieder eine Identität, was ja schon mal beruhigend ist. »Also kann ich jetzt gehen?«, fragt sie. »Kann ich nach Hause? Ich hab ja ziemlich viel Zeit draußen verpasst.«

Dummerweise, sagt Aurora, könne Charmaine das Gefängnis noch nicht sofort verlassen; und zwar wegen der Synchronisation. Auch wenn sie theoretisch ins Gästezimmer ihres eigenen Hauses ziehen könnte – Aurora gibt ein glucksendes Geräusch von sich –, wohne zurzeit natürlich ihre Tauschpartnerin in dem gemeinsamen Haus. Natürlich sei das sehr unschön für Charmaine, aber das Rotationsverfahren müsse nun einmal ohne Interaktion zwischen den Tauschpartnern eingehalten werden. Vertraulichkeit würde nur zu Revierkämpfen führen, vor allem in Bezug auf Komfortartikel wie Bettwäsche und Körperlotion. Bekanntlich beschränkten sich Besitzansprüche um Kuschelecken und Lieblingsspielzeug keineswegs auf Katzen und Hunde. Wäre *das* nicht schön, wenn es so wäre? Wäre das Leben dann nicht so viel einfacher?

Insofern müsse Charmaine sich weiterhin in Geduld üben, sagt Aurora. Immerhin habe sie so schöne Sachen gestrickt – die blauen Teddybären. Wie viele sie schon geschafft habe? Doch sicherlich ein Dutzend, wenn das mal reicht! Nun habe sie Zeit, noch ein paar Bären mehr zu stricken, bevor sie entlassen werde, hoffentlich beim nächsten Schichtwechsel. Nämlich wann? Am ersten März, nicht wahr? Und es sei ja schon fast Valentinstag – also gar nicht mehr lange hin!

Aurora selbst habe nie stricken gelernt. Wirklich schade. Es müsse sehr beruhigend sein.

Charmaine ballt die Fäuste. Noch einen dieser verflixten blauen Teddybären mit seinen hellen, blinden Augen und sie dreht durch und schmeißt sich vor den nächsten Zug! Containerweise haben sie schon gestrickt. Diese Teddys tauchen schon in ihren Albträumen auf; sie träumt, dass sie bei ihr im Bett liegen, reglos, aber lebendig. »Ja, sehr beruhigend«, sagt sie.

Aurora blickt auf ihren PosiPad. Sie habe noch eine gute Nachricht für Charmaine: Ab übermorgen werde Charmaine aus ihrem Handtuchjob entlassen und wieder als Leiterin der Medikationsabteilung eingesetzt. Positron belohne Talent und Erfahrung, und Charmaines Talent und Erfahrung seien nicht unbemerkt geblieben. Aurora verzieht aufmunternd ihr Gesicht. »Nicht alle haben dieses Feingefühl«, sagt sie. »Gepaart mit so viel Hingabe. Wir haben da schon einiges erlebt, bei anderen … Dienstleistenden, die wir mit dieser, dieser Dienstleistung … betraut haben. Mit dieser so grundlegend wichtigen Aufgabe.«

»Wann fange ich an?«, fragt Charmaine. »Danke«, fügt sie hinzu. Sie freut sich ungemein, das Handtuchfalten abhaken zu können. Sie freut sich auf die Medikationsabteilung, auf die vertrauten Wege durch die Flure. Sie malt sich aus, wie sie an den Empfang tritt, wie sie mit der womöglich realen Person im Monitor spricht, durch die altbekannten Türen tritt, geschäftig ihre Handschuhe überstreift, Medikament und Spritze nimmt. Und dann in den Raum geht, wo das Subjekt schon wartet, bewegungsunfähig, aber ängstlich. Sie wird ihm die Angst nehmen. Erst wird sie ihn in einen Glückszustand versetzen und dann erlösen. Sie freut sich darauf, wieder respektiert zu werden.

Aurora blickt erneut auf ihr PosiPad. »Ich sehe gerade, Sie sollen morgen Nachmittag wieder ihren Dienst aufnehmen«, sagt sie. »Gleich nach der Mittagspause. Wenn uns hier ein Fehler unterläuft, liegt uns daran, ihn schnell wiedergutzumachen. Glückwunsch zu diesem guten Ende! Wir alle haben Ihnen die Daumen gedrückt!«

Charmaine fragt sich, wer das gewesen sein mag, denn aufgefallen ist ihr niemand. Aber wie so vieles hier hat sich vielleicht auch das hinter den Kulissen abgespielt. »Du liebe Güte, ich muss los, ich hab eine Besprechung«, sagt Aurora. »Heute kommen lauter neue Gefangene, und zwar alle auf einmal! Noch irgendwelche Fragen, ist noch etwas unklar?«

Ja, sagt Charmaine. Was man Stan erzählt hat, während sie in Positron festgehalten war? Er hat sich doch bestimmt Sorgen gemacht! Weiß er, warum sie nicht da war? Also, nicht zu Hause? Hat man ihm erzählt, was passiert ist? Oder hat er gedacht, sie sei einfach abgezogen worden? In die Medikation geschickt? Ausradiert? Diese Frage hat sie bislang nicht zu stellen gewagt – es hätte als Beschwerde aufgefasst werden können, es hätte einen Verdacht auf sie werfen können, es hätte ihre Chancen auf Entlastung erschweren können –, aber jetzt ist sie rehabilitiert.

»Stan?«, fragt Aurora ausdruckslos.

»Stan. Mein Mann, Stan«, sagt Charmaine.

»Auf diese Informationen habe ich keinen Zugriff«, sagt Aurora. »Aber ich bin sicher, man hat sich darum gekümmert.«

»Danke«, sagt Charmaine noch einmal. Mitten in dieser delikaten Übergangssituation – dieser Rehabilitation – weiter nachzufragen könnte den Bogen überspannen.

Und dann wäre da noch Max, der genauso wenig weiß. Der sich nach ihr sehnt! Sich nach ihr verzehrt! Der bestimmt schon halb wahnsinnig ist. Aber nach Max kann sie Aurora schlecht fragen.

»Dürfte ich ihm vielleicht kurz schreiben?«, fragt Charmaine. »Ich meine, Stan? Zum Valentinstag. Nur damit er weiß, dass es mir gutgeht und dass ich ...« Bebend hält sie inne, den Tränen nahe, und es ist nicht mal gespielt. »Dass ich ihn liebe?«

Aurora lächelt nicht mehr. »Nein. Während des Gefängnisaufenthalts ist jedwede Kommunikation unzulässig. Das wissen Sie genau. Wenn das Gefängnis kein Gefängnis mehr ist, hat die Außenwelt keinen Sinn! Und jetzt genießen Sie den Rest Ihrer Zeit hier.« Sie nickt, steht auf und eilt aus dem Chatroom.

Zumindest ist bald Schluss mit diesen dussligen Handtüchern, denkt Charmaine und faltet und stapelt, faltet und stapelt. Am Ende holt man sich noch irgendeine Lungenkrankheit von diesen

Flusen. Als sie ihre fertige Charge zur Durchreiche schiebt, hört sie hinter sich eine Art Murmeln, es stammt von den anderen Handtuchfrauen. Sie dreht sich um: Da ist Ed, Chef von Positron, in Begleitung einer älteren Dame, die aber keinen orangefarbenen Overall anhat. Sie trägt auf dem Kopf eine Art Turban mit roten Filzblumen. Beide kommen auf sie zu.

»Ach du Schreck!«, sagt Charmaine. Es sprudelt einfach aus ihr heraus. »Lucinda Quant! Ich war ein großer Fan von Ihrer Sendung *Heimatfront*, die war total toll … Ich bin so froh, dass Sie wieder gesund sind!« Sie redet dummes Zeug, sie macht sich zum Narren. »Entschuldigen Sie, ich sollte …«

»Danke«, sagt Lucinda Quant schroff. Sie scheint zufrieden. Sie ist ziemlich ledrig, zumindest ihre Haut. So sah sie damals im Fernsehen nicht aus, aber das liegt vielleicht an der Krankheit.

»Ich bin sicher, Ms Quant weiß Ihre Worte zu schätzen«, sagt Ed mit seiner aalglatten Stimme. »Wir machen mit ihr gerade eine Tour durch unser wundervolles Projekt. Sie denkt über eine Sendung nach, die *Heimatfront Zukunft* heißen soll, damit sie der Welt erzählen kann, was wir hier für eine wundervolle Lösung für Probleme wie Obdachlosigkeit und Arbeitslosigkeit gefunden haben.« Er lächelt Charmaine an. Er steht fast neben ihr. »Sie sind glücklich hier, nicht wahr?«, fragt er. »Seit Sie bei dem Projekt dabei sind?«

»O ja«, sagt Charmaine. »Es war von Anfang an sehr, sehr …« Wie soll sie nur beschreiben, wie es war, alles in allem, auch die Sache mit Max und Stan? Wird sie gleich anfangen zu weinen?

»Hervorragend«, sagt Ed. Er tätschelt ihr den Arm und dreht sich um, er entlässt sie. Lucinda Quant blickt Charmaine aus rotgeränderten Knopfaugen scharf an. »Na, hat es Ihnen die Sprache verschlagen?«, fragt sie.

»O nein«, sagt Charmaine. Wird Ed ihr jetzt das Leben schwer machen, weil sie nicht das Richtige gesagt hat? »Es ist nur … ich wünschte nur, ich hätte bei Ihrer Sendung mitmachen können.« Und das wünscht sie sich wirklich, denn vielleicht hätten dann

Leute Geld gespendet und sie und Stan wären nie auf die Idee gekommen, hier mitmachen zu müssen.

SCHLEPPENDER GANG

Stan ergibt sich dem Countdown: noch zwei Tage bis Valentinstag. Das Thema ist nicht mehr zur Sprache gekommen, aber hin und wieder merkt er, wie Jocelyn ihn abschätzend mustert.

An diesem Abend sitzen sie wie üblich auf der Couch, aber diesmal wird das Polster unbefleckt bleiben. Sie sitzen Seite an Seite und schauen geradeaus wie ein Ehepaar, obwohl sie beide anderweitig verheiratet sind. Heute Abend jedoch verfolgen sie nicht die kreisenden Beckenbewegungen von Charmaine und Phil. Sie gucken richtiges Fernsehen – zwar nur Consilience-TV, aber dennoch Fernsehen. Wenn man genug Bier trank, die Augen zusammenkniff und die Umgebung ausblendete, konnte man fast denken, man sei draußen in der Welt. Oder draußen in der Welt, wie sie früher war.

Sie zappen zu einer Selbsthilfesendung, die schon fast zu Ende ist. Soweit Stan erkennen kann, geht es um die Kanalisierung positiver Energiestrahlen aus dem Universum durch unsichtbare Kräftepunkte am Körper. Selbiges erfolgt durch die Nasenlöcher: rechtes Nasenloch mit dem Zeigefinger zuhalten, durch linkes Nasenloch einatmen, loslassen, linkes Nasenloch zuhalten, durch rechtes Nasenloch ausatmen. Das gibt dem Nasebohren eine ganz neue Dimension.

Star der Sendung ist eine junge hellblonde Frau im hautengen rosa Gymnastikanzug. Irgendwie kommt sie Stan bekannt vor, aber das geht einem bei solchen Klischeefrauen ja oft so. Hübsche Titten – vor allem, wenn sie sich das rechte Nasenloch zuhält –, auch wenn nichts als gequirlter Schwachsinn aus ihrem Mund kommt. Für jeden ist was dabei: Selbsthilfe und Nasenlöcher für die Frauen, Titten für die Männer. Ablenkung. Es wird viel dafür getan, die Leute hier bei der Stange zu halten.

Die Frau im rosa Gymnastikanzug sagt, man solle jeden Tag üben, denn mit Fokus, Fokus, Fokus auf positive Gedanken ziehe man das Glück an und halte sich die negativen Gedanken vom Leib. Die könnten nämlich das Immunsystem total vergiften, was zu Krebserkrankungen und Akne führen könne, denn die Haut sei das größte Organ des Körpers und besonders empfindlich für Negativstrahlen. Nächste Woche, sagt sie, werde es um die Ausrichtung der Hüften gehen, und man solle sich in der Turnhalle schon mal eine Yogamatte reservieren. Sie lächelt starr in die Kamera, dann ist die Sendung vorbei.

War das etwa Sandi?, fragt sich Stan. Charmaines billige Freundin aus dem PixelDust? Nein, die hier war viel zu hübsch.

Jetzt läuft wieder Musik – »Somewhere Over the Rainbow« in einer Version von Judy Garland –, begleitet vom Consilience-Logo: CONSILIENCE = KONSEQUENZ UND RESILIENZ. ZEIT IN HAFT IST ZEIT FÜR DIE ZUKUNFT.

Ja, es ist wieder Bürgerversammlung. Stan gähnt und gibt sich alle Mühe, ein zweites Gähnen zu unterdrücken. Er reißt die Augen noch weiter auf. Es folgt die übliche Volksverblödung: Diagramme, Statistiken – Gängelung getarnt als Motivation. Gewalttaten seien bereits zum dritten Mal in Folge rückläufig, sagt ein kleiner Mann in engem Anzug, weiter so! Es folgt ein Schaubild. Die Eierquote sei nochmals gestiegen. Noch ein Schaubild, dann sieht man, wie Eier über eine Rutsche rollen und von einem automatischen Zähler erfasst werden. Stan spürt einen Anflug von Nostalgie – diese Hühner und diese Eier, das waren mal *seine*. Sie waren seine Verantwortung, und ja, sein Ruhepol. Aber das alles wurde ihm weggenommen, und er muss als Zehenlutscher vom Dienst bei Geheimagentin Jocelyn sein Dasein fristen.

Tja, sagt er zu sich. Schließ dein rechtes Nasenloch, atme ein.

Ein neues Gesicht erscheint auf dem Bildschirm. Es ist Ed der Bauernfänger, aber ein fülligerer und energischerer Ed, gewichtiger im Auftreten, noch großspuriger. Vielleicht hat er gerade einen tollen neuen Vertrag unterschrieben. Jedenfalls ist er total aufgeblasen, weil er gleich etwas irrsinnig Wichtiges vom Stapel lassen wird.

Das Projekt laufe bislang sehr gut, sagt Ed. Der Standort Consilience, die Pionierstadt, floriert und die anderen Filialen ebenso. Täglich gingen in der Verwaltung neue Anfragen von notleidenden Gemeinden ein, die das Projekt als Ausweg aus ihren wirtschaftlichen und sozialen Problemen sähen. Ja, es gebe auch andere, altmodischere Lösungen zu diesen Problemen – Louisiana mit seinem Eldorado-Modell, der profitorientierten Aufnahme von Straftätern aus anderen Staaten, und Texas sei noch immer dabei, die Verbrecherquote durch Exekutionen zu drücken. Doch viele Gerichtsbarkeiten suchten nach einer lukrativeren … nach einer humaneren oder zumindest einer … nach etwas wie Consilience. Es bestehe Grund zur Annahme, dass die Zwillingsstadt in Regierungskreisen durchaus als Modell für die Zukunft diskutiert werde. Arbeit für alle, das sei eben schwer zu übertreffen. Er lächelt.

Dann aber ein Stirnrunzeln. Tatsächlich, sagt Ed, habe sich das Modell als so effektiv erwiesen – so sinnstiftend und somit auch in wirtschaftlicher Hinsicht so positiv, positiv also auch für die Investoren –, für die *Stifter* und *Visionäre*, die den Mut und die Stärke besessen hätten, in Zeiten mannigfaltiger Herausforderungen nach vorn zu denken … Das Consilience-Modell sei, um es mit einem Wort zu sagen, so erfolgreich, dass es sich Feinde gemacht habe. Wie man es häufig bei erfolgreichen Unternehmen findet. Wo Licht sei, so die ungeschriebene Regel, lasse wohl die Dunkelheit nie lange auf sich warten. Und dies sei nun der Fall, wie er ihnen leider mitteilen müsse.

Ein stärkeres Stirnrunzeln, ein Vorschieben des Kopfes, ein Senken des Kinns, ein Heben der Schultern; er geriert sich wie ein wütender Stier. Wer diese Feinde seien? Zunächst einmal Reporter. Enthüllungsjournalisten, die sich einzuschleichen versuchten, um an Beweise zu kommen … an Bilder oder anderes Material, das sie für ihre sogenannten Enthüllungsstorys verzerren könnten, um die Außenwelt gegen alles aufzubringen, wofür das Positron-Projekt stehe. Diese dubiosen Reporter hätten es sich zum Ziel gesetzt, die Grundfesten des Aufschwungs zu erschüttern und das Vertrauen zu unterminieren, das Vertrauen, das für gesellschaftliche Stabilität unabdingbar sei. Unter dem Vorwand, sich beim Projekt zu verpflichten, sei es einigen Journalisten sogar gelungen, ins Innere vorzudringen, doch glücklicherweise seien sie rechtzeitig erkannt worden. Zum Beispiel habe sich vor wenigen Tagen eine Fernsehjournalistin mit hervorragenden Referenzen eine streng vertrauliche kleine Tour geben lassen, sei aber beim heimlichen Fotografieren beobachtet worden.

Was hinter dem Wunsch dieser Personen stecke, ein so exzellentes Unterfangen zu sabotieren? Nun, es seien Quertreiber und Außenseiter, die im Interesse der sogenannten Pressefreiheit handelten, um die sogenannten Menschenrechte wiedereinzuführen, indem sie Transparenz und Wissen als Tugend darstellten. Ob Arbeit denn etwa nicht zu den Menschenrechten gehöre? Doch, davon sei er überzeugt! Und genug zu essen und ein anständiges Dach über dem Kopf, das alles biete Consilience – *das* seien die *wahren* Menschenrechte!

Er wolle nicht um den heißen Brei reden: Diese Feinde seien dazu übergegangen, Demonstrationen ins Leben zu rufen, glücklicherweise recht kleine Versammlungen, und einige Blogger hätten aufrührerische, wenn auch zum Glück völlig unglaubwürdige Texte gepostet. Nichts davon habe viel bewirkt, denn welche Beweise hätten diese Querulanten für ihre niederträchtigen Vorwürfe? Niederträchtige Vorwürfe, denen er durch Wiederholung nicht die Ehre erweisen werde. Diese Personen und ihre Netzwerke müssten identifiziert und neutralisiert werden. Denn wenn nicht, werde das Consilience-Modell in Gefahr geraten! Es werde von allen Seiten angegriffen, zunächst von scheinbar kleinen Gruppierungen, die zusammengenommen als Mob jedoch mitnichten klein seien, sondern katastrophal, ähnlich wie eine einzelne Ratte wenig Schaden anrichte, eine Million Ratten jedoch eine Plage darstellten. Insofern müssten strengste Maßnahmen ergriffen werden, bevor die Lage außer Kontrolle gerate. Es müsse eine Lösung her.

Und in der Tat sei eine Lösung ausgearbeitet worden, gewiss nicht ohne sorgsames Abwägen und Verwerfen von Alternativen. Es sei die beste Lösung, die hier und jetzt zu haben sei, da könnten sie Ed beim Wort nehmen.

Und nun bitte er alle um Mithilfe. Das Juwel im Zentrum von Consilience – das Gefängnis Positron, dem sie alle so viel Zeit und Aufmerksamkeit widmeten – werde bei dieser Lösung die Hauptrolle spielen. Auch die Bürger von Consilience würden eine Rolle zu spielen haben, und sei es dadurch, sich nichts zuschulden kommen zu lassen und stets wachsam gegenüber innerer Zersetzung zu sein; die beste Hilfe fürs Erste sei jedoch, wenn sie wie gewohnt ihrem Alltag nachgingen, trotz der unvermeidlichen Störungen, die von Zeit zu Zeit auftreten könnten. Wobei diese Störungen hoffentlich auf ein Minimum beschränkt bleiben würden.

Denken Sie dran, sagt Ed, wenn diese Feinde Erfolg hätten, würden sie die sicheren Arbeitsstellen und ja, das Leben aller hier vernichten! Das solle man stets im Hinterkopf behalten. Er setze großes Vertrauen in den gesunden Menschenverstand der Bürger von Consilience und in ihre Fähigkeit, das große Ganze über das geringfügige Übel zu stellen.

Er erlaubt sich ein angedeutetes Lächeln. Dann tritt das Consilience-Logo an seine Stelle, zusammen mit dem üblichen Ausblende-Slogan: EIN SINNVOLLES LEBEN.

Stan hat die Neuigkeiten mit Interesse verfolgt, wenn es denn Neuigkeiten sind. Gibt es wirklich subversive Kräfte? Versucht wirklich jemand, das Projekt zu unterminieren? Und wenn ja, wozu? Er selbst hat sein Leben gegen die Wand gefahren, aber für die anderen hier drin – für seine Bekannten zumindest – ist dieser Laden tausendmal besser als das, was sie vorher hatten.

Er wirft einen Seitenblick auf Jocelyn. Sie starrt nachdenklich auf den Bildschirm, auf dem ein Kleinkind aus der Gefängnisvorschule mit einem blauen Strickteddy mit Halsschleife spielt. Inzwischen werden nach der Bürgerversammlung immer Kinderimpressionen gezeigt, wohl um alle zu ermahnen, nur nicht vom rechten Weg abzukommen, den Consilience für sie bereitet hat, andernfalls würden sie die Sicherheit und das Glück dieser Kleinen aufs Spiel setzen, nicht wahr? So etwas würde doch nur ein Kinderschänder tun.

Jocelyn schaltet den Fernseher aus, dann seufzt sie. Sie wirkt müde. Sie hat von Eds Rede gewusst, denkt Stan. Sie weiß von seiner Lösung, wie immer diese Lösung aussehen mag. Vielleicht hat sie die Rede ja sogar selbst geschrieben.

»Glaubst du an den freien Willen?«, fragt sie. Ihre Stimme klingt anders; es ist nicht ihr üblicher souveräner Tonfall. Ist das eine Falle?

»Wie meinst du das?«, fragt Stan.

Am nächsten Morgen trifft der erste Transporter ein. Er wird am Haupttor entladen: Stan sieht es, er ist gerade auf dem Roller unterwegs zur Arbeit. Die Leute, die hinausgetrieben werden, tragen die obligatorischen orangefarbenen Overalls, aber sie haben Kapuzen über den Köpfen, und ihre Hände sind hinter ihrem Rücken in Plastikhandschellen. Statt direkt ins Gefängnis gefahren zu werden, schubsen Wärter sie die Straße entlang. Offenbar können die Häftlinge den Weg vor sich sehen, sonst würden sie öfter stolpern. Es sind auch Frauen darunter, nach der Körperform unter der Kleidung zu urteilen.

Wäre ja nicht nötig, sie so vorzuführen, außer es ist eine Demonstration, denkt Stan. Eine Machtdemonstration. Was geht da vor sich in der turbulenten Welt jenseits der Käseglocke Consilience? Nein, eine Käseglocke ist es nicht, es kann ja niemand reingucken.

Die anderen Jungs aus der Rollerwerkstatt blicken hoch, als die stille Prozession in schleppendem Gang vorbeizieht, dann kehren sie zu ihrer Arbeit zurück.

»Eine Zeitung wär schon manchmal nicht schlecht«, sagt einer von ihnen. Niemand reagiert.

DROHUNG

Charmaine hat die Bürgerversammlung im Fernsehen gesehen, zusammen mit den anderen Frauen im Frauentrakt. Niemand hatte viel dazu zu sagen, denn was immer gerade los war, es betraf sie nicht, schon gar nicht, solange sie im Gefängnis saßen, wozu sich also verrückt machen? Na ja, meinte eine der Strickerinnen, selbst wenn ein Reporter sich Zugang verschaffte, was gebe es schon groß zu berichten? Es passiere ja nichts Schlimmes in Consilience. Schlimm sei es nur auf der anderen Seite der Mauer; deshalb seien sie doch hier, um nicht drüben sein zu müssen. Und alle nickten.

Charmaine ist sich da nicht so sicher. Was, wenn irgendein Reporter von den Sonderbehandlungen Wind bekommen hat? Nicht jeder würde das verstehen; sie würden die Gründe nicht verstehen, die guten Gründe. Man könnte eine sehr unschöne Schlagzeile über eine solche Geschichte setzen. Blitzartig sieht sie es vor sich, das Titelfoto: Sie in ihrem grünen Kittel, mit schauerlichem Lächeln und Spritze in der Hand: TODESENGEL SCHICKT MÄNNER INS JENSEITS. Schreckliche Vorstellung. Sie würde zur Zielscheibe von sehr viel Hass. Aber Ed wird nicht zulassen, dass Reporter hier reinkommen, zum Glück.

Am nächsten Abend, im Anschluss an die gemeinsame Mahlzeit im Frauenspeisesaal – Hühnerbrühe, Rosenkohl, Tapiokapudding –, geht es im Gänsemarsch in den Gemeinschaftsraum, wo sich der Strickkreis trifft. Der Teddybär-Container ist halb leer; es ist ihre Aufgabe, ihn bis Ende des Monats zu füllen.

Charmaine nimmt die Arbeit an ihrem Bären auf. Doch schon nach zwei Reihen, einmal links, einmal rechts, macht sich plötzlich Unruhe breit. Alle schauen sich um: Ein Mann hat den Raum betreten. Etwas eigentlich Unerhörtes hier im Frauentrakt. Es ist Ed höchstpersönlich, er sieht aus wie vor kurzem im Handtuchraum, nur weniger entspannt. Sein Rücken ist gestraffter, er trägt das Kinn höher. Es ist seine Marschhaltung.

Hinter ihm kommen Aurora mit ihrem PosiPad und noch eine andere Frau: schwarze Haare, eckiges Gesicht, kräftig wie jemand, der viel trainiert – aber nicht Yoga, sondern Boxen. Schöne Beine in grauen Strümpfen. Charmaine erkennt sie wieder: Sie ist einer der sprechenden Köpfe im Monitor in der Medikationsabteilung. Also sind die Köpfe doch echt!

Ist es nur Einbildung, oder hat diese Frau nur sie allein angeguckt, ihr kurz zugenickt und flüchtig zugelächelt? Vielleicht ist sie eine heimliche Verbündete – eine von denen hinter den Kulissen, die Charmaine wieder in ihren rechtmäßigen Job zurückversetzt haben. Charmaine nickt sicherheitshalber kurz zurück.

Aurora spricht als Erste. Ed, der Präsident und Geschäftsführer – sie würden ihn natürlich alle kennen von seinen herausragenden Bürgerversammlungsreden –, wolle ihnen an diesem Punkt einige sehr einfache, aber sehr grundlegende Anweisungen geben.

Ed beginnt mit einem Lächeln und einem schweifenden Blick. Im Fernsehen ist er immer freundlich, stellt Augenkontakt her, schließt irgendwie alle mit ein. Dasselbe tut er auch jetzt, er nimmt ihnen die Befangenheit.

Er beginnt zu reden. Natürlich hätten sie die Bürgerversammlung geguckt, nun wolle er noch ein paar Worte hinzufügen bezüglich der Krise, vor der sie momentan stünden – nun ja, noch sei es keine Krise, und es sei seine Aufgabe und auch ihre, dafür zu sorgen, dass sich auf keinen Fall eine entwickle. Interesse vonseiten der Außenwelt sei durchaus zu begrüßen, sagt Ed – und er stelle sich ihr gern und spreche für alle, die hier seien, und sammle Befürworter –, doch er werde es nicht zulassen, dass Häftlinge belästigt und verleumdet würden, denn das sei das Ziel derjenigen, die sich gegen sie verschworen hätten: Belästigung und Verleumdung.

Warum sollten sie sich so behandeln lassen? Es wäre höchst unfair nach all ihrer harten Arbeit.

Die Frauen nicken. Er hat ihr Mitgefühl. Wie aufmerksam von ihm, sie so zu beschützen.

Die Situation, fährt er fort, sei unter Kontrolle, aber nun appelliere er an sie, sich noch mehr ins Zeug zu legen als sonst, um die Barbaren vor den Toren in die Flucht zu schlagen, die sich erklärtermaßen gegen die hier entstehende neue Gesellschaftsordnung stellten. Die neue Ordnung sei ein Leuchtfeuer der Hoffnung, ein Leuchtfeuer, das der Gefahr willkürlicher Sabotage ausgesetzt sei.

Es würden jedoch die erforderlichen Schritte unternommen. Einige der Saboteure seien identifiziert worden und würden direkt hierher ins Gefängnis gebracht. Pedanten könnten einen solchen Schritt als rechtlich nicht ganz einwandfrei betrachten, aber heikle Situationen verlangten danach, in Gesetzesfragen ein Auge zuzudrücken, da seien sie doch gewiss seiner Meinung.

Er wolle sie bitten, auf folgende Weise Hilfe zu leisten: Keine Verbrüderung mit den neuen Häftlingen, selbst wenn sich die Gelegenheit böte. Alle ungewöhnlichen Geräusche ignorieren. Er könne diese Geräusche nicht genauer beschreiben, aber sie würden sie schon erkennen. Davon abgesehen sollten sie weitermachen wie bisher und sich – salopp ausgedrückt – um ihren eigenen Kram kümmern.

Als wäre es abgesprochen, ertönt ein Schrei. Er kommt von weit weg – schwer zu sagen, ob es ein Mann ist oder eine Frau –, aber ein Schrei ist es zweifellos. Charmaine rührt sich nicht; sie zwingt sich, den Kopf nicht zu drehen. Ist der Schrei über die Beschallungsanlage gekommen? Oder von draußen aus dem Hof? Ein kaum merkliches Rascheln geht durch die Reihen der Frauen, die sich gegen das Hören von Geräuschen stählen.

Ed hat kurz innegehalten, um dem Schrei Platz zu machen. Dann fährt er fort. Er habe ihnen zum Schluss noch Folgendes mitzuteilen, und ja, er entschuldigt sich dafür: Während dieser Krise, und er rechne damit, dass sie bald behoben sei, werde Positron nicht mehr der komfortable und vertraute Zufluchtsort von Freunden und Nachbarn sein, den sie selbst mitgestaltet hätten. Leider werde er nicht mehr so sicher und weniger offen sein, denn genau das zeichne eine Krise nun einmal aus – man müsse auf der Hut sein, strenger sein, härter sein. Aber nach diesem Zwischenspiel, wenn sich die gebündelten Kräfte im Sinne des Allgemeinwohls durchgesetzt hätten, werde man zu jener normalen und kongenialen Atmosphäre zurückfinden.

Und nun würden sie sich hoffentlich wieder entspannen und einfach weitermachen. Er werde ein wenig herumlaufen und ihnen bei der Arbeit zusehen, denn es sei zutiefst ermutigend für ihn, sie bei einer so friedlichen und nutzbringenden Beschäftigung zu beobachten.

»Das heißt dann wohl weiterstricken«, sagt Charmaines Nachbarin. Der Strickkreis ist inzwischen freundlicher zu ihr, jetzt, wo die Frauen wissen, dass sie ihren alten Job zurückbekommt.

»Was meinte er damit?«, fragt eine andere. »Was für Geräusche? Ich hab nichts gehört.«

»Das müssen wir nicht wissen«, sagt eine dritte. »Wenn Leute so reden, dann heißt das, dass man nicht hinhören soll.«

»Ich hab das nicht kapiert mit der Krise«, sagt eine vierte. »Ist irgendwas in die Luft geflogen?«

Verflixt, denkt Charmaine. Jetzt hab ich eine Masche fallen lassen.

Dann steht Ed direkt neben ihr. Er muss sich angeschlichen haben. »Das ist ein sehr schöner blauer Teddybär, den Sie da stricken«, sagt er zu ihr. »Da wird sich aber jemand freuen.« Charmaine sieht zu ihm hoch. Er steht vor dem Licht: Sie kann ihn kaum erkennen.

»Ich bin nicht sehr gut darin«, sagt sie.

»Oh doch, da bin ich mir ganz sicher«, sagt er und dreht sich weg.

Schlagartig wird ihr klar: *Er weiß von Max.* Sie spürt, wie sie vor Scham rot anläuft. Warum musste ihr dieser Gedanke kommen? Aus welchem Grund sollte er davon wissen? Er ist zu wichtig, um sich mit Leuten wie ihr abzugeben. Der Gedanke ist ihr nur deshalb gekommen, weil sie eben so ist, weil sie Max nicht aus dem Kopf kriegt. Aus dem Körper. Weil sie sich nicht losmachen kann.

VALENTINSTAG

Es ist Valentinstag. Stan liegt im Bett. Er will nicht aufstehen, denn er hat keine Lust, sich durch die vor ihm liegenden Stunden zu quälen und ständig damit rechnen zu müssen, mit irgendeiner unflätigen oder peinlichen Überraschung von Jocelyn überfallen zu werden. Wird es eine rote Torte nebst kitschiger Reizwäsche mit Herzchenmuster und offenem Schritt für Jocelyn sein – oder schlimmer noch, für ihn selbst? Wird es eine sentimentale und würdelose Liebeserklärung von ihr geben, wird sie eine nicht minder sentimentale und würdelose Liebeserklärung von ihm erwarten? Hartgesottene Frauen wie sie haben nicht selten ein weichgespültes Innenleben.

Oder wird es Option B werden – *Wir sind hier fertig, du bist durchgefallen.* Wumms, erst ein Schlag gegen den Hinterkopf von einem Gorilla im Besenschrank – für diese Rolle besetzt er ihren Fahrer, vorausgesetzt, sie hat einen und wird nicht von einem Bot chauffiert –, und gleich danach eine Spritze mit irgendeinem K.-o.-Mittel; dann wird er in diesen gruseligen Tarnkappenwagen gezerrt und nach Positron geschafft, um wie auch immer verarbeitet zu werden. Danach ab in die Hühnerfuttermühle oder wo immer die Leichenteile entsorgt werden. Eher die Torte nebst zartschmelzender, rehäugiger Liebeserklärung oder der Überfall? Fähig ist sie zu beidem.

Nachdem er sich gezwungen hat aufzustehen, schlüpft er in seine Werkstattkluft und schleicht sich durch den Flur im Obergeschoss, um am Treppenabsatz zu lauschen. Sie scheint in der Küche zu sein; es riecht nach Essen, Geschirr klappert. Auf leisen Sohlen geht er nach unten und späht am Türrahmen vorbei. Sie sitzt am Küchentisch und schreibt SMS, vor ihr steht ein Teller mit zerpflückten Frühstücksresten. Sie trägt ihr gestrenges Outfit: korrektes Kostüm, Goldohrringe, die grauen Strümpfe. Sie hat eine Lesebrille auf der Nase.

Keine Torte. Kein Gorilla. Nichts Ungewöhnliches.

»Na, lange geschlafen?«, fragt Jocelyn freundlich. Sollte er vielleicht »Alles Gute zum Valentinstag« sagen, zu ihr hingehen und ihr einen Kuss geben, rein prophylaktisch? Oder lieber nicht. Vielleicht hat sie vergessen, welcher Tag heute ist.

»Hab ich«, sagt er.

»Schlecht geträumt?«

»Ich träume nie«, sagt er, eine Lüge.

»Jeder träumt«, sagt sie. »Hier, iss ein Ei. Oder zwei. Ich hab sie dir pochiert. Sie sind vielleicht ein bisschen hart. Kaffee ist in der Kanne.« Sie lässt die Eier auf eine Scheibe Toast gleiten; sie sind in herzförmige Pochierformen gegossen. Ist das die Valentinstagsüberraschung? Mehr nicht? Er ist unendlich erleichtert. Komm mal runter, Stan, sagt er zu sich. So schlimm ist sie doch gar nicht. Sie wollte nur ein bisschen Spaß haben und sich an ihrem Lustmolch von einem Ehemann rächen.

Sie sieht ihn an, testet seine Reaktion. »Danke«, sagt er. »Das ist aber nett. Eine sehr … nette Geste.« Sie schenkt ihm ein Lächeln und bleckt dabei sämtliche Zähne. Sie lässt sich nicht eine Sekunde lang täuschen, sie weiß genau, dass er das alles grauenvoll findet.

»Bitte sehr«, sagt sie. »Als Zeichen meiner Anerkennung.«

Ein Trinkgeld für den Lustsklaven. Welche Schmach. Das Essen runterschlingen und dann schnellstens hier raus. Ab in die Rollerwerkstatt, Smalltalk machen, irgendwas verkabeln, irgendwo mit dem Hammer draufhauen. Pause machen. »Ich bin spät dran«, sagt er, um sie auf seinen raschen Abgang vorzubereiten. Er schiebt sich ein Ei in den Mund, würgt es hinunter.

»Du gehst heute nicht zur Arbeit«, sagt sie neutral. »Du kommst mit mir, im Auto.«

Das Zimmer verfinstert sich. »Warum?«, fragt er. »Was ist denn?«

»Ich würde vorschlagen, du isst auch noch dein zweites Ei«, sagt sie lächelnd. »Du wirst die Energie brauchen. Du hast einen langen Tag vor dir.«

»Wieso das?«, fragt er so gelassen wie möglich. Er blickt hinunter über den Rand der nächsten halben Stunde. Nebel, ein Abgrund. Ihm ist schlecht.

Sie hat sich einen Kaffee eingeschenkt, sie beugt sich über den Tisch. »Die Kameras sind aus, aber nicht lange«, sagt sie. »Ich werd dir jetzt mal was erzählen, und zwar ganz schnell.« Ihr Verhalten hat sich komplett geändert. Kein unbeholfenes Flirten, kein Dominagehabe. Sie spricht eindringlich, direkt. »Vergiss alles, was du über mich zu wissen glaubst; und übrigens, du hast während unserer gemeinsamen Zeit immer schön die Nerven behalten. Ich weiß, ich bin nicht dein Lieblingsspielzeug, aber du hast dich tapfer geschlagen. Deshalb habe ich eine Bitte an dich: Ich glaube nämlich, du kannst das.«

Sie hält inne und beäugt ihn. Stan schluckt. »Dass ich was kann?« Lügen, stehlen, Verletzungen zufügen? Das, was Conor kann? Irgendetwas Dubioses: So fühlt sich es an.

»Wir müssen jemanden nach draußen schmuggeln – aus Consilience raus«, sagt sie. »Ich habe deine Einträge in der Datenbank schon vertauscht. In den letzten Monaten warst du Phil, aber jetzt wirst du wieder Stan sein für ein paar Stunden. Dann können wir dich rausschaffen.«

Stan schwirrt der Kopf. »Rausschaffen?«, fragt er. »Wie denn?« Niemand darf raus, nur die Leute aus dem Vorstand.

»*Wie* kann dir egal sein. Stell dir einfach vor, du bist ein Bote. Du musst für mich ein paar Informationen nach draußen bringen.«

»Moment mal«, sagt Stan. »Was wird hier gespielt? Wer sind *wir*?«

»In einigen Punkten hatte Ed recht«, sagt Jocelyn. »Du hast ihn bei der Bürgerversammlung doch gehört. Es gibt tatsächlich ein paar Leute, die das Projekt entlarven wollen. Aber die sind nicht alle draußen. Einige sind auch hier drin. Streng genommen sogar in diesem Raum.« Sie lächelt: Jetzt hat ihr Lächeln etwas beinahe Koboldhaftes. So gefährlich diese Unterhaltung auch sein muss, sie hat ihren Spaß.

»Moment«, sagt Stan. Das hier ist ein bisschen viel auf einmal. »Wie kommt's? Ich dachte, du gehörst zur Führungsspitze? Du bist doch jemand Wichtiges bei der Überwachung, stimmt's?«

»Ja, das stimmt. Genau genommen Eds Gründungspartnerin. Ich habe das Projekt in seinem Frühstadium unterstützt. Ich habe daran geglaubt; ich habe an Ed geglaubt. Ich habe hart daran gearbeitet. Ich dachte, es wäre für alle das Beste«, sagt Jocelyn. »Ich bin auf die frohe Botschaft reingefallen. Und anfangs war sie nicht gelogen angesichts der Alternative, nämlich ein furchtbares Leben für sehr viele Leute. Aber dann hat Ed eine neue Investorengruppe ins Boot geholt, und die wurde gierig.«

»Gierig worauf?«, fragt Stan. »Ist ja nicht so, dass der Laden hier Gewinn abwerfen würde! Vom Rosenkohlverkauf oder was? Von den Hühnern? Ich dachte, dass es eher ums Sparen ging, oder es wär' so 'ne Art Wohltätigkeitsveranstaltung.«

Jocelyn seufzt. »Du glaubst doch nicht allen Ernstes, dass dieser Zirkus hier nur deshalb betrieben wird, um den Rostgürtel zu verjüngen und Jobs zu schaffen? Vielleicht war das mal die Idee, aber wenn man erst mal eine kontrollierte Bevölkerung hat, umgeben von einer Mauer und ohne Überwachungsinstanz, hat man freie Hand. Plötzlich sieht man die Möglichkeiten. Und einige davon wurden sehr schnell sehr profitabel.«

Stan kann kaum folgen. »Die Bauunternehmer werden wohl einiges an …«

»Vergiss das mit den Bauunternehmern«, sagt Jocelyn. »Das läuft nur nebenher. Das Hauptgeschäft ist das Gefängnis. Es gab eine Zeit, da ging es im Gefängnis ums Bestrafen, und dann um

Besserung und Buße, und dann um das Wegsperren gefährlicher Straftäter. Dann ging es ein paar Jahrzehnte lang um Massenkontrolle – um die aggressiven, marginalisierten jungen Kerle zusammenzupferchen und von der Straße fernzuhalten. Als schließlich immer mehr Gefängnisse privatisiert wurden, ging es um die Profitmargen der Lieferanten von Fertigmahlzeiten und um die angeheuerten Wärter und so weiter.« Stan nickt; so weit kann er folgen.

»Aber als wir uns verpflichtet haben«, sagt er, »war das nicht so. Die haben uns nicht angelogen, die haben uns gesagt, was wir hier kriegen. Wir haben das Haus gekriegt, wir haben … vorher waren wir pleite, wir waren todunglücklich. Hier drin waren wir viel glücklicher.«

»Natürlich wart ihr das«, sagt Jocelyn. »Erst mal. Ich ja auch, am Anfang. Aber das hier ist nicht mehr der Anfang.«

»Was ist denn so schlimm geworden?«, fragt Stan.

»Ich könnte dir zum Beispiel erzählen, dass mit dem Organverkauf eine Menge Geld gemacht wird. Organe, Knochen, DNA, was immer gerade gefragt ist. Daraus stammt ein Großteil unseres Gewinns. Im Ausland geht das schon lange so, und die Leute haben sich dumm und dämlich verdient; diese Aussicht war für Ed einfach zu verlockend. Unter alternden Millionären herrscht bekanntlich ein riesiger Bedarf für Transplantationsmaterial. Ed hat sich in eine Seniorenheimkette eingekauft und dafür gesorgt, dass jeder Zweigstelle eine Transplantationsklinik angegliedert wird. Die Ruby-Slippers-Seniorenheime und Kliniken: Das ist eine große Sache. Der Hauptsitz ist in Las Vegas, für die Vorkämpfer. Er spekuliert darauf, dass dort weniger kontrolliert wird, weil, ist ja alles erlaubt. Der lässt sich keine Chance entgehen.«

»Moment mal«, sagt Stan. »Von wem stammen diese Körperteile? In Positron kommt keiner weg, ich kenn doch die ganzen Typen, da wird keiner aufgeschlitzt und kriegt die Organe rausgenommen. Es verschwinden auch nicht reihenweise Leute. Zumindest seit wir die echten Verbrecher los sind.«

»Ja, zu blöd, dass sie uns ausgegangen sind. Findet zumindest

Ed«, sagt Jocelyn. »Er hat vor, noch mehr davon zu importieren, sie der Öffentlichkeit abzunehmen, sozusagen. Deine Leute, das sind die braven Bürger von Consilience, die halten den Laden am Laufen, das sind die fleißigen Ameisen. Die bleiben. Das Rohmaterial wird von draußen geliefert.«

Der Lastwagen. Die schlurfenden Häftlinge mit den Kapuzen über den Köpfen. Na großartig, denkt Stan. Ist ja wie in einem grieseligen alten Schwarz-Weiß-Thriller. »Das heißt, die treiben die Leute zusammen und bringen sie hierher? Und bringen sie dann um wegen ihrer Organe?«

»Sind ja doch nur unerwünschte Personen«, sagt Jocelyn und lächelt mit ihren großen Zähnen. Ein Rest Sarkasmus ist ihr immerhin geblieben. »Nur dass Ed jetzt eben bestimmt, wer unerwünscht ist und wer nicht. Übrigens, das nächste große Ding soll Säuglingsblut sein. Das wird gerade als der Jungbrunnen schlechthin propagiert, für die Älteren. Damit wird man astronomische Gewinne einfahren.«

»Das ist ja …« Stan will »echt grauenhaft« sagen, doch das träfe die Sache nur entfernt. Er könnte auch sagen: »Du willst mich verarschen.« Dann fällt ihm wieder ein, was er über die Tierversuche mit Mäusen gehört hat; außerdem wirkt sie todernst. »Und wo wollen sie die Babys herkriegen?«

»Da gibt es keinen Mangel«, sagt sie mit diesem anderen Lächeln, das sie draufhat, dem ironischen Lächeln. »Die Leute lassen ständig irgendwo welche liegen. Wirklich leichtsinnig.«

»Und das hat sich noch nicht rumgesprochen?«, fragt er. »Da draußen? Die haben noch nicht zwei und zwei zusammengezählt, und …«

»Genau das ist es ja, was Ed Sorgen macht«, sagt Jocelyn. »Deswegen Sicherheitsstufe eins. Es kursierten ein paar Gerüchte, aber es ist ihm gelungen, sie auszuräumen. Niemand von der Presse kommt auch nur in unsere Nähe, und wie du weißt, dürfen Informationen auch nicht nach draußen. Deshalb müssen wir jemanden entsenden, nämlich dich. Du wirst einen Batzen digitalisierter

Dokumente und ein paar Videos auf einem USB-Stick abliefern. Wir werden versuchen, dich mit einer wichtigen Zielperson aus den Medien zusammenzuführen. Jemand, der nicht mit Eds Politfreunden küngelt und der was riskieren will, um die Sache an die Öffentlichkeit zu bringen.«

»Ich soll was?«, fragt Stan. »Dein Laufbursche sein?« Der, den sie dann erschießen, denkt er.

»Mehr oder weniger«, sagt Jocelyn.

»Warum bringst du ihn nicht selber nach draußen? Diesen Batzen?«

Jocelyn sieht ihn mitleidig an. »Keine Chance«, sagt sie. »Ja, ich habe einen Passierschein, ich kann raus. Ich habe ja die ganze Operation draußen eingefädelt, ich habe die Leute bezahlt, die wir für Eds nicht ganz so saubere Jobs anheuern. Aber ich werde die ganze Zeit überwacht. Zu meiner eigenen Sicherheit, sagt Ed. Eigentlich vertraut er mir, das heißt, so weit er überhaupt jemandem traut, und in letzter Zeit schwindet sein Vertrauen immer mehr. Er wird langsam nervös.«

»Warum bist du nicht einfach abgehauen?«, fragt Stan. Das wäre es vermutlich, was er an ihrer Stelle getan hätte.

»Ich habe das alles hier mit aufgebaut«, sagt Jocelyn. »Ich muss es wieder in Ordnung bringen. So, Zeit ist um. Wir müssen los.«

KNOCK-OUT

Jetzt sind sie im Auto; er kann sich kaum erinnern, wie sie das Haus verlassen haben. Auf dem Fahrersitz vor ihnen ein Chauffeur – ein echter, kein Roboter. Er sitzt aufrecht, die grauen Schultern gerade, der Hinterkopf unbeteiligt.

»Wohin fahren wir?«, fragt Stan.

»Positron«, sagt Jocelyn. »Dort fängt unsere Exit-Strategie für dich an. Erst mal müssen wir dich vorbereiten und dir dann durch den Tag helfen. Die Aktion ist nicht ganz ungefährlich. Es wäre sehr bedauerlich, wenn du auffliegen würdest.«

Der Fahrer, denkt Stan. In den Filmen ist es immer der Fahrer. »Und was ist mit ihm?«, fragt er. »Der kriegt doch alles mit.«

»Ach, das ist nur Phil«, sagt Jocelyn. »Oder Max. Du kennst ihn von den Videos.«

Phil dreht sich um und lächelt flüchtig. Er ist es wirklich – Charmaines Max mit seinem attraktiven, schmalen, wenig vertrauenswürdigen Gesicht und den zu hellen Augen.

»Er ist eine wahnsinnig große Hilfe gewesen, um ein Motiv zu schaffen«, sagt Jocelyn. »Wir haben uns Charmaine ausgesucht, weil wir dachten, sie könnte ...«

»Dafür empfänglich sein«, sagt Phil.

»Gab ihm Kraft zu stehn, doch Freiheit auch zu fallen«, sagt Jocelyn.

»Was?«, sagt Stan. Wird Charmaine hier gerade beleidigt? Er ballt die Fäuste. Ruhig, sagt er zu sich.

»Sie war ein Wagnis«, sagt Jocelyn.

»Hat sich aber ausgezahlt«, sagt Phil.

Dieser dreckige Lügner, er hat es nicht mal ernst gemeint, denkt Stan. Er hat die arme Charmaine die ganze Zeit nur verarscht. Er hat sie nur benutzt. Er hat sie aus Gründen verführt, die mit den normalen Gründen, weshalb man jemanden verführt, nichts zu tun haben. Als wäre Charmaine nicht gut genug für ihn gewesen; nicht gut genug für eine echte leidenschaftliche Affäre. Und wenn man's genau nimmt, ist das vor allem eine Kritik an Stan. Seine Hände brennen; er würde den Kerl am liebsten erwürgen. Oder ihm wenigstens eins aufs Maul geben.

»Motiv für was?«, fragt Stan.

»Hör auf zu schmollen«, sagt Jocelyn. »Ein Motiv, um dich eliminieren zu lassen. Ich habe schließlich Vorgesetzte. Ich muss meine Entscheidung rechtfertigen.«

»Was? Ihr wollt mich eliminieren lassen?«, schreit Stan fast. Das Ganze wird von Minute zu Minute kränker. Steckt hinter alldem heldenhaften Gerede doch eine Psychopathin? Die es obendrein auch noch auf seine Leber abgesehen hat?

»Nenn es, wie du willst«, sagt Jocelyn. »Wir vom Management verwenden den Begriff ›umfunktionieren‹. Ich habe die Verfügungsgewalt und habe dieserart Entscheidung auch schon ein paarmal getroffen, als die Dinge ernsthaft daneben … als es nicht anders ging. Für dieses spezifische Szenario – nämlich, dich in einem Stück nach draußen zu schaffen – weiß jeder, der mich vielleicht überwacht, Ed zum Beispiel, dass Macht und Korruption Hand in Hand gehen, die kennen das aus eigener Erfahrung. Sie werden sehen, dass ich versucht bin, meine Macht für persönliche Interessen zu missbrauchen. Gutheißen werden sie es nicht, aber sie werden es mir abnehmen. Die Beweise liegen ja vor, wenn ich sie mal bräuchte, was ich nicht hoffe.«

»Nämlich?«, fragt Stan. »Was für Beweise?« Er friert am ganzen Körper, und ihm ist leicht schwindlig.

»Es ist alles dokumentiert, jede Minute – alles, was man bräuchte, um einen Beweggrund abzuleiten. Phil und Charmaine, ihre leidenschaftliche Affäre, in die sich Phil, wie ich gern zugebe, Hals über Kopf hineingestürzt hat; aber das kann er halt. Dann meine Demütigung und meine eifersüchtigen Versuche, die Liebelei nachzuspielen und Charmaine dadurch zu bestrafen, durch dich sozusagen. Wozu sonst diese inszenierten Sexnummern vorm Fernseher? Dein Widerwille war absolut überzeugend, glaub mir – die Ausleuchtung war gut, ich habe die Filme gesehen.« Sie seufzt. »Ich war etwas überrascht, dass du mir kein einziges Mal eine geknallt hast. Viele Männer hätten das getan, und ich weiß, dass du ein paar Mal kurz davor warst; ich hatte schon Angst um deinen Blutdruck. Aber du hast dich sehr eindrucksvoll zurückgehalten.«

»Danke«, sagt Stan. Kurzzeitig genießt er es, als »eindrucksvoll« bezeichnet worden zu sein. Mann, sagt er zu sich. Kaufst du ihr das etwa ab? Glaubst du auch nur eine Nanosekunde lang, dass sich dieses eiskalte Miststück nicht daran aufgeilt hat, dich wie einen Galeerensklaven zu behandeln? Traust du den beiden auch nur einen Zentimeter über den Weg? Nein, erwidert er. Aber hast du eine andere Wahl? Wenn du dich weigerst und sagst, du machst es nicht, bringen sie dich wahrscheinlich um.

»Dass du dich überwinden musstest, war von Vorteil«, sagt Jocelyn. »Deine Abneigung kam großartig rüber, auch wenn sie wenig schmeichelhaft war. Jeder, der sich das ansieht, wird glauben, dass du zum Sex gezwungen wurdest.«

»Im Grunde ihres Herzens ist sie gar nicht so. Sie kann sehr reizend sein«, sagt Phil galant. Oder vielleicht sogar aufrichtig, denkt Stan. Die Geschmäcker sind verschieden.

»Stimmt«, sagt er, denn jetzt ist Zustimmung gefragt. »Von Zwang kann kaum die Rede sein, es war eher …«

Jocelyn schlägt die Beine übereinander. Sie tätschelt Stan den Oberschenkel, als wollte sie ihn beruhigen. »Wie auch immer, diejenigen, die diese Videos vielleicht mal zu Gesicht bekommen, werden verstehen, warum ich dich loswerden wollte. Und zwar mittels Charmaine, immerhin hat sie mir den Mann ausgespannt, nicht wahr? Doppelte Strafe. Die Aktion muss hieb- und stichfest sein. Sie muss Ed überzeugen, falls er die Sache unter die Lupe nimmt. So viel Gehässigkeit wird er mir zutrauen. Er hält mich so oder so für gnadenlos. Deshalb bin ich ja seine rechte Hand.«

Kommt jetzt das, was Stan denkt? Seine Hände fühlen sich klamm an. »Welche Aktion?«

»Der Teil, wo Charmaine zur Arbeit in die Medikationsabteilung geht und wie an einem ganz normalen Arbeitstag einen Exitus bei jemandem herbeiführt, der zur Umfunktionierung freigegeben ist. Nur wird ihr klar, dass sie die Behandlung an dir vornehmen soll. Und sie nimmt sie tatsächlich vor. Aber keine Sorge – anders als die anderen wirst du danach wieder aufwachen. Das ist schon die halbe Miete. Denn du wirst nicht mehr in der Datenbank sein, außer in der Vergangenheitsform.«

Stan bekommt allmählich Kopfschmerzen. Er kann kaum noch folgen. So sieht also Charmaines geheimer Job aus. Sie ist … Er glaubt das nicht. Die kuschelige, fröhliche Charmaine? Verdammt. Sie ist eine Mörderin.

»Warte. Du hast ihr nichts gesagt?«, fragt er. »Sie denkt doch dann, sie hätte mich umgebracht?«

»Für sie muss es echt sein«, sagt Jocelyn. »Wir wollen nicht, dass sie schauspielert, das würde man durchschauen: Es gibt Analysegeräte für Gesichtsausdrücke. Charmaine wird das Ganze für bare Münze nehmen. Sie ist extrem leichtgläubig.«

»Sie lässt sich bereitwillig auf Fantasien ein«, sagt Phil. Ist das ein Grinsen?

»Charmaine wird mich nicht umbringen«, sagt Stan mit fester Stimme. »Egal wie ...« *Egal wie tief du in sie eingedrungen bist, du verlogenes Arschloch*, möchte er sagen, aber er lässt es sein. »Wenn sie glaubt, sie würde mich umbringen, wird sie's nicht durchziehen.«

»Das wird sich herausstellen, nicht wahr?«, sagt Jocelyn lächelnd.

Stan will sagen: *Charmaine liebt mich*, aber er ist sich dessen nicht mehr so sicher. *Und wenn dabei was schiefgeht? Was ist denn, wenn ich wirklich sterbe?*, möchte er gern fragen. Aber er hat zu viel Schiss, zu gestehen, dass er Schiss hat, also hält er die Klappe.

Phil startet den Motor, und sie gleiten geräuschlos durch die Straßen in Richtung Positron. Er stellt das Autoradio an: Es ist die Doris-Day-Playlist. »You Made Me Love You«. Stan entspannt sich. Die klagende Stimme ist jetzt sein sicherer Hafen. Er schließt die Augen.

»Alles Gute zum Valentinstag«, sagt Jocelyn leise. Wieder tätschelt sie ihm den Oberschenkel.

Er merkt kaum, wie die Spritze in sein Fleisch geht; es ist nur ein kleiner Pikser. Dann stürzt er vom Rand der nebligen Klippe. Dann fällt er in die Tiefe.

VII WEISSE DECKE

WEISSE DECKE

Stan taucht aus der Bewusstlosigkeit auf wie aus einem Brunnen dunklen Zuckersirups. Nein, ein Brunnen ohne Inhalt, denn er hatte keine Träume. Seine letzte Erinnerung ist das schwarze Überwachungsauto mit den verdunkelten Scheiben, Jocelyn neben ihm auf dem Rücksitz und ihr selbstgefälliger, hinterhältiger Wichser von einem Mann am Steuer.

Er hat ein Bild von Phils Hinterkopf vor Augen – ein Schädel, den er ohne Hemmungen mit einer kaputten Flasche zertrümmern würde –, dann ein anderes Bild von Jocelyn, wie sie ihre kräftige, aber manikürte Hand ausstreckt, um ihm auf ihre typische überhebliche Art das Knie zu tätscheln, als wäre er ihr Hündchen. Der schwarze Ärmel ihres Kostüms. Das war sein letzter Schnappschuss.

Dann das Piken der Spritze. Er war sofort weg.

Aber, siehe da, sie hat ihn nicht getötet! Er ist immer noch in seinem Körper, er kann seinen Herzschlag hören. Und was seinen Kopf betrifft, der ist klar wie Eiswasser. Er fühlt sich nicht wie unter Drogen gesetzt; er fühlt sich erfrischt und wach, als hätte er gerade ein paar doppelte Espressos gekippt.

Er öffnet die Augen. Scheiße. Nichts. Vielleicht wurde er ja doch in die Stratosphäre geschossen. Nein, Moment, es ist eine Zimmerdecke. Eine weiße Decke mit Licht, das nach unten strahlt.

Er dreht den Kopf, um nach der Lichtquelle zu suchen. Nein, er dreht den Kopf nicht, weil der sich nicht bewegen lässt. Irgendetwas hindert seinen Kopf daran, und seine Arme und ja, auch seine Beine. Dreimal Scheiße. Er ist festgeschnallt.

»Verdammte Scheiße!«, sagt er laut. Aber nein, das sagt er nicht. Der einzige Laut, der aus seinem Mund kommt, ist ein schlabberndes Zombiegeräusch. Aber es klingt verzweifelt wie ein Auto in einer Schneewehe mit durchdrehenden Rädern. *Unhuhuh. Unhuhuh.*

Es ist schrecklich. Er kann denken, aber er kann sich nicht bewegen, und er kann nicht sprechen. Scheiße.

Charmaine hat die ganze Nacht kaum ein Auge zugetan. Vielleicht waren es die Schreie; es könnte auch Gelächter gewesen sein – schöner wär's gewesen; aber in dem Fall waren sie laut, schrill und hysterisch. Sie würde gern nachfragen, ob die anderen Frauen auch etwas gehört haben, aber wahrscheinlich ist das keine gute Idee.

Vielleicht konnte sie auch nur vor Aufregung nicht schlafen, sie ist nämlich wirklich extrem aufgeregt. Sie ist so aufgeregt, dass sie in ihrem Mittagessen nur herumstochert, denn heute Nachmittag darf sie wieder in ihrem richtigen Job anfangen. Nach der morgendlichen Runde Handtuchfalten darf sie das peinliche Namensschild von der Wäscherei wegschmeißen und durch ihr rechtmäßiges Schild ersetzen: Leiterin der Abteilung Medikation. Es ist eine Wonne; als wäre dieses Namensschild verlorengegangen und nun wiederaufgetaucht; wie wenn man seinen Rollerschlüssel oder sein Telefon verlegt; und tauchen die Sachen dann wieder auf, erlebt man einen Glücksrausch, als wenn einen die Sterne oder das Schicksal oder sonst wer zum Sieger auserkoren hätte. So glücklich macht sie ihr rechtmäßiges Namensschild.

Die anderen Frauen in ihrer Sektion haben das Namensschild bemerkt: Sie behandeln sie jetzt mit Respekt. Sie sehen ihr direkt ins Gesicht, statt den Blick an ihr vorbeigleiten zu lassen wie an einem Möbelstück. Sie stellen ihr freundliche Fragen, ob sie gut geschlafen habe, ob das nicht ein tolles Mittagessen sei? Sie lassen ihr hier und da ein kleines wortreiches Lob zukommen, zum Beispiel, wie gut sie das mache mit den blauen Teddybären, obwohl ihre Strickkünste wirklich miserabel sind. Und sie lächeln sie an, nicht nur so halb, nein, sie schenken ihr ein volles Lächeln mit dem ganzen Gesicht, nur teilweise gekünstelt.

Es fällt ihr überhaupt nicht schwer, das Lächeln zu erwidern.

Nicht wie in den Wochen zuvor, nachdem man sie zum Handtuch-falten verdonnert hatte und sie so einsam und isoliert war, dass ihr eigenes Lächeln sich wie ein kaputter Gehweg anfühlte und ihr Mund wie geschrumpft und verstopft und die anderen Frauen Sätze von höchstens zwei Wörtern an sie richteten, weil sie das Ausmaß der Ungnade, in die sie gefallen war, nicht kannten.

Charmaine wirft ihnen das nicht vor, sie hat ja selbst keine Ahnung gehabt. Sie tat ihr Äußerstes, um zu glauben, es handle sich um einen dummen Fehler: Man musste immer sein Äußerstes tun, um an das Positive zu glauben, denn was hatte man davon, an das Negative zu glauben, außer Depressionen? Im Positiven aber fand man die Kraft, mit dem Leben weiterzumachen.

Und sie machte mit dem Leben weiter.

Wobei es schwer gewesen war, weil sie solche Angst gehabt hat. Was hatten sie eigentlich mit ihr vor? Sie ist sicher, dass es nicht nur eine Person ist. Der Einzige, der sich hin und wieder blicken lässt, ist Ed, aber hinter den Kulissen muss es eine ganze Gruppe von Leuten geben, die alles besprechen und wichtige Entscheidun-gen treffen.

Haben sie in ihrem Sitzungszimmer gesessen und über Char-maine diskutiert? Ist ihnen bekannt, dass sie Stan betrügt? Besitzen sie Fotos von ihr oder Aufnahmen oder, schlimmer noch, Videos? Das hatte sie mal zu Max gesagt – »Und wenn's ein Video davon gibt?« –, doch er hatte nur gelacht: Warum man in einem verlasse-nen Haus eine Kamera installiert haben sollte, schön wär's, dann könnte er alles noch mal von vorne erleben. Aber was, wenn er tat-sächlich die ganze Zeit alles noch mal von vorne erlebt hatte, und diese anderen Männer gleich mit?

Sie wird tiefrot bei dem Gedanken, dass sie und Max in den lee-ren Häusern beobachtet worden sein könnten. Mit Max war sie nicht sie selbst, sie war jemand anders – eine nuttige Blondine, mit der sie in einer Supermarktschlange kein Wort wechseln würde. Wenn diese andere Charmaine sie in ein Gespräch zu verwickeln versuchte, würde sie sich wegdrehen, als hätte sie nichts gehört, denn das Umfeld bestimmt, wer man ist, und diese andere Charmaine ist kein guter Einfluss. Aber jene Charmaine ist verbannt worden und sie selbst – die echte Charmaine – rehabilitiert, und sie muss sehen, dass das so bleibt, komme, was wolle.

Sie lässt den Blick über die Tischreihen schweifen, wo die Frauen in ihren orangefarbenen Overalls sitzen. Sie kennt diese Frauen nicht sehr gut, weil sie Charmaine größtenteils gemieden haben, aber sie kennt die Gesichter. Sie betrachtet die Gesichtszüge der kauenden Frauen; überkommt sie dabei vielleicht ein warmes, wohliges, dankbares Gefühl, weil jede ein einzigartiger und unersetzbarer Mensch ist?

Nein, keine Spur von einem warmen, wohligen, dankbaren Gefühl. Ehrlich gesagt sind ihr diese Frauen nicht sonderlich sympathisch. Oma Win würde sagen, dass sie keiner einzigen weiter trauen würde, als sie sich werfen ließe, und das ist nicht sehr weit, denn die meisten sind übergewichtig. Sie sollten mehr Energie verbrennen, Aerobic-Kurse besuchen oder im hauseigenen Fitnessstudio trainieren, denn wer immer nur auf seinem fetten Hintern hockt und bescheuerte blaue Bären strickt und dazu auch noch jeden Tag Nachtisch isst, darf sich nicht wundern, wenn er aus dem Leim geht. Und tief in ihrem Herzen ist es ihr reichlich egal, ob jede ein einzigartiger und unersetzbarer Mensch ist, denn sie selbst wurde ja auch nicht als ein solcher behandelt. Diese Frauen haben sie behandelt wie etwas, in das man auf der Straße hineintritt.

Aber das war einmal, und sie darf nicht im Zorn zurückblicken oder grollen, denn ein solches Verhalten ist Gift, wie die junge Frau im pinkfarbenen Outfit in der Yogasendung im Fernsehen immer sagt, also konzentriert sie sich jetzt auf alles, womit sie gesegnet wurde. Es ist ein Segen, hier sicher untergebracht zu sein, wo es so vielen Menschen jenseits der Mauer richtig schlecht geht, wo – laut Ed – alles den Bach runtergeht. Noch mehr den Bach runter als zu ihrer Zeit damals.

Zum Mittagessen gibt es Hühnersalat. Er ist aus Hühnern, die hier im Gefängnis gezüchtet werden, in einer gesunden und tierfreundlichen Umgebung, drüben im Männertrakt; und der grüne Salat und der Radicchio und der Sellerie werden ebenfalls hier angebaut. Ach nein, der Sellerie nicht – der kommt von draußen. Aber die Petersilie wächst hier. Und die Frühlingszwiebeln. Und die Kirschtomaten. Obwohl sie keinen Appetit hat, stochert sie im Salat herum, denn sie will nicht undankbar erscheinen. Oder, schlimmer noch, labil.

Jetzt kommt der Nachtisch. Sie haben ihn auf den Tisch am hinteren Ende des Raums gestellt; Reihe für Reihe stehen die Frauen auf und stellen sich an. Pflaumen-Crumble, murmeln sie einander zu, mit roten Pflaumen aus dem gefängniseigenen Garten. Wobei Charmaine selbst noch nie in diesem Garten zu tun hatte, noch hat sie jemals mit jemandem gesprochen, der dort zu tun hatte, woher soll sie also wissen, dass er überhaupt existiert? Die Pflaumen könnten genauso gut in Dosen angeschafft werden, und niemand wüsste es, bis auf diejenige Person, die die Dosen öffnet.

Solch misstrauische Gedanken über Positron kommen ihr in letzter Zeit immer öfter. Sei nicht blöd, Charmaine, sagt sie zu sich selbst. Schalt um, denn was kümmert es dich überhaupt, wo die Pflaumen herkommen? Und wenn sie lügen wollen wegen der Pflaumen, damit wir uns alle besser fühlen, was soll's?

Sie nimmt eins von den dicken Pressglasschälchen mit Pflaumen-Crumble. Er ist mit Sahne von gefängniseigenen Kühen; nicht dass sie diese Kühe jemals zu Gesicht bekommen hätte. Im Vorbeigehen nickt und lächelt sie den anderen Frauen zu, setzt sich wieder auf ihren Platz und starrt auf ihren Nachtisch. Sie kann nicht anders, er sieht aus wie geronnenes Blut, aber sie zieht einen Strich durch diesen Gedanken, sie schwärzt ihn. Sie sollte versuchen, wenigstens ein paar Bissen zu essen; vielleicht beruhigt das die Nerven.

Sie ist so lange raus gewesen aus ihrem Medikationsjob. Es könnte ja sein, dass sie aus der Übung gekommen ist. Was, wenn sie ihre nächste Sonderbehandlung vermasselt? Kalte Füße bekommt? Die Vene verfehlt?

Wenn man die Behandlung ausführt, stellt man das große Ganze nicht in Frage, man existiert im gegenwärtigen Moment, man will es einfach nur gut hinkriegen und seine Pflicht erfüllen. Aber in den letzten zwei Monaten hat sie Abstand gewonnen, und aus der Ferne sieht ihre Tätigkeit in der Medikationsabteilung nicht aus wie das, was man tun sollte, gesetzt den Fall, man ist nur ein Mensch.

Hast du Skrupel, Charmaine?, fragt die kleine Stimme in ihrem Kopf.

Ich hab nichts, erwidert sie. Nur meinen Nachtisch hier. Pflaumen-Crumble.

Die Frauen an ihrem Tisch geben *Mmmmm*-Laute von sich. Rote Streusel kleben an ihren Lippen.

KAPUZE

Stan versucht es noch einmal. Er wendet seine ganze Kraft auf, er stemmt sich mit Armen und Oberschenkeln gegen die Riemen – es müssen Riemen sein, wobei er sie nicht sehen kann. Keine Chance. Was soll das sein, irgendein bizarres Sexspiel aus Jocelyns kranker Fantasie?

»Charmaine«, will er rufen. Seine Stimme klingt verwaschen, seine Zunge fühlt sich an wie ein Roastbeefsandwich. Warum ruft er überhaupt nach ihr, als könnte er seine Socken nicht finden, als bräuchte er Hilfe mit seinem obersten Hemdknopf? Was soll denn dieses Hilf-mir-Mami-Geheule? Vielleicht ist er schon partiell hirntot? *Du Vollpfosten*, sagt er zu sich: *Charmaine kann dich nicht hören, sie ist nicht hier.* Zumindest, so weit er sehen kann, was nicht sehr weit ist.

Ach, Charmaine. Ich liebe dich, Baby! Hol mich hier raus!

Moment mal: Jetzt fällt's ihm wieder ein. Laut Jocelyn soll Charmaine ihn töten.

Vierzehn Uhr. Die erste Behandlung des Nachmittags ist für fünfzehn Uhr anberaumt. Nachdem sie den Speisesaal verlassen hat, geht Charmaine zu ihrer Zelle, um noch ein wenig für sich zu sein. Sie muss sich vorbereiten, sowohl körperlich als auch mental; und natürlich auch seelisch. Tief durchatmen, wie es im Fernsehen immer vorgemacht wird. Ihr Make-up nachbessern, das macht munter. Gelassenheit, positive Energie: Genau das braucht sie jetzt.

Doch als sie die Tür öffnet, ist jemand in ihrer Zelle. Es ist eine Frau im regulären orangefarbenen Overall, aber mit Kapuze über dem Kopf. Sie sitzt auf dem Bett. Ihre Hände sind vor dem Körper in Plastikhandschellen.

»Entschuldigung?«, sagt Charmaine. Ohne die Kapuze und die Handschellen hätte sie die Person darauf hingewiesen, dass das ihre Zelle sei, und ihres Wissens habe man ihr keine neue Zellengenossin zugeteilt. Und dann hätte sie gesagt: Bitte gehen Sie.

»Nein …«, sagt die Frau undeutlich wegen der Kapuze. Dann noch etwas, was Charmaine nicht verstehen kann. Sie geht ans Bett – riskant, denn es könnte ja irgendeine Verrückte sein, sie könnte nach ihr schnappen – und zieht der Frau die Kapuze aus dem Gesicht.

Das ist ein Schock. Ja, definitiv ist das ein Schock. Es ist Sandi. Wie ist das möglich?! Wieso ausgerechnet Sandi? Sie blickt Charmaine aus wässrigen blinzelnden Augen an. »Mann, Charmaine«, sagt sie. »Zieh die Kapuze wieder hoch! Du darfst nicht mit mir reden!«

Charmaine ist durcheinander. Sandi hat nie etwas Schlimmes getan, abgesehen vom Anschaffen, aber das war ja nur anstelle eines Jobs, in Consilience hätte sie dazu keinen Grund gehabt. Ihre Haare sehen verheerend aus. Ihre Wangenknochen stehen stärker hervor als früher: Vielleicht hat sie was machen lassen. Hat sie vielleicht Drogen verkauft? Mit einem Journalisten geredet? Aber wie?

»Sandi! Was machst du hier in meiner Zelle?«, fragt sie. Es klingt nicht besonders höflich, aber sie meint es nicht böse. Sandi ist mit einem Bein an den Bettrahmen gekettet, auch ihre Füße sind in Schellen. Das hier ist eine ernste Sache.

»Nicht so laut«, flüstert Sandi. »Die müssen da was verwechselt haben, ich bin hier nur aus Versehen. Tu so, als würdest du mich nicht kennen. Du kriegst sonst Ärger!«

»Bist du denn, na du weißt schon. Ein kriminelles Element?«, fragt Charmaine – das muss sie fragen, wobei, vielleicht sollte sie's lieber lassen. Sandi ist im Grunde ein nettes Mädchen, sie kann unmöglich ein kriminelles Element sein, und außerdem sind die kriminellen Elemente, mit denen sie normalerweise in der Medikation zu tun hat, immer Männer gewesen. Sie kann sich nicht vorstellen, dass Sandi jemanden umbringen oder irgendetwas von den Dingen tun könnte, die dazu führen, dass man an fünf Stellen auf einer Bahre festgeschnallt wird. »Was hast du denn gemacht? Ich meine, hast du irgendwas ausgefressen?«

»Ich wollte raus hier«, flüstert Sandi. »Ich wollte mich in 'ner Mülltüte nach draußen schmuggeln lassen, durch den Müllschlucker, der dann im Müllwagen landet. Ich hatte Sex mit einem dieser Müllabfuhr-Typen, die in den grünen Westen, du weißt schon. Der hat mich verpfiffen, aber erst nach dem Sex, dieser Wichser.«

»Aber Süße, warum willst du denn raus hier?«, flüstert Charmaine. Das leuchtet ihr nicht ein. »Es ist doch so viel besser –«

»Anfangs ja, anfangs lief alles super. Ich hab im Fitnessstudio ausgeholfen, und dann haben sie mich ausgesucht, um diese Yogavideos zu drehen, ich hab ein bisschen was an mir machen lassen, Wangenknochen hauptsächlich, und die haben mich geschminkt, und ich hatte kaum was zu tun; ich musste nur diesen rosa Anzug tragen und den Text lesen und ein paar Übungen vormachen.«

»Ich habe mir fast gedacht, dass du das warst«, sagt Charmaine unaufrichtig. »Du warst toll, wie ein Vollprofi sahst du aus!« Sie ist ein bisschen neidisch. Was für ein einfacher Job, dazu ein glamouröser. Nicht wie ihr Job. Aber ihr Job ist wichtiger.

»Und dann kam Veronica eines Tages zurück«, flüstert Sandi. »Wir haben zusammen gewohnt, sie hat 'ne Ausbildung im Gefängniskrankenhaus gemacht, und sie war total aufgeregt, die hatten ihr 'ne Fortbildung angeboten und wollten sie in so 'ne besondere Abteilung versetzen.«

»In welche denn?«, fragt Charmaine. Vielleicht irgendetwas Uninteressantes, die Pädiatrie zum Beispiel.

»Es war die Medikationsabteilung«, sagt Sandi. »Am nächsten Tag ging sie dann zu der Fortbildung. Aber als sie zurückkam, war sie total durcheinander. Veronica ist normalerweise nie durcheinander.« Sandi hält inne. »Könntest du mir mal den Rücken kratzen?«

Charmaine kratzt. »Ein bisschen weiter links«, sagt Sandi. »Danke. Also hat sie gesagt: ›Worauf es hinausläuft, ist: Ich soll da Leute umbringen. Hinter dem ganzen Gelaber steckt genau das.‹«

»O nein«, sagt Charmaine. »Nicht dein Ernst!«

»Ohne Scheiß«, sagt Sandi. »Also hat sie sich einfach geweigert. Und am nächsten Tag war sie verschwunden. Einfach weg. Niemand wusste, wo sie war, oder sie wollten's nicht sagen. Ich hab auf der Arbeit nach ihr gefragt, und die haben mich ganz komisch angeguckt und gemeint, auf diese Information hätten sie keinen Zugriff. Total gruselig! Also wollte ich raus.«

»Du darfst nicht raus!«, flüstert Charmaine. »Du weißt doch, was wir unterschrieben haben! Könntest du denen denn nicht einfach erklären …« Sie weiß, es ist sinnlos, die Regeln sind klar, aber sie will ihr Hoffnung machen.

»Vergiss es«, sagt Sandi. »Ich bin gearscht.« Sie klappert mit den Zähnen. »Es gibt halt nichts umsonst, ich hätte es wissen sollen. Jetzt musst du mir die Kapuze wieder drüberziehen und eine Wärterin rufen und sagen, was macht diese Frau in meiner Zelle, und dann bist du mich los.«

»Aber ich kann doch nicht einfach …«, sagt Charmaine. »Was passiert denn jetzt mit dir?« Sie ist den Tränen nah. Das ist nicht richtig, es kann nicht richtig sein! Die Ketten, die Handschellen … Vielleicht verdonnern sie Sandi ja nur zum Handtuchfalten oder so was. Sie kann es einfach nicht glauben. Ein dunkles Licht umkräuselt Sandi wie Schmutzwasser. Charmaine nimmt sie in den Arm. Sie ist ganz kalt. »Ach, Sandi«, sagt sie. »Es wird alles gut!«

»Mach einfach«, sagt Sandi. »Du hast keine Wahl.«

KIRSCHTÖRTCHEN

Die weiße Decke ist noch langweiliger als Consilience-TV. Kaum was los da oben, wobei, eine Fliege gab's, das hat geholfen, die Zeit rumzubringen. Hau ab, Fliege, dachte Stan: Er wollte sehen, ob er sie anhand seiner mentalen Kräfte lenken könnte. Konnte er nicht.

Das andere Ding an der weißen Decke ist etwas Kleines, Silbernes, Rundes. Sprinkler oder Kamera, eins von beiden. Er schließt die Augen, dann öffnet er sie wieder: Er sollte möglichst wach bleiben. Er konzentriert sich auf die Ereigniskette und Effekte, Lügen und Hochstapeleien – einige davon sind seine eigenen –, die ihn in dieser öden und möglicherweise schaurigen Sackgasse haben stranden lassen.

Was damit enden wird, dass Charmaine in zirka fünf Minuten in einem Laborkittel hier hereinspaziert, zumindest hofft er, dass es so bald sein wird, weil er wirklich pissen muss. Die arme Maus wird denken, dass sie irgendeinen Serienkiller oder Kindermörder oder Seniorenverprügler ins Jenseits befördern wird. Aber wenn sie an die Trage herantritt, an der er festgeschnallt ist, wird kein unbekanntes kriminelles Element auf sie warten – sondern er.

Was wird sie tun? Schreien und wegrennen? Sich über ihn werfen? Der Gefängnisaufsicht mitteilen, dass hier ein schrecklicher Fehler vorliegt?

Vielleicht wird sie einen versteckten Schalter umlegen, die Videokamera ausschalten, ihn befreien, und sie werden sich umarmen, und sie wird flüstern: »Tut mir so leid, kannst du mir jemals verzeihen, dass ich dich betrogen habe, ich liebe doch nur dich«, und so weiter, wobei sie wenig Zeit haben werden für das ihm zustehende, ausgiebige Flehen um Gnade und ihr Peinlichberührt-sein. Aber er wird sie beruhigend an sich drücken, und dann wird sie ihm – was? Eine Falltür zeigen? Einen unterirdischen Gang? Eine Verkleidung?

Er hat viel zu viel ferngesehen über die Jahre. Im Fernsehen gibt es ein Entkommen in letzter Minute, unterirdische Gänge und Fall-türen. Aber das hier ist das wahre Leben, du Schwachkopf, sagt er zu sich. Zumindest angeblich.

Aber es muss doch in letzter Minute eine Wendung der Ereig-nisse geben, denn Charmaine würde ihm doch niemals das töd-liche Medikament injizieren oder was immer sie da tut. Sie würde die Sache niemals durchziehen. Sie ist viel zu zart besaitet.

Unhuhuh, sagt er in Richtung Decke. Denn was ihre zarte Besai-tung betrifft, ist er sich mittlerweile nicht mehr so sicher. Er ist sich bei gar nichts mehr sicher. Und was, wenn irgendwas schiefgelau-fen ist und die Positron-Agenten hinter Jocelyn und ihr Doppel-spiel gekommen sind und sie festgenommen oder gar erschossen haben?

Und was, wenn gleich die Tür aufgeht und es gar nicht Char-maine ist, die den Raum betritt?

Wahrscheinlich beobachten sie ihn in diesem Moment durch das runde silberne Ding. Wahrscheinlich haben sie Jocelyn schon gefoltert und gezwungen, ihren ganzen subversiven Plan auszu-spucken. Wahrscheinlich denken sie, er sei ihr Komplize.

Ich hab nichts gewusst! Ich war das nicht! Ich hab nichts getan!, schreit er in seinem Kopf.

Unhuhuhuh.

Scheiße. Er hat sich eingenässt. Aber es sickert nirgendwo was heraus. Haben sie ihm Windeln angezogen? Verdammt. Das ist kein gutes Zeichen.

Also kann er nicht der Erste sein, der sich hier in die Hose macht. Die haben wirklich an alles gedacht.

Charmaine braucht eine Weile, um wieder zur Ruhe zu kommen, nachdem Sandi von zwei Wärterinnen davongeschleppt wurde. Unter den Armen gepackt, weil sie nicht gut laufen konnte mit ihren Fußfesseln.

»Das bleibt unter uns«, sagte die erste Wärterin. Die zweite stieß eine Art bellendes Lachen aus. Charmaine hatte weder die eine noch die andere je zuvor gesehen.

Sie macht ein bisschen Tiefenatmung, sie verbannt die negativen Schwingungen aus ihrem Kopf. Dann wäscht sie sich die Hände und putzt sich die Zähne: Es ist wie ein Reinigungsritual, sie geht gern mit reinem Herzen zur Behandlung über. Sie kontrolliert ihr Gesicht im Spiegel: Da ist sie wieder, da ist das liebe runde Kindergesicht, auf das zu Hause und in der Schule immer Verlass war; seit der Teenagerzeit hat sie sich gar nicht so sehr verändert, wobei sie leichte Schatten unter den Augen hat. Sie zieht sich ein paar ihrer blonden Strähnen nach vorn, damit sie ihr Gesicht umrahmen. Nur dünner ist sie geworden. Sie hat in letzter Zeit abgenommen, einen Hauch zu viel, und sie wirkt blass. Sie hat sich solche Sorgen gemacht, und sie macht sich immer noch Sorgen, denn obwohl sie rehabilitiert wurde und wieder in ihrem Job arbeitet – was wird die Zukunft bringen? Wenn sie erst mal wieder bei sich zu Hause ist.

Am allerschlimmsten wäre es – na ja, fast am allerschlimmsten –, wenn sie Stan von Max erzählt hätten. Was wird dann passieren bei einem Wiedersehen mit Stan? Er wird sehr wütend auf sie sein. Selbst wenn sie weint und sich entschuldigt und ihn anfleht, ob er ihr denn jemals verzeihen könne, denn sie liebe doch nur ihn, wird er vielleicht die Scheidung verlangen. Schon die Möglichkeit treibt ihr die Tränen in die Augen. Sie würde sich so unsicher fühlen ohne Stan, und die Leute würden sich die Mäuler zerreißen über sie, und sie wäre ganz allein in Consilience, für immer, denn man kommt ja nicht wieder raus. Aber möglicherweise würde sie sich auch *mit* Stan unsicher fühlen.

Und was Max anbelangt, ja, sie weiß noch, dass sie gehofft hat, er werde seine Frau für sie verlassen, damit sie immer zusammen sein und er sie ständig in seine festen Arme schließen könnte und sie sich vorkäme wie ein zerdrückter Blaubeermuffin. Er würde sagen: »Du bist einmalig, und jetzt bück dich«, während er an ihrem Ohr knabbern und sie dahinschmelzen würde wie Toffee in der Sonne.

Aber auf irgendeiner Ebene ist ihr immer klar gewesen, dass das unmöglich wäre. Sie war für ihn nur Ablenkung, aber nie lebensnotwendig. Eher so etwas wie ein extrem scharfes Pfefferminzbonbon: intensiv, solange man's im Mund hat, aber schnell aufgelutscht. Und der Gerechtigkeit halber musste sie sagen, dass es für sie genauso war, und selbst wenn er ihr auf einem Silbertablett serviert würde im Austausch gegen Stan, würde sie nein danke sagen, denn auf Max wäre niemals Verlass: Er hat ein viel zu schnelles Mundwerk, er ist wie ein Werbespot im Fernsehen, der einem irgendetwas Dunkles und Köstliches, aber sehr Ungesundes verkaufen will. Stattdessen würde sie sagen: »Ich entscheide mich für Stan.« Ja, sie hat das ziemlich sichere Gefühl, dass so ihre Entscheidung aussehen würde.

Aber was, wenn Stan sie trotz ihrer neuen tugendhaften Absichten gar nicht mehr will? Wenn er sie rausschmeißt, ihre Kleidung auf den Rasen wirft, so dass jeder es sehen kann, und dann von innen die Tür abschließt? Vielleicht spielt sich alles das mitten in der Nacht ab, und dann steht sie draußen im Regen und kratzt an der Scheibe wie eine Katze und bettelt ihn an, er möge sie doch wieder zurücknehmen. *Ach, ich habe alles kaputtgemacht*, wird sie jammern. Allein die Vorstellung treibt ihr die Tränen in die Augen.

Aber sie weigert sich, darüber nachzudenken, denn mit seiner Einstellung schafft man sich seine Realität, und wenn sie denkt, dass es passieren wird, dann wird es passieren. Stattdessen wird sie daran denken, wie Stan sie in die Arme schließt und sagt, wie schlecht es ihm ohne sie gegangen sei und wie glücklich er sei, dass sie endlich wieder zusammen sind. Und sie wird ihn streicheln und knuddeln, und es wird sein wie in alten Zeiten.

Denn die Tage werden wie im Flug vergehen, und in zwei Wochen ist schon wieder Schichtwechsel, und dann kann sie endlich das Gefängnis verlassen, um wieder einen Monat lang Zivilistin zu sein. Sie wird in ihrer Bäckerei arbeiten und muss nicht über Schreie oder an ihr Bett gekettete Frauen mit Kapuzen nachdenken, und sie wird nach Zimtbrötchen duften, so ein fröhlicher Duft, und nicht nach Blümchenduft vom Weichspüler aus der Gefängniswäscherei, der wahrhaft chemisch und ekelhaft süß ist, wenn man ihn den ganzen Tag einatmen muss. Für ihre eigene Wäsche wird sie diesen Weichspüler nicht mehr benutzen, nie wieder. Sie wird zurück in ihrem eigenen Haus mit ihrer hübschen Bettwäsche und der hellen Küche sein, wo sie wundervolle Frühstücke zaubern wird, und sie wird mit Stan zusammen sein.

Denn warum sollten sie ihm von Max erzählen, gesetzt den Fall, sie wissen Bescheid? Wenn man bedenkt, dass sich in Consilience im Grunde alles um reibungslose Abläufe und glückliche Einwohner dreht, oder sind es Insassen? Beides, um ehrlich zu sein. Denn die Einwohner waren schon immer ein bisschen wie Insassen und die Insassen immer ein bisschen wie Einwohner, also haben es Consilience und Positron eigentlich nur offiziell gemacht. Jedenfalls geht es darum, überall möglichst viel Glück zu verbreiten, und würde man Stan davon erzählen, bedeutete das weniger Glück. Genau genommen sogar mehr Unglück. Also werden sie es nicht tun.

Schon jetzt kann sie sich genau vorstellen, nein, sie kann spüren, wie Stan seine Arme um sie legt und wie er sich an ihren Hals schmiegt und Sachen sagt wie: *Mhm, lecker. Zimt. Wie geht's meinem kleinen Zimtbrötchen?* Früher zumindest sagte er immer solche Sachen, die auf warme Leckereien anspielten, wobei das in letzter Zeit etwas nachgelassen hatte. Aber er wird diese Sachen wieder sagen, denn er wird sie vermisst haben und sich Sorgen um sie gemacht haben. *Wie geht's meinem Kirschtörtchen?* Nicht die Sachen, die Max zu ihr sagt, die sich eher so anhören wie: *Ich werd's dir so besorgen, dass du nicht mal mehr kriechen kannst. Sag, dass du es willst.*

Stan ist vielleicht nicht der allergrößte … na ja. Der allergrößte was auch immer. Stan hingegen liebt sie, und sie liebt ihn.

Doch, wirklich. Dieses Ding mit Max war nur ein Strohfeuer, eine rein animalische Episode. Sie wird sich in Zukunft von ihm fernhalten müssen. Auch wenn das schwer werden könnte, denn Max ist ihr leidenschaftlich zugetan. Er wird versuchen, Kontakt mit ihr aufzunehmen, klar. Aber sie wird sich die Ohren zuhalten, sie wird die Zähne zusammenbeißen, die Ärmel hochkrempeln und der Versuchung widerstehen.

Obwohl, warum soll ein Mensch eigentlich nicht beides haben?, fragt die Stimme in ihrem Kopf.

Ich gebe mir hier alle Mühe, antwortet sie. Also halt die Klappe.

Sie schaut auf ihre Uhr: halb drei. Noch eine halbe Stunde. Das Warten ist immer das Schlimmste. So zittrig wie heute war sie noch nie vor einer Behandlung.

Sie lächelt, es ist das Lächeln, das sagt: Ich-bin-ein-guter-Mensch, das Lächeln eines zerstreuten Engels mit einem kindlichen Lispeln. Dieses Lächeln hat ihr durch viele schwierige Situationen geholfen, zumindest seit sie erwachsen ist. Es ist eine »Du kommst aus dem Gefängnis frei«-Karte, es ist ein Festivalbändchen, es ist ein universelles Sicherheitspasswort, wie im Rollstuhl sitzen. Wer würde es hinterfragen?

Um ihr Selbstvertrauen zu stärken, schminkt sie sich mit Rouge die Blässe weg, dazu eine dünne Schicht Wimperntusche; nichts allzu Schrilles. In Positron dürfen die Frauen sich schminken; es wird sogar befürwortet, denn gut auszusehen hebt die Moral. Es ist ihre Pflicht, gut auszusehen: In Kürze wird sie für irgendeinen armen jungen Mann der letzte Anblick auf Erden sein. Das ist eine große Verantwortung. So etwas nimmt man nicht auf die leichte Schulter.

Charmaine, Charmaine, flüstert die kleine Stimme in ihrem Kopf. Du bist so eine Heuchlerin.

Du auch, erwidert sie.

Stan muss eingenickt sein, denn er schreckt aus dem Schlaf. Diese verfickte Fliege krabbelt ihm übers Gesicht, und er kann sich nicht wehren.

»Verfickte Fliege«, versucht er zu sagen. *Ferfff. Fffflll.* Nein, bis jetzt keinerlei Sprachfunktion. Die Droge hat ihm die Sprache verschlagen. Hoffentlich nur vorübergehend: Er wird sonst nicht einkaufen können, außer mit Hilfe von kleinen Zettelchen. *Hallo, ich heiße Stan und kann nicht sprechen. Zehn Flaschen Schnaps, bitte.* Was für Schnaps, wird ihm egal sein, notfalls tut's auch Elefantenpisse. Nach dem, was er durchgemacht hat, wird er sich die Kante geben wollen. Saufen bis zum Filmriss.

Aber eine gute Story gibt das. Sobald er draußen ist. Sobald er sich mit Bruder Conor und seinen fröhlichen Männern kurzgeschlossen und sich von jedwedem Radar gelöscht hat, der mit Positron in Verbindung steht, denn welche Regel besagt, dass er Jocelyns Lakai und Laufbursche sein muss, wenn er erst mal draußen ist? Soll sie ihren kranken Scheiß doch alleine regeln. Natürlich wird er auch Charmaine rausholen müssen. Vielleicht. Wenn's geht.

Jetzt will ihm die Fliege ins Auge krabbeln. Zwinker, zwinker, minimale Kopfdrehung: Sie hat keine große Angst vor seinen Wimpern, aber sie bewegt sich. Jetzt will sie ihm in die Nase kriechen. Zumindest über seine Nasenlöcher hat er noch etwas Kontrolle: Er schnaubt. Der Rücken juckt tödlich, er hat einen Krampf im Bein, seine Windel ist nass. Mehr als alles andere will er das Ganze jetzt hinter sich bringen. Dieses Stadium, diese Phase, diese Ohnmacht, wie man's nennen will. Jetzt gebt mal Gas, Leute, würde er schreien, wenn er denn schreien könnte. Kann er aber nicht. Sein Nachholbedarf ist groß.

Charmaine geht durch die altbekannten Korridore zum Empfang der Abteilung Medikation, wo sich drei Korridore treffen. Sie trägt ihren grünen Kittel über dem orangefarbenen Overall; die Latexhandschuhe stecken in ihrer Tasche, ebenso ihre Schutzmaske, wegen der Keime. Sie wird sie aufsetzen, bevor sie den Raum betritt – das ist Vorschrift –, aber dann wird sie sie wieder abnehmen, so wie früher auch.

Sie ist etwas nervös; wahrscheinlich wird ihre Nervosität zur Kenntnis genommen. Und wahrscheinlich spricht es für sie, denn während der Ausbildung wurden einem Elektroden aufgeklebt und Bilder von Leuten gezeigt, an denen die Sonderbehandlung vorgenommen wird, und es wurden Reaktionen getestet. Gesucht wurde eine gewisse Nervosität, aber nicht so viel, um die Kontrolle zu verlieren. Leute, die total ruhig und kalt blieben, wurden ausgesiebt, ebenso diejenigen, die zu viel Eifer an den Tag legten. Sie wollten niemanden, der dabei Lust empfand – keine Sadisten oder Psychopathen. So gesehen waren es ja genau die Sadisten und Psychopathen, die – nicht *eingeschläfert*, nicht *ausradiert* wurden, diese Begriffe waren zu unverblümt –, die in andere Sphären befördert wurden, weil sie nicht in das Leben von Consilience passten.

Vielleicht wird es auch Sandi so ergehen, nur netter. Vielleicht bringt man sie einfach nur woandershin, auf eine Insel oder so, wo andere, ähnliche Leute leben. Leute, die nicht ins Schema passen, ohne dass sie kriminelle Elemente wären. Ja, so wird es sein.

Jetzt ist sie am Empfang, und da ist der Monitor. Der Kopf ist schon da: Er muss auf sie gewartet haben. Heute ist es die dunkelhaarige Frau mit dem Pony. Dieselbe Frau, die Ed am Vorabend bei seinem Besuch des Strickkreises begleitet hat, die mit den Kreolen und den grauen Strümpfen. Irgendjemand Wichtiges. Charmaine spürt einen leichten Schauder. Tiefenatmung, sagt sie zu sich. Durch die Nase einatmen, durch die Nase ausatmen.

Der Kopf lächelt sie an. Ist es diesmal nur eine Aufzeichnung oder ist es eine echte Person?

»Könnte ich bitte den Schlüssel bekommen?«, fragt Charmaine vorschriftsgemäß.

»Bitte loggen Sie sich ein«, sagt der Kopf. Noch immer lächelt er, wobei er sie prüfender anzusehen scheint als sonst. Charmaine drückt den Daumen auf das Pad und blickt so lange in den Irisscanner, bis das Blinken erscheint.

»Danke«, sagt der Kopf. Der Plastikschlüssel rutscht unten aus dem Schlitz. Charmaine steckt ihn in die Tasche ihres Laborkittels und wartet auf den Ausdruck mit den Angaben zur bevorstehenden Behandlung: Zimmernummer, Name, Alter, letzte Dosis Beruhigungsmittel und wann verabreicht. Man muss wissen, wie zurechnungsfähig das Subjekt ist.

Nichts passiert. Der Kopf blickt sie mit vielsagendem schiefem Lächeln an. Und jetzt?, denkt Charmaine. Jetzt sag mir nicht, dass die beknackte Datenbank schon wieder meine Zahlen verwechselt hat.

»Ich bräuchte dann den Zettel«, sagt sie zu dem Kopf. Auch wenn es nur eine Konserve ist, wird man ihre Bitte doch sicherlich zur Kenntnis nehmen.

»Charmaine«, sagt der Kopf zu ihr. »Wir müssen reden.«

Charmaine spürt, wie sich ihre Nackenhaare aufstellen. Der Kopf kennt ihren Namen. Er hat sie direkt angesprochen. Es ist, als wäre die Couch auf einmal lebendig.

»Was ist denn?«, fragt sie. »Was habe ich falsch gemacht?«

»Sie haben gar nichts falsch gemacht«, sagt der Kopf. »Noch nicht. Aber Sie sind auf Probe. Sie müssen sich einem Test unterziehen.«

»Was meinen Sie damit, auf Probe?«, fragt Charmaine. »Ich habe diesen Job immer gut gemacht, es gab nie Beschwerden, meine Bewertungspunktzahl war …« Sie zwirbelt ihren Latexhandschuh in der rechten Tasche; sie ermahnt sich, damit aufzuhören. Aufregung zu zeigen ist schlecht, als ob sie sich schuldig fühlte. Sie kann den verflixten Test ja machen, wie immer der aussehen soll: Sie steht voll und ganz hinter ihrer Arbeitsweise. Sie hat sich nichts vorzuwerfen, außer dass sie auf ihre Schutzmaske verzichtet, aber welchem halbwegs vernünftigen Menschen wäre das nicht egal?

»Es ist nicht Ihre Kompetenz, die in Frage steht«, sagt der Kopf. »Die Geschäftsleitung hat bloß ein wenig Bedenken, was Ihr berufliches Engagement betrifft.«

»Ich bin immer extrem engagiert gewesen!«, sagt Charmaine. Irgendwer muss über sie getratscht und Lügen verbreitet haben. »In diesem Job muss man engagiert sein! Wer behauptet denn, ich wär' nicht engagiert?« Das muss die hinterhältige Aurora aus der Personalabteilung gewesen sein. Oder jemand aus ihrem Strickkreis, weil diese verflixten blauen Bären sie nicht gerade vom Hocker gerissen haben. »Ich liebe meinen Job, also natürlich nicht das, was ich tun muss, aber ich weiß, es ist meine Pflicht, es muss nun mal gemacht werden, und ich war immer extrem sorgfältig und gewissenhaft, und ich ...«

»Dann nennen wir es Loyalität«, sagt der Kopf.

Warum sagt der Kopf *Loyalität*? Spielt das auf sie und Max an? »Ich war immer loyal«, sagt sie. Ihre Stimme klingt schwach.

»Es gibt da graduelle Unterschiede«, sagt der Kopf. »Passen Sie auf. Sie müssen die Behandlung heute so vornehmen wie immer. Es ist sehr wichtig, dass Sie heute Ihre Aufgabe erfüllen.«

»Das tu ich doch immer!«, sagt Charmaine entrüstet.

»Heute, also dieses Mal könnten Sie die bevorstehende Situation als Herausforderung empfinden. Dennoch muss die Behandlung ausgeführt werden. Ihre Zukunft hier hängt davon ab. Sind Sie dazu bereit?«

»Was für eine Situation?«, fragt Charmaine.

»Sie haben eine Option«, sagt der Kopf. »Sie können jetzt Ihren Dienst in der Medikationsabteilung quittieren und zum Handtuchfalten oder zu irgendeiner anderen anspruchslosen Tätigkeit zurückkehren, wenn Sie das Gefühl haben, dem Test womöglich nicht gewachsen zu sein.« Der Kopf lächelt und bleckt dabei seine starken eckigen Zähne.

Charmaine würde sich gern Bedenkzeit ausbitten. Aber das käme bestimmt nicht gut an. Der Kopf könnte es als Zeichen von mangelnder Loyalität auffassen.

»Sie müssen sich jetzt entscheiden«, sagt der Kopf. »Sind Sie bereit?«

»Ja«, sagt Charmaine. »Ich bin bereit.«

»Also gut«, sagt der Kopf. »Sie haben sich entschieden. Nur zwei Typen werden im Medikationstrakt zugelassen: diejenigen, die etwas machen, und diejenigen, mit denen etwas gemacht wird. Sie haben die Rolle der Macherin gewählt. Wenn Sie scheitern, werden Sie die Konsequenzen tragen müssen. Sie könnten mit einem Mal in der anderen Rolle sein. Verstehen Sie?«

»Ja«, sagt Charmaine matt. Das war eine Drohung: Wenn sie nicht eliminiert, wird sie eliminiert werden. Es ist sehr klar. Ihre Hände sind kalt.

»Sehr gut«, sagt der Kopf. »Hier sind die Einzelheiten für die heutige Behandlung.« Der Zettel rutscht aus dem Schlitz. Charmaine nimmt ihn entgegen. Zimmernummer und Angaben zum Beruhigungsmittel sind da, aber der Name fehlt.

»Da steht kein Name«, sagt Charmaine. Aber der Kopf ist verschwunden.

ENTSCHEIDUNGEN

Stan lässt die Gedanken schweifen. Die Zeit vergeht; was immer mit ihm passieren wird, wird passieren. Er kann nicht das Geringste dagegen tun.

Sind das meine letzten Minuten?, fragt er sich. Das kann doch gar nicht sein. Trotz seiner anfänglichen Panik ist er jetzt eigenartig ruhig. Aber es ist keine stumpfe Resignation. Stattdessen ist er auf intensive, schmerzliche Weise lebendig. Er spürt seinen donnernden Herzschlag, er spürt jeden Muskel, jede Sehne. Sein Körper ist massiv, wie aus Stein, wie aus Granit, wenn auch vielleicht ein bisschen weich um die Mitte herum.

Ich hätte mehr trainieren sollen, denkt er. Ich hätte von allem mehr tun sollen. Ich hätte mich losmachen sollen von ... ja, wovon eigentlich? Rückblickend sieht er sich ausgebreitet wie einen Riesen, der von unzähligen kleinen Fäden am Boden gehalten wird. Fäden aus unbedeutendem Kummer und kleinen Sorgen und einst ernstgenommenen Ängsten. Schulden, Terminpläne, das Verlangen nach Geld, die Sehnsucht nach Trost; der sich ständig wiederholende Ohrwurm von Sex, wie eine neuronale Schleife. Er war immer nur der Spielball seiner eigenen nichtigen Begierden.

Er hätte sich nicht hier einsperren lassen, sich seiner Freiheit nicht berauben lassen dürfen. Aber was heißt das heutzutage noch, Freiheit? Und wer hat ihn denn eingesperrt und isoliert? Er sich doch selbst. Eine Vielzahl kleiner Entscheidungen. Die Reduktion seines Ich auf eine Zahlenkolonne, von Fremden gespeichert, von Fremden kontrolliert. Er hätte die kaputten Städte verlassen sollen, er hätte fliehen sollen vor dem armseligen, beengten Leben dort. Aus dem Datennetz ausbrechen, sämtliche Passwörter vernichten, losziehen und wie ein heulender ausgemergelter Wolf durch die Lande ziehen.

Aber es gibt keine Lande mehr, durch die man ziehen kann. Es gibt keinen Ort mehr ohne Zäune, Straßen, Netzwerke. Oder doch? Und wer würde mit ihm gehen, wer würde ihn begleiten? Gesetzt den Fall, er findet Conor nicht wieder. Gesetzt den Fall, Conor wäre – und das ist undenkbar – tot. Wäre Charmaine bereit zu einer solchen Reise? Würde sie überhaupt von ihm nach draußen geschmuggelt werden wollen? Würde sie es als Rettung empfinden? Sie war noch nie ein Campingfan, sie würde ohne ihre saubere geblümte Bettwäsche nicht leben wollen. Dennoch überkommt ihn ein kurzer Schimmer der Sehnsucht: Hand in Hand gehen sie in den Sonnenuntergang, alle Untreue vergessen, startbereit für ein neues Leben, irgendwo, irgendwie. Mit nichts als einer Schachtel Streichhölzer und ... was würden sie sonst noch alles brauchen?

Er versucht sich die Welt jenseits von Consilience zu vergegenwärtigen. Aber er hat kein richtiges Bild mehr im Kopf von dieser Welt. Er sieht nichts als Nebel.

Per Zahlencode gelangt Charmaine in die Medikamentenausgabe, findet den Schrank, gibt einen weiteren Code ein, die Tür geht auf. Sie findet Ampulle und Spritze. Sie steckt die Utensilien ein, streift sich die Latexhandschuhe über, setzt die Gesichtsmaske auf und biegt links in den Flur ein.

Die Korridore sind immer leer, wenn sie zu einer Behandlung unterwegs ist. Ist das Absicht, damit niemand mitbekommt, wer wessen Leben beendet hat? Niemand außer natürlich der Kopf. Und wer immer hinter dem Kopf steckt. Und wer immer sie gerade beobachtet, durch einen Leuchtkörper oder eine winzige nietengroße Linse hindurch. Sie strafft den Rücken, versucht ihre Gesichtszüge zu justieren und ihnen einen, wie sie hofft, positiven, aber entschlossenen Ausdruck zu verleihen.

Hier ist der Raum. Sie öffnet die Tür und geht leise hinein. Sie nimmt die Maske ab.

Der Mann liegt auf dem Rücken, er ist an fünf Stellen an der Trage befestigt, so wie es sich gehört. Sein Kopf ist ein wenig von ihr weggedreht. Wahrscheinlich starrt er gegen die Decke, das Stück Decke, das er sehen kann. Und wahrscheinlich starrt die Decke zurück.

»Hallo«, sagt sie und geht auf die Trage zu. »Ist das nicht ein wunderschöner Tag heute? Schauen Sie nur, wie schön die Sonne scheint! Ich finde, ein sonniger Tag macht gute Laune, Sie nicht auch?«

Der Mann dreht ihr den Kopf entgegen, so weit es eben geht. Er sieht ihr in die Augen. Es ist Stan.

»Ach du grüne Neune«, sagt Charmaine. Fast lässt sie die Spritze fallen. Sie zwinkert ein paarmal in der Hoffnung, dass sich Stans Gesicht in das eines wildfremden Menschen verwandelt. Was aber nicht geschieht.

»Stan«, flüstert sie. »Was haben sie mit dir gemacht? O Liebling. Was hast du angestellt?« Hat er ein Verbrechen begangen? Was für ein Verbrechen? Es muss etwas sehr Schlimmes gewesen sein. Aber vielleicht war es gar kein Verbrechen oder nur ein sehr kleines, denn was könnte Stan denn für ein Verbrechen begangen haben? Ja, er ist manchmal schlecht gelaunt und verliert auch mal die Beherrschung, aber er ist doch an sich kein böser Mensch. Er ist nicht der Typ Verbrecher.

»Hast du nach mir gesucht?«, fragt sie. »Liebling? Du musst ja verrückt gewesen sein vor Sorge. Hast du …« Ist er aus Liebe zu ihr durchgedreht? Ist er hinter die Affäre mit Max gekommen? Das wäre schrecklich. Eine verhängnisvolle Dreiecksbeziehung, so was hat sie mal im Fernsehen gesehen, damals im PixelDust. In einer nicht ganz so seriösen Nachrichtensendung.

»*Uhuhuhuhu*«, sagt Stan. Ein Rinnsal Speichel läuft ihm aus dem Mundwinkel. Zärtlich wischt sie es weg. Er hat ihretwegen einen Menschen getötet! So muss es gewesen sein! Seine Augen sind weit aufgerissen: Wortlos fleht er sie an.

Das hier ist das Schlimmste überhaupt. Am liebsten würde sie aus dem Raum flüchten und zurück in ihre Zelle rennen, die Tür zuknallen, sich aufs Bett werfen und sich die Decke über den Kopf ziehen. Aber sie steht wie angewurzelt da. Alles Blut sickert aus ihrem Gehirn. Denk nach, Charmaine, sagt sie zu sich. Aber sie kann nicht denken.

»Es passiert nichts Schlimmes mit dir«, sagt sie genau wie immer, aber es ist, als würde ihr Mund sich von selbst bewegen und eine tote Stimme käme heraus. Wobei diese Stimme sehr zittrig klingt.

Stan glaubt ihr nicht. »*Uhuhuhuhu*«, sagt er. Er stemmt sich gegen die Befestigungsriemen.

»Du wirst ganz viel Spaß haben«, sagt sie zu ihm. »Wir haben das ruckzuck erledigt.« Tränen treten aus ihren Augen; sie tupft sie mit dem Ärmel weg, denn Tränen, das geht einfach nicht, und sie hofft, dass niemand sie bemerkt, auch Stan nicht. Vor allem Stan nicht. »Du bist ganz bald wieder zu Hause«, sagt sie zu ihm. »Und abends kochen wir uns was Schönes und gucken zusammen Fernsehen.« Sie stellt sich hinter ihn, er kann sie nicht sehen. »Und dann legen wir uns zusammen ins Bett, so wie früher. Das wird richtig schön, oder?«

Noch mehr Tränen. Sie kann nicht an sich halten, blitzartig taucht vor ihrem inneren Auge ein Bild von damals auf, als sie frisch verheiratet waren und noch Pläne hatten – ach, so viele Pläne für ihr gemeinsames Leben. Ein Haus und Kinder und alles Mögliche. Sie waren so süß damals, so voller Hoffnung; so jung, ganz anders als jetzt. Und dann hatte es nicht geklappt, wegen der Umstände. Und es war mühsam, so angespannt, das mit dem Auto und allem, aber sie hatten zusammengehalten, weil sie immerhin einander hatten und weil sie sich liebten. Und dann kamen sie hierher, und erst war es so schön, so sauber, und alles hatte seinen Platz, mit lustiger Musik und Popcorn vor dem Fernseher, aber dann …

Dann war da der Lippenstift. Der Brief mit dem Kuss. *Ich hungere nach dir.* Sie war schuld.

Reiß dich zusammen, Charmaine, sagt sie zu sich. Sei nicht sentimental. Denk dran, es ist ein Test.

Sie wird beobachtet. Das hier kann nicht ernst gemeint sein. Sie können doch nicht von ihr erwarten, dass – nein, sie weigert sich, das Wort *töten* zu verwenden. Sie können nicht von ihr verlangen, dass sie ihren eigenen Ehemann umfunktioniert.

Sie streichelt Stan über den Kopf. »Schhh«, sagt sie zu ihm. »Ist ja gut.« Sie streichelt den Männern immer über den Kopf, aber diesmal ist es nicht irgendein x-beliebiger Kopf, es ist Stans Kopf mit seinem Bürstenhaarschnitt. Sie kennt ihn in- und auswendig, die Augen, die Ohren, den Winkel seiner Kinnpartie, den Mund mit seinen Zähnen, den Hals und den dazugehörigen Körper. Er leuchtet fast, dieser Körper; sie nimmt ihn so klar wahr wie nie zuvor, jede Sommersprosse und jedes Haar, als blicke sie durch ein Vergrößerungsglas. Sie will ihre Arme um diesen Körper schlingen, ihn stillhalten, ihn festhalten in der Gegenwart, denn dieser Körper hat nur dann eine Chance, wenn sie die Zeit anhält.

Sie kann die Behandlung nicht ausführen. Sie wird es nicht tun. Sie wird hinausmarschieren, zurück zum Empfang gehen und verlangen, mit dem Kopf der Frau im Monitor zu sprechen.

»Da fall ich nicht drauf rein«, wird sie sagen. »Ich mach euren blöden Test nicht, ihr könnt mich alle mal gernhaben.«

Aber warte. Was dann? Dann kommt jemand anders, um Stan umzufunktionieren. Das Schlimme wird ihm passieren, so oder so, und wer immer es tut, er wird dabei nicht so rücksichtsvoll und respektvoll sein wie sie. Und was soll dann aus ihr werden, aus Charmaine, wenn sie bei dem Test durchfällt? Dann geht es nicht nur zurück zum Handtuchfalten; nein, dann gibt es Plastikhandschellen und Kapuze und Fußfesseln, genau wie bei Sandi; und dann kommt sie auf die Trage mit den fünf Riemen. Bestimmt ist das der Grund, warum sie Sandi zu ihr in die Zelle gesteckt haben: als Warnung. Jetzt zittert sie. Sie ringt nach Luft.

»Ach Stan«, flüstert sie ihm in sein linkes Ohr. »Ich weiß auch nicht, wie es so weit kommen konnte. Es tut mir so leid. Bitte vergib mir.«

»Uhuhuhuhu«, sagt Stan. Es klingt wie das Winseln eines Hundes. Aber er hat sie gehört, er versteht. Ist das ein Nicken?

Sie küsst ihm die Stirn. Dann geht sie ein großes Risiko ein und küsst ihn auf den Mund, ein inniglich gefühlter, anhaltender Kuss. Er erwidert ihren Kuss nicht – sein Mund ist wahrscheinlich gelähmt –, aber zumindest versucht er nicht, sie zu beißen.

Dann steckt sie die Spritze in die Ampulle. Sie beobachtet ihre Hände in den Latexhandschuhen, sie bewegen sich wie Algen im Wasser; ihre Arme sind schwer, als würde sie durch flüssigen Klebstoff schwimmen. Alles läuft in Zeitlupe ab.

Sie tritt hinter Stan, sie fühlt nach der Vene in seinem Hals, sie findet die Vene. Unter ihren Fingerspitzen schlägt sein Herz wie eine Trommel. Sie setzt die Spritze an.

Ein Ruck geht durch seinen Körper, ein Zucken. Wie auf dem elektrischen Stuhl.

Dann schlägt sie auf dem Boden auf.

Alles wird schwarz.

VIII   RADIER MICH AUS

ZWISCHENGELAGERT

Als Stan aufwacht, ist er nicht mehr festgeschnallt. Er liegt zusammengerollt auf der Seite auf irgendetwas Weichem. Ihm ist schwindlig, und er hat irrsinnige Kopfschmerzen wie bei einem massiven Kater.

Er reißt die verklebten Augenlider auseinander: Mehrere große weiße Augenpaare starren ihn an. Was zur Hölle ist das hier? Er versucht sich aufzurichten, verliert das Gleichgewicht und fällt zurück in einen Haufen kleiner, nachgiebiger, weicher Körper. Riesenspinnen? Raupen? Unwillkürlich jault er auf.

Reiß dich zusammen, Stan, sagt er zu sich. Aber ganz schnell.

Ah. Er liegt in einem großen Container inmitten von blauen Strickteddybären. Daher die weißen Glotzaugen mit den runden Pupillen. »Verdammt«, sagt er. Dann fügt er vorsichtshalber dazu: »Verdammte Scheiße!« Zumindest ist seine Stimme wieder da.

Er befindet sich in einem Lager mit metallenen Dachsparren und einer trüben Neonröhre an der Decke. Er späht über den Rand des Containers hinaus und sichtet den Boden: Zement. Das muss der Grund sein, warum sie ihn auf Bären gebettet haben: Hier ist sonst nichts auch nur annähernd Weiches. Irgendjemand hat mitgedacht.

Er betastet seinen Körper. Alles noch da. Geil, die Windel, oder was immer es war, haben sie ihm ausgezogen, so peinlich ihm die Vorstellung auch ist. Sie haben ihm sogar neue Sachen angezogen: einen orangefarbenen Gefängnisoverall und eine Fleecejacke. Und dicke Socken, es ist nämlich saukalt hier drin. Logisch, ist ja auch Februar. Warum sollte man für Teddybären ein Lager heizen?

Und jetzt? Wo sind die Leute? Laut rufen wäre sicher keine gute Idee. Vielleicht aufstehen, den Ausgang suchen? Aber Moment: Er ist mit einem Bein an den Container gekettet, ja, mit einer Nylonschnur. Wohl damit er nicht rumläuft, das Lager verlässt und irgendwelchen Leuten begegnet. Es gibt nichts zu tun, er kann nur warten, bis Jocelyn kommt und ihm sagt, was zur Hölle er jetzt machen soll.

Er sieht sich noch mal im Lager um. Es gibt mehr Container wie seinen, sie stehen alle in einer Reihe. Und es gibt erschreckend viele Teddybären. Und da drüben, in Richtung Ausgang – wie er jetzt sieht, gibt es eine kleinere Tür für Menschen, eine größere Schiebetür für Lastwagen –, stapeln sich längliche, an einem Ende schmal zulaufende Kisten, die aussehen wie Särge. Er kann nur hoffen, dass er hier nicht mit einem Haufen verwesender Leichen eingesperrt ist.

Genau dafür muss Charmaine ihn inzwischen halten, der arme ahnungslose Hase. Ihre Verzweiflung war nicht gespielt: Die Tränen waren echt. Sie zitterte, als sie über seinen Hals fühlte und die Spritze hineinschob. Sie muss wirklich geglaubt haben, sie ermorde ihn. Sofort danach war sie offenbar in Ohnmacht gefallen. In dem Bruchteil der Sekunde, bevor das Medikament wirkte und die Welt in einem seligen Wirbel bunter Lichter aufging, hatte er den Aufprall gehört, als sie sich buchstäblich auf die Fresse legte.

Hätte er drauf gewettet, dass Charmaine die Sache niemals durchzieht, er hätte verloren. Sie ist schon verblüffend, so auf ihre Art; so seicht sie auch sein mag: Mut hat sie, das muss man ihr lassen. Er hätte gedacht, die Liebe würde ihr dazwischenkommen, sie würde die Nerven verlieren und losjammern und die Sache auf sich beruhen belassen. Sich über ihn werfen und den Plan zunichtemachen. So viel zu seiner Hellsichtigkeit: Jocelyns Einschätzung war realistischer gewesen als seine.

Die arme Charmaine, denkt er. Sie muss ja gerade durch die Hölle gehen. Reue, Schuldgefühle und was nicht alles. Und wie geht's ihm dabei? Ein Teil von ihm, der rachsüchtige Teil, sagt: Geschieht ihr recht. Die mit ihrem treulosen Herzen, und er hofft, dass sie schreckliche Qualen leidet und sich ihre engelhaften blauen Augen aus dem Kopf heult. Der andere Teil sagt: Sei ehrlich, Stan, du hast sie genauso betrogen, in Gedanken wie in Taten. Es stimmt zwar, dass du geglaubt hast, einer anderen lila Leidenschaft nachzujagen als derjenigen, die du schließlich gefunden hast. Aber mit der hattest du jede Menge Sex, und auch wenn dein Herz nicht bei der Sache war, dein Körper war es. Zumindest hat's gereicht. Also lass die Vergangenheit ruhen und vergiss das Ganze.

Genau, sagt der rachsüchtige Teil, die dämliche Charmaine weiß schließlich nichts von Jocelyn, und wenn du jemals wieder mit ihr zusammenkommst, kannst du ihr die Affäre mit Max/Phil ewig aufs Brot schmieren. Sag ihr, du hast die Videos gesehen. Wiederhol die Sachen, die sie darin sagt. Verwandle sie in eine Handvoll nassgeheulter Papiertaschentücher. Benutze sie als Fußabtreter: Wäre das nicht eine Genugtuung? Außerdem hat sie dich ermordet. Sie wird dein Sklave sein, sie wird es nicht wagen, nein zu dir zu sagen, sie wird dich von vorne bis hinten bedienen.

Entweder das, oder sie wird dir Rattengift in den Kaffee streuen. Sie hat ja nun mal diese eiskalte Seite. Die darfst du auf keinen Fall runterspielen. Also solltest vielleicht du als Erstes zuschlagen, wenn du die Chance hast. Schmeiß sie raus. Wirf ihre Klamotten auf den Rasen. Verrammle die Tür. Oder gib ihr eins mit dem Ziegelstein über den Kopf. Ist es nicht das, was Conor tun würde?

Du vergisst eins, sagt er zu sich. Ich werde wahrscheinlich nie wieder in diesem Haus wohnen. Es sei denn, irgendwas geht draußen schief, aber ansonsten werde ich nicht nach Consilience zurückkommen. Dieses Leben ist vorbei. Ich bin ja angeblich tot.

Soll er sich deswegen ärgern? Eher nicht: Tot zu sein ist ja nur zu seinem Besten. Andererseits hat er nicht darum gebeten, tot zu sein, er hat es sich nicht gewünscht. Er wurde einfach dazu verdonnert, als wäre er in den Kriegsdienst irgendeines Landes eingezogen worden. Und zwar verdammt noch mal unfreiwillig, und jetzt ist er hier, an einen Container mit Strickbären gekettet, und Jocelyn, die sadistische Schlampe, scheint ihn total vergessen zu haben, und trotz seiner Kopfschmerzen kriegt er allmählich Hunger.

Außerdem friert er sich die Eier ab. Es ist so kalt, dass er seinen Atem sehen kann.

Er legt sich wieder hin und deckt sich mit blauen Teddybären zu. Wenigstens halten sie ein bisschen warm. Das Einzige, was ihm jetzt bleibt, ist schlafen.

NACHMITTAGSTEE

Als Charmaine erwacht, ist sie allein. Und sie ist wieder in ihrem Haus. In ihrem gemeinsamen Haus, dem Haus von ihr und Stan, das jetzt aber nur noch ihr Haus ist, denn Stan wird nie wieder in diesem Haus sein. Niemals, niemals, niemals, niemals, niemals. Sie fängt an zu weinen.

Sie liegt auf der Couch, der königsblauen Couch mit den hübschen gedeckt weißen Lilien; wobei, jetzt wo sie denn genauer hinsieht, kann sie erkennen, dass die dringend mal gereinigt werden müsste, weil irgendwer Kaffee verschüttet hat und noch irgendwas. Sie erinnert sich daran, dass sie so getan hat, als gefiele ihr das Muster nicht, dass sie gern einen anderen Bezugsstoff hätte, dass sie sich Stoffmuster ansehen wolle; es war ein Vorwand gewesen, um an Tagen des Schichtwechsels früher das Haus verlassen und mit Max zusammen sein zu können. Sie hatte sich darauf verlassen können, dass Stan keinerlei Interesse an Stoffen oder Tapeten oder Ähnlichem aufbringen würde. Früher hatte sie sein fehlendes Interesse geärgert – wollten sie nicht zusammen ihr Zuhause einrichten? –, aber später war es ihr nur recht, denn sein blinder Fleck ermöglichte ihr, mehr Zeit mit Max zu verbringen. Jetzt muss sie weinen, weil Stan tot ist.

Da. Sie hat es gesagt. Tot. Sie weint heftiger. Sie schluchzt, ihr Atem geht im Stakkato. Stan, was hab ich dir nur angetan?, denkt sie. Wo bist du hin?

Obwohl sie so heftig weint, wie sie kann, fällt ihr etwas Merkwürdiges auf: Sie hat nicht mehr ihren orangefarbenen Overall an. Stattdessen trägt sie ein grau-und-pfirsichfarben kariertes Kostüm aus leichtem Wollstoff mit Glockenrock und tailliertem Jäckchen. Eigentlich gibt es dazu eine passende Bluse aus pfirsichfarbener Kunstseide mit pfirsichfarbenen Flamencorüschen auf der Brust, aber das ist nicht die, die sie anhat: Ihre hat ein blaues Blümchenmuster und passt überhaupt nicht zu dem Kostüm. Das Pfirsich-Graue hat sie sich mit Sorgfalt auf der »Smile & Style«-Seite des Onlinekatalogs ausgesucht, kurz nachdem sie und Stan sich für Consilience gemeldet hatten. Sie hatte damals die Wahl zwischen Pfirsich/Grau und den anderen Kombinationen Dunkelblau/Weiß, was ihr ein bisschen zu sehr nach Chanel aussah, und Limettengrün/Orange, was nicht in Frage kam, weil sie kein Limettengrün tragen kann, sie wirkt darin blässlich.

Außerdem hatte sie dieses Kostüm zusammengelegt und im Keller mit dem Rest ihrer Stadtkleidung in ihrem rosa Schließfach verstaut, bevor sie ins Gefängnis ging. Also besitzt jemand den Code zu ihrem Schließfach und hat ihre Sachen durchwühlt. Dieselbe Person muss ihr den Overall ausgezogen und das karierte Kostüm angezogen haben, zusammen mit der verkehrten Bluse.

»Na, geht's wieder?«, fragt jemand. Sie blickt vom Sofa hoch. Ach du Schreck, es ist Aurora aus der Personalabteilung mit ihrem übermäßig operierten Gesicht, mit dem sie aussieht wie ein Gecko: starre Wangenmuskeln, Glubschaugen. Aurora ist ungefähr die Letzte, die sie jetzt sehen will, nicht nur hier und jetzt, sondern überhaupt.

Sie trägt ein Tablett – Charmaines Tablett, sie hat es selbst aus dem Katalog ausgesucht – mit einer Teekanne. Charmaines Teekanne, auch wenn sie eigentlich zum Haus gehört. Charmaine hat das Gefühl, man hat ihre Privatsphäre verletzt. Wie konnte Aurora es wagen, einfach in ihr Haus zu platzen, während sie ohnmächtig auf dem Sofa lag, und in der Küche herumzuhantieren, als wäre es ihre?

»Ich habe Ihnen einen schönen heißen Tee gekocht«, sagt

Aurora mit mitfühlendem, schiefem Lächeln. »Ich denke, Sie stehen noch unter Schock. Sie haben sich den Kopf gestoßen, als Sie in Ohnmacht gefallen sind, aber es ist wohl keine Gehirnerschütterung. Sie sollten dennoch ein CT machen lassen, nur um auf Nummer sicher zu gehen. Ich habe das schon für Sie in die Wege geleitet, für nachher.«

Charmaine bringt kein Wort heraus. Sie kämpft mit den Tränen. Sie japst, sie keucht, der Rotz läuft ihr aus der Nase. »Aber ja, heulen Sie sich ruhig aus«, sagt Aurora, als würde sie die königliche Erlaubnis erteilen. »Das reinigt die Seele. Und erst recht die Nebenhöhlen«, fügt sie hinzu. Sie hält sich wohl für witzig.

»Waren Sie an meinem Schließfach?«, fragt Charmaine.

»Was sollte ich denn da?«, erwidert Aurora.

»Da war aber jemand dran«, sagt Charmaine. »Ich hab doch ganz andere Sachen an.« Der Gedanke, im bewusstlosen Zustand von Aurora umgezogen worden zu sein wie eine Barbiepuppe, lässt sie am ganzen Leib erschaudern.

»Ich denke, das waren Sie selbst, Sie erinnern sich nur nicht. Sie leiden wohl unter zeitweiliger Amnesie«, sagt Aurora in ihrem besserwisserischen Ton. »Ein Schock wie der, den Sie erlitten haben, kann einen in einen Dämmerzustand versetzen. Als ich vor zehn Minuten hier ankam, lagen Sie so auf der Couch.« Sie stellt das Tablett auf dem Wohnzimmertisch ab. »Das Gehirn will uns schützen, es bestimmt selbst, an was wir uns erinnern.«

In Charmaine steigt Wut auf, die den Kummer verdrängt. Wäre sie unten im Keller gewesen, um ihre Sachen aus ihrem Schließfach zu holen, dann würde sie sich daran erinnern, außerdem hätte sie sich niemals diese Bluse ausgesucht. Halten die Leute sie modisch für eine Null? Wer hat sie aus der Medikation überhaupt hierhergebracht?

Sie richtet sich auf, schwingt die Beine zu Boden. Es darf nicht sein, auf keinen Fall, dass Aurora sie in diesem Zustand sieht, im Zustand einer schlammigen Pfütze. In Ermangelung eines Taschentuchs wischt sie sich Nase und Augen an ihrem Ärmel ab, streicht sich das feuchte Haar aus der Stirn und setzt ein Gesicht auf, das zu sagen scheint, es ist alles in Ordnung. »Danke«, sagt sie so knapp wie möglich. »Mir geht es bestens.«

Weiß Aurora, was Charmaine Stan angetan hat? Vielleicht kann sie ja bluffen, sich nichts anmerken lassen von ihrer Schwäche. Sagen, sie sei in Ohnmacht gefallen, weil sie ihre Tage hat oder unterzuckert gewesen sei oder Ähnliches.

»Nun, Sie sind wirklich sehr tapfer«, sagt Aurora. »Ich meine, nicht viele Menschen haben einen so ausgeprägten Sinn für Pflicht und Loyalität.« Sie nimmt neben Charmaine auf der Couch Platz. »Ich muss Ihnen meine Bewunderung aussprechen, ehrlich.« Sie schenkt Tee in die Tasse ein – in Charmaines Tasse mit den rosa Rosen, die Stan nie mochte. Aber er mochte sowieso keinen Tee, er war mehr der Kaffeetyp, mit Sahne und zwei Stück Zucker. Sie unterdrückt ein Schluchzen.

»Ich möchte mich im Namen der Geschäftsleitung aufrichtig entschuldigen«, sagt Aurora und stellt die Tasse vor Charmaine auf den Wohnzimmertisch. »Das war sehr taktlos von unserer Logistik.« Es steht eine zweite Tasse auf dem Tablett; geschäftig schenkt sie sich selbst ein. Charmaine nimmt einen Schluck Tee. Es hilft tatsächlich.

»Was meinen Sie damit?«, fragt sie, obwohl sie genau weiß, was Aurora meint. Aurora kostet die Situation aus. In vollen Zügen.

»Man hätte Sie für eine andere Behandlung buchen sollen«, sagt sie. »Das hier hätte man Ihnen nicht zumuten dürfen.« Sie gibt einen Löffel Zucker in ihre Tasse und rührt um.

»Was zumuten?«, fragt Charmaine. »Ich habe nur meinen Job gemacht.« Aber es hat keinen Sinn: Das schiefe Lächeln in Auroras übertrieben geliftetem Gesicht sagt alles.

»Er war Ihr Mann, nicht wahr?«, sagt Aurora. »Ihre letzte Behandlung. So steht es in den Unterlagen. Wie auch immer Ihr Privatleben ausgesehen haben mag, und das geht uns nichts an, und ich will Ihnen auch nicht zu nahe treten, aber wie immer es ausgesehen hat, die Behandlung muss für Sie doch … wahrhaftig eine schwierige Entscheidung gewesen sein.« Sie schaltet einen Gang höher mit ihrem Lächeln, ein schleimiges, pseudo-verständnisvolles Lächeln. Charmaine hätte große Lust, ihr eine zu scheuern. Hast du eine Ahnung, du vertrocknete alte Schabracke, würde sie am liebsten schreien.

»Ich mache nur meinen Job«, sagt sie abwehrend. »Ich mache alles nach Vorschrift. Egal in welchem Fall.«

»Ich verstehe Ihren Wunsch, die, sagen wir, Konturen zu verwischen«, sagt Aurora. »Aber zufällig haben wir den ganzen Vorgang gefilmt, das tun wir stichprobenartig zur Qualitätssicherung. Es war sehr – sehr anrührend. Zu sehen, wie Sie mit Ihren Gefühlen hadern. Ich war sehr bewegt, ja wirklich, wir alle waren sehr bewegt! Denken Sie nicht, uns wäre das entgangen. Wie Sie übermannt wurden. Von Ihren Gefühlen. Ed, unser Chef, würde Ihnen gern persönlich danken, und ich habe mir sagen lassen – auch wenn das jetzt noch nicht spruchreif ist –, dass eine Beförderung für Sie geplant ist, denn wenn jemand eine Beförderung verdient hat für seine heldenhafte –«

»Ich finde, Sie sollten jetzt gehen«, sagt Charmaine und stellt ihre Tasse ab. Noch eine Minute, und sie wird diese Tasse mitsamt Inhalt schmeißen. Und zwar direkt in Auroras Plastikvisage.

»Natürlich«, sagt Aurora mit dem Lächeln einer exakt symmetrisch halbierten Zitronenscheibe. »Ich fühle Ihren Schmerz. Es muss sehr, sehr schmerzhaft sein. Der Schmerz, den Sie empfinden. Wir haben eine Traumatherapeutin für Sie gebucht, denn natürlich werden Sie unter dem Überlebensschuldsyndrom leiden. Nun, unter mehr noch, denn Überlebende tun ja nur das, nämlich überleben, während Sie, ich meine …«

Charmaine steht abrupt auf und wirft ihre Tasse um. »Bitte gehen Sie«, sagt sie so ruhig wie möglich. »Jetzt sofort.«

Na los, sagt ihre innere kleine Stimme. Knall ihr die Teekanne auf den Kopf. Schneid ihr die Kehle mit dem Brotmesser durch. Und dann schleppst du die Leiche nach unten und stopfst sie in dein rosa Schließfach.

Aber Charmaine hält sich zurück. Das gäbe nur verräterische Blutflecken auf dem Teppich. Außerdem, wenn man sie mit Stan und der Spritze gefilmt hat, wäre es denkbar, dass sie auch hier im Haus gefilmt wird.

»Morgen geht es Ihnen bestimmt schon wieder besser«, sagt Aurora und steht ebenfalls auf; noch immer lächelt sie flach. »Wir kommen mit allem klar, es ist nur eine Frage der Zeit. Die Beerdigung ist Donnerstag, also übermorgen. Ein Unfall mit der Elektrik in der Hühneranlage, das ist die offizielle Erklärung; heute Abend kommt der Bericht in den Nachrichten. Alle auf der Beerdigung werden Ihnen ihr Beileid aussprechen wollen, Sie sollten darauf vorbereitet sein. Ich werde ein Auto bestellen, das Sie um halb sieben abholt, für Ihr CT; die Praxis hat dann schon geschlossen, aber Sie werden erwartet. In Ihrem Zustand sollten Sie auf keinen Fall mit dem Roller fahren.«

»Ich hasse dich!«, schreit Charmaine. »Du böse Hexe!« Aber sie wartet, bis die Tür zu ist.

KAFFEEZEIT

»Stan«, sagt eine Stimme. »Es geht los.« Stan schlägt die Augen auf: Es ist Jocelyn. Sie schüttelt seinen Arm. Er blickt sie benebelt an.

»Wird aber auch Zeit«, sagt er. »Und danke, dass du mich hier in der Kälte abgeladen hast. Macht's dir was aus, mich loszubinden? Ich muss mal pissen.« Er hat ein Bild vor Augen, was sich in den nächsten fünf Minuten abspielen würde, wenn das hier ein Agentenfilm wäre. Er würde Jocelyn eins überbraten, ihre Schlüssel finden, sie in den Container werfen, ihr das Telefon abnehmen, damit sie nicht nach Hilfe rufen kann, wenn sie wieder zu sich kommt – sie hat doch bestimmt ein Telefon –, und dann losziehen und im Alleingang die Welt retten.

»Tu nichts Unüberlegtes«, sagt Jocelyn. »Ich bin das Einzige, was zwischen dir und der Totenstarre steht. Also pass genau auf, denn ich kann es dir nur ein Mal erklären. Ich muss zu einer Vorstandssitzung, wir haben eigentlich gar keine Zeit.« Sie ist in ihrem Businesslook – enges Kostüm, die kleinen Kreolen, die grauen Strümpfe. Seltsam, die Vorstellung, wie sie unter ihm liegt oder nackt auf ihm sitzt, wie es so oft der Fall war: gespreizte Beine, aufgerissener Mund, zerzauste Windstoßfrisur. Es scheint ihm wie ein fremder Planet.

Sie bindet ihn los und hilft ihm, aus dem Teddycontainer zu klettern. Er ist wacklig auf den Beinen. Er torkelt hinter den Container, pinkelt – was anderes fällt ihm gerade nicht ein – und torkelt wieder zurück.

Sie hat eine kleine Thermoskanne mit Kaffee dabei, immerhin. Er trinkt gierig und spült die beiden Tabletten hinunter, die sie ihm reicht. »Gegen die Kopfschmerzen«, sagt sie. »Tut mir leid, aber ein anderes Medikament kam nicht in Frage. Dieses ahmt die Wirkung des echten nach, nur ohne das große Finale.«

»Wie nah war ich dran?«, fragt Stan.

»Es war nichts weiter als ein starkes Anästhetikum«, sagt sie. »Stell es dir einfach wie Urlaub fürs Gehirn vor.«

»Tja«, sagt Stan. »Ich hab mich getäuscht in Charmaine. Sie hat's voll durchgezogen.«

»Sie hätte nicht besser sein können«, sagt Jocelyn mit irritierendem Lächeln. »Das hätte sie so niemals schauspielern können.«

Du eiskaltes Arschloch, denkt er. »Ihr seid wirklich das Allerletzte«, sagt er. »Dass ihr sie zwingt, so was durchzumachen. Sie hat doch jetzt einen Schock fürs Leben.«

»Ein wenig mitgenommen ist sie schon«, sagt Jocelyn ruhig. »Für den Augenblick. Aber wir werden uns um sie kümmern.« Das klingt in Stans Ohren nicht allzu beruhigend: »Sich kümmern« könnte genauso gut auch etwas weniger Nettes bedeuten.

»Gut«, sagt er dennoch.

»Aber du hast jetzt sicherlich Hunger«, sagt Jocelyn.

»Das wär untertrieben«, sagt Stan. Jetzt, wo er darüber nachdenkt, kommt er fast um vor Hunger. Jocelyn zieht ein Käsesandwich aus ihrer Handtasche, das er in einem Bissen verschlingt. Von denen könnte er noch ein paar mehr gebrauchen, plus Schokoladenkuchen und ein Bier. »Wo genau bin ich hier eigentlich?«, fragt er.

»In einem Lager.«

»Schon klar. Aber gehört das hier noch zu Positron?«

»Ja. Es gehört zum Gelände.«

»Dann sind das da die Särge?« Er nickt in Richtung der länglichen Kisten.

Jocelyn lacht. »Nein, das sind nur Verpackungen.«

Stan verzichtet auf die Frage, was denn darin verpackt werde. »Okay, also«, sagt er, »wo muss ich hin? Oder soll ich hier etwa bei diesen verfickten Bären bleiben?«

»Ich kann verstehen, dass du sauer bist«, sagt Jocelyn. Sie lächelt und bleckt dabei ihre großen Zähne. »Jetzt spitz mal die Ohren: Zwei Dinge musst du dir merken, solange du hier bist, zu deiner eigenen Sicherheit. Erstens, dein Name ist Waldo.«

»Waldo?«, sagt er. »Kann ich nicht … Scheiße!« Er sieht sich einfach nicht als einen Waldo. War das nicht irgendjemand aus dem Fernsehen, ein Zeichentrickhase im Kinderprogramm? Oder ein Fisch? Nein, das war Nemo. Aber ein Zeichentrickfilm war's auf jeden Fall. *Findet Waldo?*

»Es hat mit der Datenbank zu tun«, sagt Jocelyn. »Du ersetzt einen früheren Waldo. Er hatte einen Unfall. Guck mich nicht so an, es war ein echter Unfall mit einem Lötkolben. Du erbst seinen Code, seine Identität. Ich habe im System deine biometrischen Daten eingefügt.«

»Alles klar«, sagt er. »Ich bin Waldo, hab verstanden. Und was noch?«

»Du wirst in einem Potentibots-Team unterkommen«, sagt Jocelyn. »Guck einfach bei den anderen ab und tu, was man dir sagt.«

»Potentibots?«, fragt Stan. Muss ihm das was sagen? Er kann

mit dem Begriff nichts anfangen; ihm wird wieder schwindlig. »Hast du noch Kaffee?«

»Potentibots stellen eine Produktserie weiblicher Erotikpuppen nach holländischem Design her«, sagt Jocelyn. »Für den heimischen Markt und für den Export. Ich bin sicher, du findest die Arbeit interessant.«

»Du meinst diese Prostibots? Die Sexroboter? Die Jungs in der Rollerwerkstatt haben mal was drüber erzählt.«

»Das ist der inoffizielle Name, ja. Sie werden montiert und geprüft und dann in die Kisten da gepackt« – sie deutet auf die gestapelten sargförmigen Dinger –, »und dann verlassen sie Consilience und kommen in Rotlichtzonen und anderen Franchise-Bereichen zum Einsatz. Die Belgier sind ganz wild darauf, auf bestimmte Modelle. In Südostasien sind wieder andere extrem beliebt.«

Er denkt einen Augenblick nach. »Und für wen wird man diesen Waldo halten? Also mich? Werden die sich nicht fragen, was mit dem anderen Waldo passiert ist?«

»Den haben sie nie gekannt. Die wissen nicht mal, dass es einen Waldo gab. Er war ganz woanders im Dienst. Aber wenn sie die Datenbank überprüfen, wirst du Waldo sein. Keine Sorge, sag einfach immer nur, du bist Waldo. Und denk dran, deine Arbeit hier ist entscheidend, um dich sicher nach draußen zu schaffen.«

»Und wann soll das passieren?«, fragt Stan. »So nach dem Motto ›Beam mich hoch, Scotty‹? Gibt's einen unterirdischen Tunnel?«

»Jemand wird dich ansprechen. ›Tulpen aus Amsterdam‹ ist die Parole. Mehr kann ich dir nicht sagen, falls du unter Verdacht gerätst und verhört wirst. In einer idealen Welt würde ich das Verhör leiten, aber es ist keine ideale Welt.«

»Warum sollte ich denn verhört werden?«, fragt Stan. Ihm gefällt die Sache nicht. Jetzt, wo es langsam ernst wird, will er sich gar nicht mehr nach draußen schaffen lassen, denn wer weiß, was für ein krasser Scheiß da läuft. Inzwischen könnte die totale Anarchie herrschen. Hätte er die Wahl, würde er viel lieber in Consilience bleiben, zusammen mit Charmaine. Könnte er doch nur die Zeit

auf Tag eins zurückdrehen, diesen ganzen Mist mit Jasmine unge-
schehen machen und Charmaine so behandeln, wie sie gern behandelt werden wollte, was immer das heißt, damit sie ihm nie
wieder wegläuft. Beim Gedanken an sie und an das Haus, das er
immer so langweilig fand, kommen ihm fast die Tränen.

Aber er kann die Zeit nicht zurückdrehen. Er steckt in der
Gegenwart fest. Wie sehen seine Optionen aus? Er fragt sich, was
wäre, wenn er Jocelyn anschwärzen würde. Sie und ihr sittenloses
Schwein von einem Mann. Aber anschwärzen bei wem? Es müsste
jemand aus der Überwachung sein, und der würde bestimmt umgehend mit Jocelyn Rücksprache halten, und das wär's dann gewesen mit Stan.

Er würde das Risiko auf sich nehmen, die Waldo-Scharade mitspielen und im Namen der Freiheit und Demokratie für Jocelyn
den Laufburschen machen. Nicht dass ihm etwas läge an Freiheit
und Demokratie; beides hatte ihm herzlich wenig genützt.

»Solange du dich an deine Tarnung hältst und Waldo spielst,
wird man wahrscheinlich nichts von dir wollen«, sagt Jocelyn.
»Aber kein Schiff ist unsinkbar. Ich komme zu spät zu meiner
Besprechung. Hier ist dein Namensschild. Alles klar?«

»Alles klar«, sagt er. Klar wie dicke Tinte. »Und wo muss ich
jetzt hin?«

»Durch diese Tür«, sagt Jocelyn. »Viel Glück, Stan. Bisher machst
du deine Sache super. Ich zähl auf dich.« Sie küsst ihm rasch die
Wange.

Sein erster Impuls ist es, die Arme um sie zu schlingen und sich
an ihr festzuhalten wie an einer Rettungsleine, doch er hält sich
zurück.

Charmaine hat noch etwas Zeit, bevor das Auto kommt und sie zum CT bringt; nicht dass sie glaubt, sie bräuchte eins, aber besser, man hielt die Leute bei Laune. Sie spaziert durchs Haus – ihr Haus – und schafft Ordnung. Geschirrhandtücher, Topflappen. Sie kann es nicht leiden, wenn überall Küchenutensilien herumliegen, der Korkenzieher zum Beispiel. Dieser Korkenzieher wurde eindeutig benutzt, und zwar von Max und seiner Frau. Bei den kleinteiligen Aufräumarbeiten sind die beiden nachlässig.

Im Wohnzimmer steht eine Lampe an der falschen Stelle. Um die kümmert sie sich später: Sie hat keine Lust, jetzt auf dem Fußboden herumzukriechen und nach der Steckdose zu suchen. Und irgendetwas steckt im DVD-Schlitz des Flachbildschirms: Das kleine Licht blinkt. Was hat Max sich angesehen? Nicht dass sie noch was von ihm wollte, nach dem Schock, den sie gerade erlitten hat. Seit sie Stan getötet hat, ist Max aus ihrem Bewusstsein gelöscht.

Sie drückt auf *Play*.

Oh. O nein.

Das Blut schießt ihr in den Kopf, der Bildschirm verschwimmt vor ihren Augen. Es ist schemenhaft, unscharf, aber sie ist es. Sie und Max, in einem der leeren Häuser. Sie rennen aufeinander zu, kollidieren, fallen zu Boden. Und die Laute, die aus ihrer Kehle kommen, wie ein Tier in einer Falle … Das ist ja schrecklich. Sie drückt auf die Auswurftaste und schnappt sich die silberne Scheibe. Wer hat sich das angesehen? Wenn es nur Max war, um ihre gemeinsamen Momente noch mal zu erleben, ist sie halbwegs sicher.

Wohin damit? In den Müll werfen wäre fatal: Irgendwer könnte sie finden. Und wenn sie sie in Stücke bricht, besteht nur umso mehr Grund, sie wieder zusammenzukleben. Sie geht damit in die Küche und schiebt sie zwischen Kühlschrank und Wand. So. Nicht gerade genial, aber sie hat schon öfter Verstecke improvisiert, und bisher ist immer alles gutgegangen, also besser als nichts.

Tu einfach ganz normal, sagt sie zu sich. Vorausgesetzt, du weißt noch, was das ist.

Sie ist wacklig auf den Beinen, aber sie schafft es in die Gästetoilette, wo sie ihr Gesicht benetzt und trockentupft und sich zum Spiegel vorbeugt. Ihre Haare sehen aus wie ein Vogelnest, ihre Augen sind verquollen. Kalte Teebeutel vielleicht? Und dann was in die Haare sprühen, das wird die Frisur fürs Erste wieder in Form bringen.

Stan mochte den Duft ihres Haarsprays nicht – das Zeug rieche nach Abbeize. Jetzt sehnt sie sich sogar nach seinen blöden abschätzigen Bemerkungen.

Nicht mehr weinen jetzt, sagt sie zu sich. Einen Schritt nach dem anderen. Eine Stunde nach der anderen, einen Tag nach dem anderen: wie ein Frosch, der von einem Seerosenblatt zum nächsten hüpft. Nicht dass sie jemals einen Frosch dabei beobachtet hätte, außer im Fernsehen.

Ihr Kosmetikzeug ist im Schlafzimmer. Sie steht am Fuß der Treppe und sieht hinauf. Es scheint ihr wie ein sehr langer Aufstieg. Vielleicht lieber erst runter in den Keller, nach dem Schließfach sehen. Raus aus dieser blöden Bluse mit dem Blümchenmuster und die richtige Bluse raussuchen, die pfirsichfarbene mit den Rüschen. Runter ist einfacher als rauf. Solange du nicht die Treppe runterfällst, Charmaine, ermahnt sie sich.

Sie hat weiche Knie. Sie hält sich am Geländer fest. *So ist es fein*, wie Oma Win sagen würde. Einen Fuß auf die erste Stufe, den anderen Fuß auf die nächste Stufe, wie damals als Dreijährige. Du musst auf dich aufpassen, denn wer soll es sonst tun?

Da. Sie steht auf dem festen Kellerfußboden und schwankt wie ein, wie ein. Schwankt einfach.

Vor ihr die vier Schließfächer, die Seite an Seite aufgebaut sind. Es sind breite gefriertruhenartige Kisten mit aufklappbarem

Deckel. Ihr Schließfach: rosa. Stans Schließfach: grün. Und dann die Schließfächer der Tauschpartner, lila und rot. Das rote gehört Max, das lilafarbene dieser Frau von ihm. Charmaine kann sie schon aus Prinzip nicht ausstehen. Könnte sie mit einem Zauberstab wedeln und die beiden Schließfächer verschwinden lassen, sie würde es tun, denn dann könnte sie dieses ganze Stück Vergangenheit gleich mit verschwinden lassen. Nichts davon wäre je passiert und Stan noch am Leben.

Sie beugt sich nach vorn, um den Zahlencode für ihr Schließfach einzugeben. Doch der Deckel steht einen Spalt offen. Jemand hat ihre Sachen durchwühlt. Da ist die pfirsichfarbene Bluse. Sie zieht ihre Kostümjacke und die blau gemusterte Bluse aus und schlüpft mühsam in die pfirsichfarbene. Mühsam, weil ihr die Schulter wehtut: Sie muss sie sich geprellt haben, als sie in Ohnmacht fiel. Die Knöpfe zuzumachen ist schwierig mit ihren zittrigen Fingern, aber sie kriegt es hin. Sie zieht sich die Kostümjacke wieder über. Jetzt fühlt sie sich weniger unharmonisch.

Und hier ist auch ihre Zivilkleidung einschließlich der Sachen, die sie anhatte, als sie das letzte Mal ins Gefängnis gegangen ist. Der kirschrote Pullover, der weiße BH. Irgendwer muss die Sachen hergebracht und einsortiert haben; sie müssen ihren Code kennen. Na ja, natürlich kennen sie ihren Code, sie kennen ja alle Codes.

Anfangs hat sie in ihrem Schließfach Sachen versteckt. Sie dachte, es sei ein sicheres Versteck. Ziemlich blauäugig. Sie hatte sich diesen billigen fuchsiafarbenen Lippenstift mit Bubblegum-Geschmack gekauft, um die Briefe an Max mit einem Kuss zu versiegeln. *Ich hungere nach dir*, solches und ähnlich dummes Zeug. Sie sollte ihn wegwerfen. Im Garten vergraben.

Sie hatte den Lippenstift in ein Taschentuch gewickelt und in einen ihrer Stöckelschuhe gesteckt, genau hier.

Aber da ist er nicht. Er ist weg.

Sie tastet danach herum. Sie braucht eine Taschenlampe: Wahrscheinlich ist er irgendwie rausgerollt, als man in ihren Sachen wühlte. Sie findet ihn bestimmt noch, und wenn sie ihn findet, wird sie ihn ganz weit wegwerfen. Es ist ein Memento, und *Memento* bedeutet etwas, das einem hilft, sich zu erinnern. Sie hätte lieber ein Vergesso.

Ein Witz. Sie hat einen Witz gemacht.

Du bist eine seichte, frivole Person, sagt die kleine Stimme. Kriegst du es immer noch nicht in deinen blöden Kopf, dass Stan …

Halt den Mund jetzt, sagt sie zu der Stimme. Sie klappt den Deckel ihres Schließfachs zu und gibt den Code ein. Als sie sich umdreht und gehen will, sieht sie, dass Stans Schließfach offen steht. Auch da war jemand dran. Sie weiß, sie sollte nicht hineinschauen. Es wird ihr nicht guttun, die vertrauten Sachen zu sehen, alles schön zusammengefaltet – seine T-Shirts, die Fleecejacke, die er immer beim Heckenschneiden anhatte … Sie wird anfangen zu überlegen, dass sie diese Sachen nie wieder an Stan sehen wird, und sie wird wieder anfangen zu weinen, und dann wird sie wieder verquollen aussehen, nur doppelt so verquollen.

Besser ist es, alles auszulöschen. Morgen wird sie die Entrümplungsfirma von Consilience anrufen und die Sachen wegschaffen lassen. Sie kann noch mal ganz von vorne anfangen, ganz woanders; man wird sie in eine dieser Singlewohnungen stecken. Vielleicht gibt es ja ein Haus speziell für Witwen. Auch wenn sie viel jünger sein wird als die Durchschnittswitwe, wird sie zusammen mit den anderen Witwen all das machen können, was Witwen so machen. Karten spielen. Aus dem Fenster gucken. Beobachten, wie sich das Laub verfärbt. Auf jeden Fall wird es sehr friedlich sein, so als Witwe.

Sie sollte sich nicht mit Stans Kiste befassen, das regt sie nur auf. Mit Stans Schließfach. Trotzdem geht sie rüber und klappt den Deckel auf.

Das Schließfach ist leer.

LÖSCH MICH AUS

Sie sitzt auf dem Kellerfußboden. Wie lange schon? Und warum war der Anblick von Stans leerem Schließfach so ein Schock für sie? Sie hätte damit rechnen sollen. Ist doch klar, dass man herkommen und seine Sachen entsorgen würde. Um ihr das Leid zu ersparen. Sehr rücksichtsvoll, das Team von Consilience.

Vielleicht war es Aurora, dieses gehässige Miststück, denkt sie. Die immer überall ihre neugierige Nase reinstecken muss. Die sich in meiner Trauer wälzt wie ein Hund in Kacke.

Es klingelt an der Tür.

Sie könnte einfach hier sitzen bleiben, bis die Leute wieder gehen. Sie hat jetzt keinen Kopf für eine Tomografie, gerade passt es überhaupt nicht.

Aber es klingelt wieder, und dann hört sie, wie die Tür aufgeht. Die haben den Türcode, war ja klar. Sie richtet sich auf, schafft es bis zur Kellertreppe, schleppt sich hinauf.

Im Wohnzimmer steht eine Frau. Sie hat sich über den Fernseher gebeugt und hantiert daran herum, obwohl er ausgeschaltet ist. Dunkle Haare, Kostüm.

»Hallo«, sagt Charmaine. »Tut mir leid, ich hab's nicht so schnell geschafft. Ich war gerade unten im Keller, ich wollte …«

Die Frau richtet sich auf, dreht sich um. Sie lächelt. »Ich bin hier, um Sie zu ihrer CT zu bringen«, sagt sie.

Die kleinen Kreolen, der Pony, die eckigen Zähne. Es ist der Kopf aus dem Monitor am Empfang der Medikationsabteilung.

Charmaine schnappt nach Luft. »Ach du meine Güte«, sagt sie. Sie lässt sich aufs Sofa plumpsen wie ein Stein. »Sie sind der Kopf!«

»Wie bitte?«, sagt die Frau.

»Sie sind der sprechende Kopf. Am Empfang. Im Monitor. Sie haben mir gesagt, ich soll Stan umbringen«, sagt Charmaine. »Und jetzt ist er tot!« Sie sollte das nicht so aussprechen, aber sie kann nicht anders.

»Sie stehen unter Schock«, sagt die Frau in einfühlsamem Ton, aber Charmaine fällt keine Sekunde darauf rein. Sie tun so, als hätten sie Mitleid, sie tun so, als würden sie helfen. Aber eigentlich steckt was ganz anderes dahinter.

»Sie haben gesagt, es wäre ein Test«, sagt Charmaine. »Sie haben gesagt, ich müsste die Behandlung vornehmen, um meine Loyalität zu beweisen. Also hab ich es gemacht, weil ich so verflixt loyal bin, und jetzt ist Stan tot! Und Sie sind schuld!« Sie kann die Tränen nicht zurückhalten. Da laufen sie aus ihren verquollenen Augen, aber das ist ihr jetzt egal.

»Sie sind durcheinander«, sagt die Frau ruhig. »Das ist ganz normal, anderen die Schuld zu geben. Wenn das Gehirn unter Schock steht, greift es auf die Verhaltensmuster der Kindheit zurück, das gibt uns Halt; die Willkür des Universums zu begreifen fällt uns schwer.«

»Das ist totaler Müll, und das wissen Sie«, sagt Charmaine. »Sie waren das. Sie waren in diesem Monitor. Ich will einfach nur wissen, warum. Warum wollten Sie, dass mein Stan getötet wird? Er war ein guter Mann! Was hat er Ihnen denn getan?«

»Es ist jetzt sehr wichtig, dass Sie sich in ärztliche Behandlung begeben«, sagt die Frau. »Man wird prüfen, ob Sie eine Gehirnerschütterung haben, und dann bekommen Sie ein Beruhigungsmittel, damit Sie schlafen können. Das mit Ihrem Mann tut mir furchtbar leid, dieser schreckliche Unfall im Gefängnis, in der Hühnermastanlage. Der Brand wurde durch schadhafte Elektrik ausgelöst. Aber dank der schnellen Reaktion Ihres Mannes konnten die meisten Hühner gerettet werden, und sehr viele seiner Kollegen. Er ist ein Held. Sie sollten stolz auf ihn sein.«

Noch nie in meinem Leben habe ich so viel gequirlten Quatsch gehört, denkt Charmaine. Aber was soll ich machen? Mitspielen, so tun, als würde ich ihr glauben? Wenn nicht, wenn ich weiter die Wahrheit sage und sie dränge, auch die Wahrheit zu sagen, wird sie mich für geistig labil erklären. Sie wird sagen, ich sei aufsässig, ich würde halluzinieren, ich wäre neben mir. Sie wird die schweren

Jungs von der Überwachung rufen, und dann schmeißen sie mich in eine Zelle, fesseln mich wie Sandi ans Bett und spritzen mir irgendwelche Drogen; und wenn ich mich dann immer noch nicht »gebessert« habe, könnte das mein Ende sein.

Sie atmet tief durch. Ausatmen. Einatmen.

Gefolgschaft, das ist es, was sie wollen. Das Gegenteil von Aufsässigkeit. »Aber ich bin ja stolz auf Stan«, sagt sie. Himmel, wie künstlich ihre Stimme klingt. »Ich bin wirklich wahnsinnig stolz auf ihn. Es überrascht mich nicht im Geringsten, dass er sich aufgeopfert hat, um andere zu retten, und auch die Hühner. Er war immer so selbstlos. Und tierlieb«, fügt sie vorsichtshalber hinzu.

Die Frau schenkt ihr ein falsches Lächeln. Unter dem Businesskostüm ist sie ganz schön muskulös, denkt Charmaine. Sie könnte mich packen und hätte mich im Nu zu Boden gedrückt. Ich hätte keine Chance gegen sie. Und sie trägt kein Namensschild. Woher soll ich wissen, dass sie die ist, für die sie sich ausgibt?

»Freut mich, dass Sie das genauso sehen«, sagt die Frau. »Das ist die Geschichte, die Sie im Hinterkopf behalten müssen. Die Leitung von Consilience wird alles tun, um Sie in ihrer Trauerarbeit zu unterstützen. Gibt es etwas, was sie in diesem Moment brauchen? Wir könnten zum Beispiel jemanden vorbeischicken, der hier bei Ihnen übernachtet. Ihnen ein bisschen Gesellschaft leistet, eine Tasse Tee kocht. Aurora von der Personalabteilung hat sich freundlicherweise schon angeboten.«

»Danke«, sagt Charmaine demütig. »Wie lieb von ihr, aber ich bin sicher, ich komme zurecht.«

»Das wird sich zeigen«, sagt die Frau. »Jetzt wird's aber Zeit, dass Sie zu Ihrem Arzttermin kommen. Man erwartet Sie. Der Wagen steht draußen. Haben Sie einen Mantel?«

»Ich glaube, in meinem Schließfach«, sagt Charmaine, aber als die Frau den Flurschrank öffnet, hängt ihr Mantel auf einem Bügel für sie bereit. Wie eine Requisite.

Der Himmel im Westen ist von der untergehenden Sonne blassrosa verschmiert; eine zarte Puderschicht bedeckt den Boden. Die Frau nimmt Charmaines Arm, während sie den Pfad hinuntergehen. Eine dunkle Gestalt steht vor dem Auto: der Fahrer. »Wir sitzen hinten«, sagt die Frau. Sie zieht die Tür auf, tritt zur Seite, um Charmaine vorzulassen. Wenn sie beschließen, dass man Fürsorge braucht, behandeln sie einen wirklich wie eine Königin, denkt Charmaine.

Die Innenbeleuchtung des Wagens hat sich eingeschaltet, und beim Einsteigen erkennt Charmaine das Profil des Fahrers. Sie stößt einen kleinen Schrei aus. »Max!«, sagt sie. Ihr Herz öffnet sich wie eine Gartenrose. *O bitte nicht!*

Der Fahrer dreht den Kopf, er sieht sie an. Es ist Max, kein Zweifel. Wie hätte sie ihn jemals vergessen können? Seine Augen, sein dunkles Haar. Dieser Mund. Weich und hart zugleich, drängend, fordernd …

»Verzeihung?«, fragt der Mann. Sein Gesicht ist unbewegt.

»Max, ich weiß, dass du das bist!«, sagt sie. Wie konnte er es wagen, sie nicht wiederzuerkennen!

»Sie irren sich«, sagt der Fahrer. »Ich bin Phil. Ich arbeite als Fahrer für die Überwachung.«

»Max, was ist hier los, verflixt noch mal? Warum lügst du?« Charmaine schreit fast.

Der Mann hat sein Namensschild abgenommen. »Da«, sagt er und reicht es ihr. »Phil. Hier steht's geschrieben. Mein Namensschild. Das bin ich.«

»Gibt es irgendein Problem?«, fragt die Frau, die jetzt neben Charmaine auf den Rücksitz rutscht.

»Sie glaubt, dass ich Max heiße«, sagt der Fahrer. Er klingt ernsthaft verwirrt.

»Aber es ist doch so!«, sagt Charmaine. »Max! Ich bin's! Du hast nur für unser nächstes Treffen gelebt! Das hast du hundertmal gesagt!« Sie greift über den Fahrersitz, doch er weicht aus.

»Tut mir leid«, sagt er. »Das muss eine Verwechslung sein.«

»Glaubst du, du kannst dich hinter diesem blöden Namensschild verstecken?«, fragt Charmaine. Ihre Stimme wird lauter.

»Ich bin sicher, die Sache lässt sich klären«, sagt die Frau, aber Charmaine ignoriert sie.

»Du willst mich auslöschen!«, ruft sie. »Aber du kannst nichts von all dem ändern, was wir gemacht haben, rein gar nichts! Du hast es geliebt, du hast dafür gelebt, das hast du selber gesagt!« Sie muss aufhören, sie muss jetzt aufhören zu reden. Sie wird dieses Spiel nicht gewinnen, denn welche Beweise hat sie? Nur das Video: Sie hat das Video. Aber das befindet sich in ihrer Küche.

»Ich habe die Frau in meinem ganzen Leben noch nie gesehen«, sagt der Mann. Er klingt betrübt, als hätte Charmaine ihn gekränkt.

Das tut weh. Warum macht er das? Es sei denn – Charmaine, sei nicht so blöd! –, es sei denn, diese Frau ist seine Frau oder so was. Ja, das würde einleuchten. Ach, könnte sie doch nur mit ihm allein sein!

»Tut mir leid«, sagt die Frau zu ihm. »Ich hätte Sie warnen sollen. Sie steht unter Schock, sie kann nicht klar denken.« Sie senkt die Stimme. »Heute in der Hühnermastanlage, das war ihr Mann. Zu traurig, er war so mutig. Und jetzt bitte in die Klinik.«

»Alles klar«, sagt der Mann. Er legt den Gang ein. Charmaine hört das klickende Geräusch der Türschlösser. Heiliger Bimbam, denkt sie. Ich kann verflixt noch mal sehr wohl klar denken. Man irrt sich nicht bei einem Mann, der solche Sachen mit einem gemacht hat. Mit dem zusammen man solche Sachen gemacht hat. Aber was, wenn diese Frau von uns beiden weiß? Was, wenn die beiden das Ganze gemeinsam ausgeheckt haben? Geht es darum, dass Max mich loswerden will? Mich abschießen will wie ein misslungenes Blind Date? So ein Feigling.

Nicht weinen, sagt sie zu sich. Das ist jetzt nicht die Zeit. Du hast niemanden auf deiner Seite.

Sie muss bei Verstand bleiben, wenn sie weiterhin ein halbwegs vernünftiges Leben in Consilience führen will: das Leben einer achtbaren Witwe, die die Klappe hält und stets ein Lächeln auf den Lippen trägt, statt in einer Gummizelle zu enden, oder schlimmer noch, als Leerzeile in der Datenbank.

Sie wird die Wahrheit über Stan und auch die Wahrheit über Max so tief wie nur möglich in ihrem Kopf begraben. Sie muss aufpassen, dass sie sich nicht verquatscht, dass sie nicht die falschen Fragen stellt, wie Sandi. Oder die falschen Antworten gibt, wie Veronica. Selbst wenn sie es jemandem erzählen könnte, und selbst wenn ihr jemand glauben würde, er würde es niemals zugeben, denn die Wahrheit wäre wie Botulismus. Er hätte Angst, sich anzustecken.

Sie ist auf sich gestellt.

IX   POTENTIBOTS

MITTAGSPAUSE

Stan ist mit den Jungs von seinem Team in der Potentibots-Kantine – seinem neuen Team, wo er gerade den Job angetreten hat. Vor ihm steht ein Bier, dieses urinfarbene leichte Bier, das neuerdings gebraut wird; außerdem ein Beilagenteller mit Onion Rings und Pommes für alle und eine Platte Buffalo Wings. Er lutscht das Fett von seinem Hühnerflügel und sinniert darüber, dass es durchaus möglich ist, dass er persönlich den Besitzer dieses Flügels versorgt hat, als der Flügel noch Federn hatte und an einem Huhn befestigt war.

Die Jungs aus seinem Team sehen ziemlich normal aus; ganz gewöhnliche Jungs, die in der Mittagspause in der Kantine sitzen und essen, genau wie er selbst. Nicht jung, nicht alt; relativ fit, auch wenn der ein oder andere schon ein Bäuchlein hat. Alle tragen Namensschilder. Auf seinem Schild steht WALDO, und er muss sich immer wieder daran erinnern, dass er Waldo heißt und nicht Stan. Er muss so lange Waldo sein, bis ihm jemand den USB-Stick mit der Schmuggelware übergibt und ihm verrät, was zu tun ist, um auf die andere Seite der Mauer zu gelangen. Oder aber bis ihm selbst etwas einfällt, wie man sich aus dem Staub machen kann.

Tulpen aus Amsterdam soll die Losung sein, das Erkennungswort. Wird seine unbekannte Kontaktperson es sagen oder singen? Hoffentlich nicht singen, denkt er. Wer hat dieses nervtötende Lied ausgesucht? Jocelyn natürlich: Neben anderen komplexen Eigenschaften hat sie einen sehr abseitigen Sinn für Humor. Sie hätte ihre helle Freude daran, irgendein armes Schwein zum Anstimmen dieser strunzblöden Schmonzette zu nötigen. Kein einziger von den Jungs beim Mittagessen sieht nach einem *Tulpen aus Amsterdam*-Typ aus; noch sieht jemand wie ein potenzieller Undercover-Kontaktmann aus. Aber das ist ja der Sinn des Ganzen.

Waldo, Waldo, sagt er zu sich. Du bist jetzt Waldo. Ein schwach-brüstiger Name, wie irgendwas aus einem Kinderbuch mit Katzen-babys. Die Namen der anderen Typen am Tisch sind handfester: Derek, Kevin, Gary, Tyler, Budge. Er hat sie gerade erst kennenge-lernt, er weiß nichts über sie, also muss er den Mund halten und die Ohren spitzen. Und sie wissen nichts über ihn, bis auf die Tat-sache, dass man mit ihm die freie Stelle in ihrem Team besetzt hat.

In der Runde gibt es jede Menge Gefrotzel, jede Menge Insider-witze, die Stan nicht kapiert. Er versucht die Gesichter zu deuten: Die freundlich grinsenden Mienen sind wie eine Barriere, hinter der eine fremde Sprache gesprochen wird, eine Sprache mit obsku-ren Anspielungen. An den anderen Tischen der Kantine sitzen wei-tere Männergruppen. Andere Potentibots-Teams vermutlich. Zu vermuten steht allerhand.

Die Kantine ist ein länglicher Raum mit hellgrünen Wänden. Entlang einer Seite sind Milchglasfenster: Man kann nicht nach draußen sehen. Auf der fensterlosen Seite hängen ein paar Plakate im Retro-Look. Auf einem sieht man ein sechs- bis siebenjähriges Mädchen im weißen Rüschennachthemd, das sich schläfrig ein Auge reibt und einen blauen Teddy an sich drückt. Im Vordergrund steht eine dampfende Tasse Irgendwas. TRÄUM SÜSS lautet der Slogan. Es sieht aus wie eine hundert Jahre alte Werbung für heiße Milch mit Honig.

Auf dem anderen Plakat sieht man ein hübsches blondes Mäd-chen im weiß gepunkteten roten Bikini in Pin-up-Pose, die Hände um das angewinkelte Knie gelegt, den Fuß in einer hochhackigen roten Sandalette. Roter Schmollmund, zwinkerndes Auge. Ein Schriftzug, wohl auf Holländisch.

»Sieht aus wie 'n echtes Mädchen, oder?«, sagt Derek und nickt in Richtung Pin-up-Girl. »Ist es aber nicht.«

»Ich wär auch fast drauf reingefallen«, sagt Tyler. »Das Plakat ist im Fifties-Stil. Diese Holländer sind uns echt weit voraus!«

»Genau, und die haben die Gesetze verabschiedet und so wei-ter«, sagt Gary. »Quasi die Zukunft vorausgesagt.«

»Was steht denn da?«, fragt Stan. Er weiß, was bei Potentibots gebaut wird. Künstliche Frauen, auch Münzschlitze genannt. Unter den Jungs in der Rollerwerkstatt war's ein echtes Thema: wie viel reales Leid damit verhindert werden, wie viel Geld damit gemacht werden könnte. Vielleicht sollten alle Frauen Roboter sein, denkt er mit leichter Verbitterung: die aus Fleisch und Blut sind ja kaum noch zu bändigen.

»Das ist holländisch, weiß man also nicht genau«, sagt Kevin. »Aber so was wie *Besser als das Original.*«

»Und, sind sie's denn?«, fragt Stan. »Besser als die echten?« Er hat sich etwas entspannt – niemand verdächtigt ihn, jemand anders zu sein als Waldo –, er kann sich also ein paar beiläufige Fragen erlauben.

»Nicht ganz. Aber die Stimmoptionen sind großartig«, sagt Derek. »Man kann Schweigen einstellen oder Stöhnen und Schreien, sogar Sprache: *mehr, härter*, so in die Richtung.«

»Ich finde, es ist nicht dasselbe«, sagt Gary mit schiefgelegtem Kopf, als probierte er ein neues Gericht von der Speisekarte. »Ist nicht so mein Ding. War mir ein bisschen zu, na ja, mechanisch. Aber manche finden's gut. Kein Drama, wenn's mal einen Durchhänger gibt.«

»Man muss halt erst mal 'ne Weile mit den Einstellungen rummachen«, sagt Kevin und nimmt sich den letzten Onion Ring.

»Also wieder nix mit gleich zur Sache«, sagt Tyler, und alle lachen.

»Ist so wie bei 'nem Fahrradsitz, erst muss das Ding justiert werden. Nehmt ihr noch 'ne Runde? Ich geh holen«, sagt Kevin.

»Unbedingt«, sagt Tyler. »Und bring noch 'n paar von den Chicken Wings mit.«

»Vielleicht hast du dir das falsche Modell ausgesucht?«, sagt Budge zu Gary.

»Ich glaub nicht, dass ein lebender atmender Mensch jemals ersetzt werden kann«, sagt Derek.

»Das haben sie bei den E-Books auch gesagt«, sagt Kevin.

»Fortschritt lässt sich nicht aufhalten.«

»Übrigens, das Platinmodell atmet«, sagt Derek. »Einatmen, ausatmen. Das finde ich besser. Bei denen, die nicht atmen, da merkt man schon, dass irgendwas fehlt.«

»Es gibt sogar welche mit Pulsschlag«, sagt Kevin. »Für den ganz erlesenen Geschmack. Das wär' dann die Platin-Plus-Variante.«

»Die könnten ruhig auch ein Paar Knieschützer mitliefern«, sagt Gary. »Meine ist im höchsten Gang hängen geblieben, die hätte mich fast zum Krüppel gemacht, meine Knie waren total aufgeschürft. Ich hab das verdammte Ding einfach nicht wieder ausgekriegt.«

»Bei 'ner echten würde dir das vielleicht gefallen«, sagt Kevin, der mit Getränken und Fleisch zurück an den Tisch kommt. »Kein Ausmachknopf.«

»Das Problem bei den echten ist doch eher: kein Anmachknopf«, sagt Tyler, und jetzt lacht die ganze Runde. Stan lacht mit; davon kann er ein Lied singen.

»Man muss sich aber immer wieder sagen, sie sind nicht echt; so gut sind sie gemacht, zumindest die obere Preiskategorie«, sagt Derek zu Stan. Er scheint von allen der größte Befürworter zu sein.

»Wir sollten sie Freund Waldo mal testen lassen«, sagt Tyler. »Haben wir alle gemacht, bei der erstbesten Gelegenheit! Lass ihn mal ran. Wie wär's, Waldo?«

»Offiziell erlaubt ist es nicht«, sagt Gary. »Außer man wird dafür eingeteilt.«

»Aber die drücken ein Auge zu«, sagt Tyler.

Stan grinst – lüstern, wie er hofft. »Ich bin dabei«, sagt er.

»Böser Junge«, sagt Tyler leichthin.

»Es macht dir also nichts aus, Vorschriften zu umgehen«, sagt Budge. »Grenzen zu verschieben.« Er schenkt Stan ein liebenswürdiges Lächeln, das Lächeln eines gutmütigen Onkels.

»Kommt drauf an, denke ich«, sagt Stan. Hat er einen Fehler gemacht, hat er sich in Gefahr gebracht? »Es gibt Grenzen und Grenzen.« Damit sollte er vorerst aus dem Schneider sein.

»Alles klar«, sagt Budge. »Erst die Tour, dann der Testlauf. Folgen Sie mir unauffällig.«

EIERBECHER

Charmaine hat letzte Nacht schlecht geschlafen, obwohl sie in ihrem eigenen Bett lag. Natürlich ist dieses Bett nicht wirklich ihr eigenes, es gehört Consilience, aber dennoch, es ist ein Bett, das sie gewohnt ist. Oder gewohnt *war*, als auch Stan darin schlief. Doch jetzt fühlt es sich fremd an, wie in einem dieser Gruselfilme, wo man in einem Raumschiff voller Aliens aufwacht, weil man entführt wurde, und Leute, die man für Freunde hielt, sind alle gehirnmanipuliert und planen perverse Untersuchungen; weil Stan nicht mit ihr in diesem Bett liegt und nie wieder liegen wird. Kapier's endlich, sagt sie zu sich: Du hast ihm einen Abschiedskuss gegeben und ihm die Spritze verpasst, und er ist gestorben. Das ist die Realität, und es spielt keine Rolle, wie viele Tränen du jetzt darüber vergießt, denn er ist immer noch tot, und du kannst ihn nicht wieder lebendig machen.

Denk an Blumen, sagt sie zu sich. Das ist es, was Oma Win zu ihr sagen würde. Aber sie kann nicht. Blumen sind was für Beerdigungen, so sieht sie das. Weiße Blumen; wie das weiße Zimmer, die weiße Decke.

Sie hatte ihn nicht umbringen wollen. Sie hatte nicht *ihn* umbringen wollen. Aber was hätte sie sonst tun sollen? Die wollten, dass sie ihr Gehirn einschaltet und ihr Herz ausschaltet; aber so einfach ist das nicht; denn das Herz kommt zuletzt, und als sie die Spritze angesetzt hat, wollte ihr Herz noch nicht aufgeben, weshalb sie ununterbrochen weinen musste. Und dann erinnerte sie sich an nichts mehr und lag mit Kopfschmerzen zu Hause auf der Couch.

Zumindest hatte sie keine Gehirnerschütterung. So sagte man ihr nach der Computertomografie in der Klinik von Consilience.

233

Sie war mit dreierlei Tabletten – einer rosafarbenen, einer grünen und einer gelben – nach Hause geschickt worden, um sich entspannen zu können. Sie hatte die Pillen aber nicht genommen: Sie wusste ja gar nicht, was da drin war. Den Leuten K.-o.-Tropfen verpassen, genau das machten Aliens immer, bevor sie einen in ihr Raumschiff brachten, und dann wachte man auf und hatte überall Schläuche im Körper stecken und wurde gerade untersucht. Es gibt in Wirklichkeit keine Aliens; dennoch, die Sache war ihr nicht geheuer; wer weiß, was alles mit ihr passieren konnte, während sie schlief wie ein Murmeltier.

»Damit werden Sie schlafen wie ein Murmeltier«, das hatte Aurora bezüglich dieser Pillen gesagt. Sie hatte Charmaine in der Klinik erwartet. Die hingen alle mit drin in dieser Sache: Aurora und Max und diese Frau, die sie in die Klinik gefahren hatte, die Frau mit den dunklen Haaren und den Kreolen.

Rückblickend hat Charmaine das Gefühl, dass es vielleicht ein Fehler war, »Sie sind der Kopf!« zu rufen. Jemandem so etwas auf den Kopf zuzusagen war doch sehr ungehobelt.

Auch das Thema Max hatte sie vermasselt. Sie hätte nicht verraten dürfen, dass sie ihn kennt, und schon gar nicht diese erbarmungswürdigen Forderungen stellen. Zu blöd aber auch von ihm, zu behaupten, sein Name sei Phil. Phil! Sie hätte sich niemals in die Arme eines Mannes namens Phil werfen können. Phil, so hießen nur Apotheker, sie waren nie nachmittags im Fernsehen, sie hatten keine Abgründe, kein unbeherrschbares Feuer der Lust. Und Max hatte das, sogar in dieser hässlichen Chauffeursuniform. Sie wusste, dass er sie begehrte; sie ist sensibel, sie spürt so was, rein instinktiv.

Dann ging es ihr auf: Sie sollte sich dumm stellen, denn hier wurde ein Psychospiel mit ihr gespielt. Sie kannte das aus Filmen: Leute tarnen sich als andere Leute und tun so, als würden sie einen nicht kennen. Wenn man sie dann zur Rede stellt, erklären sie einen für verrückt. Also ist es besser, mitzuspielen und so zu tun, als nähme man die erfundene Version dieser Person ernst.

Wobei, wenn sie Max allein erwischen und ihm einen Kuss entlocken und seine Gürtelschnalle zu packen kriegen würde – eine Gürtelschnalle, die sie im Schlaf aufmachen könnte –, dann würde sein Deckmantel auffliegen und brennen und zu Asche werden, leicht entflammbar, wie sie ist.

Nachdem sie von der Klinik nach Hause gebracht worden war und sich ins Bett geschleppt hatte, verhielt Charmaine sich mucksmäuschenstill. Sie konnte nicht mal auf und ab gehen oder heulen, denn Aurora hatte darauf bestanden, im Gästezimmer zu schlafen. Irgendwer müsse bei Charmaine bleiben, sagte Aurora. Angesichts des Schocks infolge der Tragödie in der Hühneranlage würde Charmaine sich womöglich irgendetwas antun, was Aurora ihr offensichtlich liebend gern vor Augen hielt.

»Wir möchten Sie nicht verlieren«, sagte sie mit ihrer falschen Mitleidsstimme, dieselbe, mit der sie die Leute zur Schnecke machte. Die dunkelhaarige Frau, die angeblich bei der Überwachung arbeitete, hatte Aurora darin unterstützt. *Äußerst ratsam* war der Ausdruck, den sie in Hinblick auf Auroras Übernachten verwendete. Wobei es, wie sie hinzufügte, am Ende Charmaines Entscheidung sei.

Genau, dachte Charmaine. »Lasst mich in Ruhe, verflixt noch mal!«, wollte sie schreien. Aber man diskutierte nicht mit der Überwachung. *Überleg dir, mit wem du dich anlegst*, pflegte Oma Win zu sagen; es hätte wenig Sinn, ein Tauziehen um die Frage zu veranstalten, ob die herrische Aurora mit ihrer festgezurrten Gesichtskatastrophe Charmaines sorgsam gebügelte Blumenbettwäsche zerwühlen dürfe. Und die frischen Handtücher dreckig machen. Und eine Mini-Rosenseife verschwenden; wobei sie und Stan nie Gäste hatten, denn von den Bekannten käme ja niemand nach Consilience rein; man durfte nicht mal jemanden anrufen oder mailen. Allein der Gedanke, eines Tages vielleicht einen echten Gast zu haben, eine alte Schulfreundin zum Beispiel, irgendwer, der hoffentlich nicht lange bleiben würde, eine Hoffnung, die auf

Gegenseitigkeit beruhte, aber trotzdem, schön, mal wieder ein bisschen zu quatschen – es war ein tröstlicher Gedanke. Sie versuchte Aurora als eine Art Gast zu betrachten und weniger als Wachhund; und dann schlief sie endlich ein.

»Raus aus den Federn!«, sagt die Stimme Auroras. Verflixt noch mal, jetzt kommt sie auch noch ins Zimmer geplatzt, sie trägt Charmaines Tablett, darauf Charmaines Teetasse. »Ich habe Ihnen einen Tee gekocht, der macht Sie wieder munter. Du liebe Güte, den Schönheitsschlaf hatten Sie aber wirklich nötig!«

»Wieso, wie spät ist es denn?«, fragt Charmaine benebelt. Sie tut benebelter, als sie ist, damit Aurora denkt, sie habe diese Tabletten genommen. Einige davon hat sie im Klo runtergespült, denn sie würde es Aurora durchaus zutrauen, nachzuzählen.

»Es ist zwölf«, sagt Aurora und stellt die Teetasse auf dem Nachttisch ab. Es steht sonst nichts dort, nichts von dem üblichen Zeug – Nagelfeile, Handcreme, das Aromatherapie-Nadelkissen »Lavendelduft« –, nur der Wecker und die Kleenex-Box. Stans Nachttisch ist ebenfalls geräumt worden. Wo haben sie das alles hingetan? Besser nicht darüber aufregen. »Lassen Sie sich ruhig Zeit, kein Grund zur Eile. Ich habe uns einen Brunch gemacht.« Sie schenkt Charmaine ein straff gespanntes, faltenfreies Lächeln.

Was, wenn das gar nicht ihr echtes Gesicht ist?, denkt Charmaine. Was, wenn es nur angeklebt ist und sich darunter eine riesige Kakerlake befindet? Was würde passieren, wenn ich sie an den Ohren packen und ziehen würde? Würde das Gesicht abgehen?

»O danke, vielen Dank«, sagt sie.

Der Brunch steht auf dem Küchentisch im Sonnenwinkel: die Eier in den kleinen Eierbechern in Hühnerform, die Charmaine als Hommage an Stans Arbeit im Katalog bestellt hat, der Kaffee in den Bechern mit den Zwergen, ein schlecht gelaunter Zwerg für Stan und ein fröhlicher Zwerg für Charmaine, wobei sie sie manchmal auch vertauscht, nur so aus Spaß. Stan könne im Leben ein bisschen mehr Spaß gebrauchen, sagte sie dann immer. Was sie aber eigentlich damit meinte, war, dass sie selbst im Leben mehr Spaß gebrauchen könnte. Na ja, den hatte sie am Ende bekommen. Sie hatte Max bekommen. Spaß und vieles mehr, eine Zeitlang zumindest.

»Toast? Noch ein Ei?«, fragt Aurora, die Herd, Töpfe und Toaster an sich gerissen hat. Woher wusste sie, wo alles ist in Charmaines Küche? Anscheinend stiefelten jede Menge Leute in ihrem Haus ein und aus. Es hätte genauso gut aus Zellophan sein können.

»Noch Kaffee?«, fragt Aurora. Charmaine sieht hinunter auf den Becher: Aurora hat ihr den fröhlichen Zwerg gegeben. Sie spürt, wie ihr die Tränen über die Wangen rinnen. O nein, nicht schon wieder; sie hat dazu nicht die Kraft. Warum waren die der Meinung, dass man Stan töten müsse? Er war kein subversives Element; es sei denn, er hatte irgendetwas vor ihr geheim gehalten. Aber das kann nicht sein, er war doch so durchschaubar. Wobei er von ihr dasselbe gedacht hatte; und was sie nicht alles vor ihm geheim gehalten hatte.

Vielleicht hatte er etwas über Positron herausgefunden, etwas sehr Schlimmes. Gefährliche Chemikalien im Hühnerfleisch, und alle Leute aßen es. Aber nein, es waren doch Bio-Hühner. Vielleicht gehören die Hühner aber zu irgendeinem schrecklichen Experiment, und Stan hat es aufgedeckt und wollte die Leute warnen. Konnte das der Grund sein, warum man ihn aus dem Weg räumen wollte? Wenn ja, war er ein Held, und sie war stolz auf ihn.

Was geschah eigentlich wirklich mit den Leichen? Nach den Sonderbehandlungen? Sie hatte nie nachgefragt; sie muss geahnt haben, dass sie damit zu weit gegangen wäre. Gibt es überhaupt einen Friedhof in Consilience? Oder in Positron? Sie hat nie einen gesehen.

Sie putzt sich die Nase mit der Serviette, eine Stoffserviette mit zarter Rotkehlchenstickerei. Aurora greift über den Esstisch und tätschelt ihr die Hand. »Machen Sie sich nichts draus«, sagt sie.

»Das wird schon wieder. Vertrauen Sie mir. Und jetzt frühstücken Sie mal zu Ende, und dann gehen wir einkaufen.«

»Einkaufen?« Charmaine schreit fast. »Wozu das denn, verflixt noch mal?«

»Für die Beerdigung«, sagt Aurora im beschwichtigenden Ton eines Erwachsenen, der mit einem trotzigen Kind spricht. »Die ist morgen. Sie haben kein einziges schwarzes Kleidungsstück in ihrem Schrank.« Sie öffnet die Schranktür: Da hängen Charmaines Kostüme und Kleider ordentlich auf umhäkelten Bügeln. Wer hat sie aus ihrem Schließfach geholt?

»Sie waren an meinem Schrank!«, sagt Charmaine vorwurfsvoll. »Das dürfen Sie nicht, dieser Schrank ist mein Privat–«

»Es ist mein Job«, sagt Aurora strenger, »Ihnen zu helfen, diese Sache durchzustehen. Sie werden der Star sein, aller Augen werden auf Sie gerichtet sein. Es wäre despektierlich, wenn Sie … nun, ein pastellfarbenes Blümchenkleid tragen würden.«

Da ist was dran, denkt Charmaine. »Okay«, sagt sie. »Tut mir leid. Ich bin fertig mit den Nerven.«

»Verständlich«, sagt Aurora. »Das wäre jeder an Ihrer Stelle.«

An meiner Stelle ist noch keiner je gewesen, denkt Charmaine. Meine Stelle ist eine Nummer zu seltsam. Und noch was, gute Frau. Dein *verständlich* kannst du dir sparen. Du verstehst nämlich nicht die Bohne. Das alles behält sie jedoch für sich.

TOUR

Als die Mittagspause vorbei ist, kriegt Stan seine Tour. Oder vielmehr, kriegt Waldo seine Tour. Waldo, Waldo, bläu's dir ein, sagt er zu sich. Er kann nur verflucht noch mal hoffen, dass es in diesem Team nicht noch einen Stan gibt, denn dann liefe er Gefahr, sich zu verraten. Irgendwer würde seinen Namen rufen, und er würde aufmerken, er würde nicht anders können.

Budge führt Stan und die anderen Männer vom Team durch einen langen, nichtssagend gestrichenen und nichtssagend gefliesten Flur. An den Wänden hängen Hochglanzfotos von Früchten: Zitrone, Birne, Apfel. Runde Beleuchtungselemente aus Weißglas. Sie biegen um die Ecke, und dann noch einmal. Niemand, den man hierherbeamte, hätte einen blassen Schimmer, wo er ist – in welcher Stadt, in welchem Land. Er wüsste nur: im einundzwanzigsten Jahrhundert. Alles Einheitsware.

»Also, es ist so, wir haben sechs Unterabteilungen«, sagt Budge gerade, »für die Modelle der Standardausführung: Annahme, Montage, Sonderanfertigungen, Qualitätskontrolle, Garderobe und Accessoires, Verpackung. Da durch die Tür ist die Annahme, aber das sparen wir uns, da gibt's nichts zu sehen, nur ein paar Jungs, die die Lkw ausladen.«

»Wie kommen die Lkw hier rein?«, fragt Stan mit bewusst neutraler Stimme. »Ich hab in den Straßen von Consilience noch nie einen Lastwagen gesehen.« Es ist eine Rollerstadt; sogar Autos sind eine Seltenheit, sie sind reserviert für Überwachung und Führungskräfte.

»Die fahren nicht durch die Stadt«, sagt Budge beiläufig. »Das hier ist ein Anbau auf der Rückseite von Positron. Der Hinterausgang der Annahme öffnet sich nach draußen. Die Trucker können wir natürlich nicht reinlassen, klar. Kein Informationsaustausch, das sind die Bestimmungen – keine Glotzer, keine Leaks. Ihres Wissens liefern sie Installationszubehör.«

Interessant, denkt Stan. Ein Tor nach draußen. Wie kommt man wohl an einen Job in der Annahme, ohne übereifrig zu erscheinen?

»Installationszubehör«, sagt er mit einem Glucksen. »Nicht schlecht.« Budge grinst fröhlich.

»In den Kisten sind nur Einzelteile«, sagt Kevin. »*Made in China*, genau wie alles andere, aber die Bots drüben montieren zu lassen und hierher zu verfrachten wäre keine Lösung. Nicht genug Qualitätskontrolle.«

»Und wir hätten Transportschäden«, sagt Gary. »Es würde viel zu viel zu Bruch gehen.«

»Also lassen wir uns die Einzelteile liefern«, sagt Budge. »Arme, Beine, Oberkörper, sozusagen das ganze Exoskelett. Standardköpfe, wobei wir die hier nach Kundenwunsch bearbeiten, auch die Haut. Wir kriegen jede Menge Sonderwünsche rein. Die Endverbraucher haben da oft sehr genaue Vorstellungen.«

»Fetischisten«, sagt Kevin.

»Stalker«, sagt Tyler. »Die bestellen dann einen mit dem Gesicht der Frau, auf die sie scharf sind, die sie aber nicht haben können, Rockstars, Cheerleader oder vielleicht die Englischlehrerin aus der Schule.«

»Das kann schon mal geschmacklos werden«, sagt Budge. »Weibliche Verwandte werden auch relativ oft nachgefragt. Einmal sogar 'ne Großtante.«

»Widerlich«, sagt Kevin.

»Hey. Die Geschmäcker sind verschieden«, sagt Derek.

»Klar, aber manche sind verschiedener«, sagt Budge, und alle lachen.

»Die Speicherchips sind vorinstalliert, die Stimmelemente auch, aber die neuronalen Verbindungen müssen wir teilweise durch den 3-D-Drucker jagen«, sagt Gary. »Für die Sonderanfertigungen.«

»Die Haut ziehen wir zuletzt über«, sagt Tyler. »Da wird's dann knifflig. Die Haut verfügt über Sensoren, sie kann wirklich fühlen. Die Premiummodelle können sogar Gänsehaut entwickeln. Bei engem Körperkontakt, richtig Haut an Haut, merkst du kaum noch den Unterschied.«

»Dennoch – wenn man ein Mal gesehen hat, wie sie zusammengeschraubt werden, wird man das Bild nicht mehr los«, sagt Budge. »Du weißt, sie ist nur ein Gegenstand.«

»Es gab allerdings Doppelblindstudien«, sagt Gary. »Mit echten und mit diesen. Diese hatten eine Erfolgsquote von 77 Prozent.«

»Das Ziel liegt bei hundert«, sagt Kevin, »aber keine Chance, dass das jemals erreicht wird.«

»Nie im Leben«, meint auch Kevin. »Die kleinen Details lassen sich nicht programmieren. Die unerwarteten Details.«

»Wobei es auch da bestimmte Einstellungen gibt«, sagt Kevin. »Man drückt die Zufallstaste und kann sich überraschen lassen.«

»Genau«, sagt Tyler. »Sie sagt: Heute Abend nicht, ich hab Kopfschmerzen.«

»Das ist dann keine Überraschung«, sagt Kevin, und wieder lachen alle.

Ich muss mir ein paar Witze einfallen lassen, denkt Stan. Aber es ist noch zu früh; noch bin ich nicht voll akzeptiert. Sie halten sich mit ihrem Urteil noch zurück.

»Vor uns kommt jetzt die Montage«, sagt Budge. Weißt du noch, die Autofabriken?«

»Ist doch ewig her«, sagt Tyler.

»Okay, dann halt Filme, wo Autofabriken vorkommen. Einer macht immer nur dies, der Nächste nur jenes. Hochspezialisiert. Höllisch langweilig, das Ganze. Ohne Fehlermarge.«

»Wenn man was falsch macht, können sie durchdrehen«, sagt Kevin. »Wild um sich schlagen. Ist kein schöner Anblick.«

»Es können auch Teile abgehen«, sagt Gary. »Ich meine, Teile von einem selbst.«

»Ein Typ ist mal stecken geblieben. Der war gefangen wie 'ne Ratte in 'ner Falle, eine Viertelstunde lang, und sie hat sich immer weitergedreht. Wir brauchten einen Elektriker und drei Techniker, um ihn wieder rauszuziehen, und danach sah sein Schwanz aus wie 'n Korkenzieher«, sagt Derek.

Wieder lachen sie und schauen Stan an, um zu sehen, ob er die Geschichte glaubt. »Perverse Sau, du«, sagt Tyler liebevoll zu Derek.

»Denk mal an die Vorteile«, sagt Kevin. »Keine Kondome. Kein Stress mit Schwangerschaften.«

»Beim Testen des Produkts kamen keine Tiere zu Schaden«, sagt Derek.

»Abgesehen von Gary«, sagt Kevin. Leise Lacher.

»Hier wären wir also«, sagt Budge. »Die Montage.« Mit seiner Magnetstreifenkarte öffnet er eine Doppeltür, darauf ein Hinweisschild wegen Staub und elektronischer Geräte; Letztere müssten ausgeschaltet werden, hier seien hochempfindliche Schaltkreise aktiviert.

Stan hatte mit Fließbändern gerechnet, und genau das ist zu sehen. Die meiste Arbeit wird von Robotern gemacht – Teile zusammenfügen; Roboter stellen Roboter her, genau wie am Fließband bei Emo-Robotics –, wobei es hier und da noch Aufpasser gibt. Über die Fließbänder laufen Oberschenkel, Hüftgelenke, Oberkörper; es gibt Tabletts voller Hände, links und rechts. Die Körperteile sind künstlich, es sind keine Leichenteile, und doch hat das Ganze etwas Gruseliges. Mit etwas Fantasie könnte man das für eine Leichenhalle halten, denkt er; oder ein Schlachthaus. Nur dass das Blut fehlt.

»Wie feuergefährlich sind sie?«, fragt er Budge. »Die Körper?« Budge scheint hier das Sagen zu haben. Und die General-Magnetkarte: Stan muss darauf achten, in welche Tasche sie kommt. Er fragt sich, welche Türen sich noch damit öffnen lassen.

»Feuergefährlich?«, sagt Budge.

»Wenn man raucht«, sagt Stan. »Ein Kunde.«

»Oh, das glaub ich nicht, dass jemand raucht«, sagt Tyler wegwerfend.

»So bescheuert wird wohl keiner sein«, sagt Derek.

»Manchmal will man doch eine rauchen«, sagt Stan. »Danach. Und vielleicht ein bisschen reden, ein paar Worte wechseln wie ›das war der Hammer‹.«

»Das Premiummodell hat diese Smalltalk-Option«, sagt Tyler. »Die preisgünstigeren Modelle aber nicht.«

»Sprache kostet extra«, sagt Gary.

»Was auch Vorteile hat. So kann einen keiner nerven mit: Schatz, hast du die Haustür abgeschlossen, hast du den Müll rausgebracht und so weiter«, sagt Budge.

Er ist also verheiratet, denkt Stan. Eine Woge der Nostalgie

überkommt ihn: Sie riecht nach Orangensaft, Kaminfeuer, Leder-
pantoffeln. Auch Charmaine hat abends im Bett solche Sätze gesagt. *Hast du die Haustür abgeschlossen, Schatz?* Budge wird ihm
gleich sympathischer: Auch er muss irgendwann mal ein normales
Leben geführt haben.

SCHWARZES KOSTÜM

Schwarz steht mir, denkt Charmaine und überprüft im Bad ihr
Spiegelbild. Aurora hat gewusst, wo sie mit ihr zum Einkaufen
geht, und obwohl Schwarz nie ihre Farbe war, findet Charmaine
das Ergebnis durchaus akzeptabel. Das schwarze Kostüm, der
schwarze Hut, die blonden Haare – wie ein weißer Schokotrüffel
inmitten von dunklen Schokotrüffeln; oder wie, wer war das noch
gleich? Marilyn Monroe in dem Film *Niagara*, in der Szene, bevor
sie erwürgt wird, wo sie den weißen Schal anhat, den sie niemals
hätte anziehen sollen, denn eine Frau, die befürchten muss, erwürgt zu werden, sollte keine Accessoires um den Hals tragen. Der
Film lief schon etliche Male auf Consilience-TV, und Charmaine
hat ihn jedes Mal geguckt. Als Sex im Film noch verpönt war, war
er so viel anregender als später. Es war träge und schmelzend, mit
Seufzern und Kapitulation und Schlafzimmerblick. Nicht wie diese
Akrobatiknummern heute.

Natürlich hatte Marilyn vollere Lippen als sie, und damals
konnte man den roten Lippenstift sehr dick auftragen. Hat sie,
Charmaine, auch diesen unschuldigen, überraschten Ausdruck im
Gesicht? Oh! Du meine Güte! Große Puppenaugen. Nicht dass
Marilyns Unschuld in *Niagara* besonders zum Tragen gekommen
wäre. Aber später dann schon.

Sie reißt im Spiegel die Augen auf, formt die Lippen zu einem
O. Ihre eigenen Augen sind trotz der kalten Teebeutel immer noch
etwas verquollen, und sie hat dunkle Schatten unter den Augen.

Bezaubernd, oder? Käme natürlich auf den Geschmack des Mannes an: ob er auf Zerbrechlichkeit mit einem Hauch von Feuer steht oder eher auf den Hauch eines Veilchens. Stan hätte das Verquollene nicht gefallen. Stan hätte gesagt: Was ist denn mit dir los? Bist du aus dem Bett gefallen? Oder aber: Na komm, Schatz, du musst wohl mal in den Arm genommen werden. Je nachdem, an welche Stan-Phase sie zurückdenkt. *Ach, Stan …*

Hör auf damit, sagt sie zu sich. Stan gibt's nicht mehr.

Bin ich seicht?, fragt sie ihr Spiegelbild. Ja, ich bin seicht. Die Sonne scheint auf das Kräuseln im seichten Wasser. Tiefes Wasser ist zu dunkel.

Sie überlegt, den schwarzen Hut aufzusetzen, einen kleinen runden mit einer schmalen Krempe – eine Art Schulmädchenhut –, von dem Aurora meinte, er sei genau das Richtige für eine Beerdigung. Aber muss sie denn einen Hut tragen? Früher trugen alle einen Hut; und irgendwann niemand mehr. Aber jetzt, in Consilience, kommen sie wieder. Alles in dieser Stadt ist retro, deshalb auch die vielen schwarzen Vintage-Artikel bei den Accessoires. Die Vergangenheit ist so viel sicherer, weil alles schon mal passiert ist. Es kann nicht mehr verändert werden; insofern gibt es irgendwie auch nichts zu befürchten.

Sie hat sich mal so sicher gefühlt in diesem Haus. In ihrem und Stans Haus, ihrem warmen Kokon, ihrem Schutz vor der drohenden Außenwelt, gebettet in einen noch größeren Kokon. Erst die Stadtmauer wie eine feste Schale; dann Consilience wie das Eiweiß. Und im Innern von Consilience schließlich das Gefängnis Positron: der Kern, das Herzstück, der Sinn und Zweck des Ganzen.

Und irgendwo innerhalb der Mauern von Positron ist jetzt Stan. Oder das, was mal Stan war. Hätte sie doch nur nicht … was, wenn sie stattdessen … Vielleicht ist sie ja auch so eine Femme fatale wie Marilyn in *Niagara*, die mit ihren unsichtbaren Spinnweben die Männer einwickelt, weil sie nicht anders kann; die Spinne kann ja auch nicht anders, es ist einfach ihre Natur. Vielleicht ist das ihr Schicksal: klebrig zu sein wie Kaugummi oder Haargel oder …

Denn siehe, was sie angerichtet hat, ohne es zu wollen. Sie hat Stan in den Tod geschickt, und nun muss sie auf seine Beerdigung gehen. Aber sie darf ihre Schuldgefühle nicht zeigen, sie darf nicht weinen und sagen, *das ist alles meine Schuld*. Sie wird Haltung wahren müssen, denn die Beerdigung wird sehr ergreifend und pietätvoll und erbaulich sein, es wird ein Heldenbegräbnis sein. Was die ganze Stadt glaubt, weil's im Fernsehen kam, ist, dass es in der Hühnermastanlage einen Kabelbrand gab und Stan starb, um seinen Kollegen das Leben zu retten.

Und natürlich, um die Hühner zu retten. Und er hat wirklich die Hühner gerettet: Kein Huhn ist zu Tode gekommen. Dieser Umstand wurde in dem Fernsehbericht besonders betont und ließ Stan noch heldenhafter wirken, als wenn er nur Menschenleben gerettet hätte. Oder vielleicht nicht heldenhafter, aber bewegender. So ein bisschen wie kleine Babys retten: Auch Hühner waren klein und hilflos, wenn auch nicht ganz so süß. Nichts mit einem Schnabel kann wirklich süß sein, findet Charmaine. Aber warum denkt sie überhaupt darüber nach? Der Brand war ja nur ausgedacht, er hatte nie stattgefunden.

Hör auf mit diesem Rumgeeiere, Charmaine, sagt sie zu sich. Sieh der Realität ins Auge, was immer das letztendlich sein wird.

Es klingelt an der Haustür. Auf ihren schwarzen High Heels torkelt sie durch den Flur: Es ist Aurora, die sich vorhin kurz entschuldigt hat, um sich für die Beerdigung umzuziehen. Hinter ihr am Bordstein wartet ein langes dunkles Auto.

Aurora trägt ein Kostüm im Chanel-Stil, schwarz mit weißen Paspeln: viel zu kastenförmig für ihre Figur, die ja ohnehin kastenförmig ist. Nimm die Schulterpolster raus, denkt Charmaine unwillkürlich. Der Hut ist eine Art modifizierte Schaufel, und steht ihr überhaupt nicht, aber kein Hut würde ihr stehen. Ihr Gesicht sieht aus wie eine straff gespannte Badehaube über einer dicken Glatze. Die Augen sind viel zu weit seitlich.

Als Charmaine klein war und Rezession noch ein Schimpfwort

und keine Tatsache, sagte Oma Win einmal zu ihr, man dürfe niemanden hässlich nennen. Bedauernswert sei das richtige Wort für solche Menschen. Das sei eine Frage der Höflichkeit. Aber später, als Charmaine schon älter war, sagte Oma Win zu ihr, Höflichkeit sei nur etwas für Leute, die sich's leisten könnten, und wenn ein Rippenstoß erforderlich sei, bei einem Vordrängler zum Beispiel, dann sollte ein Rippenstoß eben das bevorzugte Mittel sein.

Aurora schenkt Charmaine ihr verunsicherndes Lächeln. »Wie fühlen Sie sich jetzt?«, fragt sie. Sie wartet nicht auf eine Antwort. »Na, Kopf hoch, was? Das Kostüm ist perfekt.« Wieder wartet sie nicht auf eine Antwort. Sie macht einen Schritt nach vorn und Charmaine einen Schritt zurück. Warum will Aurora ins Haus kommen? Fahren sie denn nicht zur Beerdigung?

»Fahren wir denn nicht zur Beerdigung?«, fragt Charmaine mit einer Stimme, die – in ihren Ohren – wie die eines Kindes klingt, das gerade erfahren hat, dass es nicht mit in den Zirkus darf.

»Doch, natürlich«, sagt Aurora. »Aber wir müssen auf einen besonderen Gast warten. Er wollte persönlich kommen, um Sie angesichts Ihres Verlusts zu unterstützen.« Sie hat ihr Telefon in der Hand, wie Charmaine jetzt erkennt; sie muss gerade telefoniert haben. »Oh, schauen Sie mal, da ist er ja schon! Pünktlich wie die Maurer!«

Ein zweites schwarzes Auto schiebt sich durch die Straße und hält hinter dem ersten. Also ist Aurora extra früher aufgetaucht, um sich zu vergewissern, dass Charmaine nicht durchgedreht ist und wehklagend durchs Haus stolpert; dann hat sie ihr »alles roger« durchgegeben, und hier kommt der geheimnisvolle Gast.

Es ist Max. Sie weiß es. Er hat sich losgemacht von dieser kalten und herrischen Frau, dem Monitor-Kopf. Er hat sich davongeschlichen, wie damals schon, und sehr bald wird sie in seinen vertrauten Armen liegen. Nichts steht mehr zwischen ihnen, bis auf Aurora – wie wird man sie los? –, und auch die Beerdigung, die, auf die sie jetzt gehen muss. Sie hört schon im Geiste das Zerreißen des schwarzen Stoffes, wenn Max ihr Schicht für Schicht die

Sachen vom Leib zerrt, ihre schwarze Spitzenunterwäsche ruiniert, sie aufs … Aber wo denkt sie hin? Sie muss auf die Beerdigung.

Wobei, warte: Aurora kann in ihrem Auto fahren und Charmaine und Max können das zweite Auto nehmen und sich in das luxuriöse Polster zurücksinken lassen, und dann, seine Hand über ihrem Mund, abplatzende Knöpfe, seine Zähne an ihrem Hals … Denn die Beerdigung ist ja nicht echt, Stan liegt gar nicht dort im Sarg, aber tot ist er auf jeden Fall, also kann man nicht mal von Untreue sprechen.

Nein, Charmaine, sagt sie zu sich. Du kannst Max nicht vertrauen, das hat sich schon einmal gezeigt. Du kannst dich nicht auf einer Flutwelle trügerischer Hormone davontragen lassen. *O bitte! Lass dich davontragen!*, sagt ihre andere Stimme.

Doch der Mann, der jetzt aus dem zweiten Auto aussteigt, ist nicht Max. Charmaine braucht einen Moment, um ihn zu identifizieren. Das ist jetzt aber eine Überraschung! Aurora strahlt sie an, als hätte Charmaine im Lotto gewonnen.

»Er hat darauf bestanden«, sagt sie. »Als Würdigung für Sie. Und für Ihren Mann natürlich.«

Fühlt Charmaine sich geschmeichelt? Ja, das tut sie. Moralisch gesehen ist es kein gutes Gefühl, das ist ihr klar. Sie sollte viel zu aufgelöst sein über Stans Tod, um sich aus irgendeinem Grund geschmeichelt zu fühlen. Aber dennoch.

Sie lächelt unsicher. Unsicherheit kann sehr aufreizend sein – eine Art verschämter, zögerlicher, aber schuldbewusster Blick, vor allem wenn er nicht gespielt ist. Und ihre Unsicherheit ist nicht gespielt, denn in diesem Moment denkt sie, selbst beim Lächeln: *Was will er?*

Annahme und Montage waren keine große Sache: nichts, was man nicht auch bei Emo-Robotics gekonnt hätte. »Hier fängt die Blaue Fee zu zaubern an«, sagt Budge. »Und Pinocchio erwacht zum Leben.«

Sie sind bei den Sonderanfertigungen angelangt. Keiner der Arbeiter hier ist ein Roboter: Zu viel individuelle Feinarbeit, sagt Tyler, vor allem beim Verfertigen der Köpfe. Stan will sehen, wie die Gesichtszüge geformt werden, vor allem das Lächeln. Es interessiert ihn beruflich, von seinem früheren Job bei Emo-Robotics. Das Empathiemodul, an dem er damals gebastelt hatte, konnte lächeln, nur war es immer dasselbe Lächeln.

Aber mehr war ja auch nicht nötig an der Supermarktkasse, oder? Man klebt zwei Augen auf irgendwas drauf, und schon hat man ein Gesicht.

»Da drüben werden die Frisuren gemacht«, sagt Tyler. »Alles mit Haaren, auch Bärte und Schnäuzer. Hipster sind nun mal der Trend.«

»Was?«, fragt Stan eine Spur zu laut. »Es gibt männliche Prostibots? Seit wann das denn?«

Kevin wirft ihm einen hastigen Blick zu. »Potentibots ist für alle da«, sagt er.

Natürlich, denkt Stan. Wir leben im Zeitalter der Toleranz. Bin ich blöd. Alles geht da draußen im sogenannten wahren Leben; nur nicht in Consilience, wo es, zumindest oberflächlich, wohltuend und gnadenlos heterosexuell zugeht. Wurden die Schwulen alle eliminiert oder gar nicht erst reingelassen?

»Zugegeben, die meisten Kunden bestellen Frauen«, sagt Tyler. »Wobei sich das ändern könnte. Aber zurzeit sehen wir da kein Potenzial, außer auf Premiumlevel.«

»Weil diese Billigbots weder rumlaufen können noch sonst was«, sagt Kevin. »Geringe Mobilität. Keine Beweglichkeit. Also hauptsächlich Missionarsstellung. Sie machen das Nötigste, das war's dann aber auch, während bei Mann und Mann –«

»Verstehe«, sagt Stan. Die Einzelheiten kann Kevin sich sparen.

»Jedenfalls kaufen auch ältere Kundinnen männliche Produkte«, sagt Derek. »Mit einem Bot fühlen sie sich angeblich wohler. Dann brauchen sie das Licht nicht auszumachen.« Leises Lachen in der Runde.

»Die Leute wollen alle möglichen Altersgruppen und alle möglichen Körpertypen«, sagt Budge. »Dick, dünn, einfach alles. Graue Haare, auch da herrscht Nachfrage.«

»Hier haben wir jetzt die Mimik-Abteilung«, sagt Gary. »Es gibt ein Menü für die Basics. Darüber hinaus können die Jungs hier noch das eine oder andere zurechtfrickeln. Aber wenn der Ausdruck einmal eingestellt ist, lässt er sich nicht mehr verändern. Das funktionierende menschliche Gesicht hat dreiunddreißig Muskelgruppen, aber das volle Programm wäre viel zu teuer in der Herstellung, vielleicht sogar unmöglich.«

Stan verfolgt mit Interesse, wie ein Mann am Rechner eines der Gesichter durch das Lächel-Repertoire jagt. »Ziemlich weit vorn!«, sagt er. »Nicht übel. Wirklich.«

»Und das hier ist nur das untere Ende«, sagt Budge bescheiden. »Die meisten Nutzer sind Laufkundschaft. In Vergnügungsparks, Casinos, Einkaufszentren, bei großen Veranstaltungen; oder in ausgewiesenen Billigbot-Vierteln wie in Holland und zunehmend auch hier bei uns. Einige Rostgürtel-Städte haben sich schon regeneriert, dadurch dass sie Billigbot-Shops eröffnet haben, so heißt es zumindest.«

»Die echten Professionellen sind ziemlich abgenervt«, sagt Derek. »Denen wird das Wasser abgegraben. Die sind schon auf die Straße gegangen und haben Auslagen zertrümmert und den Bots die Köpfe abgerissen; wurden aber wegen Sachbeschädigung festgenommen. So einen Laden aufzumachen ist keine kleine Investition.«

»Dafür machen sie einen irren Reibach«, sagt Gary. »Vegas verdient damit mehr als mit den einarmigen Banditen, sagt man zumindest. Und wen wundert's, es kommt ja fast nur Geld rein, wenn man erst einmal investiert hat. Sie essen nicht, sie sterben nicht, nicht als solches, und sind vielfach verwendbar. Okay, Gleitmittel, da muss man schon was auffahren. Aber diese Mädels halten was aus! Die echten können, sagen wir, fünfzig Freier pro Tag maximal, dann ist Ende der Fahnenstange, aber diese hier: laufen und laufen.«

»Außer die Spül- und Hygienefunktion schmiert ab«, sagt Derek.

Stan nimmt ein Bestellformular von einem der Arbeitstische. Es gibt eine verschlüsselte Checkliste mit Buchstaben und Kästchen. »Das ist für die Standardausdrücke«, sagt Budge.

»Was heißt g?«, fragt Stan.

»g steht für gefällig«, sagt Budge. »Aber das ist eher so was wie neutral, wie bei 'ner Flugbegleiterin. s+z steht für schüchtern und zurückhaltend, l+h für lüstern und hemmungslos, z+r für zornig und rebellisch; man könnte meinen, dass die weniger gefragt sind, aber das stimmt nicht. J ist für Jungfrau, das heißt, s+z mit ein paar Extras.«

»So, und jetzt der Bereich Sonderanfertigungen Plus«, sagt Tyler. »Hier schickt der Kunde ein Foto mit dem gewünschten Typus ein, und das Gesicht wird nach Vorbild modelliert. So weit wie möglich zumindest. Das sind jetzt alles Privatbestellungen. Natürlich stellen wir auch tote Promis her, für die Spaßveranstaltungen. Davon gibt's ja in Vegas genug.«

»Das ist so, als würde man bei Madame Tussauds mal richtig auf die Kacke hauen«, sagt Kevin. »Die Nachfrage ist ziemlich hoch.«

Stan betrachtet neugierig die Sonderanfertigungen, an denen gerade getüftelt wird. An einem Tisch die Brünetten, am anderen die Rothaarigen. Da drüben die Blondinen.

Und hier haben wir Charmaine, sie sieht ihn von einem abgetrennten Kopf aus mit ihren blauen Augen an. Ein Foto von ihr klemmt an einem Ständer auf dem Tisch. Er erkennt es wieder: Es ist ein gemeinsames Foto, aufgenommen während ihres Flitterwochen-Strandurlaubs, lange bevor irgendetwas von alldem hier passierte. Er hatte es in seinem Schließfach.

Er selbst jedoch ist aus dem Foto herausgeschnitten worden. Wo er einst grinsend mit gewölbter Brust und angespanntem Bizeps posierte, ist eine Leerstelle.

Ein kalter Schauer läuft ihm über den Rücken. Wer war an seinen Sachen? War es möglich, dass Charmaine eine Nachbildung ihres eigenen Kopfes in Auftrag gegeben und ihn mit der Schere aus ihrem Leben ausgeschnitten hat?

Wen kann er fragen? Er blickt sich um. Der Kollege, der mit Charmaines Kopf beauftragt wurde, macht gerade Kaffeepause. Und außerdem, was soll der schon wissen? Die Arbeiter folgen nur den Anweisungen. Das Bestellformular klebt mit Tesafilm auf dem Arbeitstisch; angekreuzt war s+z plus J. Der Kundenname ist geschwärzt.

Ruhig, sagt er zu sich. »Und wer hat diesen Kopf bestellt?«, fragt er viel zu beiläufig.

Budge sieht ihm in die Augen. Ist das eine Warnung? »Top-Priorität«, sagt er. »Das ist ein ganz wichtiger Auftrag. Wir sollen auf jedes noch so kleine Detail achten, hieß es.«

»Die geht in die Chefetage«, sagt Kevin. »Mein Typ ist es ja nicht – zu vanillig –, aber einer von den hohen Tieren scheint drauf zu stehen.«

»›Extra lebensecht‹ lautet der Auftrag«, sagt Gary.

»Die hier zu vermasseln, das können wir uns nicht leisten«, sagt Tyler.

»Genau, die hier müssen wir anfassen wie Tulpen aus Amsterdam«, sagt Budge.

Tulpen. Aus Amsterdam. Der kumpelhafte Budge mit seinem Bäuchlein soll sein subversiver Kontaktmann sein? Budge, der aussieht wie der fröhliche Zwerg auf Charmaines Kaffeetasse? Das kann doch nicht sein!

»Tulpen aus was?«, fragt er.

»Amsterdam«, sagt Budge. »Das ist ein alter Schlager. Vor deiner Zeit.«

Verdammter Scheißdreck. Spionagechef Budge, tatsächlich. Jetzt brauch ich aber wirklich 'nen Schnaps, denkt Stan. Und zwar sofort!

X TRAUERTHERAPIE

GRUSELHAND

Charmaine sitzt auf der Rückbank des langen, glatten, schnurren-den Autos. Neben ihr sitzt Ed, der ihr gerade hineingeholfen hat, eine Hand an ihrem in Schwarz gehüllten Ellenbogen.

»Sehr lieb von Ihnen, mich abzuholen«, sagt sie mit bebender Stimme. »Und sogar persönlich.« Ihre Unterlippe zittert wirklich ein wenig, eine Träne kullert aus ihrem Auge. Sie tupft sich das Auge mit der Ecke ihres schwarzen Baumwollhandschuhs trocken. Diese Handschuhspitze fühlt sich an wie ein weicher trockener Hasenfuß, der sie sanft streichelt.

Sie und Stan hatten einmal einen Hasenfuß. Er hatte im Auto gelegen, als sie es damals kauften, zusammen mit ganz viel ande-rem Zeugs. Erst wollte Stan ihn wegschmeißen, aber Charmaine plädierte für behalten, denn irgendein Hase hatte sein Leben gelas-sen, um ihnen Glück zu bringen. Echt traurig. Meine Wimpern-tusche, denkt sie. Ist sie jetzt verschmiert? Aber es wäre in diesem Moment sehr unpassend, das Puderdöschen aus ihrer schwarzen Handtasche zu holen und nachzusehen.

»Es ist das Mindeste, was ich tun kann«, sagt Ed. Er hört sich fast schüchtern an. Er tätschelt ihr den Arm, ein zögerliches Tät-scheln, eine Spur zu vertraulich. Seine Stimme ist flacher und ble-cherner als im Fernsehen, und er selbst ist kleiner. Sie hatte auf einem Stuhl gesessen, als er ins Gefängnis kam, um diesen schauri-gen Vortrag zu halten und ihr anschließend ein Kompliment zu machen wegen des blauen Teddybären, an dem sie gerade strickte; er wirkte damals größer, aber sie hatte ja auch hochschauen müs-sen. Sie vermutet, dass er auf einem Podest steht, wenn seine wich-tigen Sendungen über die ungeheuren Fortschritte und die Be-kämpfung der subversiven Elemente aufgezeichnet werden. Aber wer jetzt zufällig durchs Fenster sähe – nicht dass man das könnte, die Scheiben sind ja getönt –, käme nie auf den Gedanken, dass Ed der große Zampano von Consilience ist. Der größte Zampano von allen.

Warum heißen wichtige Männer eigentlich Zampano?, fragt sich Charmaine; sie muss auf andere Gedanken kommen; sie will nicht darüber nachdenken, dass Ed ihr schon wieder den Arm getätschelt hat, und diesmal schwebte seine Hand über ihrem Arm, senkte sich und blieb knapp unterhalb ihres Ellbogens liegen. Großer Zampano, eine Frau würde man nie so nennen, nicht mal eine wichtige Frau. Zampano, das klingt wie ein Käse. Und Ed sieht tatsächlich irgendwie aus wie ein Käse, wegen seiner glatten Oberfläche; wie dieser runde Käse, der ganz in Wachs gehüllt war und den man als Kind so mochte. Die Wachsschicht war rot, und man konnte sie vom Käse abziehen und kleine Figürchen daraus formen, Hunde oder Enten. Das Wachs war es, was so begehrt war; der Käse war nur ein Nebenprodukt. Er schmeckte nicht sehr intensiv, aber auch nicht schlimm.

Genau so wäre Ed vielleicht im Bett, denkt sie. Nicht sehr intensiv, aber auch nicht schlimm. Etwas, was man nicht wollte, was man aber akzeptieren musste, weil man etwas anderes sehr wohl wollte. Man würde ihn ermutigen müssen, und anfeuern. Schnelles Atmen, vorgetäuschte Höhepunkte. Dann wäre da seine Dankbarkeit, damit müsste sie umgehen. Sie wäre lieber diejenige, die dankbar ist. Diese ganzen Überlegungen machen sie müde.

Wie weit könnte sie sich zwingen zu gehen, gesetzt den Fall, es käme dazu? Denn es wird dazu kommen, wenn sie es zulässt. Sie sieht es an dem Blick, den Ed ihr zuwirft, ein feuchtwarmer, widerlich süßer, pietätvoller Blick. Ehrfurcht gemischt mit verkappter Lust, darunter aber die Entschlossenheit, zu kriegen, was er will. Es ist ein gefährlicher Blick hinter einer netten Fassade. Erst schmeicheln sie einem, aber wenn man nicht macht, was sie wollen, werden sie brutal.

Egal, sagt sie zu sich. Denk an Blumen, denn jetzt bist du in Sicherheit. Nur dass sie eben nicht in Sicherheit ist. Vielleicht kann niemand jemals in Sicherheit sein. Man rennt in sein Zimmer und knallt die Tür hinter sich zu, doch es gibt kein Türschloss.

»Es ist absolut das Mindeste, was wir tun können«, sagt Ed. »Wir möchten für Sie da sein, im Angesicht Ihres Verlusts.«

»Danke«, murmelt Charmaine. Was soll sie mit der Hand machen? Sie kann sie nicht wegschieben; das wäre unhöflich, und sie würde die Überlegenheit aufgeben, die sie ihr verleiht. Nicht dass sie wirklich überlegen wäre, aber doch in gewisser Weise, solange sie ihn weder brüskiert noch zu irgendetwas auffordert. Was, wenn sie mit beiden Händen seine Hand ergreifen und anfangen würde zu weinen? Nein, das könnte ihn nur noch mehr anmachen. Er könnte unbeholfen über sie herfallen. Dass er so kurz vor der Beerdigung über sie herfällt, das kann sie nicht zulassen.

»Sie sind sehr tapfer gewesen«, fährt Ed fort. »Sie sind … loyal gewesen. Sie fühlen sich jetzt bestimmt sehr allein, Sie glauben bestimmt, Sie könnten niemandem mehr vertrauen.«

»O ja, das ist so«, sagt Charmaine. »Ich fühle mich wirklich sehr allein.« Das war nicht gelogen. »Stan hat immer so –«

Aber Ed will jetzt nichts über Stan hören. »Wir möchten Ihnen versichern, dass Sie sich auf uns verlassen können, auf uns alle von der Geschäftsleitung hier in Consilience. Wenn Sie irgendwelche Sorgen haben, irgendwelche Probleme, Ängste oder Nöte, über die Sie mit jemandem sprechen wollen …«

»O ja, danke. Danke. Das gibt mir das Gefühl, sehr … beschützt zu sein«, sagt sie leicht einatmend. Sie wird den Teufel tun und mit irgendwem über ihre Sorgen reden, vor allem über die aktuellen. Dies ist sehr dünnes Eis. Mächtige Männer lassen sich nicht gern zurückweisen. Am Ende wird er noch wütend.

Es entsteht eine Pause. »Sie können sich auf mich … verlassen«, sagt Ed. Die Hand drückt zu.

Der hat Nerven, denkt Charmaine empört. Einer Witwe auf die Pelle rücken – einer Frau, deren Mann gerade bei einem Unfall in der Hühnermastanlage den Heldentod gestorben ist. Selbst wenn das gar nicht der Fall ist und Ed weiß, dass das gar nicht der Fall ist.

Dieses Wissen wird er als Waffe einsetzen. Er wird ihr Schuldgefühle einflüstern, weil sie ihren Mann getötet hat, und dann wird er sie in seine käsigen Arme schließen und seine käsigen Lippen auf ihren Mund drücken, weil sie ein schreckliches Verbrechen begangen hat und auf diese Weise wird büßen müssen.

Wenn er es versucht, schrei ich, denkt Charmaine. Nein, das wird sie nicht, denn es würde sie niemand hören außer der Fahrer, der sicherlich geschult ist, alle Geräusche von der Rückbank zu ignorieren. Und ein Schrei würde ihre Überlegenheit sofort zunichtemachen.

Was tun, wie sich verhalten? Sie kann nicht zulassen, dass er denkt, sie sei leicht zu haben. Wenn sie Ed schon ertragen muss, wird sie ihn dazu bringen, erst ein bisschen zu betteln. Und sei es nur pro forma. Es muss Verhandlungen geben, wie bei der Bitte um eine Gehaltserhöhung, nicht dass sie jemals eine gefordert hätte, als sie noch richtig angestellt war, damals bei Ruby Slippers. Aber wenn er nun offen wäre für Verhandlungen, was könnte sie im Austausch von ihm bekommen?

Zum Glück hält das Auto am Straßenrand, denn sie sind an der Friedhofskapelle angekommen. Ed hat seine Hand weggenommen, und die Tür auf seiner Seite wird von außen geöffnet, nicht vom Fahrer, sondern von einem Mann im schwarzen Anzug. Dann wird ihre eigene Tür geöffnet, und Ed hilft ihr beim Aussteigen. Eine Menge hat sich versammelt, stumm vor sich hin blickend – wie Stoffpuppen –, so wie die Leute früher bei Beerdigungen aussahen, als es noch richtige Beerdigungen gab. Als die Leute noch das Geld dafür hatten. Bevor man die Toten einfach in den Fluss warf.

Ed reicht ihr seinen Arm und führt Charmaine auf ihren wackligen schwarzen Stöckelschuhen und in ihrem engen schwarzen Kostüm durch die Grüppchen hindurch. Sie weichen zurück, um sie vorbeizulassen, denn sie ist durch das Leiden geheiligt. Sie hält den Blick gesenkt, sieht sich nicht um und lächelt nicht, als wäre sie in tiefer Trauer.

Sie *ist* in tiefer Trauer. Wirklich.

QUALITÄTSKONTROLLE

»Den Flur runter«, sagt Budge. »Nächster Halt, Qualitätskontrolle. Ist nicht mehr viel, wir sind fast durch.« Er klopft Stan auf die Schulter.

Das muss ein Zeichen sein. Stan beißt sich auf die Zunge, um nicht zu lachen. Diese ganze Sache ist der totale Irrsinn. Charmaines Kopf. Budge ein Spitzel. So was könnte man sich nicht ausdenken. Es fällt ihm schwer, es überhaupt ernst zu nehmen. Aber es ist ernst.

In der Qualitätskontrolle, sagt Kevin, würden sämtliche Einzelfunktionen überprüft, bevor man, die Köpfe befestige. Um die Mechanik und die Elektronik zu testen, sagt Gary, vor allem das Biegen des Körpers und die Geschmeidigkeit der Beckenbewegungen. Im ganzen Raum zucken Oberschenkel und Unterleiber vor sich hin wie bei einer grotesken Kunstinstallation; ein sanfter pulsierender Ton ist zu hören, und es riecht nach Plastik.

»Na, Waldo, wie wär's mit 'nem kleinen Ritt?«, fragt Derek. Stan überlegt, dass ihn eigentlich nichts weniger scharf macht als der Anblick einer Handvoll nackter und kopfloser, Geschlechtsverkehr simulierender Plastikkörper. Das Ganze hat etwas Insektenhaftes.

»Ich glaube, mein Bus kommt«, sagt er. Alle lachen.

»Klar, wir hatten auch erst keine Lust«, sagt Tyler.

»Der Geruch verändert sich noch«, sagt Gary. »Da kommen synthetische Pheromone dazu, und man kann wählen zwischen Orangenblüte, Rose, Ylang-Ylang, Schokopudding oder Old Spice.«

»Ich würde sagen, man braucht den Kopf als absolutes Minimum«, sagt Budge. »Die werden drangeschraubt, sobald die Körper durchgecheckt sind. Ist ein bisschen knifflig, es sind viele neuronale Verbindungen, aber wenn der Körper nicht richtig funktioniert, wäre die ganze Arbeit für die Katz.«

Stan blickt am Fließband entlang bis zum hinteren Ende des

Raums; da drüben, das sieht aus wie ein Operationssaal. Helle Deckenleuchten, Luftreiniger. Die Leute tragen sogar OP-Hauben und Schutzmasken.

»Es dürfen keine Härchen oder Staub in die Köpfe geraten«, sagt Derek. »Das kann die Reaktionszeit vermasseln.«

Weiter geht's zum Bereich Garderobe und Accessoires. Kleiderständer stehen bereit – gewöhnliche Straßenkleidung, Bürokleidung, Lederoutfits, Federn und Pailletten und leuchtend bunte Kostüme; auch Rollregale mit vielen verschiedenen Perücken.

So muss es an einem Filmset ausgesehen haben, damals in den Zeiten der Technicolor-Musicals.

»Hier sind die Rihannas und Oprahs«, sagt Kevin. »Und die Prinzessin Dianas. Da sind die James Deans und die Marlon Brandos und Denzel Washingtons und Bill Clintons, und das ist die Reihe mit den Elvissen. Meist wird das Modell im weißen Glitzeroverall verlangt, wobei man wählen kann. Das Schwarze mit der Goldstickerei ist auch sehr beliebt. Allerdings nicht bei den alten Damen, die wollen das Weiße.«

»Und das ist die Marilyn-Abteilung«, sagt Budge. »Fünf Frisuren stehen zur Verfügung, und auch bei der Garderobe hat man die Wahl, je nachdem aus welchem Film. Das da ist aus *Blondinen bevorzugt*, das rosafarbene Kleid; da ist das schwarze Kostüm aus *Niagara*, und da drüben ist das, wo sie in dieser Mädchen-Jazzcombo spielt, *Manche mögen's heiß* …«

»Und wohin sollen die?«, fragt Stan. »Die Oprahs? Stehen die so auf Oprah Winfrey, in Holland?«

»Such dir was aus, und irgendwer hat genau diesen Fetisch«, erwidert Derek.

»Unsere wichtigsten Kunden sind die Casinos«, sagt Gary. »Die in Oklahoma, wobei die eher zu den Puritanern gehören. Obwohl das hier keine echten Frauen sind und so weiter. Las Vegas hingegen. Da geht alles, egal was, egal wann, die Leute schwimmen in Geld. Da kannste mit Sparmodellen nicht landen.«

»Zumindest nicht in den Nobelschuppen«, sagt Budge. »Da

sind Unmengen von ausländischen Touristen, da ist Kohle ohne Ende. Da sind die Russen, die indischen Millionäre, die Chinesen, die Brasilianer.«

»Und keine Gesetze«, sagt Tyler. »Nach oben alles offen.«

»Was immer man sich ausdenken kann, gibt's entweder schon oder wird es bald geben«, sagt Derek.

»Jedenfalls sind da jede Menge Elvisse und Marilyns«, sagt Kevin. »Lebende. Die nachgemachten fallen kaum auf.«

»Und das da drüben?«, fragt Stan. Er hat einen Container mit blauen Teddybären entdeckt.

»Die sind für die Kinderbots«, sagt Kevin. »Die steckt man in weiße Nachthemden oder Flanellschlafanzüge. Die Kisten werden mit Flanell ausgekleidet, und jeder Bot kriegt einen Teddy, damit es besonders echt wirkt.«

»Das ist ja total krank«, sagt Stan.

»Ja, klar«, sagt Derek. »Klar ist das krank. Finden wir auch, haben wir genauso gesehen, als wir von dieser Produktlinie erfuhren. Aber sie sind ja nicht echt.«

»Wer weiß? Vielleicht ersparen diese Bots irgendwelchen echten Kindern 'ne Menge Elend«, sagt Kevin. »Dann müssen sich die Perversen nicht auf der Straße rumtreiben.«

»Glaub ich nie im Leben!«, sagt Stan. »Die benutzen sie zum Üben, und danach ...« Lass gut sein, sagt er zu sich. Halt dich raus.

»Aber viele Kunden glauben's eben doch, wenn du verstehst, was ich meine«, sagt Gary. »Die gehen weg wie geschnitten Brot. Das Teil fährt für Potentibots fette Gewinne ein. Kann man schwer was gegen sagen.«

»Es geht hier um Arbeitsplätze, Waldo«, sagt Derek. »Mega-Jobs. Die Leute da draußen müssen ja irgendwie ihre Rechnungen bezahlen.«

»Das ist kein Grund«, sagt Stan. Alle beobachten ihn jetzt, aber er redet weiter. »Wie könnt ihr das mitmachen? Da stimmt doch was nicht!«

»Zeit für deinen Testlauf«, sagt Budge. Er versetzt Stan einen kleinen Stupser und dreht ihn Richtung Ausgang. »Ihr entschuldigt uns, Jungs, ich hab sie in einem der privaten Testräume vorbereitet. Es gibt Momente, da muss ein Mann mit sich allein sein.«

Gelächter. »Gute Reise«, sagt Derek. Und Gary fügt hinzu: »Und nicht mit der Gleitcreme geizen.«

»Hier unten«, sagt Budge, »gibt's offiziell nicht mehr viel zu sehen, nur noch die Frachtabteilung. Das ist meine Abteilung, Verfrachten. Bierchen?«

»Klar«, sagt Stan. Fast hätte er wegen der Kinderbots die Sache vergeigt. Und wegen dieser Scheißteddybären. Welcher Perverse denkt sich so was aus? »Und was ist mit meinem Testlauf?«

»Vergiss es. Wir haben Wichtigeres zu tun«, sagt Budge. »Tulpen, wenn du verstehst.«

»Klar«, sagt Stan. Soll er jetzt verstehen, worum es genau geht?

»Hier drin – ist mein Büro.« Sie gehen hinein; die übliche Arbeitsnische, Schreibtisch, ein paar Stühle. Minibar: Budge nimmt zwei Dosen Bier raus, öffnet sie zischend.

»Danke«, sagt Stan. »Aber ...« Er will nachfragen, was mit Charmaine sei, mit ihrem Kopf. Ob sie von irgendeinem kranken Stalker bedroht werde. Wenn ja, kann er Positron nicht verlassen. Er kann sie nicht einfach im Stich lassen.

»Keine Ursache«, sagt Budge. »Ich bin nur der Auftragskiller, ich tu, was man mir sagt. Leute verfrachten gehört zu unseren Spezialitäten.« Er sieht nicht mehr aus wie ein freundlicher Onkel. Er wirkt effizient. »Ich zum Beispiel. Um mich hier reinzuschmuggeln, wurde ich in eine Kiste mit Oberkörpern gepackt, zusammen mit dem Ausweis, den ich brauchen würde. Hat prima geklappt. Aber du bist der Erste, den wir versuchen rauszuschaffen.«

»Wer ist wir?«, fragt Stan. »Du meinst Jocelyn.«

»An erster Stelle dein Bruder Conor«, sagt Budge. »Das ist 'ne lange Geschichte. Wir waren zusammen im Knast, als Jungs.«

»Conor!«, sagt Stan. »Wieso hat der denn seine Finger im

Spiel?« Auf Conor ist Verlass, dieser Wichser. Nicht dass das stimmen würde. Er muss wieder an die schwarze Luxuskarosse denken, die vor der Wohnwagensiedlung stand, als er ihn besuchte. Wer hat ihm die bezahlt?

»Weil er immer seine Finger im Spiel hat«, sagt Budge. »Wir haben einen Anruf gekriegt, wir haben einen Deal gemacht. Wir sind dafür bekannt, dass wir unser Wort halten. Wir machen, wofür wir bezahlt werden.«

»Darf ich fragen, wer euch bezahlt hat?«, fragt Stan.

»Vertraulich«, sagt Budge mit einem Lächeln. »Also, der Plan sieht so aus. Wir stecken dich in ein Elvis-Kostüm, dann in eine Botkiste. Ein Elvis passt am ehesten zu deiner Statur.«

»Moment mal!«, sagt Stan. »Ich soll einen Sexbot spielen? Ihr schickt mich auf den Strich? Vergiss es, das –«

»Es ist nur für den Frachtweg«, sagt Budge. »Wir haben nicht viele Optionen. Du kannst hier nicht einfach rausspazieren. Und alle Fahrzeuge der Geschäftsleitung werden überprüft, einschließlich biometrischer Daten. Denk dran, auch wenn die dich für tot halten, sind deine Daten noch gespeichert. Aber in der Kiste, und wenn man nicht genau hinguckt …«

»Ich seh doch überhaupt nicht aus wie Elvis«, sagt Stan.

»Das wirst du aber, im Kostüm und mit ein bisschen Feinarbeit«, sagt Budge. »Außerdem musst du gar nicht dem echten Elvis ähneln, nur dem nachgemachten. Und das ist nicht so schwer.«

»Was mach ich, wenn ich angekommen bin?«, fragt Stan.

»Wir schicken eine Begleitperson mit dir raus«, sagt Budge. »Sie wird dir helfen.«

»Sie?«, fragt Stan. »Ich hab hier nur Plastikfrauen gesehen.«

»Prostibots sind nur eines der Potentibots-Produkte«, sagt Budge. »Es gibt was, das geht noch einen Schritt weiter.« Er wirft einen Blick auf seine Uhr. »So, und jetzt: aufgepasst!«

Sie treten hinaus in den Flur, biegen um eine Ecke, biegen um eine zweite Ecke. Wieder gerahmte Bilder von Früchten: eine Mango. Eine Kumquat. Das Obst wird exotischer, stellt er fest.

»Bots können keine Gespräche führen«, sagt Budge. »Nicht mal die besten. Die Technik ist noch nicht so weit. Aber weiter oben auf der Einkommensskala wollen die Kunden was haben, womit sie vor ihren Freunden angeben können; etwas, das weniger ist wie, weniger wie –«

»Weniger wie 'ne hirntote Proletenschlampe«, sagt Stan. Worauf will Budge hinaus?

»Sagen wir mal so: Angenommen, man könnte einen Menschen mittels Gehirn-OP dem Kundenwunsch anpassen.«

»Wie meinst du das?«, fragt Stan.

»Mit Lasertechnologie«, sagt Budge. »Damit kann man die Zuneigung zu jeder vorhergehenden Person auslöschen. Wenn das Subjekt aufwacht, wird es auf denjenigen geprägt, der da ist. Wie bei den kleinen Entchen.«

»Heilige Scheiße«, sagt Stan.

»Also, in Kurzform: Such dir 'ne Torte, mach den Eingriff, stell dich vor sie hin, wenn sie aufwacht, und sie ist für immer dein, immer willig, immer bereit, egal was du machst. So fühlt sich niemand ausgebeutet.«

»Moment mal«, sagt Stan. »Niemand wird ausgebeutet?«

»Ich sagte, niemand *fühlt* sich ausgebeutet«, sagt Budge. »Das ist was anderes.«

»Und es gibt wirklich Frauen, die sich dafür melden?«, fragt Stan. »Für die Gehirn-OP?«

»Nicht direkt«, sagt Budge. »Eher gemeldet werden. So hat man mehr Auswahl. Kein Kunde will jemanden, der so verzweifelt ist, dass er sich freiwillig meldet.«

»Also werden die Leute entführt, oder was?«, fragt Stan.

»Ich hab nicht gesagt, dass ich's gutheiße«, sagt Budge.

»Das ist ja total …« Stan weiß nicht, ob er *finster* oder *genial* sagen soll. »Aber – was ist denn mit dem früheren Leben dieser Frauen? Ist denen das egal? Bereuen die das denn gar nicht, dass –«

»Nicht, wenn der Lasereingriff professionell gemacht ist«, sagt Budge. »Aber noch ist alles in der Versuchsphase. Die Methode ist noch nicht ausgereift. Einige Kunden waren gewillt, das Risiko dennoch einzugehen, aber es ging einiges schief.«

»Zum Beispiel?«, fragt Stan.

»Das siehst du, wenn du deine Begleitperson kennenlernst. Die ist nicht ganz so geraten, wie sie sollte. Da hatten wir einen extrem verärgerten Kunden! Aber er hatte halt unterschrieben, er kannte die Risiken.«

»Was ist denn schiefgegangen?«, fragt Stan. Er stellt sich schon alles Mögliche vor. Sie will's mit Leichen treiben? Oder mit Hunden?

»Das Timing«, sagt Budge. »Aber es macht sie zur idealen Agentin, weil sie sich niemals von einem Mann den Kopf verdrehen lassen würde.«

»Wovon denn sonst?«, fragt Stan.

Budge bleibt vor einer Tür stehen, klopft an, öffnet sie mit seiner Karte. »Nach dir«, sagt er.

OPFER

Die Friedhofskapelle ist multifunktional. Es gibt kein Kreuz oder dergleichen, dafür aber ein riesiges Paar betende Hände und ein Bild von einem Sonnenaufgang. Sie ist in Taubenblau und Weiß gehalten, genau wie Oma Wins Teetassen im Wedgwood-Stil. Überall stehen weiße Blumen: Die haben alle Register gezogen.

Die Kapelle platzt aus den Nähten. Die Frauen von der Bäckerei, wo Charmaine außerhalb ihrer Gefängniszeit arbeitet, sind hier und auch die Strickkreise – ihre ursprüngliche Gruppe und die andere, die sie kaum kennt. Offensichtlich haben die Frauen das Gefängnis verlassen dürfen, um auf die Beerdigung zu kommen. Nicht wenige tragen schwarze Hüte – Baretts, pfannkuchenförmige Hüte, modifizierte Glockenhüte –, insofern hat sie in puncto Hut die richtige Wahl getroffen.

Einige von Stans Kollegen aus der Rollerwerkstatt sind da. Sie nicken ihr ehrfurchtsvoll zu, denn sie ist die Witwe, aber die Ehrfurcht reicht noch weiter. Es muss an Ed liegen, der sie untergehakt hat und behutsam und respektvoll durch den Mittelgang führt. Er setzt sie in die erste Bank und nimmt neben ihr Platz, ohne sie mit seinem Oberschenkel zu berühren, zum Glück, aber dennoch zu nah.

Aurora sitzt auf ihrer anderen Seite, und auf Eds anderer Seite sitzt die Überwachungsfrau mit einem Pillbox-Hut. Sie erinnert entfernt an Jackie Kennedy.

Und neben dieser Frau wiederum sitzt Max. Charmaine spürt einen feinen Draht aus hocherhitzter Luft, er erstreckt sich zwischen ihr und ihm wie das Innere einer alten Glühlampe: weiß glühend. Er spürt ihn auch. Er muss ihn doch spüren.

Ignorier es, sagt sie zu sich. Es ist eine Illusion. Du bist in Trauer.

Die Kapelle hat Klappbänke, falls irgendein Toter kniende Angehörige hat. Charmaine wurde nicht so erzogen, aber in diesem Moment würde auch sie sich gern hinknien – ihre Hände auf die Rückseite der Vorderbank legen und die Stirn auf diese Hände betten, als wäre sie verzweifelt. Dann könnte sie einfach abschalten, um diese Farce von einer Beerdigung besser zu überstehen. Oder sie könnte sich damit die Zeit vertreiben, zu überlegen, was sie verflixt noch mal tun soll, wenn Ed Annäherungsversuche macht, zum Beispiel seine Hand auf ihren Oberschenkel legt. Aber Hinknien geht nicht, sie ist in der ersten Reihe. Sie muss gerade sitzen und sich vornehm geben.

Jetzt kommt Orgelmusik, irgendeine Art Hymne. Wenn sie auch noch »You'll Never Walk Alone« spielen, wie manchmal bei den Beerdigungen auf Consilience-TV, weiß sie nicht, ob sie das aushält. Sie geht jetzt alleine, ja, und auch in Zukunft wird sie alleine gehen müssen. Da, schon wieder eine Träne.

Beiß die Zähne zusammen. Stell dir einfach vor, du sitzt beim Friseur, sagt die kleine Stimme.

Der Sarg ist geschlossen, wegen der schrecklichen Verbrennungen, die Stan angeblich erlitten hat, als er sich gegen den kaputten Hauptschalter warf und verbrutzelte, während der Strom durch seinen Körper schoss. So hieß es in den Nachrichten, aber in Wirklichkeit ist der Sarg nur deshalb zu, weil Stan gar nicht drinliegt. Sie fragt sich, was sie mit ihm angestellt haben und was sie stattdessen in den Sarg gelegt haben. Wahrscheinlich ein paar alte Kohlköpfe oder Säcke mit Rasenabfällen: irgendetwas mit dem richtigen Gewicht, etwas Breiiges. Aber warum sollte man sich die Mühe machen? Es wird niemand hineingucken.

Was, wenn sie den Bluff aufdeckt? Wenn sie sagen würde: *Ich will meinen geliebten Stan noch ein letztes Mal sehen.* Wenn sie eine Szene machen, sich auf den Sarg werfen und verlangen würde, dass der Deckel abgenommen wird. Und falls man sich weigerte, könnte sie sich an die Versammlung wenden und ihnen erzählen, was hier wirklich gespielt wurde: *Unschuldige Menschen werden umgebracht. So wie Sandi! So wie Stan! Und bestimmt noch jede Menge andere …*

Aber man würde sie innerhalb von Sekunden umzingelt und davongeschleppt haben, bis sie sich wieder beruhigt hätte, denn schließlich ist sie besinnungslos vor Gram. Und dann würde man sie auslöschen, genau wie Stan. *Ach Stan …*

Verflixt, noch mehr Tränen. Aurora drückt ihr zum Beweis ihres Beistands die Hand. Ed macht tätschel, tätschel, und Sekunden später wird sich sein Arm um ihre Schultern schlängeln. Auf ihrem weißen Taschentuch sind schwarze Flecken: Wimperntusche. »Geht schon wieder«, presst sie mühsam flüsternd hervor.

Jetzt tritt eine Sängerin auf, eine Frau aus Charmaines Strickkreis, dem zweiten. Sie setzt diese andächtige Sängerinnenmiene auf, sie bläht die Lungen und schiebt ihren schwarzen Rüschenbusen vor, dann öffnet sie den Mund, und was rauskommt, wird schrecklich sein, denn Charmaine erkennt die Melodie auf der Orgel: »Cry Me a River«. Die Frau singt gewaltig schief. Aus Angst vor einem Lachanfall schlägt Charmaine sich die behandschuhten Hände vors Gesicht. Du bleibst jetzt ernst, ermahnt sie sich.

Die Sängerin ist fertig, dem Himmel sei Dank. Als das Rascheln und Husten abgeebbt ist, hält einer von Stans Werkstattkollegen eine Rede im Namen von, wie er sagt, Stans Team. Gebeugter Kopf, Gewichtverlagern. *Ein super Typ, der Stan; immer voll dabei, stolz auf ihn, hat sich für uns alle geopfert, wird uns fehlen.* Charmaine hat Mitleid mit dem Sprecher, weil er getäuscht wurde. Genau wie alle anderen.

Dann zieht Ed umständlich seinen Arm zurück, rückt seinen Schlips gerade und betritt das Podium. Er räuspert sich, und da ist sie wieder, seine Fernsehstimme, warm und beruhigend, stark und glaubwürdig. Sie nimmt sie als Geräuschexplosionen wahr. *Haben uns hier versammelt bedauerlich heilig voller Trauer bewundernswert tapfer anhaltend heldenhaft für immer.* Und dann: *Gemeinsam Verlust Ehefrau Hilfe Hoffnung Gemeinschaft.*

Wenn sie die Wahrheit nicht wüsste, wäre Charmaine absolut überzeugt. Mehr als das, sie wäre bekehrt. Mach endlich, du Windbeutel, denkt sie.

Jetzt treten sechs von Stans Team nach vorn. Jetzt rollen sie den Sarg durch den Mittelgang. Jetzt beginnt die Musik: »Side By Side«.

Ich halte das nicht aus, denkt Charmaine. Seite an Seite, das hätten wir sein sollen, ich und Stan, auf Reisen, wie damals, durch jedes Wetter, sogar in diesem miefigen alten Auto, Hauptsache, zusammen. Und schon fließen wieder die Tränen.

»Stehen Sie auf«, sagt Aurora gerade zu ihr. »Sie müssen hinter dem Sarg hergehen.«

»Ich kann nicht, ich seh nichts.«

»Ich helfe Ihnen. Hoch mit Ihnen! Die Leute wollen Ihnen beim Empfang Ihr Beileid aussprechen.«

Empfang. Randlose Sandwiches mit Eiersalat. Spargelwraps. Zitronenschnitten. »Ihr Beileid aussprechen? Mir?« Charmaine unterdrückt ein Schluchzen. Das fehlt ihr gerade noch, ein hysterischer Anfall. »Ich kann nicht, ich kann jetzt nichts essen!« Warum macht der Tod die Leute immer so hungrig?

»Tief durchatmen«, sagt Aurora. »Schon besser. Sie werden

Hände schütteln und lächeln, mehr erwartet niemand von Ihnen. Danach fahr ich Sie nach Hause, und wir können besprechen, wie Ihre Trauertherapie aussehen soll. Die wird natürlich von Consilience übernommen.«

»Ich brauche keine Trauertherapie!«, schreit Charmaine fast.

»O doch«, sagt Aurora mit ihrem gespielten Mitgefühl. »Sogar dringend, denke ich.«

Das werden wir ja sehen, denkt Charmaine. Sie beginnt den Mittelgang hinunterzuschreiten, Auroras Hand stützt dabei ihren Ellenbogen. Ed ist aus dem Nichts wiederaufgetaucht und flankiert sie auf der anderen Seite, sein Arm klebt an ihrem Rücken wie ein Tintenfisch.

PERFEKT

Budge schiebt behutsam die Tür auf und lässt Stan den Vortritt. Der Raum kommt dem, was man original altmodisch nennt, ziemlich nah, und Stan hat dergleichen seit langem nicht mehr gesehen. Am Golfplatz von Emo-Robotics gab es eine Bar, die ähnlich aussah. Holzvertäfelung, Gardinen bis zum Boden, Orientteppiche. Im Kamin brennt ein Feuer, oder fast: eher Gas. Davor steht ein Sofa in Lederoptik.

Auf dem Sofa sitzt mit langen ausgestreckten Beinen eine der schönsten Frauen, die Stan jemals gesehen hat. Glänzendes dunkles Haar, schulterlang; unter dem Ausschnitt sind perfekte Brüste zu erahnen. Sie trägt ein schlichtes schwarzes Etuikleid und eine einzelne Perlenschnur. Heiße Nummer, denkt Stan.

Sie lächelt ihn an, ein neutrales Lächeln, wie man es einem Hundewelpen oder einer ältlichen Tante schenken würde. Da ist kein Funke, der überspringt, keine Chemie.

»Stan, ich möchte dir Veronica vorstellen«, sagt Budge. »Veronica, das ist Stan.«

»Veronica«, sagt Stan. Ist das dieselbe Veronica? Die Nutte aus dem PixelDust, von der Charmaine damals immer sagte, sie sei keine richtige Freundin? Wenn ja, hat sie einiges an sich machen lassen. Sie war vorher schon hübsch, aber jetzt ist sie wirklich der Hammer. »Kennen wir uns nicht?«, fragt er, und dann kommt er sich plump vor, weil sicher jeder Mann, den sie kennenlernt, dieselbe Frage stellt.

»Gut möglich«, sagt Veronica, »aber die Vergangenheit ist nicht mehr relevant.« Sie reicht ihm die Hand. Manikürte weinrote Fingernägel. Teure Uhr, eine Rolex. Kühle Handfläche. Sie schenkt ihm ein LED-Lächeln: leicht, aber ohne Wärme. »Ich soll dich also auf die andere Seite bringen?«

Stan schüttelt ihre Hand. Bring mich hin, wohin du willst, denkt er. So hatte er sich damals Jasmine vorgestellt – Jasmine, die verhängnisvolle Fantasie. Er muss aufpassen, er darf sich von seinen Eiern nicht an der Nase herumführen lassen. Ich warne dich, sagt er in Gedanken zu seinem Schwanz. Lass bloß die Hose zu.

»Setz dich, trink was«, sagt Veronica.

»Wohnst du hier?«, fragt Stan.

»Wohnen?«, fragt Veronica. Sie zieht eine perfekt geformte Augenbraue hoch.

»Das hier ist die Honeymoon-Suite«, sagt Budge. »Beziehungsweise eine davon. Wo die Sonderanfertigungen zum ersten Mal auf ihre … ihre …«

»Auf ihre Besitzer treffen«, sagt Veronica mit einem Edelmetall-Lachen. »Tja, eigentlich soll es Lust auf den ersten Blick sein, vonseiten … bei Leuten wie mir, aber in meinem Fall ging's voll daneben. Der Mann kam, um mich abzuholen, und nichts passierte.«

»Gar nichts?«, fragt Stan. Warum ist sie nicht wütend? Aber Budge sagte ja, so etwas komme nicht vor, zumindest nicht merklich. Sie scheinen nicht zu vermissen, was sie verloren haben.

»Es hat nicht gefunkt zwischen uns. Kein Prickeln. Er war stinksauer, aber ich konnte nichts tun. Consilience hat ihn vor die Wahl gestellt, entweder Geld zurück oder ein anderes Modell. Er ist immer noch am Überlegen.«

»Sie hätten Veronica nicht noch mal umpolen können«, sagt Budge. »Das wäre zu riskant gewesen. Am Ende hätte sie gar nichts mehr gekonnt außer sabbern.«

»Er wollte nur mich«, sagt Veronica achselzuckend. »Aber es geht nicht. Es ist nicht meine Schuld.«

»Schuld war irgendeine dusslige, wohlmeinende Kranken-schwester«, sagt Budge. »Wir hatten ein Foto von dem Mann, falls er's nicht so schnell aus seinem Meeting schafft. Aber die Schwes-ter drückte ihr ein Stofftier in die Hand. Als wär' sie ein kleines Mädchen.«

»Mein Kopf war in die Richtung gedreht, er war mein erster Anblick«, sagt Veronica. »Diese wunderschönen Augen, und wie er mich angeguckt hat.« Das Missgeschick schien ihr keine Probleme zu bereiten. »Zum Glück kann ich meinen Liebsten überall mit hinnehmen. Ich hab ihn immer dabei, in dieser Tasche hier. Ich würde ihn dir ja zeigen, aber am Ende verliere ich noch die Beherr-schung. Schon über ihn zu reden macht mich besinnungslos vor Lust.«

»Aber«, sagt Stan. »Du bist doch so schön!« Ist das ein Witz, wird er hier gerade nach Strich und Faden verarscht? Wenn nicht – was für eine verdammte Verschwendung. »Hast du's mal mit –«

»Mit einem anderen Mann versucht? Ich fürchte, das bringt nichts«, sagt Veronica. »Ich bin schlichtweg frigide, was echte lebende Männer anbelangt. Schon beim Gedanken daran wird mir übel. Das wurde mir so einprogrammiert.«

»Aber sie ist intelligent«, sagt Budge. »Gut in einer Notsitua-tion, und sie kann blitzschnell zutreten. Und sie macht, was man ihr sagt, solange es nicht um Sex geht. Du wirst also in sicheren Händen sein.«

»Ich werde dich auch nicht vergewaltigen«, sagt Veronica mit süßem Lächeln.

Schade eigentlich, denkt Stan. »Darf ich mal gucken?«, fragt er höflich und deutet auf die schwarze Tragetasche. Es drängt ihn zu sehen, wer sein Rivale ist.

»Nur zu«, sagt Veronica. »Na los. Du wirst lachen. Ich weiß, du glaubst mir das alles nicht, aber es ist wirklich wahr. Also noch mal zum Mitschreiben: Mach dir keine Hoffnungen. Ich würde dir ungern den Sack abschneiden.«

Ganz umgekrempelt wurde sie dann doch nicht, denkt Stan. Ihr Mundwerk hat sie behalten.

An der Tasche ist ein Reißverschluss. Stan öffnet ihn. Aus dem Innern der Tasche starrt ihm mit runden ausdruckslosen Augen ein blauer Strickteddybär entgegen.

TRAUERTHERAPIE

Irgendwie gelingt es Charmaine, den Empfang zu überstehen. Sie übersteht die Trauergäste, das Händedrücken, die bedeutsamen Blicke, das Armstreicheln und sogar die Umarmungen beider Bärenstrickkreise. Die zweite Gruppe hatte damals kaum ein Wort mit ihr gewechselt, als hätte sie irgendetwas verbrochen; jetzt aber, wo sie wirklich etwas verbrochen hat, überschlagen sie sich fast vor Mitgefühl mit ihrem Eiersandwichatem. *Da sieht man mal wieder*, wie Oma Win gesagt hätte. Aber was sieht man? Was lernen wir daraus? Dass die Menschen verblendet sind?

Unser ganz herzliches Beileid. Ach, verzieht euch!, würde Charmaine am liebsten schreien. Aber sie lächelt kraftlos und antwortet jeder einzelnen Frau: *O danke. Danke für deinen Beistand.* Übrigens: Als ich's wirklich gebraucht hätte, da habt ihr mich behandelt wie Hundekotze.

Jetzt sind sie in Auroras Wagen, Aurora sitzt vorne, und Charmaine isst das Spargelcanapé, das sie in einem unbemerkten Augenblick in eine Papierserviette gepackt und in ihre Handtasche gestopft hatte, denn bei allem Kummer muss man schließlich bei Kräften bleiben. Und jetzt sind sie bei Charmaine zu Hause, und Aurora setzt vor dem Spiegel im Flur ihren wenig schmeichelhaften schwarzen Hut ab. Und jetzt sagt sie: »Kommen Sie, wir ziehen uns die Schuhe aus und machen es uns gemütlich. Ich koch uns einen Tee, und dann können wir mit Ihrer Trauertherapie anfangen.« Sie verzieht ihr gestrafftes Gesicht zu einem Lächeln. Für einen flüchtigen Moment wirkt sie ängstlich; aber wovor sollte sie Angst haben? Da gibt es nichts. Anders als bei Charmaine.

»Ich brauche keine Trauertherapie«, murmelt Charmaine patzig. Sie fühlt sich körperlos und auch wacklig auf den Beinen, als wäre der Fußboden abschüssig. Unsicher stöckelt sie zur Couch und lässt sich hinplumpsen. Sie wird sich von diesen hundsgemeinen halbseidenen Leuten auf keinen Fall eine Trauertherapie aufdrücken lassen. Worum sollte es denn überhaupt gehen bei dieser Therapie? Um Stans angeblichen Tod oder um seinen tatsächlichen Tod? So oder so, ihr würde der Kopf platzen.

»Glauben Sie mir, es wird Ihnen guttun«, sagt Aurora und verschwindet in der Küche. Sie wird mir eine Pille in den Tee tun, denkt Charmaine. Sie wird mein Gedächtnis auslöschen, das verstehen die wahrscheinlich unter Trauertherapie. In der Küche geht das Radio an: »Happy Days Are Here Again«. Charmaine stellen sich die Nackenhaare auf: Spielen die das jetzt mit Absicht? Wissen die um Charmaines Angewohnheit, ihre Lieblingsmelodien vor sich hin zu summen, während sie sich für die Sonderbehandlungen bereit machte?

Aurora taucht in ihren Nylons auf, sie trägt ein Tablett mit einem Teller Haferkekse und drei Tassen. Nicht zwei, nein, drei Tassen. Charmaine friert plötzlich am ganzen Leib: Wer ist da noch in der Küche?

»So Mädels«, sagt Aurora. »Lasst uns feiern!«

Die Frau von der Überwachung spaziert aus der Küche. Sie hat einen blauen Strickteddy in der Hand. Ihre Miene ist – ja wie eigentlich? Sarkastisch, hätte Charmaine früher gesagt. Oder eher neugierig. Aber verhohlen neugierig.

»Was machen Sie in meiner Küche?«, fragt Charmaine. Ihre Stimme quiekt fast vor Wut. Allmählich reicht's! Das ist Hausfriedensbruch! Halt dich zurück, sagt sie zu sich: Diese Frau könnte dich mit einem einzigen Wort vernichten.

»Streng genommen handelt es sich jeden zweiten Monat um meine Küche«, sagt die Frau. »Ich heiße Jocelyn. Wie es der Zufall will, wohne ich hier, wenn ich nicht vom Gefängnis aus arbeite.«

»Jocelyn? Sie sind meine *Tauschpartnerin*?«, sagt Charmaine. »Dann sind Sie …« Oh, nein. »Die Frau von Max! Oder Phil oder wie auch immer sein richtiger …«

»Vielleicht sollten wir erst unseren Tee trinken«, sagt Aurora. »Bevor wir klären, wer nun wessen –«

»Es spielt keine Rolle, wer wessen Frau ist«, sagt Jocelyn. »Wir haben jetzt keine Zeit für sexuelle Präferenzen. Ich möchte, dass Sie mir sehr genau zuhören. Es hängen einige Menschenleben davon ab.« Sie wirft Charmaine einen strengen Sportlehrerinnenblick zu.

Du liebe Güte, denkt Charmaine. Was habe ich denn jetzt schon wieder falsch gemacht?

»Erstens«, sagt Jocelyn, »Stan ist nicht tot.«

»Doch, das ist er!«, sagt Charmaine. »Sie lügen! Ich weiß, dass er tot ist! Er muss tot sein!«

»Sie glauben, Sie hätten ihn umgebracht«, sagt Jocelyn.

»Ich sollte doch!«, sagt Charmaine.

»Ich habe Ihnen gesagt, Sie sollen die Sonderbehandlung vornehmen«, sagt Jocelyn, »und Sie haben es getan. Danke dafür, und für Ihre heftige Reaktion; das war uns eine große Hilfe. Aber das von Ihnen verabreichte Medikament hat lediglich eine vorübergehende Bewusstlosigkeit ausgelöst. Stan befindet sich nicht weit vom Gefängnis an einem sicheren Ort und wartet auf weitere Instruktionen.«

»Sie lügen doch schon wieder!«, sagt Charmaine. »Wenn er

lebt, warum haben Sie mich dann gezwungen, dieses ganze Beerdigungstheater mitzuspielen?«

»Ihre Trauer musste echt sein«, sagt Jocelyn. »Die Gesichtserkennungstechnologie ist heute schon sehr weit. Wir mussten allen, die Sie beobachteten, eine Realität bestätigen, in der Stan tot ist. Nur als Toter kann er uns nützlich sein.«

Nützlich wofür?, fragt sich Charmaine. »Das glaube ich Ihnen nicht!«, sagt sie. Ist da irgendwo in ihr noch ein Schmetterling der Hoffnung?

»Hören Sie einen Moment zu. Ich soll Ihnen etwas ausrichten«, sagt Jocelyn. Sie hantiert an dem blauen Teddy herum, und aus dem Bauch des Bären kommt Stans Stimme: *Hallo Schatz, ich bin's, Stan. Es ist alles gut, ich lebe. Die holen dich raus, wir können wieder zusammen sein, aber du musst Vertrauen haben, du musst machen, was sie dir sagen. Ich liebe dich.* Die Stimme ist blechern und klingt weit weg. Es macht Klick.

Charmaine ist fassungslos. Das kann doch nur ein Fake sein! Aber wenn es wirklich Stan ist, woher soll sie wissen, dass er für sich selbst sprechen darf? Sie hat vor Augen, wie man ihm eine Waffe an den Kopf hält und er gezwungen wird, diese Nachricht aufzunehmen. »Spielen Sie sie noch mal ab.«

»Sie hat sich selbsttätig gelöscht«, sagt Joceyln. Sie holt ein kleines quadratisches Ding aus dem Bären und zerdrückt es unter ihrem Absatz. »Aus Sicherheitsgründen. Sie wollen doch nicht mit einem heißen Teddybären erwischt werden. Also, werden Sie Stan helfen?«

»Wobei denn helfen?«, fragt Charmaine.

»Das müssen Sie jetzt noch nicht wissen«, sagt Jocelyn. »Stan wird es Ihnen erzählen, sobald wir Sie rausgebracht haben. Oder zumindest weit genug raus.«

»Aber er weiß, dass ich ihn umgebracht habe«, sagt Charmaine und beginnt wieder zu schniefen. Selbst wenn sie außerhalb von Positron wieder zusammenkommen, wie soll er ihr jemals vergeben?

»Ich werde ihm erzählen, Sie hätten gewusst, dass es nicht echt war«, sagt Jocelyn. »Das tödliche Medikament. Aber ich kann ihm natürlich auch das Gegenteil erzählen, und dann wird er Sie hassen, und Sie können hier für immer eingesperrt bleiben. Big Ed ist scharf auf Sie, und mit einem Kichern kommen Sie aus der Nummer nicht raus. Er lässt sich einen Sexbot nach Ihrem Vorbild machen.«

»Einen was?«, fragt Charmaine.

»Einen Sexbot. Einen Sexroboter. Ihr Gesicht ist schon modelliert; als Nächstes kommt der Körper.«

»Aber das dürfen die nicht!«, sagt Charmaine. »Nicht ohne mich zu fragen!«

»O doch, sie dürfen«, sagt Jocelyn. »Und wenn er damit genug geübt hat, wird er die Echte haben wollen. Irgendwann wird er genug von Ihnen haben, falls die großen Männer der Geschichte irgendein Anhaltspunkt sind – ich sag nur Heinrich der Achte –, und wo bleiben Sie? Am falschen Ende der Behandlung, würde ich denken.«

»Das ist total gemein«, heult Charmaine. »Wo soll ich denn hin?«

»Sie können hierbleiben und Eds Spielball sein, oder Sie können etwas mit uns wagen, und dann mit Stan. Sie haben die Wahl.« Jocelyn beißt von ihrem Keks ab und beobachtet Charmaines Gesicht.

Das ist alles ganz schrecklich, denkt Charmaine. Ein Sexbot nach ihrem Abbild, wie gruselig ist das denn. Ed muss verrückt sein; und trotz seiner Nachricht muss Stan doch megawütend auf sie sein. Warum muss sie sich zwischen zwei grauslichen Sachen entscheiden? »Und was soll ich für Sie machen?«, fragt sie.

Was sie machen soll, ist schnell erzählt. Sie soll sich an Ed ranmachen, seine Nähe suchen, aber nicht zu offensichtlich – nur zur Erinnerung: Sie ist trauernde Witwe –, und dann über alles berichten, was er sagt und was ihr so auffällt, zum Beispiel in seinen Schreibtischschubladen oder in seinem Aktenkoffer, oder vielleicht auf seinem Telefon, für den Fall, dass er unachtsam wird; aber das – die Unachtsamkeit – wird ganz von ihr abhängen. Sie soll ihn ermutigen, mit dem Schwanz zu denken, ein mit Hirnmasse bekanntlich nicht gerade überfrachtetes Körperglied. So weit fürs Erste, und mehr als das verlange man derzeit nicht. Sagt Jocelyn.

»Muss ich denn mit ihm, na ja«, sagt Charmaine, »bis zum Äußersten gehen?« Wenn sie sich vorstellt, wie Ed auf ihrem nackten Körper herumrutscht, wird ihr flau im Magen.

»Absolut nicht. Das ist sogar ein wesentlicher Punkt. Sie müssen ihn hinhalten«, sagt Jocelyn. »Wenn er auf Tuchfühlung geht, sagen Sie ihm, sie seien noch nicht so weit. Sie können eine Zeitlang auf Trauer plädieren. Er gehört zu der Realität, in der Stan tot ist, er wird es also nachvollziehen können. Sogar begrüßen. Er kennt die Videos von Ihnen und Phil nicht – dafür habe ich gesorgt –, er hält Sie also für sittsam. Das ist mit ein Grund, warum er so besessen ist von Ihnen: Wo findet man heutzutage noch ein sittsames Mädchen?«

Ist das ein Zucken, ein Beinahe-Lächeln? »Wenn Sie uns nicht helfen wollen, könnten wir ihm die Videos zeigen. Seine Reaktion wäre ungünstig. Zumindest käme er sich hintergangen vor.«

Charmaine errötet. Sie *ist* sittsam, es ist nur, dass … Die Sache mit Max, da war sie nicht sie selbst, wie hätte das gehen sollen. Vielleicht hat er sie irgendwie hypnotisiert. Was sie alles gesagt hat, weil er es so wollte … Und es wurde aufgezeichnet. Das ist Erpressung! »Also gut«, sagt sie widerwillig. »Ich versuch's.«

»Eine angemessene Entscheidung«, sagt Aurora. »Ich bin sicher, Sie werden das einsehen, mit der Zeit. Sie werden mir – uns – noch viel mehr helfen, als Sie ahnen. Hier, nehmen Sie doch einen Keks.«

VERKLEIDUNGEN

In dem Zimmer bei Potentibots, das Budge ihm zugewiesen hat, döst Stan unruhig vor sich hin. Er träumt von blauen Bären: Sie sind draußen vor dem Fenster, sie spähen zu ihm herein. Sie klettern auf die Fensterbank, sie wackeln vielsagend, sie starren ihn mit ihren runden ausdruckslosen Augen an. Jetzt lachen sie ihn aus, sie blecken reihenweise spitze Haifischzähne. Sie quetschen sich durch das halb offene Fenster in sein Zimmer und fallen auf sein Bett ...

Er schreckt aus dem Schlaf und stößt ein gedämpftes Bellen aus, aber es ist nur Veronica, die seinen Arm schüttelt. »Beeil dich«, sagt sie. Es gebe schlechte Neuigkeiten: Drüben in Eds Büro hätten die IT-Leute gemerkt, dass von einigen wichtigen Dateien Kopien gemacht wurden. Und zwar von den Dateien, die Stan auf dem USB-Stick nach draußen schaffen solle. Es werde garantiert am nächsten Morgen eine gründliche Durchsuchung geben. Zum Glück sei ein dringender Auftrag reingekommen: Fünf Elvisse würden mit Ziel Las Vegas um drei Uhr morgens aus Positron rausgehen, darunter auch er. Sie und Budge hätten alles vorbereitet in der Frachtabteilung, aber er müsse sofort mitkommen.

Er schlüpft in seine Sachen und folgt ihr. Sie trägt Jeans und T-Shirt, eigentlich ganz normale Klamotten, aber an ihr sieht alles aus wie Seide. Das Leben ist ungerecht, denkt er mit Blick auf ihren Hüftschwung, mit dem sie vor ihm durch die Gänge eilt.

Sie hat all die richtigen Magnetkarten und führt ihn durch eine Reihe von Türen bis in die Frachtabteilung. »In der Herrentoilette findest du alles, was du brauchst«, sagt sie. »Ich bin solange bei den Damen und ziehe mich um.«

»Du kommst mit nach Vegas?«, fragt er idiotisch.

»Natürlich«, sagt sie. »Ich bin deine Aufpasserin. Haben wir doch gesagt!«

Die Zeit ist knapp. In einer der Kabinen hängt das Elvis-Kostüm. Stan quält sich hinein: Es ist eine halbe Nummer zu klein. Kann er vom Gefängnisbier wirklich so viel zugenommen haben, oder hat ihm irgendein Bondage-Fetischist dieses elende Kostüm ausgesucht? Die weiße Schlaghose sitzt viel zu eng, die Plateauschuhe drücken, der Gürtel mit der dicken türkis-silbernen Schnalle schafft es kaum um seine Hüften. Hat Elvis ein Korsett getragen oder was? Den Kerl muss es chronisch im Schritt gekniffen haben. Die Jacke ist mit Nieten und Pailletten übersät, darüber ein kurzer Umhang; der Kragen steht hoch wie bei Graf Dracula, die Schulterpolster sind grotesk.

Die schwarze Perücke ist glitschig – aus irgendeinem Synthetikstoff –, aber er schafft es, sie über sein Haar zu stülpen. Sein Kopf wird kochen in diesem Ding! Die Augenbrauen lassen sich relativ leicht aufkleben, die Koteletten dafür weniger; erst beim zweiten Versuch klappt es. Er trägt Bronzepuder mit dem dazugehörigen Pinsel auf: Sofortbräune. Es ist wie an Halloween, damals als Kind. Sieht wahrscheinlich beschissen aus, aber wer soll ihn schon sehen? Niemand, wenn er Glück hat.

Alles, was bleibt, sind die klobigen Ringe – die hebt er sich für den Schluss auf – und die falschen Lippen, Ober- und Unterlippe inklusive Klebstoff. Nicht der große Hit, die Lippen fühlen sich problematisch an, aber zumindest bleiben sie haften.

Er posiert vor dem Spiegel, schenkt sich ein schiefes Grinsen; wobei das kaum nötig ist, weil die Lippen von allein grinsen. Darunter sind seine eigenen Lippen halb gelähmt. Er zuckt mit seinen neuen schwarzen Augenbrauen, wirft den Kopf zurück und streicht sich die Haare glatt. »Du alter Herzensbrecher«, sagt er. »Auferstanden von den Toten.« Die falschen Lippen sind schwer zu manövrieren, aber das kriegt er noch raus. Seltsamerweise hat er wirklich eine gewisse Ähnlichkeit mit Elvis. Ist das alles, was wir sind?, denkt er. Unverwechselbare Kleider, eine Frisur, ein paar übertriebene Merkmale, eine Geste?

Ein diskretes Klopfen an der Tür. Es ist Veronica in ihrem Marilyn-Kostüm mit kurzer blonder Perücke. Sie hat sich das schwarze Kostüm aus *Niagara* ausgesucht, das mit dem hautengen Rock und dem weißen Tuch. Ihr Mund glänzt wie rotes Plastik. Er muss zugeben, sie sieht fantastisch aus; sie sieht der echten Marilyn sogar ähnlich. Sie hat eine große schwarze Tasche dabei, in dem zweifellos ihr blauer Strickfetisch steckt.

»Können wir los?«, fragt sie. »Ich leg dich in deine Kiste, dann macht Budge dasselbe mit mir. Die Lieferung ist in deiner Gürtelschnalle, also bloß nicht verlieren! Wir müssen uns beeilen. Warte, lass mich kurz deinen Teint nachbessern.« Sie findet den Pinsel, trägt noch etwas Puder auf sein Gesicht auf. Sie kommt ihm viel zu nah; das hier ist die reine Folter, aber sie scheint sich dessen nicht bewusst. Er hätte große Lust, sie an sich zu drücken, seine Nase in ihr Marilyn-Haar zu vergraben und seinen Gummimund auf ihre knallroten Lippen zu drücken, so sinnlos das auch wäre. »Voilà«, sagt sie. »Jetzt bist du perfekt. Du siehst genauso aus wie ein Elvis-Bot. Dann wollen wir dich mal einpacken.«

Auf der Transportkiste steht ELVIS/UR-EL in schablonierten Blockbuchstaben; sie ist eine von fünf Kisten, die sich auf dem Verladedeck stapeln, bereit zur Verfrachtung. Daneben stehen fünf kleinere Kisten mit der Aufschrift MARILYN/UR-ML, eine mit aufgeklapptem Deckel. Sie ist mit rosa Satin ausgekleidet und mit Styroporflocken gefüllt, damit die Fracht keinen Schaden nimmt. Seine eigene Kiste ist innen blau. »Ist das hier sicher?«, fragt er beim Hineinklettern. »Wie soll ich denn Luft kriegen?«

»Es gibt Luftlöcher«, sagt sie. »Sie sind sehr unauffällig, ein Bot würde sie natürlich nicht brauchen. Ich leg dir diese Wärmflasche hier mit rein, sie ist leer. Siehst du, sie ist direkt neben deinem Ellbogen. Du solltest genug Bewegungsfreiheit mit den Armen haben, um reinpinkeln zu können, wenn du mal musst. Hier sind ein paar Pillen, falls du Panik bekommst, die hauen dich sofort um, aber nimm nicht mehr als zwei auf einmal. Ach ja, und hier ist Wasser, ich leg dir drei Flaschen rein, wir wollen ja nicht, dass du verdurstest, und ein paar Handwärmer, falls dir kalt wird im Flieger. Und einen Energieriegel für den Hunger. Ich sorge dafür, dass sie dich sofort rauslassen, sobald wir da sind!«

Und wenn nicht?, würde Stan am liebsten schreien. »Okay«, sagt er bemüht lässig.

»Wenn was schiefläuft und du von der falschen Person gefunden wirst, sagst du einfach, du wärst unter Drogen gesetzt worden und hättest keine Ahnung, wie du in die Kiste gekommen bist«, sagt Veronica. »In Vegas glaubt man so was. Und jetzt schlaf gut! Da kommt Budge, jetzt bin ich dran.«

Sie schließt den Deckel, und Stan hört, wie die Verschlüsse zuschnappen. Jetzt liegt er im Dunkeln. Scheiße, denkt er. Wenn das mal nicht in die Hose geht. Im besten Fall schafft er's bis nach Vegas, hängt Veronica ab, entsorgt das Kostüm und macht sich vom Acker – nur wie? –, um Conor zu suchen, denn ein Leben als Gesetzloser scheint ihm deutlich reizvoller als alles, was er sonst zurzeit so veranstaltet. Wobei das nicht funktionieren wird, weil Conor über Budge ja den Auftrag hat, ihn mit irgendjemandem in Kontakt zu bringen, und das wird er auch tun.

Im schlimmsten Fall … Er hat ein Bild von sich vor Augen: allein in seiner Kiste in einem nächtlichen Flughafen in der Wildnis von, sagen wir, Kansas, und wie er ungehört vor sich hin jammert: *Hilfe! Lasst mich raus!*

Oder, schlimmer noch, von irgendeinem verpeilten Spürhund als Terrorbedrohung erkannt und von der inneren Sicherheit gesprengt. Überall Koteletten und Silber. Ach, scheiß drauf! *Elvis has left the building!*

Er zappelt in seinem glatten Satinkokon und sucht nach einer bequemen Lage. Er will keine Pille nehmen, er hat in letzter Zeit genug Drogen konsumiert. Es ist stockfinster; noch ein paar Stunden hier drin, und er fängt an, weiße Mäuse zu sehen. Es ist jetzt schon stickig; es stinkt nach Lippen-Klebstoff. Vielleicht törnt ihn der ja an, und er ist weniger nervös. Wann genau ist er eigentlich in all das hineingeraten, was ihn jetzt in diese dunkle Sackgasse geführt hat, wie konnte er sich nur zu so bescheuerten Eskapaden hinreißen lassen, und was ist aus seiner vermeintlichen Frau geworden? Wird er Charmaine jemals wiedersehen? Hätte er nur ihren Modellkopf mitgehen lassen, dann hätte er zumindest etwas Greifbares.

Das Bild ihres hübschen, blassen, tränenüberströmten Gesichts taucht vor ihm auf. Sie hat eigentlich kaum eine Wahl gehabt; sie ist genauso wenig vorbereitet auf diesen ganzen Mist wie er. Und wie er so daliegt in der glänzenden Leere mit seinem Elvis-Kragen, der ihm im Nacken juckt, und der Elvis-Perücke, die ihm die Kopfhaut weichkocht, vergibt er ihr alles: ihr widerliches Intermezzo mit Phil/Max, den Augenblick, als sie ihn umzubringen glaubte, ja sogar ihren Bettwäschewahn und die Kaffeebecher mit den Zwergen. Er hätte sie mehr achten sollen, er hätte besser für sie sorgen sollen.

Direkt neben seinem Ohr hört er Veronicas Stimme. Sie flüstert: *Hallo, Stan. Da sind Mikros in deinem Schulterpolster und in meinem Bären. Das ist unser Walkie-Talkie, supersicher, nur du und ich. Ich wollte dir nur sagen, es ist alles gut, ich bin jetzt in meiner Kiste, es geht jeden Moment los. Ich mach Schluss. Entspann dich einfach.*

Genau, denkt Stan und merkt, wie er mit dem Fußende in die Luft gehoben wird. Verdammte Scheiße.

XI RUBY SLIPPERS

FLIRT

Charmaine und Ed sitzen abends im Together, im selben Restaurant, wo Charmaine und Stan an ihrem ersten Abend essen waren, bevor sie den Vertrag unterschrieben. Es war alles so zauberhaft damals. Die weißen Tischdecken, die Kerzen, die Blumen. Ein Traum. Und hier ist sie nun wieder und muss versuchen, sich nicht an diesen ersten Abend zu erinnern, als alles noch ganz einfach schien. Als sie wirklich ihre Gefühle zum Ausdruck bringen konnte.

Jetzt ist überhaupt nichts mehr einfach. Jetzt ist sie Witwe. Jetzt ist sie Spionin.

Sie findet dieses Treffen mit Ed etwas schwierig. Mehr noch: Sie weiß nicht, wie sie vorgehen soll, denn es ist unklar, was er will, oder nicht *was*, sondern *wann* er es will. Warum kann er es nicht einfach sagen?

»Alles in Ordnung mit Ihnen?«, fragt Ed besorgt, und sie sagt: »Mir geht's gut, es ist nur …« Dann entschuldigt sie sich und sucht die Toilette auf. Es wird erwartet, dass sie immer wieder von Kummer übermannt wird, was sogar wirklich der Fall ist, nur im Moment nicht. Doch die Damentoilette ist ein zuverlässiger Ort, ein Ort, wohin man sich in einem solchen Moment zurückziehen kann. Sie haben noch nicht mal zu essen angefangen, und schon braucht sie eine Auszeit.

Es hat etwas Beruhigendes, hier drin, etwas Luxuriöses, wie eine Wellness-Oase. Die Oberflächen sind aus Marmor, die Waschbecken lang und aus Edelstahl, mit einer Reihe von kleinen Hähnen versehen, aus denen ununterbrochen ein dünner Strahl silbriges Wasser schießt. Die Handtücher sind nicht aus Papier, sondern aus weichem weißem Baumwollfrottee, und glücklicherweise gibt es keinen Handtrockner, der einem die Haut bis zu den Handgelenken knittrig bläst; sie kann die Dinger nicht leiden, sie hat dann immer vor Augen, dass die menschliche Haut sich abschälen lässt wie bei einer Orange.

Wenn keine Handtücher da sind, setzt sie sich lieber der Bakteriengefahr aus und wischt sich die Hände an ihrem Rock ab.

Da steht eine Lotion, die angeblich aus echten Mandeln ist: Charmaine trägt ein wenig davon auf ihre Innenarme auf, sie atmet den Duft. Könnte sie doch nur hierbleiben, für immer und ewig. Ein Ort für Frauen. Eine Art Kloster. Nein, ein Ort für Mädchen, unschuldig wie die weißen Baumwollnachthemden, die sie anhatte, wenn sie bei Oma Win war, als sie sauber sein durfte und noch nicht verletzt und ängstlich war. Ein Ort, wo sie sich sicher fühlt.

Wenn man mit der Hand vor dem Toilettenpapierspender wedelt, ertönt eine Melodie. Es ist die Together-Melodie; sie stammt aus einem alten Lied, in dem es darum geht, dass man nicht viel Geld hat und prollige Sachen anhat und immer weiterziehen muss, mehr oder weniger wie es war, als sie und Stan in ihrem Auto lebten; aber in dem Lied spielt das alles keine Rolle, weil die beiden zusammen sind und zusammen ein Lied singen. Ein Lied übers Zusammensein für das Together.

Dieses Lied lügt. Kein Geld zu haben spielt sehr wohl eine Rolle, genauso wie schäbige Klamotten. Aus diesem Grund hatten sie sich ja für das Projekt gemeldet.

Sie wirft einen prüfenden Blick in den Spiegel, zieht ihre Lippen nach. Warum bloß kann sie nicht mit Ed? Weil er sie an diesen gestörten Typen aus der Schule erinnert, der sie damals so anhimmelte, wie hieß er noch gleich …

Wach auf, Charmaine, sagt ihr Spiegelbild. Er hat dich nicht nur angehimmelt. Er wollte was von dir, widerwärtig war das, er hat dir anonyme Briefe in dein Schließfach gelegt, da er offenbar die Kombination kannte, obwohl du zwei Mal das Schloss ausgetauscht hast. In diesen Briefen – ausgedruckt, nicht gemailt und nicht per SMS, so schlau war er immerhin – zählte er auf, über welche Körperstellen und in welche Körperstellen hinein er gern seine

Hände gleiten lassen würde. Dann kam der Tag, an dem er ein feuchtes Taschentuch in ihrer Jackentasche hinterließ, das nach Wichse stank; supereklig. Wie konnte er auf die Idee kommen, dass sie das auch nur im Entferntesten reizvoll finden könnte?

Wobei es vielleicht gar nicht sein Ziel war, reizvoll auf sie zu wirken. Vielleicht war es sein Ziel, sie abzustoßen und sie dann trotz ihres Widerwillens zu überwältigen. Der feuchte Traum eines Jungen, der ein Löwenkönig sein wollte, aber eigentlich nur ein schmieriger Versager war.

Sie kehrt zurück an den Tisch. Ed steht auf, hält ihr den Stuhl. Die Vorspeise, Avocado mit Shrimps, steht schon da, und eine Flasche Weißwein in einem silbernen Kühler. Er hebt das Glas und sagt: »Auf eine hellere Zukunft«, was in Wirklichkeit bedeutete: »Auf uns«, und was bleibt ihr anderes übrig, als ebenfalls das Glas zu heben? Sie tut es jedoch auf bescheidene Weise. Bebend. Dann seufzt sie. Das Seufzen muss sie nicht spielen. *Seufz* – genau so fühlt sie sich.

Sie tupft sich den Augenwinkel trocken, faltet die Spuren der schwarzen Wimperntusche in ihre Serviette ein. Männer denken nicht gern über Schminke nach, sie denken gern, alles an einem sei echt. Außer natürlich, sie wollen einen für ein Luder und alles an einem für unecht halten.

»Mir ist klar, wie schwer es Ihnen fallen muss, an eine hellere Zukunft zu glauben, so kurz nach dem …«, sagt er.

»O ja. Es ist schwer. Es ist wahnsinnig schwer. Ich vermisse Stan so sehr!« Was der Wahrheit entspricht, aber gleichzeitig sinniert sie über das Wort Luder. Max hatte sie zu Boden gedrückt: *Sag es, sag es* … Sie presst die Beine zusammen. Könnte sie ihn nicht … Aber nein, Jocelyn steht zwischen ihnen mit ihrem hämischen Grinsen und diesen erpresserischen Videofilmen. Sie wird es niemals zulassen, dass Charmaine noch einmal mit Max zusammenkommt, nie wieder.

Das ist vorbei, Charmaine, ermahnt sie sich. Das war einmal.

»Er ist als Held gestorben«, sagt Ed pietätvoll. »Wie wir alle wissen.«

Charmaine sieht hinunter auf ihre halb gegessene Avocado. »Ja, das ist sehr tröstlich.«

»Wobei ich Ihnen der Fairness halber sagen muss, dass es da gewisse Zweifel gab.«

»Oh«, sagt sie. »Wirklich? Was denn für Zweifel?« Eine Welle der Kälte schwappt aus ihrer Magengegend hoch. Sie klimpert mit den Wimpern. Ist sie rot geworden?

»Nichts, worüber Sie sich jetzt den Kopf zerbrechen müssten«, sagt er. »Nur ein Gerücht, unverantwortlich. Dass Stan nicht bei einem Brand ums Leben gekommen sei, sondern anders. Die Leute spinnen sich manchmal sehr gehässige Dinge zusammen! Nun, Unfälle kommen vor, und Informationen geraten durcheinander. Aber ich kann mich für Sie um dieses Gerücht kümmern. Ich kann es im Keim ersticken.«

Du Mistkerl, denkt sie. Du willst mich kaufen. Du weißt, dass ich Stan getötet habe, du weißt, dass ich tun muss, als wäre er gestorben, um die Hühner zu retten, und jetzt setzt du mich unter Druck. Aber pass gut auf, ich weiß etwas, was du nicht weißt. Stan ist gar nicht tot, und ich bin bald wieder mit ihm zusammen.

Es sei denn, Jocelyn lügt.

»Ist das da noch in Arbeit?«, fragt der Kellner, ein junger Mann mit hellbraunem Teint in einer weißen Jacke. Im Together soll alles aussehen wie in einem alten Schwarz-Weiß-Film. Aber niemand in einem alten Schwarz-Weiß-Film würde sagen: *Ist das da noch in Arbeit?*, als wäre Essen eine Art Job. Er hat vergessen, *gnädige Frau* hinzuzufügen.

»Nein, danke«, sagt sie mit zittrigem kleinem Lächeln. Zu traurig, zu zart, zu gebeutelt vom Schicksal, um etwas so Deftiges, Gieriges, Unappetitliches zu tun wie kauen: Genau das ist ihre Legende. Sie kann sich den Bauch vollschlagen, sobald sie wieder zu Hause ist. Sie hat noch eine Tüte Kartoffelchips im Schrank, falls Jocelyn und Aurora die sich nicht unter den Nagel gerissen haben, so wie sie sich alles andere in Charmaines Leben unter den Nagel gerissen haben.

Der Kellner zieht hastig den Teller weg. Ed beugt sich vor. Charmaine lehnt sich zurück, aber nicht zu weit. Das schwarze Teil mit dem V-Ausschnitt war vielleicht doch keine so gute Idee. Sie hätte etwas anderes angezogen, aber Jocelyn hatte es für sie ausgesucht. Darunter einen Push-up-BH. »Sie müssen ihm suggerieren, dass er Ihnen bis unten reingucken könnte«, hatte sie gesagt. »Aber lassen Sie es nicht wirklich zu. Denken Sie dran, Sie sind in Trauer. Verwundbar, aber unerreichbar. Das ist Ihre Strategie.«

Auf diese Weise heimlich mit Jocelyn zusammenzuarbeiten – das war irgendwie auch aufregend. Das musste sie zugeben. Sie hatte sich sorgfältig geschminkt, etwas mehr Puder aufgetragen für die Blässe.

»Ich respektiere Ihre Gefühle«, sagt Ed. »Aber Sie sind jung, Sie haben noch Ihr ganzes Leben vor sich. Sie sollten das Beste daraus machen.« Da kommt seine Hand, sie schiebt sich langsam über das weiße Tischtuch, wie ein Rochen aus einer dieser Tiefsee-Dokus. Sie landet auf ihrer Hand, die sie nicht so achtlos auf dem Tisch hätte herumliegen lassen dürfen.

»Ich habe das Gefühl, ich kann das nicht«, sagt Charmaine. »Das Beste daraus machen. Es fühlt sich an, als wäre mein Leben vorbei.« Die Hand wegzuziehen wäre unerhört unhöflich. Es käme einer Ohrfeige gleich. Seine Hand bedeckt ihre: Sie ist feucht. Tätschel, tätschel, tätschel, drück. Dann zieht er sie dankenswerterweise zurück.

»Wir müssen zusehen, dass Sie wieder ein bisschen Farbe kriegen«, sagt Ed. Jetzt macht er auf väterlich. »Ich hab für uns beide das Steak bestellt. Das bringt Ihre Eisenwerte wieder in Schwung.«

Und jetzt steht es vor ihr, das Steak, knusprig braun mit schwarzem Kreuzmuster und triefend von heißem Blut. Daneben liegen drei Minibrokkolis und zwei Frühkartoffeln. Es riecht köstlich. Sie stirbt fast vor Hunger, aber es wäre dumm, dergleichen durchblicken zu lassen. Winzige damenhafte Bissen, wenn überhaupt. Vielleicht sollte sie ihn das Fleisch für sie schneiden lassen. »Oh, das ist viel zu viel«, haucht sie. »Das schaff ich nie …«

»Sie müssen es versuchen«, sagt Ed. Wird er so weit gehen, ihr einen Bissen in den Mund zu schieben? Wird er sagen: »Mund auf«? Um ihm zuvorzukommen, knabbert Charmaine an einem Brokkoliröschen.

»Sie sind so gut zu mir gewesen«, sagt sie. »Eine große Stütze.« Ed lächelt, diesmal mit fettglänzenden Lippen.

»Ich möchte Ihnen helfen«, sagt er. »Sie sollten nicht wieder zurück auf Ihre alte Stelle im Krankenhaus, da stünden Sie zu sehr unter Druck. Zu viele Erinnerungen. Ich glaube, ich hätte da einen Job, der Ihnen gefallen könnte. Nichts allzu Anspruchsvolles. Sie könnten es langsam angehen lassen.«

»Oh«, sagt Charmaine. Sie darf nicht zu erwartungsvoll klingen. »Was denn für einen Job?«

»Sie würden mit mir zusammenarbeiten«, sagt Ed. »Als meine persönliche Assistentin. So kann ich ein Auge auf Sie haben. Und dafür sorgen, dass Sie sich nicht überanstrengen.«

Fall ich nicht drauf rein, denkt Charmaine. »Na ja, ich weiß nicht genau … Das klingt …«, sagt sie, als würde sie mit sich hadern.

»Das müssen wir nicht jetzt besprechen«, sagt er. »Wir haben genug Zeit, später. Nun seien Sie schön brav und essen Ihren Teller leer.«

Das ist die Rolle, die er für sie ausgesucht hat. Braves Mädchen. Sehnsucht nach Max steigt jäh in ihr auf. Bei ihm war sie ein böses Mädchen. Ein böses Mädchen, das bestraft werden musste. Sie beugt sich vor, um eine Kartoffel zu zerschneiden, und auch Ed beugt sich vor. Sie weiß genau, was er aus seinem Blickwinkel sehen kann: Sie hat die Achsen im Spiegel geprobt. Die Wölbung der Brust mit einem Rand aus schwarzer Spitze.

Schwitzt er? Ja, deutlich. Ist das sein Knie, unterm Tisch, mit dem er ihres sanft streift? Ja, ist es: Sie kennt das, wenn man unterm Tisch von fremden Knien gestreift wird. Sie rückt ihr Knie ein Stück weg.

»Sehen Sie«, sagt sie. »Ich esse. Ich bin brav.« Sie blickt ihn über den Rand ihres Weinglases hinweg an: mit ihrem blauäugigen Blick, ihrem Kinderblick. Dann trinkt sie einen Schluck Wein und formt die Lippen zum Schmollmund. Vielleicht lässt sie einen Lippenstiftkuss für ihn auf dem Glas zurück, wie aus Versehen. Einen blassen Kuss, den Schatten eines Kusses, wie ein Flüstern. Nichts allzu Aufdringliches.

VERFRACHTET

Stan wacht auf und schläft ein, wacht auf und schläft ein. Wacht auf. Er hat doch eine von Veronicas Pillen genommen, die ihn sofort umgehauen hat, wenn auch nicht lange genug, und jetzt ist er hellwach. Er will nichts mehr einwerfen, denn was, wenn das Flugzeug bald landet? Die Landung darf er nicht verschlafen: Vielleicht muss er ja sofort in Aktion treten. Doch mit blauem Umhang und Elvis-Perücke die Welt zu retten überzeugt ihn nicht, nicht mal als Fantasie. Aber es hätte ein Überraschungsmoment, falls ihn der Feind für einen Roboter halten würde.

Welcher Feind? In Positron ist Ed der Feind – Ed, Kontrollfreak und Leichenteilehändler, potenzieller Babyblutvampir –, aber wer ist der Feind, wenn er nach Vegas kommt? Im Stockfinstern marschiert eine Parade potenzieller Feinde über seine Augäpfel. Feinde, die Charmaine verderben und Veronica entführen, Hundertschaften geifernder Männer, die weitaus lüsterner sind als er, mit Schuppen und Krallen und Eidechsenaugen mit länglichen Pupillen. Ausgestattet mit übernatürlichen Kräften, aufgrund derer sie wie menschgewordene Silberfische an Wolkenkratzern hinauflaufen können.

Da ist gerade einer, er springt von Dach zu Dach, Charmaine unter dem einen Arm, Veronica unter dem anderen. Aber Rettung naht: Auftritt Stan. Zum Glück haben sein blauer Elvis-Umhang und die silberne Gürtelschnalle magische Kräfte. »Lass sofort die Frauen los, oder ich singe ›Heartbreak Hotel‹. Und dann könnt ihr euch auf was gefasst machen.«

Das Ungeheuer erschaudert und hält die Hände über die spitzen Ohren; Stan nutzt diesen Moment der Ablenkung und drückt auf seine silberne Gürtelschnalle, aus der ein tödlicher Strahl hervorschießt. Brüllend löst sich das Ungeheuer in seine Bestandteile auf. Beide leicht bekleideten Schönheiten stürzen in die Tiefe, ihre durchscheinenden Kleider flattern im Wind. Stan macht einen Satz nach vorn, schießt durch die Luft und fängt die erschöpften Grazien in seinen ausgestreckten Armen auf. Sie sind zu schwer, er verliert an Höhe, gleich kracht er zu Boden! Welche der Grazien soll er retten? Und welche wird dafür auf den Boden klatschen? Beide retten kann er nicht. Angesichts der Tatsache, dass Veronica nur noch mit einem Stofftier kopuliert, sollte er sich vielleicht lieber an Charmaine halten.

So viel zu diesem Tagtraum, der ihn zurück an den Frühstückstisch bringt, wo er und Charmaine sitzen und sich darüber streiten, wer wen mehr betrogen hat und ob Charmaine Stan wirklich hatte töten wollen, und dann: Tränen. »Wie kannst du so was von mir glauben! Wir lieben uns doch, oder?« Ja oder nein? Vielleicht gilt nicht. Wie er's auch anstellt, am Ende steht er als Arschloch da. Oder als Lusche. Sind das seine einzigen Optionen?

Er isst den Energieriegel, der nach Sägemehl mit Kokos schmeckt. Es ist tierisch kalt. Wie lange dauert denn noch dieser elende Flug? Warum hat er keine Uhr mit Beleuchtung? Es ist stockdunkel, von dem Krach ganz zu schweigen. Er weiß – er weiß mit dem rationalen Teil seines Hirns –, dass er sich in einer festgeschnallten, mit Satin ausgekleideten Kiste befindet, die sich wiederum zusammen mit vier weiteren Kisten voller Elvisse in einem Alu-Container befindet, der sich wiederum im Frachtraum eines Transkontinentalfliegers befindet; aber mit dem anderen Teil seines Hirns – dem zurzeit maßgeblicheren Teil – denkt er, man habe ihn lebendig begraben. *Holt mich hier raus!*, schreit er tonlos. Gleichsam als Antwort bellt leise ein Hund. Irgendein trübseliges Haustier, Sklave und Spielzeug einer diamantenbehängten Konkubine, die ihrerseits das trübselige Haustier irgendeines aalglatten sadistischen Plutokraten ist. Er kann's nachfühlen.

Vollidiot, der er ist, hat er zwei von Veronicas Wasserflaschen geleert und muss jetzt, was sonst, pinkeln. Veronica hatte ihn instruiert, die leere Wärmflasche dafür zu nehmen, aber wo zur Hölle ist sie? Er tastet umher, findet sie in seinen Umhang verknäult, schraubt den Deckel auf. Wieso haben sie ihm keine Taschenlampe dagelassen? Weil er vergessen könnte, sie wieder auszuschalten, und dann würde ihn das Licht durch die Luftlöcher verraten und sie würden den Deckel aufreißen, Gewehre im Anschlag. *Guck mal, das musst du dir reinziehen! Der Elvis hier, der ist gar kein Roboter, dieser Elvis lebt! Ein untoter Elvis. Hol Knoblauch und Holzpflock!*

Ganz ruhig, Stan, befiehlt er sich. Die nächste Herausforderung: Elvis' Reißverschluss aufkriegen. Er ruckelt daran herum. Der Reißverschluss klemmt. Logisch. Logisch! »Scheißdreck, verdammter!«, sagt er laut.

»Stan, bist du das?«, flüstert eine Stimme in sein Ohr. Es ist Veronica, die sich über ihr virtuelles Privatnetzwerk meldet; sogar flüsternd schickt ihre Stimme eine Schockwelle der Lust seinen Rücken hinunter. »Sprich leise, der Frachtraum könnte verwanzt sein. Ist alles okay?«

»Ja, ja, alles klar«, erwidert er flüsternd. Er hat keine Absicht, ihr auf die Nase zu binden, dass er außerstande war, seinen Schwanz aus der weißen Schlaghose zu fummeln, und sich gerade eingenässt hat.

»Warum bist du wach? Machst du dir irgendwelche Sorgen?«

»Eigentlich nicht, nur …«

»Es ist alles gut vorbereitet. Die werden dir keine Fragen stellen. Mach einfach nur nach Plan.«

Nach welchem Plan, verdammter Mist?, denkt Stan, fragt aber nicht noch mal nach. »Okay, cool«, sagt er.

»Hast du eine Pille genommen?«

»Ja, vorhin. Aber ich wollte nicht noch eine nehmen, ich wollte wach bleiben.«

»Alles gut, nimm ruhig noch eine, wenn du willst. Nimm zwei, kein Problem. Denk dran, du hast deine Handwärmer. Einfach die Packung aufreißen und schütteln, dann werden sie warm.«

»Danke«, flüstert er. Selbst jetzt, wo es nicht gerade rosig läuft, eher ganz schrecklich, seitdem er in seinem eigenen Saft schmort in diesem feuchtwarmen Satin, der sich bald in feuchtkaltes und stinkendes Satin verwandeln wird, kann er nicht anders, als sich Veronica vorzustellen, wie sie nebenan in ihrer Kiste liegt. Vollendet wie ein Statue, so glatt, so kurvig, so einladend. Wie gern würde er sie aufreißen, durchschütteln und spüren, wie sie warm wird.

Stan, Stan, sagt er zu sich. Du bist hier auf einer geheimen Mission. Kannst du nicht mal einen Moment damit aufhören, dich wie ein sexbesessener Pavian aufzuführen? Es sind die Hormone, es müssen die Hormone sein. Was kann er denn für seine Hormone?

»Wie lange fliegen wir noch?«

»Ach, vielleicht noch eine Stunde. Schlaf wieder, ja?«

»Okay«, erwidert er flüsternd. Er döst ein wenig vor sich hin, bis er sie plötzlich wieder flüstern hört, direkt in seinem Ohr.

»Oh, mein Liebling. O ja! Du bist so weich! Du bist so stark!«

Einen Moment lang denkt er, sie spreche mit ihm. Aber nein: Sie ist mit ihrem blauen Strickbären zugange. Anscheinend hat sie vergessen, ihr Mikro auszuschalten, oder sie will ihn aus unerfindlichen Gründen foltern. Denn wenn das keine Folter ist! Was ist schlimmer, zu lauschen oder wegzuhören? Warte, warte, möchte er rufen. Ich kann das besser!

»Ja, ja … o ja, fester …«

Das ist ja obszön! Vor lauter Verzweiflung schluckt er drei von den praktischen Pillen und stürzt ins Vergessen.

FETISCH

Am Morgen nach Charmaines Essen mit Ed hält Jocelyns schwarzer Wagen vor dem Haus. Diesmal ohne Chauffeur, ohne Max/Phil: Sie muss selbst gefahren sein. Aurora begleitet sie.

Charmaine sieht vom vorderen Fenster aus zu, wie sie den Pfad hinaufkommen, beide tipptopp geschniegelt im Bürokostüm. Sie ist klar im Nachteil: im Hausmantel, ungeschminkt, die Haare stehen in alle Richtungen. Sie fühlt sich verkatert, obwohl sie so gut wie nichts getrunken hat: Es ist immer noch Eds toxische Wirkung.

Jocelyn tut Charmaine den Gefallen und klingelt, obwohl sie einen Schlüssel hat, und Charmaine sagt »Herein«, obwohl die beiden ohnehin hereinkommen werden.

»Ich mach uns Kaffee«, sagt Aurora in ihrem supergeschäftigen Tonfall.

»Danke, Sie finden sich ja zurecht«, sagt Charmaine. Es soll ein Vorwurf sein, nachdem Aurora überall in Charmaines Leben herumgeschnüffelt hat, aber entweder kommt er bei ihr nicht an, oder sie hört gar nicht hin. Jocelyn folgt Charmaine ins Wohnzimmer.

»Und?«, sagt sie. »Hat er angebissen? Nicht dass er nicht längst am Haken zappelt.«

Charmaine schildert ihren Abend inklusive Essen sowie alles, was Ed gesagt hat, und alles, was sie entgegnet hat. Sie erwähnt auch das Jobangebot, aber davon weiß Jocelyn bereits, da Ed sie in dieser Sache um Rat gefragt hat. Sie interessiert sich mehr für seine Körpersprache. Ob Ed beim Verlassen des Restaurants ihren Arm genommen habe? Ja, hat er. Ob er ihr zu irgendeinem Zeitpunkt den Arm um die Taille gelegt habe? Nein, hat er nicht. Ob er versucht habe, ihr einen Abschiedskuss zu geben?

»Es gab da einen Moment«, sagt Charmaine. »Da hat er sich über mich gebeugt, wie die das halt so machen. Aber ich bin zurückgewichen und hab mich für den netten Abend bedankt und für sein Verständnis, und dann bin ich schnell ins Haus geschlüpft.«

»Hervorragend«, sagt Jocelyn. »›Verständnis‹, sehr gute Wortwahl. Genauso wie Ihr ›Ich sehe Sie als Freund‹. Sie müssen ihn auf Abstand halten, ohne ihn zurückzuweisen. Kriegen Sie das hin?«

»Ich versuch's«, sagt Charmaine. Dann muss sie es einfach fragen, denn wozu sonst macht sie das alles? »Wo ist Stan? Wann kann ich ihn sehen?«

»Noch nicht«, sagt Jocelyn. »Erst haben Sie für uns ein paar Trümpfe auszuspielen. Aber er ist in Sicherheit, keine Sorge.«

Aurora kommt mit dem Tablett und drei Kaffeebechern herein. »Und nun zu Ihrem neuen Job«, sagt sie. »Wir möchten gern, dass Sie das hier anziehen.« Sie waren wieder an ihren Sachen, außerdem haben sie ein paar neue Outfits für sie angeschafft: alles durchgeplant.

Aurora macht sie nervös. Warum steckt sie mit Jocelyn unter einer Decke? Warum sollte sie ihren Job aufs Spiel setzen? Hat sie irgendetwas Kriminelles angestellt, wovon Jocelyn weiß? Charmaine kann sich beim besten Willen nicht vorstellen, was das sein sollte.

Für ihren ersten Arbeitstag als Eds persönliche Assistentin trägt Charmaine ein schwarzes Kostüm mit weißem Besatz und Stehkragen. Darunter eine weiße Bluse; sie hat eine verspielte Schleife am Hals, eine Mischung aus Engelsfedern und Unterhose. Charmaine sitzt an einem Schreibtisch draußen vor Eds Büro und macht nichts weiter. Sie hat einen Computer, auf dem sie Eds Termine im Blick behalten soll, aber sein Kalender scheint sich von selbst zu organisieren, und er gibt seine Termine ein, ohne mit ihr Rücksprache zu halten. Dennoch hat sie meist eine relativ gute Vorstellung, wo er sich gerade aufhält, wozu immer das gut sein soll. Er bittet sie, ein paar Mails zu schreiben und den Leuten auszurichten, dass er sie nicht treffen könne, weil er verhindert sei, er bittet sie, im Rechner nach den Nummern einiger Kontakte in Las Vegas zu suchen. Eine davon ist die eines Casinos, eine scheint eine

Arztpraxis zu sein, und dann ist es die vom neuen Ruby-Slippers-Haupthaus, das nach der Übernahme der Kette eröffnet wurde, woraufhin Charmaine ganz nostalgisch wird. Hätte sie doch nur noch ihren alten Job in der Ruby-Slippers-Niederlassung, wo sie damals so zufrieden war.

Oder zumindest einigermaßen zufrieden. Nett zu den Bewohnern zu sein und Veranstaltungen für sie zu organisieren war nicht gerade das, was man prickelnd nennen würde, aber es war doch lohnend, einen Lichtstrahl der Freude ins Leben der Leute zu schicken, und sie war gut darin gewesen und hatte sich anerkannt gefühlt.

Ed kommt an ihrem Schreibtisch vorbei, sagt »Na, wie läuft's«, geht in sein Büro und schließt die Tür. Ein dressierter Hund könnte meinen Job machen, denkt sie. Es ist eigentlich gar kein richtiger Job, es ist ein Vorwand. Er will sich nur an mich ranschmeißen.

Aber er schmeißt sich nicht an sie ran. Er geht mittags nicht mit ihr essen und unternimmt auch sonst keinerlei Annäherungsversuche, außer dass er ihr hin und wieder ein gutmütiges Lächeln schenkt und ihr versichert, sie werde sich schnell eingewöhnt haben. Er bittet sie nicht einmal in sein Büro, höchstens um sich Kaffee bringen zu lassen. Sie hatte einen kleinen Tagtraum – einen kleinen Albtraum –, wie Ed sie dort drin in die Ecke drängt, die Tür abschließt und mit lüsternem Grinsen über sie herfällt. Aber nichts dergleichen geschieht.

Was ist in den Schubladen ihres eigenen Schreibtisches? Nur Kugelschreiber, Papier und Büroklammern. Nicht der Rede wert.

An der Wand hinter Eds Schreibtisch hängt eine Landkarte mit Pinnnadeln. Orangefarbene Pinnnadeln sind die Positron-Gefängnisse, die gerade im Bau sind. Ed hat zu ihr gesagt, sie seien jetzt ein Franchiseunternehmen: Es gebe einen Grundplan, es gebe bestimmte Vorgaben; wie bei den Hamburger-Ketten, nur eben mit Gefängnissen. Rote Pinnnadeln stehen für die Ruby-Slippers-Standorte. Davon gibt es eine Menge, aber die Firma gibt es schließlich schon länger.

Ed scheint sehr stolz auf seine Karte zu sein. Am Tag, als er nahe Orlando eine neue Pinnnadel befestigte, sorgte er dafür, dass sie es mitbekam.

Am fünften Tag ihres Jobs riefen drei Staatsgouverneure an, und Ed war auf einmal ziemlich aufgeregt. »Sie wollen in ihrem Staat auch eins haben«, hörte Charmaine ihn am Telefon sagen. »Das Modell hat sich bewährt! Jetzt kriegen wir Rückenwind!«

Am Ende der Woche fuhr er nach Washington zu einem Meeting mit ein paar Senatoren – Charmaine besorgte die Flugtickets und buchte das Hotel –, aber obwohl er bei seiner Rückkehr zufrieden wirkte, erzählte er ihr nichts von seinem Treffen.

»Waren Sie in seinem Büro, während er weg war?«, fragt Aurora.

»Das Büro ist verwanzt«, sagt Charmaine. »Das hat er mir erzählt.«

»Ich bin für das Verwanzen zuständig, schon vergessen?«, sagt Jocelyn. »Deswegen weiß ich ja auch, dass Ihr Haus sauber ist. Nächstes Mal gehen Sie rein. Sehen Sie sich ein bisschen um. Aber lassen Sie die Finger von seinem Rechner. Das würde er merken.«

Mitte der zweiten Woche sagt Charmaine: »Ich kapier das nicht. Sie beide behaupten, er wäre verrückt nach mir …«

»Oh, das ist er auch«, sagt Aurora. »Er bläst jetzt erst mal eine Runde Trübsal.«

»Aber er guckt mich kaum an, und er hat mich nicht noch mal gefragt, ob ich mit ihm ausgehe. Und der Job ist eine Nullnummer. Wieso will er mich da haben?«

»Damit sonst niemand an Sie rankommt«, sagt Jocelyn. »Er hat mich gebeten, Sie auf dem Weg zur Arbeit und zurück zu beschatten und jeden zu melden – jeden Mann –, der Sie zu Hause besucht. Dass ich mich nicht selbst melde, muss ich Ihnen wohl nicht sagen. Aurora, ja, die wird gemeldet. Die soll ja die Trauertherapie mit Ihnen machen.«

»Aber was … ich versteh nicht, wozu das alles gut sein soll.«

»Ich auch nicht so genau«, sagt Jocelyn. »Aber das Double von Ihnen ist fast fertig. Schauen Sie mal.«

Sie öffnet ein Fenster auf ihrem PosiPad: körniges Filmmaterial, Ed läuft durch einen Flur. Er geht durch eine Tür. »Ein Überwachungsvideo«, sagt sie. »Entschuldigen Sie die schlechte Qualität. Das ist drüben bei Potentibots, wo die Sexroboter gebaut werden.« Charmaine erinnert sich, dass Stan mal davon erzählt hatte, aber sie hatte ihm nicht zugehört, sie war in Gedanken bei Max gewesen. Echter Sex mit ihm war so, so … *göttlich* ist das falsche Wort. Aber wenn man so etwas haben konnte, wozu sich mit einem Roboter abgeben?

Der Raum ist hell ausgeleuchtet. Ein paar Männer sind dort, einer mit Brille, einer ohne. Sie tragen grüne Kittel. Es gibt viele Kabel und Krimskrams.

»Wie weit sind wir mit ihr?«, fragt Ed die beiden Männer.

»Fast fertig für einen Testlauf«, sagt der Mann mit der Brille. »Zurzeit hat sie noch den Standardkörper mit den regulären Funktionen. Für die Sonderanfertigung brauchen wir unbedingt die Maße und ein paar Detailfotos.«

»Kommt alles«, sagt Ed. »Dann lassen Sie mich doch mal sehen.«

Weiter geht es an einen Tisch, oder ist es ein Bett? Ein geblümtes Laken bedeckt eine Körperform. Gänseblümchen und Nelken. Ed schlägt die Ecke des Lakens zurück.

Da ist Charmaines Kopf, ihr ureigener Kopf mit ihren ureigenen Haaren, leicht zerzaust. Sie schläft. Sie wirkt so lebensecht, so lebendig: Charmaine hätte schwören können, das Heben und Senken ihres Brustkorbs zu sehen.

»Du meine Güte!«, sagt sie. »Das bin ja ich! Das ist ja …« Kalte Schauer laufen ihr über den Rücken. Aber andererseits ist es auf seltsame Weise aufregend. Eine zweite Charmaine! Was passiert jetzt mit ihr?

Ed beugt sich vor, streichelt sanft über ihre Wange. Die Augen klappen auf und weiten sich vor Schreck.

»Perfekt«, sagt Ed. »Haben Sie die Stimme schon einprogrammiert?«

»Legen Sie ihr mal die Hände um den Hals. Drücken Sie leicht zu«, sagt einer der Männer, der mit der Brille.

Ed tut es. »Nein! Fass mich nicht an!«, sagt Charmaines Kopf. Die Augen gehen zu, der Kopf wird in einer Geste der Unterwerfung zurückgeworfen.

»Und jetzt küssen Sie ihr den Hals«, sagt der Mann ohne Brille. »Knabbern ist okay, aber beißen Sie nicht zu fest zu.«

»Sie dürfen die Haut nicht aufreißen«, sagt der Bebrillte. »Sie könnten einen Schlag kriegen.«

»Was ziemlich unangenehm sein kann«, sagt der Mann ohne Brille.

»Okay, los geht's«, sagt Ed, als wollte er in ein Schwimmbecken springen. Sein Kopf senkt sich. Die Kamera zeigt zwei weiße Arme, die sich aufrichten und ihn umfangen. Ein Stöhnen kommt unter Ed hervor.

»Volltreffer«, sagt der Mann mit Brille.

»Das Stöhnen heißt, Sie sind am Ziel«, sagt der andere. »Warten Sie mal, bis Sie die Hauptsache probieren.«

»Genial«, sagt Ed. »Genau so will ich sie haben. Ihr habt einen Orden verdient. Wann kann ich sie abholen?«

»Morgen«, sagt der Mann mit der Brille. »Wenn Sie mit diesem Durchlauf zufrieden sind. Es fehlen nur noch ein, zwei Justierungen.«

»Sie wollen nicht auf den maßgefertigten Körper warten?«, fragt der andere Mann.

»Der hier reicht mir fürs Erste«, sagt Ed. »Sobald ich die Maße und Bilder habe, schick ich sie Ihnen zum Auswechseln vorbei.« Er beugt sich über den Kopf, der jetzt wieder schläft. »Gute Nacht, mein Liebling«, murmelt er. »Wir sehen uns sehr, sehr bald.«

Der Film bricht ab. Charmaine schwirrt der Kopf. »Wird er auch Sex mit ihr haben?« Sie spürt einen seltsamen Beschützerinstinkt gegenüber ihrem künstlichen Ich.

»Das ist die Idee«, sagt Jocelyn.

»Warum … ich meine, warum fragt er denn nicht einfach mich? Er könnte mich ja auch zwingen.«

»Er hat Angst vor einer Abfuhr«, sagt Aurora. »Das geht vielen so. Auf diese Weise wird er von Ihnen nie einen Korb kriegen.«

»Übrigens, aufgepasst«, sagt Jocelyn. »Er hat mich gebeten, in Ihrem Badezimmer Kameras zu installieren, wegen der Bilder für die Maßanfertigung.«

»Aber das machen Sie doch nicht«, sagt Charmaine. »Oder?« Sich vor einer versteckten Kamera zu präsentieren, so zu tun, als hätte sie keine Ahnung … die Idee hätte von Max sein können. *Dreh dich um. Heb die Arme. Bück dich.* Der Witz war nur: Die Kameras hatte es wirklich gegeben.

»Es gehört zu meinem Job«, sagt Jocelyn. »Wenn ich das nicht mache, denkt er, es ist was faul.«

»Gut. Dann werde ich einfach kein Bad mehr nehmen«, sagt Charmaine. »Und auch nicht mehr duschen«, fügt sie hinzu.

»Würde ich mir noch mal überlegen an Ihrer Stelle«, sagt Aurora. »Das wäre wenig hilfreich. Stellen Sie sich einfach vor, Sie wären Schauspielerin. Wir wollen ja, dass er seinen Plan durchzieht.«

»Es gehört mit zum Geschäft«, sagt Jocelyn. »Sie sind so etwas wie ein Vorführmodell. Überlegen Sie nur, was für eine Nachfrage entstehen könnte für maßgefertigte Roboter wie diesen, wenn erst mal alle Macken behoben sind.«

»Und hinzu kommt, wir glauben ja, dass er an einer Art Mischung arbeitet. Nicht dass wir es genau wüssten«, sagt Jocelyn.

»An einer Mischung aus was?«, fragt Charmaine.

»Gütiger Himmel, ist das spät!«, sagt Aurora. »Ich brauche meinen Schönheitsschlaf!«

»Ich glaube, ich werde mal bei Potentibots vorbeischauen«, sagt Jocelyn. »Nur um sicherzugehen, dass Eds Spezialprojekt auch wirklich wasserdicht ist. Wir wollen ja keine Sabotage, wenn er das erste Mal damit ausreitet.«

»Ausreitet?«, fragt Charmaine. »Seit wann gibt es hier Pferde?«

Jocelyn lacht laut heraus. Normalerweise lacht sie nicht oft. »Sie sind großartig«, sagt sie zu Charmaine. »Es geht nicht um Pferde.«

»Ach so«, sagt Charmaine nach einiger Zeit. »Jetzt versteh ich.«

FEHLFUNKTION

Tags darauf ist Ed nicht im Büro. Es steht nichts in seinem Terminkalender, was einen Hinweis darauf gibt, wo er sein könnte. Charmaine ist so frei – oder so kühn –, an seine Tür zu klopfen. Als niemand antwortet, geht sie hinein. Keine Spur von Ed. Schreibtisch superaufgeräumt. Sie wirft einen raschen Blick in einige Schreibtischschubladen: Da sind Mappen, die aber nur Expansionspläne für Ruby Slippers enthalten. Keine Quittungen von Flugtickets, nichts. Wo könnte er stecken?

Eigentlich soll sie mit Jocelyn tagsüber keinen Kontakt aufnehmen, weder per SMS noch per Telefon noch per E-Mail: bloß keine Spuren hinterlassen, ist Jocelyns Motto. Da sie sonst nichts zu tun hat, beschäftigt sie sich mit dem Lackieren ihrer Nägel, eine sehr beruhigende Sache, wenn man nervös und überdreht ist. Manche werfen mit Gegenständen, mit einem Glas Wasser oder einem Stein, aber Nägellackieren ist viel positiver. Die wichtigen Staatsmänner sollten alle mal damit anfangen, dann gäbe es viel weniger Elend auf der Welt, findet sie.

Nach der sogenannten Arbeit fährt sie direkt nach Hause. Jocelyn wartet schon im Wohnzimmer auf der Couch, sie hat die Schuhe ausgezogen und die Beine hochgelegt. Charmaine ist sehr unbehaglich beim Anblick dieser Füße. Solange Jocelyn ihre Kleider anbehält, scheint es unwahrscheinlich, dass Max/Phil jemals mit ihr im Bett gewesen sein könnte, aber so ohne Schuhe, angesichts der Füße mit echten Zehen … Und sie hat tolle Beine, das muss Charmaine ihr lassen. Beine, die Max/Phil viele Male streichelt haben muss, von unten nach oben.

Charmaine kann sich Jocelyn beim leidenschaftlichen Sex nicht vorstellen, sie kann sich auch nicht vorstellen, wie sie die Sachen sagt, die Max gerne hört. Sie ist immer so kontrolliert. Allenfalls eine Daumenschraube könnte sie dazu bringen, die Beherrschung zu verlieren.

»Ich hab mir gerade einen Scotch eingeschenkt«, sagt Jocelyn. »Wollen Sie auch einen?«

»Wieso, was ist denn?«, fragt Charmaine. Kommt jetzt ein Schock? »Ist was mit Stan?«

»Mit Stan ist alles bestens«, sagt Jocelyn. »Er entspannt sich.«

»Na dann«, sagt Charmaine. Sie lässt sich in den Sessel plumpsen; sie ist so erleichtert, dass sie weiche Knie hat. Jocelyn schwingt ihre Beine über den Rand der Couch und tapst durchs Zimmer, um Charmaine einen Drink zu machen. »Wasser, stimmt's«, sagt sie, »aber ohne Eis.«

Es ist nicht einmal eine Frage. Verflixt noch mal, denkt Charmaine, wann hört sie endlich auf, mich zu bevormunden? »Danke«, sagt sie. Auch sie schlüpft aus ihren Schuhen. »Komisch«, sagt sie. »Heute war er nicht da. Im Büro. Und es stand auch nichts in seinem Kalender, keine Termine. Er war einfach verschwunden.«

»Ich weiß«, sagt Jocelyn. »Aber er ist nicht verschwunden. Er ist in Positron im Krankenhaus. Er hatte einen Unfall.«

»Was denn für einen Unfall?«, fragt Charmaine. »Ist es was Ernstes?« Vielleicht war es ein Autounfall. Vielleicht stirbt er jetzt, und dann wird sie sich keine Gedanken mehr darüber machen müssen, was als Nächstes passieren soll. Aber wenn Ed stirbt, verliert sie das bisschen Macht, das sie hat. Sie wird für Jocelyn keine Funktion mehr haben. Sie wird entbehrlich sein.

Da fällt ihr ein: Warum macht sie nicht einfach, was Ed will? Warum wird sie nicht seine, was auch immer. Geliebte. Dann wäre sie in Sicherheit. Oder?

»Unangenehme Sache, denke ich«, sagt Jocelyn. »Dem Überwachungsfilm nach zu urteilen. Aber das wird wieder. Er ist bald wieder ganz der Alte.«

»O nein«, sagt Charmaine, »hat er sich was gebrochen?«

»Nicht direkt. Eher verstaucht.« Jocelyn lächelt, und diesmal ist es sogar ein freundliches Lächeln. »Er kam von Ihnen nicht mehr los, sozusagen.«

»Von mir?«, fragt Charmaine. »Das kann nicht sein. Ich hab doch gar nicht …«

»Gut, dann eben von Ihrer bösen Zwillingsschwester, von dem Prostibot, der Ihren Kopf hat. Er ist zu weit gegangen. Er hat Sie zu fest gewürgt, und dann hat er Sie auch noch gebissen.«

»Nicht mich«, sagt Charmaine. Jocelyn will sie auf den Arm nehmen. »Das *bin* nicht ich!«

»Das dachte er aber«, sagt Jocelyn. »Diese Dinger können sehr überzeugend sein, vor allem in Kombination mit einer lebendigen Fantasie, ohne die ja im Grunde überhaupt nichts läuft, meinen Sie nicht auch?«

Charmaine errötet, sie kann nicht anders. Also hat Jocelyn ihr nicht vergeben: Sie hält sie ihr immer noch vor, die Zeit damals mit Max. Phil. »Was hab ich denn … was hab ich denn gemacht?«, fragt sie. »Mit Ed?«

»Es gab wohl eine Art Kurzschluss«, sagt Jocelyn. »Diese Kreisläufe sind extrem sensibel; eine Kleinigkeit, und das war's, ein fremder Gegenstand zum Beispiel, ach, da reicht schon eine Stecknadel. Vielleicht wurde sie absichtlich platziert. Von irgendeinem gekränkten Mitarbeiter. Wer weiß das schon?«

»Das ist ja schrecklich«, sagt Charmaine.

»Ja, furchtbar«, sagt Jocelyn. Würde man das ein Grinsen nennen? Ein süßes Lächeln sieht anders aus. Gehört aber auch nicht zu ihren Gewohnheiten. »Jedenfalls ist das Ding durchgedreht und Ed steckte fest, und dann fing sie an, wild um sich zu schlagen.«

»Ach du meine Güte«, sagt Charmaine. »Er hätte sterben können!«

»Wenn das durchgesickert wäre, es wäre ein Desaster gewesen

für Potentibots«, sagt Jocelyn. »Glücklicherweise hatte ich ein Auge auf ihn und hab die Sanitäter reingeschickt, solange noch was zu retten war. Er hat jetzt Eispackungen drauf und bekommt Schmerzmittel. Die Prellungen werden sich wohl in Grenzen halten. Aber wundern Sie sich nicht über seinen watschelnden Gang.«

»Ach du meine Güte«, sagt Charmaine erneut. Sie hat beide Hände über den Mund geschlagen. Ed hin oder her, zu lachen wäre jetzt nicht nett. Ein Mensch ist ein Mensch, egal was für ein schräger Vogel er sein mag. Und Schmerzen sind Schmerzen. Schon beim Gedanken an diese Schmerzen läuft es ihr eiskalt über den Rücken.

»Er war allerdings reichlich sauer auf Sie«, fährt Jocelyn in ihrer distanzierten Tonlage fort. »Er hat Sie zurück in die Werkstatt geschickt. Er wollte Sie einstampfen lassen.«

»Nicht mich!«, sagt Charmaine. »Doch nicht mich persönlich!«

»Nein, natürlich nicht. Sie wissen schon, was ich meine. Die Jungs in der Werkstatt haben sich entschuldigt, sie hätten sie vorher getestet, aber wie er wisse, sei sie eine Betaversion, und so etwas komme vor. Sie meinten, der Fehler lasse sich beheben, aber er sagte, das könnten sie sich sparen, von Ersatzfrauen hätte er jetzt genug.«

»Ach so«, sagt Charmaine. Plötzlich wird ihr bang ums Herz. »Heißt das jetzt, dass …? Sie haben doch gesagt, er darf mich auf keinen Fall …«

»Das gilt nach wie vor«, sagt Jocelyn. »Er ist bald wieder auf den Beinen, und dann müssen Sie in Sichtweite bleiben, aber unerreichbar für ihn. Das ist ganz wichtig; ich möchte noch mal betonen, wie wichtig das ist und wie wichtig Sie sind. Wir müssen uns absolut auf Sie verlassen können. Spielen Sie das Stück Käse für Eds Ratte. Sie sind schlau, Sie schaffen das.«

Es ist nicht sehr nett, sich sagen lassen zu müssen, man sei ein Stück Käse, aber Charmaine freut sich, dass Jocelyn sie als wichtig bezeichnet hat. Und als schlau. Bisher hatte sie den Eindruck, Jocelyn halte sie für total bescheuert.

Stan fährt aus dem Schlaf. Es ist noch dunkel, aber er wird in aller Eile durch die Luft getragen, Füße voran. Dann wird er abgestellt. Gedämpfte Stimmen. Klack, klack, klack, klack: Sein Sarg wird geöffnet. Der Deckel klappt auf, Helligkeit strömt herein. Er blinzelt im flimmernden Licht. Weiß gekleidete Arme greifen nach ihm und hieven ihn in eine Sitzposition.

»Hoch mit dir!«

»Was stinkt denn da so?«

»Besorg ihm 'ne neue Hose. Am besten gleich ein komplett neues Kostüm.«

»Ach komm, das war doch keine Absicht.«

»Und jetzt alle zusammen! Hau ruck!«

Stan wird aus seinem Satinsarg gehoben und auf die Füße gestellt. Es kommt ihm vor, als wäre er tagelang unterwegs gewesen. Er schüttelt den Kopf, er versucht die Augen aufzureißen. An der Decke sind Leuchtröhren – er findet es irrsinnig hell, was daran liegt, dass er ewig im Dunkeln lag. Offenbar befindet er sich in einem Büro; es gibt Aktenordner, ein paar Schreibtische. Einen Rechner.

Zwei Elvisse, beide in Weiß und Silber mit blauem Umhang, halten ihn an den Armen; drei weitere begutachten ihn. Alle haben die Frisur, Gürtelschnalle, Schulterpolster, Lippen. Die künstliche Bräune. An der Wand gelehnt stehen weitere sieben bis acht Stück, aber sie sind nicht echt.

»Nicht loslassen, sonst kippt er uns um!«

»Ach Gottchen, sein Mund ist abgegangen!«

»Er sieht aus wie 'n Zombie.«

»Mach dich mal nützlich und hol ihm einen Kaffee.«

»Eher einen Energydrink, würde ich sagen.«

»Warum nicht beides?«

Ein weiterer Elvis kommt geschäftig ins Zimmer, mit einem

neuen Elvis-Outfit über dem Arm. Stan blinzelt. Mann, wie viele Elvisse sind das hier eigentlich?

»So«, sagt der größte Elvis; er scheint der Wortführer zu sein. »Wollen wir dir mal was Bequemeres anziehen. Das muss dir nicht peinlich sein, wir haben alle irgendwann mal in die Hose gemacht.«

»Und die wenigsten lagen dabei in einer Packkiste«, sagt ein anderer. »Da drüben ist die Toilette.«

»Wir gucken auch nicht!« Gelächter.

Verdammt. Die sind alle schwul, denkt Stan. Ein Zimmer voller schwuler Elvisse. Ist das ein Versehen, ist er hier falsch? Hoffentlich halten sie ihn nicht, nicht auch … Wie kann er ihnen verklickern, dass er hundertzehn Prozent hetero ist, ohne unhöflich zu wirken?

»Danke«, murmelt er. Seine Lippen sind taub. Er steuert auf die Toilette zu. Er ist wacklig auf den Beinen, bleibt stehen, stützt sich auf einen Schreibtisch. »Wo ist Veron … wo ist die Marilyn, die bei mir war?« Besser den Namen Veronica nicht aussprechen, bis er dahintergekommen ist, was hier gespielt wird. Wie passen diese schwulen Elvisse in Jocelyns Plan? Oder ist das nur eine Zwischenstation? Vielleicht hätte er von Veronica abgeholt werden sollen, aber sie hatte es nicht geschafft, und er war stattdessen fälschlicherweise hierhin geliefert worden?

Was, wenn Jocelyn nicht weiß, wo er ist? Er könnte eine Zeitlang bei den Elvissen untertauchen und sich dann in Richtung Küste aufmachen und sich unter die einheimische Bevölkerung mischen. Behaupten, er wolle ein Start-up gründen. Sich einen Job als Kellner suchen. Und danach versuchen, irgendwie Kontakt mit Charmaine aufzunehmen, sofern das möglich ist. Nur wie? Es fängt schon mal damit an, dass er kein Geld hat.

»*Die* Marilyn? Die ist bei den Marilyns«, sagt der Ober-Elvis. »Die wohnen nicht hier.«

»Die haben eine ganz andere Klientel. Alles Männer, bei den Marilyns. Nimm dir ruhig von dem Selbstbräuner, richte dich ein bisschen her. Und kleb dir deinen Mund wieder an. Übrigens, da steht ein Behälter mit Koteletten.«

Stan würde gern fragen, wie es mit der Elvis-Klientel aussieht, aber das kann warten. Er wankt zur Toilette, schließt die Tür. Er schält sich aus seiner feuchten, streng riechenden weißen Hose und wirft sie in das, was er für eine Wäschetruhe hält. Dann feuchtet er ein Handtuch an und macht sich sauber. Er wechselt auch Jacke und Umhang, behält aber den Gürtel, mit dem er gekommen ist, und die dazugehörige Gürtelschnalle. Er streicht mit den Fingern über die Schnalle – wenn darin ein USB-Stick versteckt ist, muss man die Schnalle ja irgendwie aufkriegen –, findet aber weder Knopf noch Haken.

Er schließt den Gürtel – nach dem langen Transport ist er immerhin dünner geworden – und kontrolliert sein Gesicht im Spiegel. Katastrophe. Kotelette auf halb acht, verschmierte Bräune, wandernde Augenbrauen. Er repariert den Mund, so gut es geht – es liegt auch eine Tube Klebstoff bei den Ersatzkoteletten –, und nimmt sich einen Klacks Selbstbräuner. Er zieht die Oberlippe hoch und versucht den charakteristischen Elvis-Mund nachzuahmen. Grotesk.

Draußen vor der Tür wird über ihn geredet. »Was meint ihr? Ist er was für UR-EL?«

»Kann er singen?«

»Das finden wir gleich raus. Aber der Hüftschwung muss stimmen, ohne geht's nicht.«

»Sag bloß!«

»Jetzt hör endlich auf, versuch uns lieber zu helfen.«

Stan tritt aus der Toilette. Die Elvisse loben ihn.

»*Viel* besser!«

»Ein ganz neuer Mann!«

»Ich *liebe* neue Männer!«

»Käffchen? Zucker?«

Die Elvisse pflanzen Stan auf einen Bürostuhl und sehen ihm zu, wie er einen Schluck Kaffee trinkt. Er sabbert: schwierige Sache, das mit den künstlichen Lippen. »Versuch's mal *so*«, sagt einer der Elvisse und zieht eine Schnute. »Man gewöhnt sich dran.«

»Danke«, sagt Stan.

»Senk die Stimme ein bisschen: *Dahn – ke*. Der Ton muss aus dem Bauchraum kommen. Ein bisschen wie ein Knurren … Elvis hatte einen unglaublichen Stimmumfang.«

»Also«, sagt der Ober-Elvis. »In welcher Position siehst du dich? Hier bei UR-EL haben wir 'ne Menge Auswahl. Wir haben den singenden Elvis – Tanzabende, Partys, jede Menge Halligalli; dafür müssen die Leute richtig in die Tasche greifen. Dann den Hochzeits-Elvis, dafür brauchst du 'ne Lizenz, damit die Ehe legal ist, aber die ist hier nicht schwer zu kriegen. Der Escort-Elvis begleitet die Leute auf Events, geht mit ihnen essen und dann vielleicht noch in eine Show.«

»Dann haben wir den Fahrer-Elvis, falls das verlangt wird«, sagt einer der anderen.

»Sehenswürdigkeiten angucken und so weiter; manche wollen beim Shoppen begleitet werden. Das finde ich am besten. Und den Bodyguard-Elvis für die schweren Zocker, damit keiner versucht, ihnen die Brieftasche zu klauen. Ach ja, und den Seniorenheim-Elvis; wir tingeln auch durch die Krankenhäuser und Palliativzentren. Kann allerdings deprimierend sein, da muss ich dich warnen.«

»Der singende Elvis macht am meisten Spaß«, sagt einer. »Da kann man sich richtig verwirklichen!«

»Ich kann aber nicht singen«, sagt Stan. »Das fällt also schon mal flach.« Sich zu verwirklichen ist das Letzte, was er gerade will. Er würde höchstens ein Jaulen zustande bringen. »Welcher Job ist am wenigsten anspruchsvoll? Fürs Erste?«

»Ich denk mal die Seniorenheime«, sagt der Ober-Elvis. »Wer da drin ist, merkt sowieso keinen Unterschied.«

»Schätzchen, du wirst einschlagen wie 'ne Bombe.«

Halten die mich auch für schwul?, fragt sich Stan. Scheiße. Wo zur Hölle ist Veronica, und warum hat Budge ihn nicht auf diesen Teil vorbereitet? Es war nie davon die Rede, dass er bei diesem Elvis-Schwindel würde mitmachen müssen. Lachen sie ihn aus?

Sie scheinen überhaupt nicht neugierig zu sein, warum er in einer Packkiste lag – immerhin etwas.

RUBY SLIPPERS

Die Elvisse haben ihm einen Schlafplatz im Elvisorium hergerichtet; so nennen sie den Fünfziger-Jahre-Bungalow, wo sie zu mehreren wohnen. Er schläft im Waschkeller auf einem Klappbett, was vermuten lässt, dass er hier keine Wurzeln schlagen wird. »Nur bis dein Fänger im Roggen auftaucht«, sagt der Ober-Elvis. »Deine Marilyn müsste eigentlich bald mal vorbeikommen.«

»Inzwischen dürfen wir uns um dich kümmern«, verkündet ein Zweiter. »Haben wir ein Glück!«

»Wir tun das für Budge«, sagt der Ober-Elvis. »Nicht dass er nicht gut zahlen würde. Alles komplett, Kost und Logis.«

Stan fragt, wie lange er denn warten solle, aber die Elvisse scheinen es nicht zu wissen. »Wir sind nur deine Tarnung, Waldo«, sagt der Ober-Elvis. »Wir füttern dich durch, besorgen dir ein paar Jobs, geben dir den Anschein, real zu sein. Du bist Schneewittchen, und wir dürfen deine sieben Zwerge spielen!« Das finden sie komisch.

Sie geben ihm ein paar Tage frei, während sie darüber beraten, wo sie ihn einsetzen können. Sie ermuntern ihn, die Straßen zu erkunden, den Strip, der lohnt sich auf jeden Fall! Wobei sie darauf beharren, dass er ausschließlich in voller Montur auf die Straße geht. So falle er weniger auf. Elvisse gebe es in dieser Stadt wie Sand am Meer. Sollte ihn irgendwer ansprechen und um ein Foto mit ihm bitten, brauche er nur zu posieren und zu lächeln und den gegebenenfalls angebotenen Geldschein anzunehmen. Er solle sich auf keinen Fall zum Singen auffordern lassen. Allen anderen Elvissen, denen er begegne, solle er höflich zunicken, aber Gespräche vermeiden: Nicht alle Elvisse seien von ihrer Agentur

»UR-ElvisLebt«, und es wäre nicht gut, wenn jene anderen, minderwertigen Elvisse anfingen, ihn auszuquetschen.

Sie – seine Elvisse – wissen, dass er sich vor etwas versteckt oder dass jemand nach ihm suchen könnte; irgendeine dubiose Geschichte. Aber sie sind diskret und fragen nicht weiter nach. Nicht mal, woher er kommt. Nicht mal, wie er mit Nachnamen heißt.

Zeitweise streift er durch die Straßen, schaut sich Sachen an, posiert für ein Foto. Länger als eine Stunde hält er's nicht aus: Alles ist viel zu heiß, zu bunt, zu grell, Reizüberflutung pur. Viele wohlgesinnte Touristen bummeln durch die Gegend, machen das Beste aus ihrer Atempause von der Realität, gehen shoppen und in die Bars und machen Selfies mit den Imitatoren. Auf der Haupttouristenmeile steht an jeder Ecke mindestens einer: Mickey- und Minnie-Mäuse mit weißen Handschuhen, Donald Ducks, Godzillas, Piraten, Darth Vaders, griechische Krieger. Es gibt ein künstliches Forum Romanum, einen Miniatur-Eiffelturm, einen venezianischen Kanal mitsamt Gondeln. Es gibt noch viele andere Nachbauten, denen Stan nicht ansieht, worauf sie basieren. Es wimmelt von Händlern: Luftballons in Tierform, Street Food, Karnevalsmasken, Souvenirs aller Art werden feilgeboten. Alte Frauen sind als Zigeunerinnen verkleidet und drängen ihm Ansichtskarten mit knapp bekleideten Mädchen und Telefonnummern auf.

Daheim im Elvisorium duscht er häufig und macht viele Nickerchen. Anfangs fällt es ihm schwer, tagsüber zu schlafen, weil die singenden Elvisse gern zu schallendem Playback ihre Nummern proben. Doch er akklimatisiert sich schnell.

Niemand taucht auf, um seine Gürtelschnalle mit den kostbaren skandalösen Daten in Empfang zu nehmen. Er legt sie sich nachts unter sein Kopfkissen.

Er sitzt in einem Straßencafé, kaut an einem Hotdog und versucht sich so gut wie möglich vor der Sonne zu schützen, als eine Marilyn neben ihn auf den Stuhl rutscht. »Ich bin's, Veronica«, flüstert sie. »Alles okay? Wirst du gut behandelt von den Jungs? Hast du noch deine Gürtelschnalle?«

»Klar, aber ich wüsste ganz gern –«

»Ich werd nicht mehr, guck dir das an, beide zusammen! Nicht zu glauben! Können wir ein Foto mit euch machen?« Ein rotgesichtiger Typ im *I* ♥ *Vegas*-T-Shirt, seine grinsende Frau, zwei gelangweilt wirkende Teenager.

»Na gut, aber nur eins«, sagt Veronica. Sie wirft den Kopf zurück, legt das Marilyn-Lächeln hin, hakt Stan unter; die beiden posieren. Doch dann stürzen immer mehr mit Kameras bewaffnete Paare herbei. Die Situation droht außer Kontrolle zu geraten.

»Bis später«, sagt sie lächelnd. »Ich muss weiter!« Sie küsst Stan die Stirn und hinterlässt dabei – wahrscheinlich – einen dicken roten Lippenstiftabdruck. Sie entfernt sich nicht ohne den arschwackelnden, fast schon hinkenden Gang. Sie hat eine neue rote Tragetasche dabei; er kann nur vermuten, dass sie ihren Strickgigolo im Gepäck hat.

Seine ersten offiziellen Jobs hat er im Palliativflügel des Ruby-Slippers-Seniorenheims; es ist dieselbe Kette, für die Charmaine mal gearbeitet hat, bevor sie entlassen wurde; die Einrichtung kommt ihm bekannt vor. Er erlaubt sich nicht, zu viel darüber nachzudenken, was zwischen ihnen schiefgelaufen ist oder wo Charmaine jetzt ist. Grübeleien kann er sich nicht leisten. Er muss jeden Tag nehmen, wie er kommt.

Der Job ist nicht schwierig. Sobald er von Freunden oder Verwandten gebucht wird, muss er sich in sein Kostüm schmeißen und in die Rolle schlüpfen. Dann bringt er den älteren Patienten einen Strauß Blumen – den älteren Patient*innen*, denn für die Männer sorgen die Marilyns. Bei den Palliativschwestern ist er willkommen, er sei ein Lichtblick, sagen sie: Seinetwegen blieben die Patienten weiter am Leben interessiert. »Wir betrachten unsere Kunden nicht als Sterbende«, hatte eine der Schwestern ihm bei seinem ersten Besuch erklärt. »Schließlich sterben wir alle irgendwann, einige von uns nur etwas langsamer.« An manchen Tagen glaubt er das, an anderen kommt er sich vor wie der Tod selbst. Wie ein Todesengel in Elvis-Gestalt. Was ja irgendwie auch passt.

Bei jedem Dienst zeigt er am Empfang seinen Ausweis mit dem UR-EL-Logo vor, passiert die Sicherheitskontrolle und wird bis vor die Tür der Patientin begleitet. Dort legt er einen dramatischen Auftritt hin, aber nicht zu dramatisch: Eine zu laute Überraschung könnte fatale Folgen haben. Mit Verbeugung und schwingendem Umhang und nur der Andeutung eines Hüftschwungs überreicht er seine Blumen.

Dann setzt er sich ans Krankenbett und hält die zarten, zitternden Hände und sagt den Patientinnen, dass er sie liebt. Sie lassen sich die Botschaft gern in Form von Elvis-Titeln überbringen – »I Want You, I Need You, I Love You« oder »I'm All Shook Up« oder »Let Me Be Your Teddy Bear« –, aber er braucht diese Lieder nicht zu singen, er muss nur die Songtitel flüstern. Einige der Patientinnen merken kaum, dass er da ist, aber andere, die weniger gebrechlichen, haben ihre helle Freude an ihm und halten ihn für einen gelungenen Witz.

Andere wiederum halten ihn für echt. »O Elvis, da bist du ja endlich! Ich wusste, dass du kommen würdest«, ruft eine alte Dame und fällt ihm mit ihren streichholzdünnen Ärmchen um den Hals. »Ich liebe dich! Ich habe dich immer geliebt! Küss mich!«

»Ich lieb dich auch, Darling«, erwidert er mit tiefer Stimme, macht seine Späße und spielt jemanden, der er nicht ist; aber je öfter er es tut, desto einfacher wird es. Nach dem fünften oder sechsten Mal liebt er die alten Leutchen wirklich, zumindest für einen Augenblick. Er macht ihnen so viel Freude. Wann war das letzte Mal, dass sich jemand ehrlich gefreut hat, ihn zu sehen?

XII ESCORT

ELVISORIUM

Stan ist im Elvisorium, trinkt Bier und spielt mit drei anderen Elvissen Poker. Sie spielen nicht um Geld, so blöd sind sie nicht; dafür haben sie schon zu viele verzweifelte Zocker gesehen, die an den Spieltischen ihren letzten Dollar verloren haben. Sie spielen um Pancakes, wahlweise auch um Bacon- oder Erdnussbuttersandwiches, aus dem Baby Stacks Café – und es gibt keine Regel, die besagt, dass man das Zeug essen muss: zu viele Pancakes, und die Gürtel mit den silbernen Schnallen passen nicht mehr um die ausufernden Hüften. Grundidee ist der gertenschlanke Elvis zu seiner Glanzzeit, nicht der als aufgeschwemmtes Elend. Niemand will sich an seinen tragischen Niedergang erinnern.

Inzwischen kennt Stan die Zivilnamen der UR-EL-Elvis-Teammitglieder. Der hochgewachsene Rob ist Gründer und Geschäftsführer; er ist zuständig für Buchungen und PR einschließlich der Website und hat ein Auge auf den Ablauf im Allgemeinen. Pete, der zweite Mann, regelt die Finanzen. Der für einen Elvis etwas füllig geratene Ted hält das Elvisorium am Laufen: Er organisiert die Reinigung der Elvis-Kostüme, Bettwäsche und Handtücher, Lebensmittel. UR-EL schreibe schwarze Zahlen, sagt Pete, aber nur deshalb, weil man auf niedrige Fixkosten achte. Die Zeiten seien aber hart: Der Champagner fließe nicht in Strömen, man esse nicht jeden Tag Kaviar. Ständig denke man über neue Strategien nach, um etwas mehr Geld rauszuschlagen, wobei längst nicht alle funktionierten. Der Jonglier-Elvis sei ein Versuch gewesen, aber kein Erfolg. Ebenso der Seiltänzer-Elvis. Die Fans wollten nicht, dass ein Elvis Dinge tut, die der historische Elvis niemals getan hätte: Das wirke dann so, als wolle man sich lustig machen über den King, und das komme nicht gut an.

Die Geschäfte laufen heute etwas träge, insofern sind die Pokerspieler »nicht angezogen«, wie Rob sagt: Sie tragen kurze Hosen, T-Shirts und Flipflops: Die Klimaanlage spinnt, und draußen vor der Tür sind es vierzig Grad. Zum Glück liegt Vegas in der Wüste, also ist es wenigstens nicht feuchtheiß.

Inzwischen weiß Stan, dass die Elvisse nicht alle schwul sind. Einige ja, einige sind bi- und einer ist asexuell, aber heutzutage sind die Grenzen ohnehin fließend, oder?

»Nennen wir's ein Kontinuum«, sagt Rob, während er Stan diese Sache am zweiten Tag erklärt. »Im Grunde ist kein Mensch entweder/oder. Ich mach gerade eine Ehe-Auszeit. Ganz schön öde.«

Die Sache mit dem Kontinuum nimmt Stan ihm nicht ab. Aber warum soll er sich den Kopf darüber zerbrechen, was die anderen Jungs in ihrer Freizeit machen? »Und ich dachte schon – so wie ihr drauf wart, als ich hier ankam ...«, sagt er.

»Zu Recht«, sagt Pete. »Ist aber nur gespielt. UR-EL wurde von Schauspielern gegründet, zur Überbrückung von Durststrecken.«

»Eigentlich sind die meisten von uns nur auf der Suche nach einer Rolle in einer der Shows«, sagt Rob.

»Übrigens, wir geben auch Schwulen-Coachings«, sagt Ted. »Für unsere neuen Elvisse. Zehn heiße Tipps, wie man sich als Schwuler benimmt, so in diese Richtung. Wir könnten dir da ein bisschen unter die Arme greifen, Stan.«

»Ein Hetero, der einen Schwulen spielt, der einen Hetero spielt, aber so, dass alle annehmen, er sei schwul – das muss man erst mal hinkriegen. Das ist ganz schön knifflig. Wobei manche Jungs auch übers Ziel hinausschießen. Es ist ein schmaler Grat«, sagt Rob.

Stan denkt an die Zeit mit Jocelyn zurück, als er jede Fantasie ausagieren musste, die sie für den jeweiligen Abend vorgesehen hatte. »Okay«, sagt er. »Das mit der Schauspielerei leuchtet ein, aber was soll das mit den Schwulen? Vielleicht steh ich auf der Leitung, aber Elvis war definitiv nicht schwul, also ...«

»Es geht um die Kundinnen«, sagt Rob. »Und die Verwandten,

die Leute, die uns buchen, um jemanden zu überraschen. Denen ist es lieber, wenn die Elvisse schwul sind.«

»Kapier ich nicht.«

»Die wollen bloß kein Techtelmechtel«, sagt Rob. »Vor allem nicht in den Krankenhäusern. Mit den Patientinnen, die in den Einbettzimmern. Es hat da schon Vorfälle gegeben.«

Stan lacht. »Ach komm! Hör auf! Wer würde denn ernsthaft …«

Wer würde denn ernsthaft, denkt er, eine halbverflüssigte Hundertjährige voller Schläuche knallen wollen?

»Wir sind hier in Vegas«, sagt Rob. »Du würdest dich wundern.«

»Bierchen?«, fragt Pete, legt sein Blatt zusammen und steht auf.

Stan brütet über seinen Karten. Er sieht seinen nächsten Stapel Pancakes schon vor sich. Er hat gerade eine Glückssträhne.

»Wie ich höre, laufen ein paar neue Produktionen an«, sagt Ted. »Die Shows hier boomen, der Broadway ist nix dagegen.«

»Dan hat einen Volltreffer gelandet«, sagt Rob. »Gerade lief ein Casting für *A Midsummer Night's Scream*, reine Männerbesetzung, und er hat die Rolle der Tits Tania bekommen. Deshalb macht er sich hier im Moment rar.«

»Hoffen wir nur, dass seine Stimme mitspielt. Singen ist ja wohl was anderes«, sagt Pete eine Spur gehässig. »Auf so einen Scheiß hätte ich keine Lust.«

Stan hat nicht die geringste Ahnung, worum es geht – Tits Tania, was soll das sein? –, aber wenn Schauspieler anfangen zu fachsimpeln, hält man sich am besten raus.

»Immerhin spielt er nicht den blöden Cobweb«, sagt Ted. »Mit seinen Elfenflügeln.«

»Oder den verfickten Puck. Man stelle sich die ganzen Wortspiele vor. Wie ich höre, ist fürs kommende Jahr ein Männer-*Annie* geplant«, sagt Pete. »Ich werde mich für die Rolle der, wie heißt sie noch gleich, bewerben, dieser Schreckschraube, die das Waisenhaus leitet. Die hab ich schon mal gespielt, in Philadelphia. Das würde ich locker hinkriegen.«

»Fünf Pancakes«, sagt Rob und legt seine Karten hin. »Sonntag könnt ihr mich auszahlen.«

»Wie bitte?«, fragt Ted. »Ich krieg noch welche von euch. Ihr schuldet mir vom letzten Mal noch sechs Stück.«

»Jetzt kann mal jemand anders austeilen«, sagt Rob.

»Wirf 'ne Münze.«

»Jetzt, wo Dan raus ist, fehlt uns ein Escort-Mann«, sagt Rob. »Es steht eine große Messe an, vom NAB. Da werden einige Anfragen kommen.«

»NAB?«, fragt Stan. Ständig werfen sie mit diesen Abkürzungen um sich, Akronyme für Orgs, von denen er noch nie gehört hat.

»Die *National Association of Broadcasters*. Fernsehen, Radio, all das. Tagsüber gehen sie in Ausstellungen und hören sich Vorträge an, trinken ekelhaften Kaffee, wie immer; abends geht's dann ins Theater. Da sind jede Menge Singlefrauen dabei, nicht immer die Jüngsten. Na, Stan, wie wär's?«

»Wie wär' was?«, fragt Stan vorsichtig.

»Du als Escort-Elvis. In den Krankenhäusern hast du immer super abgeschnitten, nichts als Sterne und Daumen hoch bei den Online-Bewertungen, also hättest du bestimmt keine Probleme damit. Eine Show angucken, was essen gehen, ein paar Gläser an der Bar. Kann sein, dass sie dich angraben, dir Geld anbieten, um sie aufs Zimmer zu begleiten. Da kann's dann sehr praktisch sein, wenn man schwul ist.«

»Das leuchtet ein«, sagt Stan. »Vielleicht bräuchte ich wirklich ein paar Lektionen.«

»Aber wir wollen den Kundinnen ein insgesamt positives Erlebnis bieten. Wir sind absolut für Gleichberechtigung. Wenn die Damen Sex gegen Geld wollen, dann manchen wir's möglich.«

»Moment«, sagt Stan.

»Nicht du«, sagt Rob. »*Du* rufst uns einfach unter der UR-EL-Nummer an, und wir schicken einen der Elvis-Bots vorbei. Gegen Aufpreis, versteht sich! Die sind wie ein Riesendildo, nur mit 'nem Körper dran. Integrierter Vibrator optional.«

»So würde ich mich auch gern mal fühlen«, sagt Pete.

»Dann plauderst du noch 'ne Runde mit ihr, schenkst ihr einen Drink ein und sagst, du wünschtest, du wärst hetero. Sobald der Elvis da ist, schaltest du ihn an, und er summt ein kleines Lied, während du mit der Kundin die Gebrauchsanleitung durchgehst: Er reagiert auf einfache Befehle wie *Love Me Tonight*, *Wooden Heart* und *Jingle Bell Rock*. Ziemliches Tempo bei dem letzten Song, aber manche mögen das. Dann wartest du in der Lobby. Du hast einen Knopf im Ohr, du kriegst also mit, ob alles nach Wunsch läuft.«

Na toll, denkt Stan. In einer Hotellobby hocken und irgendeine schimmlige Schnitte belauschen, wie sie zum Orgasmus kommt. Er hat genug von unersättlichen Frauen. Wieder muss er an Charmaine denken, damals, als sie frisch verheiratet waren, an ihre nahezu jungfräuliche Zurückhaltung. Er wusste damals einfach nicht, was er an ihr hatte. »Wieso muss ich in der Lobby warten?«, fragt er.

»Damit du die Rücksendung überwachen kannst. Und falls irgendwas schiefläuft«, sagt Rob.

»Klar«, sagt Stan. »Und woher weiß ich das?«

»Wenn du zu viel Geschrei hörst, wird's Zeit zu handeln. Dann nix wie rauf und den Ausschaltknopf gedrückt.«

»Es klingt dann auch anders«, sagt Rob. »Das Geschrei. Ängstlicher.«

»Niemand möchte zu Tode gevögelt werden«, sagt Pete.

WOZU LEIDEN?

Ed ist immer noch nicht zurück im Büro. Das Einzige, was passiert ist: Drei Männer mit Positron-Logo auf der Jackentasche sind mit einer großen Kiste eingetroffen. Es sei ein Stehpult, sagten sie, und sie hätten den Auftrag, es im Chefbüro aufzubauen. Als das Pult steht, gehen sie, und Charmaine ist wieder sich selbst überlassen, was bedeutet, dass sie Schuhe und Strumpfhose auszieht und sich die Zehennägel lackiert: hinter dem Schreibtisch, falls jemand reinkommt.

Zartrosa: Die Farbe ist erlaubt. Nichts Flammendes, nichts Leuchtendes, kein Fuchsia. Aurora hat den Nagellack besorgt und ihn ihr auf ihre typische selbstgerechte Art überreicht. »Bitte sehr, dieser Farbton soll bei zwölfjährigen Mädchen sehr beliebt sein, er wird also bestimmt die richtigen Signale aussenden.« Aurora macht sich jede Menge Gedanken um Details dieser Art, was zwar hilfreich ist, aber allmählich kommt Charmaine an den Punkt, wo sie schreien möchte. *Lass mich verflixt noch mal in Ruhe! Hör auf, mich ständig zu belabern!* Oder so ähnlich.

Zehennägel lackieren hebt die Laune. Das ist es, was die meisten Männer nie verstehen: dass es echt Laune machen kann, die Farbe seiner Zehennägel zu verändern. Stan wurde einmal sehr wütend auf sie, damals, als sie noch im Auto lebten, weil sie ein bisschen von ihrem PixelDust-Trinkgeld ausgegeben – er sagte *verdammt noch mal aus dem Fenster geschmissen* – hatte für ein kleines Fläschchen Nagellack in einem hübschen, silbrig schimmernden Korallenrot. Sie hatten sich gestritten, weil sie sagte, sie habe das Geld selbst verdient, und der Nagellack habe nicht die Welt gekostet, und dann warf er ihr vor, ihm ständig aufs Brot zu schmieren, dass er keinen Job habe, und dann sagte sie, sie schmiere ihm überhaupt nichts aufs Brot, sie wolle nur schöne Zehennägel haben, für ihn, und er sagte, die Farbe ihrer verfluchten Zehennägel wäre ihm so dermaßen scheißegal, und dann weinte sie.

Auch jetzt weint sie ein bisschen beim Gedanken daran. Wie schlimm steht es um einen, wenn man schon sehnsüchtig an die Zeit zurückdenkt, als man in seinem Auto lebte? Aber es ist nicht das Auto, das sie traurig macht, es ist Stans Abwesenheit. Und nicht zu wissen, ob er wütend auf sie ist. Richtig wütend, nicht nur wütend wegen einer verdammten Nagellackfarbe, die ihm verdammt noch mal scheißegal ist. Das sind zwei völlig verschiedene Paar Schuhe.

Sie versucht nicht daran zu denken, dass Stan nicht mehr hier ist, *denn es ist, wie es ist,* wie Oma Win immer zu sagen pflegte, und *was man nicht heilen kann, muss man ertragen, und ohne Lachen ist das Leben wie ein Frühling ohne Mai.* Vielleicht war es ja die gerechte Strafe dafür, dass sie Stan Widerworte gab, damals im Auto.

(*Deine Widerworte treib ich dir aus!* Wer war das noch mal? Und wie hatten ihre Widerworte ausgesehen? Galten Tränen auch als Widerworte? Ja, tun sie, denn danach war etwas Schlimmes passiert. *Merk dir das.* Aber *was* hatte sie sich merken sollen?)

Sie wischt die Gedanken weg. Nachdem sie eine Weile auf die Karte gestarrt hat, die mit roten und orangefarbenen Pinnnadeln übersät ist, denkt sie, dass Ed eine Lampe brauchen wird für das Stehpult, womit sie einen Vorwand hat, den Onlinekatalog von Consilience aufzumachen. Sie schaut hier und da, um die richtigen Seiten zu finden, bleibt vielleicht einen Tick zu lange bei der »Mode für Damen« und den »zauberhaften Kosmetikideen« hängen und bestellt das passende Leuchtmittel.

Dann wird es Zeit, nach Hause zu gehen. Also geht sie nach Hause. Nicht dass es ein richtiges Zuhause wäre. Eigentlich nur ein Haus, denn wie Oma zu sagen pflegte: *Erst die Liebe macht aus einem Haus ein Zuhause.*

Aurora hat sich auf der Wohnzimmercouch niedergelassen. Sie trinkt eine Tasse Tee und isst einen Dattel-Nuss-Riegel. Ob Charmaine nicht Lust habe, sich zu ihr zu gesellen?, fragt sie mit ihrem breitgespannten Lächeln. Als wäre sie die verflixte Gastgeberin und ich hier nur zu Gast, denkt Charmaine. Aber sie geht darüber hinweg, denn was soll's, sie muss sich mit der Frau vertragen.

»Keinen Tee, danke«, sagt sie. »Aber ich könnte echt einen Drink gebrauchen. Ich wette, wir haben auch noch Oliven im Kühlschrank.« Bei ihrem letzten Blick in den Kühlschrank gab es Oliven, aber in diesem Kühlschrank tauchen ständig Lebensmittel auf und verschwinden wieder, als wären Heinzelmännchen am Werk.

»Natürlich«, sagt Aurora, während sich Charmaine in den Sessel sinken lässt und aus ihren Schuhen schlüpft. Es entsteht eine Pause, während beide abwarten, ob nicht doch die andere den Drink holen geht. Verflixt noch mal, denkt Charmaine, bin ich vielleicht ihr Dienstmädchen? Wenn sie die Gastgeberin sein will, soll sie verflixt noch mal den Drink machen.

Und schon stellt Aurora ihre Tasse ab, stemmt sich von der Couch hoch, holt die Oliven aus dem Kühlschrank und gibt sie in ein Schälchen; dann sucht sie zwischen den Spirituosen. Es sind mehr Flaschen als früher: Jocelyn hat ein Extrabudget, sie braucht nicht aufs Geld zu achten wie alle anderen, also muss sie es sein, die den Alkohol anschafft. Alkoholiker werden in Consilience nicht gern gesehen, weil sie unproduktiv sind und gesundheitliche Probleme entwickeln, und warum sollen alle zahlen, nur weil einer sich nicht beherrschen kann? Über dieses Thema kommt in letzter Zeit ziemlich viel im Fernsehen. Charmaine fragt sich, ob geschmuggelt wird oder ob sich irgendwo ein paar Leute aus Kartoffelschalen und Ähnlichem ihren eigenen Schnaps brennen. Ob sie mehr trinken, weil ihnen allmählich langweilig wird.

»Campari Soda?«, fragt Aurora.

Was soll das sein, denkt Charmaine, irgendein schnöseliger Drink, von dem wir Hinterwäldler noch nie was gehört haben? »Egal«, sagt sie. »Solange man was merkt.«

Der Drink ist rötlich und leicht bitter, aber nach ein paar Schlucken fühlt sie sich besser.

Aurora wartet, bis Charmaine ausgetrunken hat. Dann verkündet sie: »Ich bleibe dieses Wochenende hier. Jocelyn hält es für das Beste. Ich kann Sie im Auge behalten, nur falls irgendetwas Unvorhergesehenes passiert.«

Mist, denkt Charmaine. Sie hatte sich schon darauf gefreut, mal ein bisschen allein zu sein. Sie wollte ausgiebig baden, hinter dem Duschvorhang, wo sie vor der Kamera sicher ist, und ohne sich Sorgen zu machen, dass schon wieder jemand reinwill, um sich die Zähne zu putzen. »Oh, ich möchte Ihnen nicht zur Last fallen«,

sagt sie. »Ich glaube nicht, dass irgendetwas Unvorhergesehenes …
Mir geht's gut, wirklich. Ich brauche kein –«

»Das ist sicherlich richtig«, sagt Aurora in ihrem typischen Tonfall, der das Gegenteil bedeutet. »Aber sehen Sie es doch mal so.
Was, wenn er beschließt, Ihnen einen Besuch abzustatten?«

Was wenn, was wenn, denkt Charmaine. Sie braucht nicht zu
fragen, wer mit *er* gemeint ist, aber sie hat ihre Zweifel, dass er vorbeikommen wird, da er laut Jocelyn den Schwanz in Gips hat.
»Das glaub ich nicht«, sagt sie. »Nicht dieses Wochenende.«

»Man weiß nie«, sagt Aurora. »Wie ich höre, kann er ziemlich
ungestüm werden. Außerdem wird es ihn freuen, dass jemand auf
Sie aufpasst. Wie ich ebenfalls höre, kann er ziemlich eifersüchtig
werden. Und wir wollen doch keinen falschen Verdacht aufkom-
men lassen, oder?«

Es ist besser als gedacht, das Wochenende mit Aurora. Man soll
sich nie die Chance entgehen lassen, etwas Neues zu erfahren, und
Charmaine erfährt so einiges. Erstens erfährt sie, dass Aurora Rührei
machen kann. Zweitens erfährt sie, dass Ed eine Art Reise plant
und dass Charmaine ihn begleiten soll, nur weiß Aurora nicht, wohin die Reise gehen oder wann sie stattfinden soll, also quasi erst
mal nur als Vorwarnung.

Und drittens erfährt sie, dass Auroras Gesicht nicht ihr ur-
sprüngliches Gesicht ist. Dass sie was an sich hat machen lassen,
war Charmaine von Anfang an klar gewesen, aber die Geschichte,
die Aurora erzählt, hat mit Schönheitschirurgie nichts mehr zu tun.

»Sie haben sich vielleicht schon gefragt, was mit meinem Gesicht passiert ist«, eröffnet Aurora das Gespräch. Dies geschieht am
Sonntag, nachdem sie *Manche mögen's heiß* geguckt und Popcorn
gegessen und Bier getrunken haben, nicht dass Charmaine sich
viel aus Bier machen würde, aber es schien in dem Moment das
Richtige zu sein. Dann kamen die Mixgetränke, die jetzt seltener
geworden sind, da einige der Zutaten zur Neige gehen.

Inzwischen fühlen sie sich wie beste Freundinnen aus der

Schulzeit, zumindest fühlt es sich für Charmaine so an. Nicht dass sie in der Schule beste Freundinnen gehabt hätte, zumindest keine richtigen. Als kleines Mädchen durfte sie keine haben, und später wollte sie keine mehr haben, weil sie ihr zu viele Fragen über ihr Leben gestellt hätten. Also hat sie vielleicht jetzt nachträglich eine beste Freundin. Obwohl, es könnte auch die Wirkung ihres vierten Campari Soda sein, oder ist es Gin Tonic oder eher was mit Wodka?

»Ihr Gesicht? Was meinen Sie damit?«, fragt Charmaine und versucht so zu tun, als wäre ihr nichts Ungewöhnliches aufgefallen.

»Sie brauchen sich nicht zu verstellen«, sagt Aurora. »Ich weiß genau, wie ich aussehe. Ich weiß, dass es viel zu ... straff ist. Aber ich sah mal ganz anders aus. Und dann sah ich eine Zeitlang ... da hatte ich überhaupt kein Gesicht.«

»Kein Gesicht?«, sagt Charmaine. »Jeder hat ein Gesicht!«

»Es hat mir komplett die Haut abgefräst«, sagt Aurora.

»Ist nicht Ihr Ernst!«, sagt Charmaine, und dann muss sie lachen, es ist einfach zu lächerlich, ein abgefrästes Gesicht, wie ein Kuchen ohne Glasur, und dann lacht auch Aurora, soweit das eben geht.

»Ich hatte einen Unfall bei einem Rollschuhderby«, sagt sie, als sie sich wieder eingekriegt haben. »Es war eine Spendenaktion der Agentur für Imageberatung, für die ich damals gearbeitet habe. Wir haben Spenden gesammelt für Lungenkrebs. Ich hätte mich wohl nicht dafür melden dürfen, aber ich wollte wirklich helfen. Sie wissen schon.«

»O ja, ich weiß. Aber Rollschuhlaufen, so was ist doch gefährlich«, sagt Charmaine. Sie hätte Aurora nicht als sonderlich sportlich eingestuft. Ein abgefrästes Gesicht! Das tut ja schon beim Gedanken weh. Aurora sieht verschwommen aus, und Charmaine kann ihr fast unter die Haut sehen. Schmerz sieht sie dort. So viel Schmerz.

»Ja. Ich war jung damals, ich dachte, ich bin hart im Nehmen. Eigentlich war's auch gar kein Unfall, Maria aus der Buchhaltung hat mir ein Bein gestellt. Sie hatte es auf mich abgesehen, es ging um einen Mann namens Chet, dabei war da nie was. Und ich bin aufs Gesicht geknallt, bei vollem Tempo. Danach sah ich aus wie ein Hamburger.«

»Oh«, sagt Charmaine, die jetzt wieder nüchterner ist. »Wie schrecklich.«

»Ich konnte sie nicht mal verklagen«, sagt Aurora. »Es gab dafür keine Kategorie.«

»Natürlich nicht«, sagt Charmaine mitfühlend. »Diese verflixten Versicherungsfirmen.«

»Also haben sie mir eine Gesichtstransplantation in Aussicht gestellt«, sagt Aurora. »Wenn ich bei Positron einsteige.«

»Echt?«, sagt Charmaine. »So was geht auch mit Gesichtern?« Das eigene Gesicht abnehmen und ein neues draufsetzen lassen – dann könnte man ein ganz neuer Mensch werden, auch äußerlich, nicht nur innerlich.

»Ja. Die waren damit noch in der Testphase, als ich auftauchte. Ich wurde nach ihren Vorstellungen operiert. Die wollten sehen, ob sich ein ganzes Gesicht transplantieren lässt. Nach dem Motto: wozu leiden? So wollten sie es zumindest verstanden wissen.«

»Von wem war denn das Gesicht?«, fragt Charmaine. Eine taktlose Frage, die sie nicht hätte stellen dürfen. Das Gesicht stammte von einer mit Sonderbehandlung, lautet die Antwort: von einer, die ihr Gesicht nicht mehr gebraucht habe. Die beim Abschälen schon weggetreten oder hinüber gewesen sei. Und am Ende sei alles zum Besten gewesen. Zum Besseren. Zum Guten. Sie stürzt den Rest ihres Drinks hinunter.

»Das war in den Anfangszeiten«, sagt Aurora. »Heute werden die Dinge anders geregelt.«

»Anders«, sagt Charmaine. »Die Dinge. Sie meinen, die Leute werden auf andere Art um die Ecke gebracht? Diese Gefangenen? Die Behandlung wird nicht mehr vorgenommen?« Sie hätte damit nicht herausplatzen dürfen, sie weiß, dass man die Sache nicht beim Namen nennen darf. Sie hat zu viel getrunken. Zumindest hat sie nicht *getötet* gesagt.

»*Um die Ecke bringen* ist sehr harsch ausgedrückt«, sagt Aurora. »Es wurde als Linderung allzu schlimmer Qualen ausgelegt. Und glücklicherweise gibt es heute mehr als nur eine Art und Weise, das zu tun, allzu große Qualen zu lindern. Weniger harsche Wege.«

»Das heißt, die Leute werden nicht mehr um die Ecke gebracht?« Selbst in ihren eigenen Ohren klingt Charmaine wie ein fünfjähriges Kind. Sie trägt ein bisschen dick auf mit der Dummchen-Nummer.

»Kaum noch«, sagt Aurora. »Es ist so: Die Leute sind einsam; sie wollen geliebt werden. Das kann heutzutage jedem ermöglicht werden, selbst denen, die schlimm aussehen. Wozu die emotionalen Qualen? Ich kann weiß Gott ein Lied davon singen. Bei meinem Gesicht ... also bei diesem Gesicht können Sie sich vorstellen, dass mein Liebesleben gleich null ist.«

»Sie Arme«, sagt Charmaine. »Aber es gibt auch eine Kehrseite.«

»Kehrseite – wovon?«, fragt Aurora etwas frostig.

»Na ja, Sie wissen schon. Von so einem Liebesleben. Und alldem«, sagt Charmaine. Sie könnte Aurora ja ein bisschen was von der Kehrseite ihrer Liebesangelegenheiten erzählen, aber wozu sich mit negativen Dingen aufhalten?

»Nicht wenn die Person dir treu ist«, sagt Aurora. »Nicht wenn sie auf dich fixiert ist. Nur auf dich. Es ist machbar, sie machen es, indem sie das Gehirn verändern; es wirkt wie ein Liebestrank.«

»Oh«, sagt Charmaine. »Das wäre ja ...« Wie ist das Wort? *Unglaublich? Unmöglich?* Sie hatte noch nie das Gefühl, bei der Liebe eine Wahl gehabt zu haben, vor allem bei der hoffnungslosen Sorte. Bei dieser Sorte ging es meist um Sex. Man liebte jemand auf diese Weise, und dann: Wumms!, war man machtlos. Es war wie eine Wasserrutsche: Es gab kein Zurück. So zumindest war es mit Max. Vielleicht wird sie nie wieder imstande sein, so etwas zu fühlen.

»Jocelyn hat es mir versprochen«, sagt Aurora. »Wenn ich ihr helfe. Sie sagt, ich könnte so was machen lassen, in nächster Zeit, sobald sie den passenden Partner gefunden hat. Ich warte schon so lange! Aber jetzt kann ich ein ganz neues Leben haben!« Tränen treten ihr in die Augen.

Charmaine ist fast neidisch. Ein ganz neues Leben. So etwas möchte sie auch. Nur wie?

ESCORT

»Du hast dir soeben deinen ersten Escort-Job gesichert«, sagt Rob beim Frühstück zu Stan. Für Rob ist es eher Mittagessen, aber Stan hat lange geschlafen. Sie essen jedoch beide so ziemlich das Gleiche: undifferenzierte Nahrungsmittel. Vorgeschnittenes Zeug, abgepacktes Zeug, eingemachtes Zeug. Das Elvisorium ist nicht gerade ein Gourmettempel.

Mitten im Knistern hält Stan inne. Er muss aufhören, sich mit Pringles vollzustopfen, die machen nur fett. »Wo?«, fragt er.

»Mit 'ner Frau, die wegen dieser Medienkonferenz hier ist«, sagt Rob. »Vom NAB. Sie ist beim Fernsehen oder war wohl mal beim Fernsehen. Anscheinend hätte ich sie kennen müssen. Sie will jemanden, der mit ihr in eine Show geht. Hört sich harmlos an.«

Stan ist regelrecht nervös. Lampenfieber, sagt er sich. Dabei gibt es eigentlich keinen Grund zur Sorge, oder? Es ist verdammt noch mal nicht sein echter Job, es hat nichts mit dem Rest seines Lebens zu tun. »Und was genau muss ich tun?«, fragt er.

»Das, was sie bestellt hat«, sagt Rob. »Du musst nicht mal ein Abendessen absitzen, nur die Show. Ob sie Sex will, erfährst du erst später am Abend; es könnte auch ein Spontankauf sein. Aber denk dran, immer Komplimente machen wegen ihres Kleides. Immer in die Augen schauen, was man halt so macht. Wir bei UR-EL sind bekannt für Diskretion und Detailgenauigkeit.«

»Okay, alles klar«, sagt Stan.

Zur Beruhigung der Nerven macht er seinen üblichen Bummel über den Strip, posiert für ein paar Fotos, verdient sich ein paar Dollarnoten und einen Fünfer von einem Spendierfreudigen aus Illinois. Bei seiner Rückkehr ins Elvisorium ist Rob noch immer in der Küche. »Es waren ein paar Typen hier, die haben nach dir gefragt«, sagt er. »Sie hatten ein Bild von dir dabei.«

»Was für Typen?«, fragt Stan.

»Vier Typen. Mit Glatze. Und Sonnenbrille.«

»Was hast du ihnen gesagt?«, fragt Stan. Vier Typen mit Glatze und Sonnenbrille, das klingt nicht gut. Davon hatte Jocelyn nichts erwähnt, auch Budge und Veronica nicht. Sein Kontakt sollte eine Einzelperson sein. Hat Ed den Datenleak an die Quelle zurückverfolgt, hat er Jocelyn die Fingernägel abgerissen, um Stans Aufenthaltsort aus ihr herauszupressen? Sind diese Typen Eds Schlägertrupp? Er sieht sich schon, wie er in ein Auto gezerrt wird, in einer leeren Garage an einen Stuhl gefesselt und zu Brei geprügelt wird, bis er schreit: »In der Gürtelschnalle!« Er ist jetzt schon am Schwitzen in seinem Elvis-Panzer.

»Ich hab gesagt, sie hätten sich in der Adresse geirrt«, sagt Rob. »Fühlte sich nicht gut an.«

»Was war das denn für ein Bild?«, fragt Stan. Er holt sich ein Bier und trinkt in einem Zug die Hälfte aus. »Von mir. Meinst du, das wurde hier aufgenommen?« Wenn ja, steckt er ganz schön in der Scheiße.

»Nee, nee, das war schon älter«, sagt Rob. »Du an einem Strand, zusammen mit 'ner heißen Blondine, du hattest so ein Hemd an mit Pinguinen drauf.«

Stan spürt, wie sich sein Magen zusammenzieht. Es ist das Foto aus den Flitterwochen, ganz klar. Einen Abzug dieses Fotos hat er zuletzt bei Potentibots gesehen; es lag neben Charmaines Kopf, und er war herausgeschnitten worden. Bestimmt stecken Ed und das Projekt dahinter. Sie sind ihm auf die Spur gekommen.

Scheißdreck, denkt er. Ich bin geliefert.

Es wird besser sein, in der Menge unterzutauchen, denkt er – die Glatzköpfe werden bei seiner Entführung keine Aufmerksamkeit auf sich lenken wollen –, von daher ist es gut, dass er für den Abend eine Kundin hat. Sie heißt Lucinda Quant, ein Name, der ihm entfernt bekannt vorkommt. Hat Charmaine nicht früher immer so eine Sendung geguckt, die von dieser Lucinda moderiert wurde, damals, als sie noch im Auto lebten? Als er den Namen zum ersten Mal hörte, dachte er, dass sie als Teenager bestimmt damit gehänselt wurde.

Er trifft sie, wie vereinbart, in ihrem Hotel; es ist das venezianische. Die Lobby wimmelt von Konferenzteilnehmern, alle tragen noch ihr Namensschild. Einige sehen aus, als wären sie berühmt oder mal berühmt gewesen; die anderen, die schluffiger wirken, sind wahrscheinlich beim Radio.

Lucinda Quant entdeckt ihn, bevor er sie entdeckt. »Bist du mein Miet-Elvis?«, fragt sie. Er späht zu ihr hinunter und sagt mit sanft brummender Stimme: »Aber ja, Darling.«

»Nicht übel«, sagt Lucinda Quant. Sie ist um die fünfzig, vielleicht auch schon sechzig; schwer zu schätzen, da sie so gebräunt und faltig ist. Sie schnappt sich seinen Arm, winkt einer Gruppe von plaudernden Fernsehkollegen zum Abschied zu und sagt: »Komm, nix wie weg hier von dieser Freakshow.«

Stan hilft ihr in ein Taxi, steigt auf der anderen Seite ein und rutscht neben ihr in den Sitz. Er schenkt ihr sein schönstes Gummilippenlächeln, das sie nicht erwidert. Sie hat dünne Arme, Perlweißzähne und trägt massenhaft Türkisschmuck. Ihre Haare sind schwarz gefärbt, die Augenbrauen nachgezogen, und auf dem Kopf trägt sie zwei kleine orangefarbene Ziegenhörner.

»Guten Abend, Ma'am«, sagt er mit Elvis-Timbre. »Ihre Hörner gefallen mir.« Als Einstieg für etwas Smalltalk nicht schlechter als jeder andere.

Sie stößt das heisere Lachen einer langjährigen Raucherin aus. »Die sind von hier, von einem Straßenhändler«, sagt sie. »Das sollen die Hörner eines Nymphbolds sein.«

»Eines Nymphbolds?«, fragt Stan.

»Ja, eines nymphomanen Kobolds«, sagt Lucinda Quant. »Aus irgendeinem Manga. Meine Enkel kennen sich da aus, das soll total angesagt sein.«

»Wie alt sind die denn?«, fragt Stan höflich.

»Acht und zehn«, sagt Lucinda. »Die wissen sogar schon, was ›nymphoman‹ heißt. In dem Alter wusste ich nicht mal bei einem Lutscher, wo hinten und vorne ist.«

Will sie ihm damit irgendetwas sagen? Hoffentlich nicht. Hör auf zu jammern, Stan, ermahnt er sich. Sei ein Mann. Besser noch, sei irgendein anderer Mann. Lucinda riecht penetrant nach Blue Suede, einem Elvis-Gedenkduft, den Stan in letzter Zeit in rauen Mengen eingeatmet hat. Viele der alten Mädels tragen ihn; muss ein ähnlicher Impuls sein wie bei einer Katze, die sich im Sweatshirt ihres toten Besitzers wälzt. Schon seltsam, ein Parfüm, das sich nach Schuhen benennt, aber was weiß denn er? Das Aroma – zimtig mit einem Hauch von Lederpolitur – steigt zwischen Lucindas Brüsten auf, die sich aus dem tiefen Ausschnitt ihres hibiskusfarbenen Kleides hervorheben.

»Zuerst dachte ich ja, die Hörner sind nur was für Kinder«, sagt Lucinda, »aber dann dachte ich, warum nicht? Greif zu, Mädchen! Man lebt nur einmal, sag ich immer. Nur damit das klar ist, das hier sind nicht meine echten Haare. Das ist 'ne Perücke. Ich hatte Krebs, mit Betonung auf hatte, toi, toi, toi, und jetzt will ich einfach nur noch mal richtig auf den Putz hauen!«

»Macht nichts, das sind auch nicht meine echten Lippen«, sagt Stan, und wieder muss Lucinda lachen. »Du bist 'ne Wucht«, sagt sie. Sie rutscht an ihn heran und drückt sich mit einer ihrer hageren Pobacken gegen seinen Oberschenkel. Soll er jetzt mit seiner tiefen Elvis-Stimme sagen: »Mal langsam, Darling, wir haben doch noch die ganze Nacht vor uns?« Nein, das würde unfairerweise auf bevorstehende Genüsse anspielen. Stattdessen sagt er: »Tja, da Sie so offen mit mir sind, sollte ich Ihnen wohl besser sagen, dass ich schwul bin.«

Sie lacht ihr rauchiges Lachen. »Nein, das bist du nicht«, sagt sie. Sie tätschelt sein weiß gewandetes Knie. »Aber netter Versuch. Da können wir später drüber reden.«

Und jetzt sind sie am Veranstaltungsort, gerade noch rechtzeitig. Es ist ein nagelneues Casino mit Thema Russisches Reich; es heißt The Kremlin. Goldene Zwiebeltürme außen, Diener in roten Stiefeln, ein Begrüßungsspalier aus Feuerschluckern im Kosakenkostüm. Einer der Kosaken hilft Lucinda mit einer Hand aus dem Auto, während er in der anderen eine brennende Fackel hochhält.

An der Bar wird White Russian angepriesen, und auf mehreren Spieltischen bewegen sich Tänzerinnen mit Nippel-Pasties aus Kunstfell zu Slavic Rock. Es gibt vier Theatersäle: Die Shows zögen inzwischen mehr Publikum an als das Glücksspiel, hat Rob ihm erzählt, wobei man erst durch die Spielhalle hindurchmuss, falls einen doch spontan die Lust aufs Zocken überkommt.

»Da lang«, sagt Lucinda. »Ich bin hier nicht zum ersten Mal.« Sie lenkt ihn in Richtung Saal, wo die Aufführung in Kürze beginnen wird.

Stan hält Ausschau nach Männern mit Glatze und Sonnenbrille, aber so weit, so gut. Sie schaffen es ungehindert an den einarmigen Banditen und Tabledancern vorbei bis in den Saal. Er hilft Lucinda in den Sitz; sie setzt ihre strassgeschmückte Lesebrille auf und wirft einen Blick ins Programm.

Stan sieht sich nach dem nächsten Notausgang um, falls er schnell abhauen muss. Es sind mindestens noch ein Dutzend Elvisse im Saal, jeder mit einer alten Schachtel unter den Fittichen. Hier und da sind auch Marilyns in roten Kleidern und silberblonden Perücken zu sehen, zusammen mit älteren Kerlen. Einige haben ihrer Marilyn den Arm um die Schultern gelegt; die Marilyns werfen den Kopf zurück und lassen das kultige Marilyn-Lachen mit den strahlend weißen Marilyn-Zähnen erklingen. Er muss zugeben, sexy ist sie schon, diese Lache, auch wenn er genau weiß, wie unecht sie ist.

»Und jetzt machen wir mal etwas Konversation«, sagt Lucinda

Quant. »Wie kommen Sie zu diesem Job?« Ihre Stimme hat die Neutralität und Schärfe einer professionellen Interviewerin, die sie angeblich auch ist.

Sieh dich vor, Stan, sagt er zu sich. Denk an die vier Glatzköpfe. Zu viele Fragen bedeuten Gefahr. »Das ist 'ne lange Geschichte«, sagt er. »Eigentlich warte ich auf mein nächstes Engagement. Ich bin nämlich Schauspieler. Schwerpunkt Musical-Komödie.« Großes Gähnen: Das erzählt hier jeder.

Zum Glück für ihn beginnt in diesem Moment die Show.

BESCHAFFUNG

Früh am Montagmorgen kommt Jocelyn vorbei. Charmaine hat geduscht und sich fürs Büro angezogen, weiße Rüschenbluse und alles, aber sie fühlt sich irgendwie neben der Spur – das muss ein Kater sein, wobei sie erst so wenige in ihrem Leben hatte, dass sie sich nicht sicher ist. Aurora macht Rührei und kocht Kaffee, obwohl Charmaine schon angekündigt hat, dass sie heute Morgen bestimmt kein Rührei runterkriege. Sie hat eine vage Erinnerung an das, worüber sie gestern geredet haben. Sie wünschte, sie könnte sich noch besser an das Gespräch erinnern.

»Es gibt neue Informationen«, sagt Jocelyn.

»Kaffee?«, fragt Aurora.

»Gern«, sagt Jocelyn. Sie begutachtet Charmaine. »Was ist los? Sie sehen ja grauenhaft aus, wenn ich das so sagen darf.«

»Das ist der Kummer«, sagt Aurora, und sie und Charmaine kichern.

Jocelyn betrachtet die beiden. »Okay, gute Story. Bleibt ruhig dabei, falls er nachfragen sollte«, sagt sie. »Wie ich sehe, hattet ihr beiden gestern einen bunten Abend an der Hausbar. Ich werde für euch die Beweise vernichten, schließlich ist das mein Spezialgebiet. Und jetzt hört bitte zu.«

Sie setzen sich an den Küchentisch. Charmaine versucht einen Schluck Kaffee zu trinken. Nein, Ei geht gar nicht.

»Sein Plan sieht aus wie folgt«, sagt Jocelyn. »Charmaine, er wird Ihnen mitteilen, er müsse geschäftlich nach Las Vegas. Er wird Sie bitten, Tickets für ihn zu buchen und auch für Sie. Er wird sagen, er werde Ihre Dienste vor Ort brauchen.«

»Was für Dienste?«, fragt Charmaine nervös. »Will er mich in seinem Hotelzimmer einsperren und …«

»Nein, so einfach ist es nicht«, sagt Jocelyn. »Wie Sie wissen, ist er mit dem Thema Sexbots durch, zumindest für den privaten Gebrauch. Er rückt jetzt zum nächsten Grenzposten vor.«

»Genau das meinte ich«, sagt Aurora. »Gestern Abend.«

Charmaines Erinnerungen vom gestrigen Abend sind etwas diffus. Nein, sie sind sehr diffus. Was war das noch mal für ein Zeug, was sie und Aurora getrunken haben? Vielleicht waren da Drogen drin. Es ging um Auroras Gesicht und dass es irgendwie abgefräst worden war, oder nein, das kann nicht stimmen. »Grenzposten?«, fragt sie. Alles, was ihr dazu einfällt, sind Western.

Jocelyn zückt ihr PosiPad, schaltet es ein, ruft ein Video auf. »Die Bildqualität ist leider schlecht«, sagt sie, »aber der Ton ist ziemlich gut.« Ein verpixelter Ed steht in einem Sitzungssaal vor einem großen Touchscreen, auf dem sich Großbuchstaben aneinanderreihen, die das Wort Potentibots ergeben, feuerwerkartig explodieren und sich erneut zu dem Wort Potentibots zusammensetzen. Er spricht vor einer kleinen Versammlung von Anzugträgern, von denen nur die Hinterköpfe zu sehen sind.

»Aus zuverlässiger Quelle weiß ich«, sagt er in seinem einschmeichelndsten Ton, »dass die User Experience selbst bei unseren technisch hochentwickelten Modellen immer nur ein wenig überzeugender Ersatz für einen Menschen aus Fleisch und Blut ist und bleiben wird. Ein letzter Ausweg für Verzweifelte vielleicht« – es folgt ein wenig Gelächter vonseiten der Hinterköpfe –, »aber ich denke, das können wir besser!«

Allgemeines Gemurmel; die Haarschnitte nicken.

Ed fährt fort. »Der menschliche Körper ist komplex, meine Freunde – komplexer als alles, was wir in Form eines mechanischen Geräts nachzubilden versuchen. Der menschliche Körper wird vom menschlichen Hirn gesteuert, die ausgefeilteste und komplizierteste Konstruktion unseres bislang bekannten Universums. Wir haben alles Erdenkliche versucht, um uns dieser Körper-Hirn-Kombination anzunähern. Aber vielleicht haben wir es einfach falsch angepackt!«

»Wie meinen Sie das?«, fragt einer der Köpfe.

»Was ich meine, ist, wozu etwas konstruieren, was von allein steht, wenn das, was von allein steht, längst existiert? Wozu das Rad neu erfinden? Warum bringen wir das Rad nicht lieber dazu, *dorthin zu rollen, wo wir es haben wollen*? Und zwar so, dass alle davon profitieren? Größtmögliches Glück für die größtmögliche Anzahl von Menschen – dafür stehen wir doch bei Potentibots, hab ich nicht recht?«

»Kommen Sie zur Sache«, sagt einer der Haarschnitte. »Wir sind hier nicht im Fernsehen, wir brauchen keine Predigt.«

»Was stimmt denn nicht mit unserer jetzigen Position? Ich dachte, wir scheffeln jede Menge Geld«, sagt ein anderer.

»Tun wir auch«, sagt Ed. »Aber da ist noch Luft nach oben. Also kurz und gut: Warum nehmen wir nicht einfach einen bereits existierenden Körper plus Hirn und bringen diese Einheit, diese Person – platt gesagt, die heiße Nummer, die uns wie Luft behandelt –, mittels eines schmerzlosen Eingriffs dazu, sich ausschließlich für uns zu interessieren und für niemanden sonst, als wären wir für sie der schärfste Typ, den sie je gesehen hat?«

»Geht es da um irgendeinen Duftstoff?«, fragt eine andere Stimme. »So was mit Pheromonen, wie bei den Motten? Ich hab das ausprobiert, das ist Mist. Plötzlich hatte ich einen Waschbären am Hals.«

»Sag bloß! Einen echten? Oder war's 'ne Frau mit –«

»Eine neue Oxytocinpille? So was hält nicht vor. Schon am nächsten Morgen wird man wieder als Memme beschimpft.«

»Wie war's denn mit dem Waschbären? Das wär doch mal was!« Gelächter.

»Nein, nein«, sagt Ed. »Ich bitte um Ruhe. Es geht nicht um eine Pille, und ob Sie es glauben oder nicht, es geht auch nicht um Science-Fiction. Die Technik, an der in unserer Klinik in Las Vegas gefeilt wird, basiert auf der Forschungsarbeit zum Auslöschen schmerzhafter Erinnerungen, etwa bei Kriegsveteranen, Opfern von Kindesmissbrauch und so weiter. Man hat entdeckt, dass sich bestimmte Ängste und negative Assoziationen im Gehirn lokalisieren und entfernen lassen, aber auch ein Liebesobjekt lässt sich auslöschen und durch ein neues ersetzen.«

Die Kamera bewegt sich auf eine hübsche Frau in einem Krankenhausbett zu. Sie schläft. Dann schlägt sie die Augen auf und blickt zur Seite. »Oh«, sagt sie mit glücklichem Lächeln. »Da bist du ja! Endlich! Ich liebe dich!«

»Wow, so einfach ist das«, sagt ein Haarschnitt. »Und es ist nicht gespielt?«

»Nein«, sagt Ed. »Allerdings hat es bei ihr nicht geklappt; das war ein Versuch hier vor Ort, aber es war noch zu früh, die Methode war noch nicht ausgereift. Unser Vegas-Team ist inzwischen auf dem neuesten Stand. Dennoch, das Prinzip ist klar.« Kameraschwenk nach links: Die Frau drückt einem blauen Teddybären einen leidenschaftlichen Kuss auf.

»Das ist Veronica!«, kreischt Charmaine leise. »Oje! Sie hat sich in unser Strickzeug verliebt!«

»Warten Sie«, sagt Jocelyn. »Es geht noch weiter.«

»Ich weiß nicht, welcher Saboteur ihr diesen Bären untergejubelt hat«, sagt Ed. »Das Problem ist, die Sache funktioniert bei allem, was zwei Augen hat. Der Mann, der diese Nummer … dieses Ding … diese Operation bestellt hat, war sehr verärgert, aber er kam einfach zu spät. Die Prägung hatte bereits stattgefunden. Timing ist alles.«

»Das ist ja der Knaller«, sagt einer der Köpfe. »Man könnte sich einen ganzen Harem zulegen, man könnte …«

»Man sucht sich also eine Zielperson …«

»Man beschafft sie …«

»Rein in den Transporter, rein in den Flieger«, sagt Ed, »und dann ab in die Klinik nach Vegas, eine kleine Spritze, und dann – ein völlig neues Leben!«

»Meine Fresse! Das ist ja sa-gen-haft!«

Jocelyn schaltet ihr PosiPad aus. »So in etwa«, sagt sie.

»Das heißt, diese Frauen werden einfach entführt?«, fragt Charmaine. »Aus ihrem Leben?«

»So könnte man das formulieren«, sagt Jocelyn. »Wobei es nicht nur Frauen sind, es gilt für beide Geschlechter. Jedenfalls ist das die Idee. Das Subjekt hat aber gar nichts dagegen, da die Vorbeziehungen annulliert worden sind.«

»Deshalb also will Ed, dass sie ihn geschäftlich nach Las Vegas begleitet«, sagt Aurora.

»Er hat es mir gegenüber nicht im Einzelnen erläutert«, sagt Jocelyn, »doch die Vermutung liegt nahe.«

»Sie meinen, er will mich so programmieren, dass ich Stan nicht mehr liebe?«, sagt Charmaine. Sie hört ihre eigene Stimme; es ist so traurig. Wenn das geschähe, wäre Stan nur noch ein Fremder für sie. Ihre ganze Vergangenheit, ihre Hochzeit, das Leben in ihrem Auto, alles, was sie zusammen durchgemacht haben … Vielleicht würde sie sich noch daran erinnern, aber es wäre bedeutungslos. Es wäre so, als würde sie einen Menschen reden hören, den sie gar nicht kennt, jemand, der langweilig ist.

»Ja. Sie würden Stan nicht mehr lieben. Sie würden stattdessen Ed lieben«, sagt Jocelyn. »Sie wären ganz vernarrt in ihn.«

Genau wie die Liebestränke in den alten Märchenbüchern bei Oma Win, denkt Charmaine. Wo man von einem verwunschenen Prinzen in Froschgestalt irgendwo eingesperrt wird. In diesen Geschichten bekam man am Ende allerdings seine wahre Liebe zurück, zumindest wenn man ein silberfarbenes Zauberkleid oder dergleichen hatte; aber im richtigen Leben – in diesem richtigen Leben, das Ed für sie geplant hat – wird sie für den Rest ihres

Lebens im Bann eines schrecklichen Froschprinzen sein. »Das ist ja furchtbar! Dann kann ich mich ja gleich umbringen!«

»Vielleicht«, sagt Jocelyn. »Danach jedenfalls werden Sie's nicht mehr tun. Sobald die Operation gelaufen ist, wird Ed vor Ihnen stehen, Ihre Hand halten und Ihnen versonnen in die Augen blicken, und Sie werden ihn ansehen und sich in seine Arme werfen und ihm ewige Liebe schwören. Und dann werden Sie ihn anbetteln, sein Lustobjekt sein zu dürfen. Und Sie werden es ernst meinen, jedes Wort. Sie werden nie genug von ihm kriegen. So ist die Sache geplant.«

»Himmel«, sagt Charmaine. »Sie können doch nicht zulassen, dass mir das angetan wird! Egal, was ich … das können Sie *Stan* nicht antun!«

»Stan liegt Ihnen also noch immer am Herzen, ja?«, fragt Jocelyn interessiert. »Nach allem, was passiert ist?«

Charmaine sieht Stan plötzlich vor sich, wie lieb er immer war, zumindest meistens; wie unschuldig er aussah, wenn er schlief, wie ein Junge; wie niedergeschmettert er wäre, wenn sie sich von ihm abwenden würde, als habe er nie existiert, und Eds Arm nehmen und einfach davonspazieren würde. Er würde es niemals, niemals verwinden.

Sie kann nicht anders: Sie fängt an zu weinen. Große dicke Tränen laufen über ihre Wangen, sie ringt nach Luft. Aurora bringt ihr ein Papiertaschentuch, geht aber nicht so weit, ihr die Schulter zu tätscheln. »Zumindest will er wirklich Sie. Nicht nur Sie als Roboter.«

»Ist ja gut«, sagt Jocelyn. »Ganz ruhig. Ed hat angeordnet, dass ich Sie begleite. Ich bin Ihre Aufpasserin, ich bin Ihr Bodyguard, ich soll dafür sorgen, dass Ihnen nichts passiert.« Sie hält inne, um das alles wirken zu lassen. »Und das werde ich auch tun. Ich beschütze Sie.«

XIII   GREEN MAN

GREENMAN

GREEN MAN

Die Show, für die Lucinda Karten besorgt hat, ist die Green Man Group. Es ist ein Spin-off der Blue Man Group, die seit Jahrzehnten in Las Vegas auftritt. Als er noch bei Emo-Robotics war, hat Stan mal eine Parodie davon auf YouTube gesehen. Es gibt auch die Red Man Group und die Orange Man Group und die Pink Man Group, jeweils mit einem anderen Aufhänger. Die Green Man Group, heißt es im Programm, hat den Schwerpunkt auf Ökologie gelegt.

Und siehe da, als die Schweinwerfer und Flutlichter angehen, sieht man ein wenig künstliche Vegetation und ein paar künstliche Vögel, und als die erste Riege grüner Männer herausgesprungen kommt, haben sie nicht nur Glatzen und sind leuchtend grün angemalt, nein, sie tragen auch noch Laub. Abgesehen von den Blättern, ist es dieselbe Art straff inszenierter Komödie plus Technik- und Musikdarbietung, an die sich Stan, zumindest teilweise, aus dem Internet erinnert: Tricks mit Luftballons, die sich in Blumen verwandeln, Grünkohl, der zerkaut und in hohem Bogen wieder ausgespuckt wird, Jonglieren mit Zwiebeln und jede Menge Getrommel, und dazu ein Mann, der zur Bekräftigung einen Gong schlägt. Ohne Worte – keiner der Männer sagt einen Ton, sie sollen ja stumm sein. Hin und wieder wird ein wenig Botschaft vermittelt – Vogelgezwitscher, auf den großen Bildschirmen ein Sonnenaufgang, Heliumballons mit jungen Bäumen steigen in die Luft –, aber dann setzen wieder die Trommeln ein.

Überraschend beginnt eine Tulpennummer zu den Klängen von »Tulpen aus Amsterdam«. Erst fährt Stan in seinem Sitz hoch: Es ist das Losungswort von Potentibots, das kann doch verflucht noch mal kein Zufall sein! Noch während die Nummer läuft, denkt er: Moment mal, Stan. Ja, es könnte ein Zufall sein, viele Dinge sind Zufall, und wenn man die blanke Blödsinnigkeit dessen bedenkt, was die grünen Männer da oben veranstalten, kann es gar nicht anders sein. Wäre es ein Zeichen, was zur Hölle würden sie dann von ihm erwarten? Soll er brüllen: *Nehmt meine Gürtelschnalle! Hier ist der Stick?* Also, reiner Zufall, ganz bestimmt.

Er lehnt sich im Sitz zurück, guckt zu. Pyrotechnik mit Tulpen, Tulpenmanöver, Tulpentransformationen: Tulpen fangen Feuer, Tulpen explodieren, Tulpen wachsen einem grünen Mann aus den Ohren. Stan muss zugeben, die Darstellung ist sehr gekonnt und auch lustig. Es entspannt ihn, zu sehen, wie andere Kerle sich zum Narren machen. Wobei, wenn sie's mit Absicht tun, gilt das vielleicht gar nicht.

Danach kommt eine Gong-Nummer. Der Gongschläger ist eine Art Clown. Er erntet jede Menge Lacher. Aber gibt es denn nur diesen einen Gongschläger? Die Green Men sind genau wie die Elvisse: Sie tragen identische Kostüme und sind schwer zu unterscheiden. Stan versucht die Wechsel nachzuvollziehen, aber es ist wie bei einem Falschspieler: Man weiß, dass es ein Trick ist, aber man schafft es nicht, ihn dabei zu erwischen.

Die zweitletzte Nummer ist interaktiv. Drei ahnungslose Personen werden auf die Bühne geholt, in wasserfeste Kleidung gesteckt, müssen seltsames Zeug essen und werden mit grünem Brei beschossen. Danach kommt das Finale, noch mehr Getrommel, Gongs und aufleuchtende Gegenstände. Vorhang und Verbeugungen. Die grünen Männer schwitzen.

»So, mein lieber Miet-Elvis, wie lautet dein Urteil?«, fragt Lucinda, als die Lichter angehen.

»Gutes Timing«, sagt Stan.

»Das ist alles? Gutes Timing?«, fragt Lucinda. »Es gibt Männer, die widmen der Entwicklung dieser Fähigkeiten ihr Leben, und mehr fällt dir dazu nicht ein? Du bist bestimmt super im Bett.«

Fuck you, denkt Stan. Oder nein, lieber nicht. »Madam«, sagt er und weist ihr mit einer schwungvollen Bewegung seines blauen Umhangs den Weg durch den Gang. »Nach Ihnen.« Die orangefarbenen Hörner sitzen schief, sie geben ihr etwas Verwegenes, wie ein Teufel im Urlaub.

Lucinda sagt, sie werde die Damentoilette aufsuchen, und danach wünsche sie, von Stan in eine der Bars vor Ort ausgeführt zu werden, um gemeinsam den ein oder anderen White Russian zu trinken und seine Lebensgeschichte zu hören. Die Nacht sei noch jung, danach könnten sie noch etwas anderes unternehmen. Sie wolle was haben für ihr Geld, sagt sie mit einem Grinsen, aber auch mit der strengen, leicht vorwurfsvollen Stimme einer Schullehrerin.

Eins nach dem anderen, denkt er. Er begleitet sie zur Damentoilette. Während er draußen auf sie wartet und die abflauende Menge nach jemandem mit Schlägeroptik absucht, der ein allzu großes Interesse an ihm bekundet, schlängelt sich eine der Marilyns an ihn heran. »Stan«, flüstert sie. »Ich bin's, Veronica.«

»Wird aber auch Zeit«, knurrt er. »Da, wo ich wohne, waren ein paar Positron-Typen mit Sonnenbrille und haben nach mir gefragt. Ihr müsst mich woanders hinbringen! Wo ist Budge? Wo ist Conor? Bin ich so unwichtig für euch? Wenn dieser Mist, den ich mit mir rumtrage, so ein heißer Scheiß ist, wieso kommt dann keiner und holt ihn sich ab?«

»Nicht so laut«, sagt sie. »NAB wimmelt von Lauschern. Diese Medienleute klauen liebend gern Exklusivstorys und verpetzen sich gegenseitig, egal bei wem. Das könnte schlecht für dich sein.«

»Ich dachte, Jocelyn wollte die Öffentlichkeit informieren!«, sagt Stan.

»Der Zeitpunkt muss stimmen«, sagt Veronica. »Sie muss auf den richtigen Moment warten. Komm mit mir, beeil dich. Wir gehen hinter die Bühne.«

»Und was ist mit meinem Date?«, fragt Stan. Lucinda wird einen Höllenaufstand machen, wenn er einfach so verschwindet; sie ist genau der Typ dafür.

»Mach dir keine Gedanken. Wir haben einen anderen Elvis, er wird dich ersetzen, sie wird den Unterschied gar nicht merken.«

Stan bezweifelt das – Lucinda ist nicht blöd –, doch er folgt Veronica einen Seitengang hinunter und durch einen Ausgang neben der ersten Reihe des Saals. Es geht durch einen Korridor, dann um die Ecke, dann kommt eine Treppe. Dann kommt der Bühneneingang. Sie klopft an. Die Tür wird von einem grün geschminkten Glatzkopf im dunkelgrünen Anzug und mit Knopf im Ohr geöffnet. »Da lang«, sagt er. Die haben an alles gedacht, sogar an die passenden Türsteher.

Veronica eilt einen schmalen Gang entlang, Stan folgt ihr. Sie hat den Marilyn-Hüftschwung voll drauf: Hat sie den irgendwo gelernt? Muss man sich das Fußgelenk verstauchen und sich dann in ein Paar Stöckelschuhe zwängen? Ach, Veronica, denkt er trübselig. Ein Bär. Was für eine Verschwendung.

Sie bleiben vor einer geschlossenen Garderobentür mit einem grünen Stern stehen. THE GREEN MAN GROUP.

»Warte hier drin«, sagt Veronica. »Falls jemand kommt: Du bist zum Vorsprechen hier.«

»Auf wen warte ich denn?«, fragt Stan.

»Auf den Kontakt«, sagt Veronica. »Der die Übergabe machen soll. Der deine Informationen an die Presse weiterleitet. Wenn wir Glück haben. Hast du die Gürtelschnalle?«

»Was ist das hier wohl?«, fragt Stan und deutet auf seinen großen, kunstvollen Bauchschmuck.

»Und es hat dir auch niemand eine andere untergeschoben? Eine andere Schnalle?«

»Warum sollte das jemand tun?«, fragt Stan. »Ist doch nicht mal echtes Silber. Außerdem hab ich sie mir nachts immer unters Kopfkissen gelegt.«

Veronica zuckt mit ihren köstlichen Marilyn-Schultern. »Hoffentlich stimmt das«, sagt sie. »Es wäre nicht gut, wenn man sie öffnen würde, um den USB-Stick rauszuholen, und dann ist nichts drin. Am Ende denken die, du hättest ihn verhökert.«

»An wen denn?«, fragt Stan. Er hatte tatsächlich kurz darüber nachgedacht, aber was hätte ihm das gebracht? Wer immer die Informationen haben wollte und wusste, wo sie waren, würde sie sich nehmen und ihn in den nächsten Graben werfen.

»Ach, da gibt's genug Leute, die dafür zahlen würden«, sagt Veronica. »So oder so. Und jetzt rein mit dir. Ich muss los. Viel Glück!« Sie schürzt ihre Marilyn-Lippen, wirft ihm einen Handkuss zu und schließt leise hinter sich die Tür.

In der Garderobe ist niemand. Es gibt einen langen beleuchteten Spiegel, darunter eine Ablage, davor einen Stuhl, jede Menge Schminktiegel mit grüner Schminke. Pinsel. Ein paar Green-Man-Anzüge auf Bügeln an Haken auf der Rückseite der Tür. Straßenkleidung: Jeans, Jackett, schwarzes T-Shirt. Schwarze Nikes. Wer immer diese Garderobe benutzt, hat größere Füße als Stan.

Es führt nur ein Weg aus diesem Raum hinaus: Das gefällt ihm gar nicht. Er verzichtet auf den Stuhl und setzt sich stattdessen auf die Ablage, hinter sich den Spiegel. Er achtet darauf, sich nicht mit dem Rücken zur Tür zu drehen.

GONG ZU VERMIETEN

Es klopft. Was nun? Man kann sich nirgends verstecken, also auf in den Kampf. »Herein«, sagt er mit seiner Elvis-Stimme.

Die Tür geht auf. Es ist Lucinda Quant. Verdammt, wie hat sie ihn gefunden? Aber sie fragt nicht: »Wo steckst du denn die ganze Zeit?«, nichts dergleichen. Stattdessen schlüpft sie hinein, schließt die Tür, kommt mit großen Schritten auf ihn zu und zischt: »Mach deinen Gürtel auf!« Mit ihren rot lackierten Fingernägeln nestelt sie an ihm herum.

»Hoppla!«, sagt er. »Langsam, junge Frau! Wenn es das ist, was Sie wollen, müssen Sie zurück in Ihr Hotel, dann kann ich telefonieren, wir haben einen Service, es wird Ihnen gefallen …« Lucinda Quant mit einem Elvis-Bot im Bett – bei dem Gedanken laufen ihm kalte Schauer über den Rücken. Selbst wenn sie gegenwärtig nicht in Topform ist, wird sie die Nummer wahrscheinlich gewinnen.

»Keine Panik, ich will nicht deinen Körper«, knurrt sie mit verächtlichem Lachen. »Ich will deine Gürtelschnalle. Her damit!«

»Warten Sie!«, sagt er. Sie kann unmöglich diejenige sein! Er hat mit allem gerechnet – einer weltgewandten Doppelagentin ganz in Schwarz, einem knallharten Überwachungsmann, der für Jocelyn arbeitet, schlimmstenfalls einem von Positron entsandten Attentäter –, aber nicht mit so was. Wie soll er sicher sein, dass diese schrullige Tante die richtige Mittelsperson ist? »Moment mal«, sagt er. »Wer hat Sie geschickt?«

»Sei nicht albern. Das weißt du genau«, sagt sie und wirft sich die schwarzen Locken unter den Nymphbold-Hörnern mit einer Andeutung von Koketterie über die Schulter, die darauf schließen lässt, dass sie vor vierzig Jahren mal ein ziemlich heißer Feger war. »Das hier wird mein Comeback, also mach keine Sperenzchen.«

Warte, warte, sagt er zu sich. Du kannst nicht einfach klein beigeben. »Es gibt ein Losungswort«, sagt er so streng wie möglich.

»Tulpen aus Amsterdam, zum Donnerwetter noch mal«, sagt sie. »Was ist jetzt, oder muss ich dir die Hose runterziehen?«

Stan macht seinen Gürtel los. Lucinda geht damit zur Ablage, setzt ihre Lesebrille auf und hält die Schnalle unters Licht. Sie hat ein winziges Werkzeug dabei, etwas wie einen kleinen Schraubenzieher. Sie schiebt die Spitze unter den Rand der Schnalle, dreht, und das Ding klappt auf. Dort liegt ein schwarzer Mini-USB-Stick.

Sie steckt den USB-Stick in einen kleinen Umschlag, befeuchtet die Gummierung mit der Zunge und schließt ihn, reißt sich die Perücke samt Hörnern vom Kopf und klebt sich den Umschlag mit Klebeband an den flaumbedeckten Schädel, der nicht völlig, aber annähernd kahl ist. Dann setzt sie die Perücke wieder auf und rückt ihre Hörner zurecht. »Danke«, sagt sie. »Ich bin weg. Ich kann nur hoffen, dass hier ein fetter Skandal drauf ist. Mir macht es nichts, mein bisschen restlichen Kopf zu riskieren, wenn sich's denn lohnt. Guck dir die Nachrichten an!«

Und damit verschwindet sie in einem Wirbel aus Hibiskusblüten und Blue Suede. Und jetzt?, fragt sich Stan. Warten, bis die vier Typen mit den Sonnenbrillen kommen und mir einzeln die Backenzähne rausreißen? *Ich hab ihn nicht!*, wird er schreien. *Die verhutzelte Krebskranke mit den Hörnern hat ihn! Sie hat sich ihn unter die Perücke geklebt!* Warum kann ihm das Leben nicht mal irgendetwas Plausibles servieren?

Wieder geht die Tür auf: Vier Männer mit Glatze betreten den Raum, nur tragen sie keine Sonnenbrillen und sind grün. Sie verteilen sich in der Garderobe. »Stan«, sagt der erste und bewegt sich mit Rückenklopfer-Geste auf ihn zu. »Willkommen in Vegas, Bruder!«

»Conor! Was zum Teufel!« Sie klopfen sich auf den Rücken; irgendetwas Nasses rollt über Stans Wange.

»Tja!«, sagt Conor mit grünem Lächeln. »Du erinnerst dich an Rikki und Jerold. Jerold war das, der euch in den Backstage-Bereich gelassen hat.«

Händeschütteln, Grinsen, Schulterklopfen. Der vierte Typ sagt: »Stan. Gut gemacht.« Ist das etwa Budge? Glatze und grün? Ja, könnte sein.

»Ich bin fast durchgedreht«, sagt Stan. »So einfach mit meinem Foto im Elvis-Haus aufzuschlagen.« Mit seinem Flitterwochen-Strandfoto, das er Conor mal geschickt hatte. Daher hatten sie's also.

»Tut mir leid«, sagt Con. »Wir wollten die Sache abkürzen, früher Kontakt aufnehmen, Zeit sparen. Aber wir haben dich verpasst.«

»Hat ja jetzt alles geklappt«, sagt Budge.

»Wie bist du bei Potentibots rausgekommen?«, fragt Stan.

»In einer Kiste, genau wie du«, sagt Budge. »War gar nicht so einfach, ein Elvis-Kostüm in meiner Größe zu finden, aber wir haben's hinten aufgeschnitten, wie beim Bestatter; es war tierisch eng da drin, aber abgesehen davon, lief alles wie am Schnürchen. Unsere gemeinsame Freundin hat drüben bei Potentibots den Deckel über mir zugeklappt.«

»Komm, wir befreien dich mal von dieser bekloppten Elvis-Klamotte. Du siehst so was von daneben aus«, sagt Conor. »Wer hat das Messer?«

In einem schlecht sitzenden Green-Man-Anzug und mit frisch rasiertem Kopf und algengrünem Gesicht sitzt Stan in Conors Garderobe und trinkt ein Kokoswasser. Für einen schnellen Energieschub, sagt Stan, wobei Stan im Moment eigentlich nicht noch mehr Energie braucht: Er summt wie eine defekte Stromleitung.

Auf dem verschwommenen kleinen Garderobenbildschirm ist die zweite Green-Man-Show des Abends im Gange. Die Abende würden von zwei Teams bestritten, sagt Conor, die Aufführung sei sehr kraftraubend. Natürlich nicht für seine Jungs, die seien nur als Green Men verkleidet. Sie könnten im Backstage-Bereich kommen und gehen, weil alle von Team eins dächten, sie seien Team zwei und umgekehrt. Er als alte Rampensau habe sich jedoch als Gongschläger besetzen lassen.

»Schwachsinn, ich weiß«, sagt Conor. »Aber du musst zugeben, es ist die perfekte Tarnung, solange wir drauf warten, den Job durchzuziehen.«

»Welchen Job?«, fragt Stan.

»Ach so. Hat sie dir gar nichts gesagt? Sie hat verdammt noch mal darauf bestanden, dass du dabei bist; sonst würden wir das Ding verkacken. Sie meinte, du wärst die Schlüsselfigur bei der Sache.«

»Wer hat das gesagt? Du meinst …« Er beißt sich auf die Zunge, um nicht den Namen Jocelyn auszusprechen. Er sieht sich um, dann hinauf an die Decke: Ist es sicher hier drin?

»Genau die meine ich! Die Megagranate. Sie meinte, ihr beiden hättet's nonstop miteinander getrieben.«

Megagranate wäre jetzt nicht Stans bevorzugte Bezeichnung für Jocelyn gewesen, aber es passt schon irgendwie. »Ach, ich bin also die Schlüsselfigur«, sagt er. »Darf ich fragen, wieso?«

»Woher soll ich das wissen?«, sagt Conor vergnügt. »Ich mach ja schon seit Christi Geburt kleine Jobs für sie. Sie weiß, dass du mein großer Bruder bist, seit dem Tag, als sie dich auf dem Wohnwagenplatz gesehen hat, bevor ihr euch auf dieser Leichenteilefarm angemeldet habt. Ich frag sie aber nie, warum sie irgendwas will, das ist ihre Sache. Der Deal ist, ich erledige den Job; ich kassier das Geld, Ende. Ich denk aber, morgen erfahren wir, warum du so verfickt wichtig bist. Dann geht's nämlich rund.«

Stan versucht ein schlaues Gesicht zu machen. Ist das überhaupt möglich, wenn man grün angemalt ist? Er bezweifelt es. »Was muss ich machen?«, fragt er. Er hofft, dass keine Bank ausgeraubt oder jemand umgebracht werden soll. »Bei diesem Job? Wenn's rundgeht?«

»Ich denk mal, wir stellen dich an den Gong«, sagt Conor. »Das hast du schnell drauf. Du musst nur auf dein Stichwort warten, deinen Hammer gegen den Gong knallen und wie 'n Trottel aussehen. Das sollte dir nicht allzu schwer fallen.«

»Ich steh also auf der Bühne?«, fragt Stan. Da ist es nicht sicher, alle werden ihn angucken. Aber andererseits, was soll's? Er hat das Ding ja nicht mehr in seiner Gürtelschnalle; er hat nicht mal mehr seinen Gürtel, nachdem Rikki ihm sein komplettes Elvis-Kostüm abgenommen und in den Müllcontainer geworfen hat.

»Nicht hier«, sagt Conor. »Der Laden heißt Ruby Slippers, Altenheim plus Klinik, wo reiche alte Säcke vor sich hin gammeln oder sich unters Messer legen. Wir sind die Unterhaltungsshow.«

»Mehr nicht?«, sagt Stan. »Ich muss nur den Gong schlagen?« Auch wenn er als Elvis des Öfteren in diesem Heim war, um alte Damen zu umgarnen, es wird ihn niemand erkennen; nicht in seiner Verkleidung als Riesenerbse.

»Stell dich nicht blöd«, sagt Conor. »Das ist unsere Tarnung! Der echte Job ist, wir greifen zu.«

»Der Laden ist verdammt gut überwacht«, sagt Stan.

»Hallo? Du redest hier mit deinem Bruder!« Er reibt zwei Finger zusammen. »Die Typen werden geschmiert! Wir schlagen da auf, fangen mit der Nummer an, setzen pro forma die Security außer Gefecht, greifen uns die Zielperson ...«

Scheiße, denkt Stan. Das ist eine Entführung. Sie könnten dabei erschossen werden, und er mit ihnen. »Also, ich schlage den Gong ...«

»Genau«, sagt Conor. »Und dann, schnappdiwapp!«

»Schnappdiwapp?«

»Dann ham wir sie«, sagt Conor. »Ist doch genial.«

AN BORD

Ed sitzt vorn in der Businessclass. Es würde merkwürdig aussehen, wenn auch Charmaine dort säße – immerhin ist sie nur seine Assistentin, zumindest offiziell. So habe Ed argumentiert, sagt Jocelyn: Er wolle nicht unnötig auffallen. Dem Himmel sei Dank, denkt Charmaine, denn es würde ihr sehr, sehr schwerfallen, nett zu ihm zu sein oder auch nur höflich, jetzt, wo sie weiß, was er mit ihr vorhat. Wenn sie neben ihm in der Businessclass säße, würde er ihr womöglich bis nach Las Vegas den Arm quetschen, ihr Gin Tonics einflößen und versuchen, ihr die Hand aufs Knie zu legen oder ihr in den Ausschnitt zu gucken, wobei er da keine Chance hat, weil sie die hochgeschlossene Bluse trägt, die Aurora für sie ausgesucht hat.

Und die ganze Zeit über würde er sie fragen, ob ihr Kummer wegen Stan schon nachgelassen habe. Nicht dass Stan ihm auch nur im Entferntesten am Herzen liegen würde, ebenso wenig wie irgendetwas, was sie mag oder nicht mag oder liebt, denn er hat kein Interesse daran, wer sie wirklich ist. Sie ist für ihn hauptsächlich ein Körper, und jetzt will er sie in nichts als einen Körper verwandeln. Sie könnte genauso gut überhaupt keinen Kopf haben.

Nachdem sie wochenlang so traurig war, brodelt es jetzt gewaltig in ihr drin. Wenn sie neben Ed sitzen müsste, würde sie ihn sicher anzicken, und am Ende käme er noch dahinter, dass sie eingeweiht ist in seinen großen Plan. Und dann könnte er in Panik geraten und irgendetwas Abartiges anstellen, gleich hier im Flieger. Er könnte sie zu Boden werfen und anfangen, ihr die Bluse aufzureißen wie Max damals, nur dass sie das bei Max so wollte, mit Ed hingegen wäre es eine ganz andere Geschichte, es wäre plump und einfach nur gruselig. *Nimm deine ollen Finger von meinen verflixten Knöpfen!* Das würde sie sagen.

Na ja, das ginge nicht wirklich – das Zu-Boden-Werfen und das mit den Knöpfen –, weil die Flugbegleiterinnen eingreifen würden. Aber was, wenn sie einfach wegpucken würden, was, wenn alle hier für ihn arbeiten, wenn alle im Flugzeug auf seiner Seite wären?

Ganz ruhig, Charmaine, sagt sie zu sich. Das ist Quatsch. Solche Dinge passieren nicht im wahren Leben. Es ist gut, es wird alles gut, denn Jocelyn sitzt neben ihr und Aurora in der Reihe dahinter, und es ist noch eine weitere Person von der Überwachung mit im Flugzeug, das hat Jocelyn ihr versichert – ein Mann, hinten an den Notausgängen. Und dieser Mann plus Jocelyn und Aurora würden Ed problemlos in die Tasche stecken. Charmaine weiß nicht, was sie unternehmen werden, aber es könnte mit einem Judo-Tritt zu tun haben. Und sie sind klar im Vorteil, weil sie von Eds Plan wissen, während er von ihrem Plan keine Ahnung hat.

Zumindest Jocelyn ist klar im Vorteil, weil sie von Eds Plan weiß. Bislang hat sie Charmaine nicht allzu viel davon mitgeteilt. Sie liest auf ihrem PosiPad, sie macht sich Notizen. Charmaine wollte einen Film sehen – wäre das nicht irre, mal einen Film zu gucken, der nicht aus den Fünfzigern ist, schon seit Ewigkeiten hat sie so was nicht mehr gesehen, es würde sie auf andere Gedanken bringen –, aber ihr Bildschirm funktioniert nicht. Genauso wenig kann sie ihren Sitz zurückklappen, und aus dem Bordmagazin hat jemand fast alle Seiten rausgerissen. Ihrer Meinung nach machen die Fluggesellschaften das mit Absicht, um einen dafür zu bestrafen, dass man nicht Businessclass fliegt. Wahrscheinlich haben sie ein Team, das nachts durch die Flugzeuge geht und aus den Bordzeitschriften die Seiten rausreißt und die Bildschirme ruiniert.

Charmaine schaut aus dem Fenster. Wolken, nichts als Wolken. Flache Wolken, nicht mal gebauscht. Erst war es unheimlich aufregend, in einem Flugzeug zu sitzen – sie ist erst ein Mal geflogen, zusammen mit Stan, damals, in den Flitterwochen. Sie liest den einzigen Artikel im Magazin. Welch ein Zufall: »Flitterwochen am Strand«. Stan hatte sich am ersten Tag einen wahnsinnigen Sonnenbrand geholt, aber zumindest eine Sache haben sie gemacht, die er wirklich schon immer mal machen wollte, nämlich unter Wasser Sex haben, also zumindest mit dem Unterkörper waren sie unter Wasser. Am Strand waren Leute. Hatten sie davon was mitbekommen? Hoffentlich ja, sie erinnert sich daran, dass das ihre Hoffnung war. Dann mussten sie wieder ihre Badesachen überziehen, und Charmaine konnte ihr Bikiniunterteil nicht finden, weil sie es bei dem ganzen Gerangel losgelassen hatte, und Stan musste danach tauchen, und sie haben sich halb totgelacht. Sie waren so glücklich damals. Es war wie in einer Reklame.

Draußen vor den Fenstern sind immer noch Wolken. Sie steht auf, geht zur Toilette, nur um sich irgendwie zu beschäftigen. Wie rücksichtslos, der letzte Besucher hat das Waschbecken nicht sauber gewischt. Wirklich, den Leuten ist einfach nicht klar, welche Privilegien sie haben.

Beim Spülen besser den Deckel runterklappen: Oma Win hat das immer gesagt. Sonst fliegen die Keime durch die Luft und landen in deiner Nase.

Als sie durch den Gang zurückgeht, fragt sie sich, welcher der Überwachungsmann ist. Direkt am Notausgang, hatte Jocelyn gesagt. Sie sieht sich um, kann aber die Köpfe dort hinten nicht erkennen. Sie erreicht ihren Sitz, quetscht sich an Jocelyn vorbei, die ihr zulächelt, aber nichts sagt. Charmaine rutscht noch ein biss-chen unruhig herum; dann muss sie einfach fragen.

»Was in aller Welt hat er *vor*?«

Jocelyn sieht zu ihr rüber. »Wer?«, fragt sie, als hätte sie von nichts eine Ahnung.

»Er. Ed«, flüstert Charmaine. »Wie will er …«

»Sind Sie hungrig?«, fragt Jocelyn. »Ich schon. Bestellen wir uns doch ein paar Erdnüsse. Wollen Sie was Kaltes trinken? Kaffee?« Sie schaut auf ihre Uhr. »Es ist noch Zeit.«

»Nur ein Wasser«, sagt Charmaine. »Bitte.«

Jocelyn hält die Flugbegleiterin an, bestellt Erdnüsse, zweimal das Käsesandwich, eine Flasche Mineralwasser mit einem Glas und Eiswürfel für Charmaine und für sich selbst einen Kaffee. Char-maine wundert sich, wie hungrig sie ist, das Sandwich hat sie im Nu verschlungen und danach ein ganzes Glas Wasser runterge-stürzt.

»Er hat alles durchgeplant«, sagt Jocelyn. »Kurz vor der Lan-dung soll ich Ihnen K.-o.-Tropfen ins Getränk tun: Zolpidem oder GBH oder Ähnliches.«

»Ach so«, sagt Charmaine. »Diese Vergewaltigungsdrogen.«

»Richtig. Sie kippen um. Dann sage ich, Sie seien ohnmächtig geworden, wir rufen einen Krankenwagen, lassen Sie am Flugzeug abholen und auf einer Bahre wegtragen. Man wird sie in die Ruby-Slippers-Klinik bringen, und nach dem Eingriff werden Sie aufwa-chen, und Ed wird neben Ihnen sitzen und Ihre Hand halten. Und Sie werden auf ihn geprägt, lächeln ihn an, als wenn er Gott wäre, und Sie werden ihm um den Hals fallen und sagen, Sie gehörten ihm mit Leib und Seele, und Sie werden fragen, was Sie für ihn tun könnten, zum Beispiel einen Blowjob gleich an Ort und Stelle.«

»Das ist aber echt krank«, sagt Charmaine und rümpft die Nase.

»Und dann werden Sie wahrscheinlich glücklich sein bis ans Ende Ihrer Tage«, fährt Jocelyn mit neutraler Stimme fort. »Genau wie im Märchen. Und Ed wird auch glücklich sein. So denkt er sich das vermutlich.«

»Wie meinen Sie das, er *wird*?«, fragt Charmaine. »Der erste Teil wird doch gar nicht passieren. Das passiert doch nicht! Sie werden das nicht zulassen. Das haben Sie doch gesagt.«

»Richtig«, sagt Jocelyn. »Das habe ich gesagt. Also können Sie sich jetzt entspannen.«

Und Charmaine entspannt sich wirklich; ihre Lider senken sich. Sie nickt ein, aber dann ist sie wieder wach. Mehr oder weniger. »Vielleicht trink ich doch mal einen Kaffee«, sagte sie. »Ich muss munter werden.«

»Zu spät«, sagt Jocelyn. »Wir landen gleich. Und schauen Sie. Ich glaube, ich sehe auch schon den Krankenwagen. Ich hatte denen vor dem Start noch schnell gemailt. Sind Sie ein bisschen schläfrig? Legen Sie sich zurück.«

»Der Krankenwagen? Welcher Krankenwagen?«, fragt Charmaine. Es ist keine Schläfrigkeit, irgendetwas stimmt nicht. Sie schaut Jocelyn an und sieht zwei Jocelyns, und beide lächeln. Sie tätscheln ihr den Arm.

»Der Krankenwagen wird Sie zu Eds Klinik bringen«, sagt sie.

Aber Sie haben es mir doch versprochen, will Charmaine sagen. Es muss das Wasser gewesen sein, Jocelyn muss ihr etwas hineingeträufelt haben. *Verflixt. Du Lügnerin, du Hexe!* Aber sie bringt kein Wort heraus. Ihre Zunge fühlt sich dick an, ihre Augen klappen zu. Sie merkt, wie ihr ganzer Körper zur Seite kippt.

Rums, das muss die Rollbahn sein. Ihr ist total schwindlig. Stimmen von weit weg: *Sie ist ohnmächtig geworden. Keine Ahnung, was … gerade war noch alles in bester Ordnung mit ihr …* Hier, lassen Sie mich mal … Das ist Aurora. Sie will ihr etwas zurufen, aber es kommen keine Worte, nur eine Art Stöhnen. *Uhuhuhuh …*

Vorsicht, dass sie sich nicht den Kopf stößt. Jocelyn.

Irgendwer hat sie in die Arme genommen; irgendein Mann. Sie wird durch die Luft getragen. Es fühlt sich herrlich an, wie Schweben. Langsam. So. Er setzt sie ab, er deckt sie zu. Ist das Max? Ist das Max' Stimme in ihrem Ohr? *Rundum zugedeckt.*

Sie fällt und fällt. Dann ist sie weg.

XIV ENTFÜHRT

ENTFÜHRT

Es sei besser für Stan, nicht ins Elvisorium zurückzukehren, meint Conor, denn auch wenn die Jungs mit den Sonnenbrillen, die nach ihm gesucht hatten, nur Conor und seine drei Kumpels gewesen seien, man könne ja nie wissen. Die nächsten Besucher hätten vielleicht bösere Absichten, und es sei besser, keine Spuren zu hinterlassen, denn nach der großen Entführung könnte sich das Spurenhinterlassen als scheißungünstig erweisen. Wenn alles laufe wie geplant, werde es keine Probleme geben, weil niemand rumschnüffeln und dumme Fragen stellen werde; aber wenn es schieflaufe, bestehe die Gefahr, dass alle fünf auf dem Grill landen, es sei denn, sie sind in der Lage, verdammt fix ihren Standort vom Navi zu wischen. Was sie da vorhätten, sei ein verdammt riskantes Manöver.

Conor wirkt nicht allzu besorgt wegen des verdammt riskanten Manövers, denkt Stan. Er ist höchstens aufgeregt. Ein Wohnwagenfenster einschlagen, Stan zum Einsteigen überreden und dann sehr schnell abhauen, als jemand kommt, woraufhin Stan dumm dasteht und erklären darf, was er mit zwei Tiefkühlsteaks und einem Damenschlüpfer will. Ungefähr so sah Conors Vorstellung von einem lustigen Abend aus.

Conor und die Jungs haben im Caesars Palace eine Emperor Suite mit zwei mal zwei Doppelbetten bezogen: Wer immer Conor angeheuert hat, ist nicht arm. Con verbietet ihnen, in eine Show, in einen Stripclub oder ins Casino zu gehen, er dürfe nichts riskieren, so kurz vor dem Finale. Budge sagt, ihm sei's recht, sie könnten sich ja ein Spiel ansehen, aber Rikki und Jerold murren. Con setzt dem ein Ende, indem er klarmacht, wer hier der Boss sei, im Zweifelsfall sei er gern bereit, deutlicher zu werden. Also läuft es darauf hinaus, dass sie zu fünft um Weintrauben und Käse von der Käseplatte pokern, die Con aufs Zimmer bestellt hat, und Singapore Slings trinken, weil Con so was noch nie getrunken hat, aber jeder dürfe nur drei, denn am nächsten Tag müssten sie fit sein.

Stan gewinnt eine leidliche Menge Käse, die er aufisst; aber nach drei Singapore Slings ist er durch und nickt auf dem Sofa ein. Auch gut, denn es gibt nur vier Betten, und er hat keinerlei Neigung, sich eins davon zu teilen.

Am nächsten Morgen schlafen sie lange, duschen, klagen – bis auf Budge, der sich am Vorabend zurückgehalten hatte – über ihre Kopfschmerzen und bestellen Frühstück. Rikki steht hinter der Tür, als das Wägelchen eintrifft, die Glock im Anschlag wie in einem Fernsehkrimi, falls es ein Hinterhalt ist. Aber nein, es ist nur Rührei, Schinken, Toast und Kaffee, alles von einer freundlichen Servicekraft hereingeschoben: Fürs Erste sind sie sicher.

Dann steigen sie in ihre Anzüge und schminken sich die Köpfe grün. Con hat einen Transporter gemietet; er steht auf dem Parkplatz, voll beladen mit Green-Man-Equipment. Bevor sie losfahren, geht Con mit Stan noch einmal das Einsatzzeichen für den Gong durch. Sobald er auf sein Ohr zeigt – das mit dem Knopf –, soll Stan den Gong schlagen. Er muss nicht wissen, wie es geht, er muss es einfach nur tun. Das sollte nicht so schwer sein. Falls Con beispielsweise auf einen Krankenwagen zurennen sollte, der beispielsweise vor dem Veranstaltungsort hält, und sollten die anderen unechten Green Men ebenfalls losrennen, soll Stan noch drei Mal gegen den Gong schlagen, damit die Leute denken, es gehöre zur Show. Dann solle er auf weitere Zeichen warten. Er solle einfach mitschwimmen.

Sobald sie im Transporter sitzen, bekommt Stan Herzflattern. Wobei denn mitschwimmen? Wird es wieder so sein, dass Con über den Zaun springt und verschwindet und Stan einfach stehen lässt?

»Du hast da hinten am Hals ein bisschen Grün vergessen«, sagt Jerold zu ihm. »Lass mich mal.«

»Danke«, sagt Stan. Er hat einen Krampf im Nacken: Er sitzt

sehr aufrecht, damit das Grün seines Schädels nicht auf das Polster abfärbt.

Con hat einen Passierschein für den Transporter, mit dem sie durch das Tor zum Ruby-Slippers-Seniorenheim gelangen, mit seinem Motto *Zu Hause ist's am schönsten.*

Auf dem Gelände teilt sich die Straße: Haupteingang und Empfang links, Klinik rechts und um die Ecke. Sie parken auf dem Behindertenparkplatz und marschieren hinein; Con hält der Frau am Empfang seinen Passierschein unter die Nase.

»Ach ja, die Sonderveranstaltung«, sagt sie. »Sie sind dann im Atrium.« Sie ist es offenbar gewohnt, grüne Männer und dergleichen im Gänsemarsch an ihrem Schreibtisch vorbeiziehen zu sehen. Clowns, Jongleure, Sänger mit Gitarren, Zombietänzer, Piraten, Batmen, was auch immer. Schauspieler eben.

Im Atrium läuft bereits eine Sonderveranstaltung – ein Elvis im weiß-goldenen Outfit. Er liegt in den letzten Zügen einer gurgelnden Darbietung von »Love Me Tender« und wirft den grünen Männern einen bösen Blick zu. Die alten Leute im Publikum applaudieren matt, und der Elvis sagt: »Danke, danke allerseits. Darf's noch was sein?«

Aber Con bläst auf seiner eigens mitgebrachten grünen Silvestertröte und macht damit der Sache ein Ende. »Wir lassen uns doch von dieser Niete da nicht in unsere Nummer reingrätschen«, sagt er. »Los, dreht die Musik auf!«

Die Musik kommt über das Handy durch einen kleinen Bluetooth-Lautsprecher. Con hüpft im Takt der Musik, schüttelt dabei zwei grüne Rumbakugeln und grinst wie ein Besessener. Jerold pustet mit einer Wasserstoffflasche grüne Luftballons auf, Rikki reicht sie an Budge weiter, der sie im Publikum verteilt. Die Zuschauer nehmen die Schnüre, teils mit Verwirrung, einige mit Misstrauen, andere vielleicht mit Freude, wobei das schwer zu unterscheiden ist. Mehrere Ruby-Slippers-Eventmanager in hauseigenen roten Schuhen und mit grünen Mützen als Hommage an die grünen Männer sind dabei behilflich. »Toll, oder?«, flöten sie, falls das jemand bezweifeln sollte, was durchaus der Fall ist. Aber noch hat niemand protestiert, also muss die Nummer wohl ankommen, zumindest halbwegs. Conor zeigt auf sein Ohr, und Stan schlägt den Gong.

Con blickt auf seine Uhr. »Scheiße«, hört Stan ihn murmeln. »Wo bleiben die denn? Mach mal den Wasserspeier«, sagt er zu Rikki. »Das ist immer wieder ein Brüller.«

Jetzt heult eine Sirene, sie kommt näher. Ein Krankenwagen fährt durchs Haupttor und auf den Seiteneingang der Klinik zu. Con zieht eine riesige Gummitulpe aus der Innentasche seines Jacketts und wedelt damit in der Luft herum. Sie explodiert, aber nur leise. Das ist das Zeichen: Jerold, Rikki und Budge lassen eine Handvoll Heliumballons steigen, stürzen aus der Tür des Atriums und verschwinden um die Ecke.

»Kommen sie wieder zurück?«, fragt eine klagende Stimme aus dem Publikum. Stan nickt heftig und schlägt noch einmal den Gong. Womöglich sind sie doch ein Erfolg.

Jetzt zupft Con ihn am Ärmel: Er verbeugt sich, also tut Stan es ihm nach. Con hakt ihn unter und marschiert mit ihm aus der Tür. »Wir haben ihn«, flüstert er. Wen haben sie?, fragt sich Stan.

Tänzelnd biegen sie um die Ecke. »Perfekt«, sagt Con. Da ist der Krankenwagen, die Heckklappen stehen offen. Und da ist Jocelyn, mit einer anderen Frau. Jocelyns Mann, dieses Arschloch, hilft Budge mit einem dritten Kerl, der zu Boden gesackt zu sein scheint. Es ist Ed, der große Zampano von Positron, klar zu erkennen an der Anzug-Haarschnitt-Kombi. Zwei Security-Leute des Seniorenheims und drei andere Männer in schwarzen Anzügen stehen verstreut auf dem Bürgersteig. Schnelle Arbeit, denkt Stan.

»Jetzt mach schon, du Held«, sagt Con. »Hier rein.« Er lenkt Stan zum Krankenwagen.

Im Innern ist eine Trage, darauf liegt jemand bis zum Kinn unter einer rot-weißen Wolldecke.

Eine Frau. Charmaine. Ist das der Roboterkopf? Nein, er sieht zu echt aus. Stan berührt ihre Wange.

»O Scheiße!«, sagt er. »Ist sie tot?«

»Sie ist nicht tot«, sagt Jocelyn, die gerade dazugekommen ist. »Es ist alles in Ordnung, aber wir haben nicht viel Zeit. Das Neuro-Team steht in den Startlöchern.«

»Schaffen wir die beiden also in die Klinik«, sagt Con. »Schnell.«

ENTFLAMMT

Lucinda Quant bringt die Datenleak-Story in den Sechs-Uhr-Nachrichten. Sie ist direkt, sie ist glaubwürdig, und das Beste ist, sie hat einschlägige Schriftdokumente und Videomaterial. Sie erzählt, wie sie an ihre schmutzige Schatztruhe gekommen ist, wenn auch ohne Namen zu nennen – sie spricht von einem »mutigen Mitarbeiter« –, und wie sie auf der NAB-Messe den USB-Stick mit den Informationen unter ihrer Krebspatientinnenperücke auf dem flaumbedeckten Kopf an Horden von neugierigen Journalisten und verdeckten Security-Leuten vorbei hinausgeschmuggelt habe. An dieser Stelle nimmt sie zu Demonstrationszwecken die Perücke ab.

Abschließend betont sie, wie glücklich sie sei, vom Schicksal diese Gelegenheit am womöglich kurz bevorstehenden Ende ihres Lebens bekommen zu haben, denn *Carpe diem* sei schon immer ihr Motto gewesen, und sie sehe in aller Bescheidenheit die kleine Rolle, die sie in einem immerhin doch größeren Zusammenhang gespielt habe, und obwohl sie als Opfer eines vermeintlichen Unfalls oder als Leiche unter einem Blackjack-Tisch hätte enden können, denn es gebe jede Menge geldschwere Investoren in Positron, habe sie das Risiko auf sich genommen, weil die Öffentlichkeit ein Recht auf dieses Wissen habe.

Die Gastgeberin bedankt sich ausgiebig und sagt, Amerika wäre eine bessere Welt, wenn es mehr Menschen gäbe wie sie. Beide lächeln breit.

Sofort bricht auf den Social-Media-Plattformen ein Sturm der Entrüstung los. Misshandlungen im Gefängnis! Organverkäufe! Neurochirurgie schafft Sexsklaven! Finstere Pläne mit Säuglingsblut! Korruption und Gier, wobei diese Punkte für sich gesehen jetzt keine große Überraschung darstellen. Zweckentfremdung des menschlichen Körpers, Vertrauensmissbrauch der Bürger, Menschenrechte mit Füßen getreten – wie konnte so etwas geschehen? Wo war das Korrektiv? Welche Politiker hatten sich in dieses kranke Modell eingekauft, in diesen fehlgeleiteten Versuch, Arbeitsplätze zu schaffen und Steuern zu senken? In den Talkshows wird bis spät in die Nacht herumkrakeelt – so lustig ging es seit Jahren nicht mehr zu –, und die Blogger regen sich ohne Ende auf.

Denn alles hat immer zwei Seiten, mindestens. Einige behaupten, die Organopfer, die womöglich zu Hühnerfutter verarbeitet wurden, seien ohnehin Verbrecher gewesen und hätten vergast werden sollen, und so hätten sie eine reale Möglichkeit, der Gesellschaft etwas zurückzugeben und den Schaden wiedergutzumachen, außerdem sei es wirtschaftlicher, als die Leichen einfach so zu entsorgen. Andere sagten, in der Anfangszeit von Positron sei alles bestens gewesen, doch nachdem die Geschäftsleitung den Verbrechervorrat aufgebraucht und zudem den Marktwert von Lebern und Nieren erkannt habe, sei kein Ladendieb und kein Kiffer mehr vor ihr sicher gewesen, bis man am Ende die Leute einfach von der Straße weggeholt habe; mit Geld läuft alles, und als es in Positron einmal zu laufen anfing, sei es irgendwann einfach aus dem Ruder gelaufen.

Andere wiederum meinten, die Sache mit der Zwillingsstadt sei eigentlich eine gute Idee gewesen; Arbeit und Obdach für alle, da könne sich niemand beschweren. Ja, ein paar schwarze Schafe habe es gegeben, aber ohne sie hätte es bestimmt funktioniert. Die Gegenmeinung behauptete, Utopien wie diese gingen niemals gut und arteten stets in Diktaturen aus; so sei nun mal der Mensch. Und bezüglich der Prägungs-OPs nach fremden Wünschen – was schade es, wenn am Ende beide Seiten zufrieden seien?

Einige der Blogger widersprachen, andere stimmten zu, und im Nu surrten schrotkugelartig Begriffe durch die Luft: »Kommunisten«, »Faschisten«, »Psychopathen«, »kein Pardon für Kriminelle«, und auch ein neues Wort tauchte auf: »Neuropimp«.

Stan verfolgt eine dieser Talkshows auf dem Flachbildschirm im Aufwachraum, wo Charmaine noch im Narkoseschlummer liegt. Sie hat eine dünne weiße Kopfbandage, kein Tropfen Blut. Glücklicherweise haben sie ihr nicht die Haare abrasiert; das wäre unansehnlich gewesen. Sie könnte einen Schreck kriegen, wenn sie Stan mit seiner neuen Glatze sieht, aber das gehe vorbei, sagt Jocelyn, und danach werde Charmaine ganz ihm gehören. »Aber fordere dein Glück nicht heraus«, sagt sie. »Sei nett zu ihr. Sei nicht nachtragend. Denk dran, sie hatte auch nicht öfter Sex mit Max oder Phil als du mit mir – seltener sogar –, und ich bin gern bereit, ihr alles über unser kleines Intermezzo zu erzählen. Diese neue Chance ist der Lohn für deine Hilfe, also mach's nicht kaputt. Übrigens, wisch dir mal die grüne Schmiere ab; sonst musst du dich jedes Mal als Zucchini verkleiden, wenn du Sex haben willst.«

Stan tat, wie ihm geheißen, und ruinierte dabei mehrere Krankenhaushandtücher, aber er sah ein, dass sie recht hatte. Dann machte er es sich bequem, um auf den magischen Augenblick zu warten, wenn sein Dornröschen aus dem Schlaf erwachte und er sein Froschtum zu den Akten legen und sich in einen Prinzen verwandeln konnte. Er trägt Kopfhörer, um Charmaine mit dem Fernsehlärm nicht frühzeitig zu wecken. Jocelyn war da sehr bestimmt – er darf die Bettkante nicht verlassen, nicht mal, um pinkeln zu gehen, sonst könnte Charmaine auf das falsche Liebesobjekt geprägt werden, eine Krankenschwester zum Beispiel, die gerade des Weges komme – also steht eine Bettpfanne bereit.

Wie lange wird das hier dauern? Er könnte echt einen Burger vertragen.

Wie gerufen kommt Aurora mit einem Tablett herein. »Ich dachte, ich bring Ihnen was zu knabbern«, sagt sie.

»Danke«, sagt Stan. Es sind nur Tee und Kekse, aber das wird ihn bei Kräften halten, bis etwas für Fleischfresser auftaucht.

Aurora hockt sich ans Fußende von Charmaines Bett. »Sie werden begeistert sein vom Resultat«, sagt sie. »Ich bin es jedenfalls! Max ist aufgewacht und hat mir in die Augen gesehen, und sofort hat er mir ewige Liebe geschworen und fünf Minuten später einen Heiratsantrag gemacht! Ist das nicht ein Wunder?« Ja, allerdings, sagt Stan.

»Er sieht so gut aus«, sagt Aurora verträumt. Stan stimmt höflich zu.

»Natürlich ist er noch verheiratet«, sagt Aurora, »aber die Scheidung läuft; Jocelyn hat sie vorab eingereicht, und UR-EL kümmert sich um alles. Das ist das *Lonely Street*-Extrapaket, das kriegt bevorzugte Behandlung.«

»Glückwunsch«, sagt Stan. Er meint es ernst. Die Vorstellung, dass ein frauenverschlingender Phil oder ein in fremden Revieren wildernder Max mit Fußfessel an Aurora gekettet ist – oder seinetwegen auch an einen Pitbull oder einen Laternenpfahl –, macht ihn alles andere als unglücklich: Hauptsache, der Wichser ist aus dem Verkehr gezogen.

»Und Jocelyn?«, fragt er.

»Es war ihre Idee«, sagt Aurora. »Sie sagt, es sei kein großes Opfer gewesen. Sie habe was Neues am Start, und auf diese Weise werde der arme Phil endlich von seiner Sexsucht geheilt. Noch einen Keks? Nehmen Sie zwei!«

»Danke«, sagt Stan. Sie sieht so glücklich aus, dass sie fast schon hübsch ist. Und in Max' Augen wird sie hinreißend sein. Viel Glück euch beiden, denkt Stan.

Auf dem Bildschirm ist jetzt Veronica zu sehen, sinnlicher denn je. Sie erklärt gerade, dass sie ein Positron-Versuchskaninchen sei, das aufgrund eines Fehlers für immer und ewig schicksalhaft mit einem blauen Teddybären verstrickt sein werde. Großaufnahme von dem Bären, der leicht lädiert aussieht. Die Moderatorin fragt, ob nicht die Möglichkeit einer Nachoperation bestehe, um die Programmierung rückgängig zu machen, aber Veronica sagt: »Nein, das wäre zu gefährlich, und außerdem, warum sollte ich das wollen? Ich liebe ihn ja!« Die Moderatorin blickt in die Kamera und sagt: »Unglaublich, aber wahr! Und das ist nur ein Teilaspekt unserer aktuellen Reportage! Mehrere straffällige Personen aus der mittleren Führungsriege sind mittlerweile in Polizeigewahrsam, nach weiteren wird gefahndet. Wir hatten auf ein Exklusivinterview mit dem Vorsitzenden und Geschäftsführer des Positron-Projekts gehofft, der bislang noch auf freiem Fuß ist. Doch neuesten Berichten zufolge hat er einen Schlaganfall erlitten und unterzieht sich in dieser Stunde einer Gehirnoperation. Bleiben Sie dran!«

»Und wo steckt Ed jetzt?«, fragt Stan. »Schmort er in der Hölle?«

»Er liegt ein paar Türen weiter«, sagt Aurora. »Er wurde operiert, ist aber noch bewusstlos. Jetzt muss ich los. Max kann einfach nicht genug von mir kriegen, sagt er! Bis später!«

Ed wurde auch operiert? Stan grinst. Und womit wollen sie ihn verkuppeln? Köstliche Möglichkeiten tauchen vor Stans innerem Auge auf: ein Pömpel, ein Autostaubsauger, ein Mixer? Nein, der Mixer wäre zu viel des Guten, selbst für Ed. Vielleicht mit einem Elvis-Sexbot: Das wär' doch der Knaller. Jocelyn muss das Ganze eingefädelt haben; sie hat einen kranken Humor, den Stan aber ausnahmsweise mal zu goutieren weiß.

Charmaine regt sich, streckt sich, schlägt die extrem blauen Augen auf. Stan schiebt seinen Kopf in ihre Blickachse und guckt durchdringend. »Wie geht's dir, Schatz?«, fragt er.

Tränen treten ihr in die Augen. »Ach Stan!«, sagt sie. »Bist du das? Wo sind deine Haare?«

»Ja, ja, ich bin's«, murmelt er. »Die wachsen wieder«. Funktioniert das jetzt?

Sie schlingt ihre Arme um ihn. »Verlass mich nie wieder! Ich habe so schlimm geträumt!« Sie presst ihn mit aller Kraft an sich, drückt ihren Mund auf seinen wie ein Tintenfisch. Ein leidenschaftlicher Tintenfisch. Und jetzt reißt sie ihm das Hemd vom Leib, und dann hat sie schon die Hand in seiner …

»Halt, halt, warte mal, Schätzchen«, sagt er. »Du bist doch gerade erst operiert worden!«

»Ich kann nicht warten«, flüstert sie ihm ins Ohr. »Ich will dich jetzt!«

Sa-gen-haft, denkt Stan. Na endlich.

ZAUBER

Nachdem Charmaine mit einem, wie Stan hofft, zufriedenen Lächeln im Gesicht wieder eingeschlafen ist, zieht er sich an und geht hinaus in den Flur. Er ist erschöpft, aber beschwingt. Er hat einen Bärenhunger. Hier muss doch irgendwo eine Kantine sein, und mit ein bisschen Glück kriegt er da vielleicht sogar ein Bier.

Er biegt um die Ecke und trifft auf Con, Jerold und Rikki; sie stehen vor einer Tür. Sie sind nicht mehr grün und tragen jetzt schwarze Anzüge. Alle drei haben einen Knopf im Ohr, alle drei eine kleine Beule unter dem linken Arm. Alle drei haben eine verspiegelte Sonnenbrille auf, obwohl sie gar nicht im Freien sind.

»Hallo großer Bruder«, sagt Con. »Hat alles geklappt?« Er grinst breit und dreckig.

»Ich kann mich nicht beschweren«, sagt Stan. Er erlaubt sich ein süffisantes kleines Lächeln. »Fühlt sich an wie ein Zauber.« Mehr noch, er schwebt auf Wolke sieben. Charmaine liebt ihn! Sie liebt ihn wieder! Sie liebt ihn mehr als zuvor. Und es geht dabei um mehr als nur um Sex – aber Con mit seiner schmutzigen Fantasie wird das nie verstehen.

»Geile Sache!«, sagt Jerold.

»Korrekt«, sagt Rikki. Faustchecks und eine Runde Abklatschen.

Stan lässt sich feiern wie ein Footballspieler. Was soll er da jetzt groß erklären?

»Und was wollt ihr jetzt darstellen?«, fragt er. »Mit dieser Kluft?«

»Security«, sagt Con. »Wegen der Reporter, sobald die Wind davon kriegen, wo unser Kumpel steckt.«

»Die echte Security ist im Herrenklo«, sagt Jerold. »In den Kabinen. Jocelyn hat ihnen ein paar Spritzen verpasst, als Einschlafhilfe. Die sind für den Rest des Tages raus.«

»Glaubwürdige Bestreitbarkeit«, sagt Con. »Man kann ihnen nix anlasten.«

»Tja, dann lasst mich raten«, sagt Stan. »Ist Ed in diesem Zimmer da?«

»Richtig«, sagt Con. »Der kam mit Blaulicht in die Klinik. Musste sofort operiert werden. Angeblich ging's um Leben oder Tod.« Er wirft einen Blick auf seine Uhr. »Wo sind die beiden? Die sollen mal Gas geben, sonst wacht er noch auf und will seinen Nachttisch flachlegen.«

»Nee, nee«, sagt Jerold. »Ich hab Jocelyn gefragt. Das Ding muss unbedingt Augen haben. Also, zwei Augen.«

»Das weiß ich selber, du Flachpfeife«, sagt Con. »Das sollte 'n Witz sein.«

»Da kommen sie«, sagt Rikki.

Zwei Krankenschwestern eilen den Korridor hinunter, beide in Ruby-Slippers-Uniform: weißes Kleid, rote Schürze, weißes Hütchen mit roter Blümchenbordüre und flache rote Schuhe mit Gummisohle. »Wir sind doch nicht zu spät?«, fragt die erste. Es ist Jocelyn; sie wirkt total überzeugend in dem Aufzug, denkt Stan. Wie im Porno. Sie hätte einem im Nu das Thermometer oder die Gurke in den Arsch geschoben, und zwar ohne Gnade.

»Stan«, sagt sie und nickt ihm zu. »Ich hoffe, es ist alles zu deiner Zufriedenheit?« Stan nickt.

»Ich muss mich wohl bei dir bedanken«, sagt er. Er fühlt sich eigenartig schüchtern.

»Wie gnädig«, sagt Jocelyn, aber sie lächelt dabei. »Gern geschehen.«

Die zweite Krankenschwester ist Lucinda Quant.

»Bedient euch«, sagt Con zu den beiden und öffnet die Tür. Lucinda Quant geht hinein.

»Das ist ja besser als jede Freakshow«, sagt Rikki. »Lass mal die Tür ein Stück auf.«

»Mach sie zu. Gönnt den beiden ein bisschen Privatsphäre. Kanal zwei auf deinem Headset«, sagt Conor.

»Ich hab kein Headset«, sagt Stan.

»Okay, lass halt die Tür auf«, sagt Con.

Schweigen. Lucinda muss sich ans Bett gesetzt haben.

»Was hat sie mit ihm vor?«, fragt Stan Jocelyn. »Nehmen wir an, es funktioniert? Der soll doch bestimmt verhaftet werden, oder?«

»Sie hat was von Dubai verlauten lassen«, sagt Jocelyn. »Teuer, aber wir werden es bezahlen. Die stellen keine Fragen, und da gibt es jede Menge Möglichkeiten für Orgien zu zweit, Luxussuiten mit Whirlpool – solange sie in ihren vier Wänden bleiben. Sie will's noch mal richtig wissen, falls der Krebs zurückkommt. Und die haben da kein Auslieferungsrecht, also steht Ed nichts im Wege, ihr jeden letzten Wunsch zu erfüllen. Und davon hat sie nicht wenige, wie sie mir erzählt hat. Als Erstes will sie in Schokoladenmousse baden und saubergeleckt werden.«

»Wo zur Hölle ist Budge?«, fragt Jerold. »Wo bleiben die Buffalo Wings? Ich bin am Verhungern.«

»Ich könnte ein Nilpferd fressen«, sagt Rikki.

»Ich könnte das Schokomousse von der Alten da in mich reinfressen.«

»Ich könnte –«

»Klappe«, sagt Con, »sonst kriegt ihr beide was in die Fresse.«

»Warum lasst ihr ihn so einfach davonkommen?«, fragt Stan. »Nach allem, was er getan hat?« Und nach allem, was er noch vorhatte, fügt er insgeheim hinzu. Mir die Frau wegzunehmen. Ihr den Kopf zu vermurksen. Sie zur Sexsklavin zu machen. Sie zur Sexsklavin des falschen Mannes zu machen. Jocelyn hat ihm die Einzelheiten erläutert.

»Glaubst du, ich möchte, dass er vor dem Kongress aussagt?«, fragt Jocelyn. »Jede Katze einzeln aus dem Sack lässt? Ich bin ja selbst eine dieser Katzen, falls dir das entfallen sein sollte.«

»Ach ja, richtig«, sagt Stan.

»Und nicht wenige unserer ach so respektablen Politiker würden es auch nicht wollen, denn die haben alle ihre Hand im Spiel. Es wird also nicht allzu schwierig sein, ihn mit seinen neuen falschen Papieren in diesen Flieger zu verfrachten. Alle haben Dreck am Stecken.«

»Und ihn nicht einfach umlegen?«, fragt Stan. Er staunt über sich selbst. Nicht dass er so etwas tun würde, aber Jocelyn wäre ja durchaus dazu in der Lage. Glaubt er zumindest.

»Das wäre nicht fair«, sagt Jocelyn. »Dann müsste ich ja den gesamten Vorstand und sämtliche Aktionäre gleich mit umlegen, wenn's um die Frage geht, wer schuldig ist. Diese Lösung ist besser. Sauberer. Und so haben auch noch andere was davon, Lucinda zum Beispiel.«

»Was wird aus Consilience und dem Projekt, wenn er nicht mehr da ist?«

»Vielleicht eine modifizierte Version. Die legitimeren Sparten verkaufen, Potentibots zum Beispiel. Vielleicht Eigentumswohnungen aus dem Gefängnis machen, mit eigener Touristenattraktion. Jailhouse Rock, würden sie's nennen. In Australien gibt es so was schon, solche Gefängnisumbauten. Ich denke, die Leute würden einiges hinblättern, um da ihre Rollenspiele ausleben zu können, oder? Aber das ist nicht mein Problem, ich werde bis dahin ganz woanders sein. Wie sieht's denn aus da drin?«, fragt sie Con.

»Ich hör ein bisschen Gemurmel«, sagt Con, »oder vielleicht ein Schnarchen.«

»Vielleicht macht er's ja so«, sagt Jerold, »Sex mit der Nase.« Er und Rikki kichern hämisch.

»Kindergarten«, sagt Con. »Doch, doch, er kommt gerade zu sich.«

Stan hält sein Ohr in den Spalt zwischen Türrahmen und Tür.

»Ich vergöttere dich«, hört er. Es ist Ed, mit rauer Stimme von der Narkose oder vor Lust. »Du schöne Frau! Zieh den Kittel aus!«

»Immer langsam mit den jungen Pferden!«, sagt Lucinda. »Warte, bis ich meinen BH aufhabe!«

»Ich kann nicht warten«, sagt Ed. »Ich will dich sofort!« Es folgt eine Mischung aus Gelächter und Geschrei vonseiten Lucindas. Dann ein Stöhnen, oder ein Ächzen?

»Macht die Tür zu«, sagt Jocelyn. »Macht die Headsets aus. Es gibt Dinge, die gehen uns nichts an.«

»Gerade wo's anfängt lustig zu werden«, sagt Conor, aber er gehorcht.

»Lucinda ist unsere Kundin«, sagt Jocelyn spitz. »Wir haben unsere Standards.«

BLUMENPRACHT

Die Hochzeit ist einfach nur zauberhaft! Oder sagen wir, die beiden Hochzeiten, denn während Max und Aurora zum ersten Mal heiraten, erneuern Charmaine und Stan ihr Ehegelöbnis, also ist es so gesehen auch ihre Hochzeit.

Ein Hochzeits-Elvis führt durch die Zeremonie – es ist Rob von UR-EL in einem weiß-goldenen Overall mit silbernem Gürtel und lilafarbenem, silberbesterntem Umhang. Dann ist da ein Trio singender Elvisse, das zwischendurch Musicalsongs zum Besten gibt, unterstützt von Playback aus einem Lautsprecher, den man hinter einem der Blumenkörbe versteckt hat. Charmaine hat die Blumen für die Kapelle selbst ausgesucht – sie hat sich für die Vergissmeinnicht-Variante entschieden, eine blassblaue Mischung mit rosa Miniaturrosenbüscheln, und es sieht einfach entzückend aus. Die Sonne scheint, aber das tut sie immer in Vegas, egal was sonst auf der Welt passiert.

Als besonderen Leckerbissen gibt es eine Fünfergruppe Marilyns in schulterfreien rosa Taftkleidern wie in der Tanznummer aus *Blondinen bevorzugt*, wo die Monroe das Diamantenlied singt, nur ohne die lange Schleppe. Die Marilyns lächeln, als könnten sie ihr Glück kaum fassen, und genau das will man auf einer Hochzeit, und mangels Verwandter hat Charmaine die fünf Damen gebucht. Man bekommt wirklich was für sein Geld, sie jubeln und lachen und werfen Reis auf alle vier, und am Ende fängt eine der Marilyns sogar Auroras Brautstrauß.

Charmaine hat keinen Brautstrauß, weil sie ja nicht in dem Sinne heiratet, obwohl es sich für sie so anfühlt, aber sie hat einen Strauß rosa Rosen, was fast dasselbe ist. Sie trägt ein rosa-blau geblümtes Kleid und Stan ein Hemd mit Pinguinen, das hat sie im Internet gefunden. Es ist sentimental, aber sie ist ja auch eine sentimentale Person.

Beim Hochzeitsempfang gibt es Champagner auf einer geräumigen Terrasse mit Sonnenbereich und Schattenbereich und einem Brunnen, auf dem drei Seejungfrauen mit Mikros in der Hand sitzen, wie eine Backgroundgruppe, drei gitarrespielende Surfer und drei Putten, die Wasser aus einem Fisch gießen, und über alledem prangt ein steinerner Elvis-Kopf mit Elvis-Lächeln. Irgendwer hat ihm eine Blumengirlande um den Hals gehängt. Alles perfekt aufeinander abgestimmt! *Gott steckt im Detail*, wie Oma Win immer zu sagen pflegte.

Charmaine ist superglücklich. Die dunkle Seite, die so lange in ihr war, scheint überhaupt nicht mehr vorhanden. Es ist, als hätte jemand einen Radiergummi genommen und den Schmerz dieser Erinnerungen einfach wegradiert. Es ist nicht so, dass sie sich an die Dinge, die passiert sind, nicht mehr erinnern könnte – die Dinge, an die zu denken Oma Win ihr immer abgeraten hatte. Sie kann sich daran noch erinnern, aber nur wie man sich an ein Bild oder einen Albtraum erinnert. Die Dinge haben keine Macht mehr über sie. Es muss etwas sein, was die Ärzte getan haben, als sie ihr den Kopf reparierten, damit sie Stan lieben würde, nur Stan und sonst niemanden. Es war die andere Charmaine, die Charmaine der Dunkelheit, die Stan betrogen hatte, und diese Charmaine ist für immer verschwunden. Einfach erstaunlich, was ein Laser alles kann!

Sie konnte sogar zusehen, wie Max oder Phil mit Aurora verheiratet wurde, ohne auch nur einen Hauch von Sehnsucht oder Eifersucht zu verspüren. Und beim Empfang, als die Bräute geküsst wurden, gab Max ihr einen zahmen Wangenkuss, und während sie früher bei der kleinsten Berührung wie ein Eis am Stiel in der Mikrowelle dahingeschmolzen wäre, lässt es sie jetzt völlig kalt; es war mehr wie eine Fliege, die sich gedankenlos verscheuchen lässt. All die Dinge von damals, aus dieser Zeit, als sie so verrückt nach ihm war – *verrückt* ist der richtige Ausdruck –, sind verblasst. Es ist, als hätte sie unter einem Bann gestanden und als wäre plötzlich alles verpufft. Sie erinnert sich klar, aber entfernt an diese Intermezzos, und auch gern, fast wie an die Albernheiten aus der Kindheit, wenngleich nicht aus ihrer eigenen. Sie war nie albern. Sie hatte immer zu viel Angst.

Da ist Max oder Phil mit Aurora; er steht unter einem der Sonnenschirme, hat Aurora gegen einen der Tische gedrängt und seine Arme um sie geschlungen, er quetscht sich mit dem Oberkörper gegen sie, er küsst ihr den Hals. Offensichtlich kann er es kaum erwarten, mit ihr ins Bett zu steigen, ihr mit seinen geübten Händen über das gestraffte Gesicht zu streichen. Charmaine gräbt tief in ihrem Herzen, und alles, was sie finden kann in der Abteilung »Max«, sind die besten Wünsche für Aurora. Max verfolgt sie mit seinen Blicken überallhin, trotz ihres Aussehens. Immerhin sieht sie besser aus als vorher, weil sie vor Freude strahlt, und am Ende zählt ja vor allem die innere Schönheit. Meistens. Manchmal. Und auch Max muss glücklich sein! Einfach glücklich!

Da drüben bei dem Brunnen mit den Putten ist Stan mit zwei Marilyns, die ihn mit Hochzeitstorte füttern. Die weiße Torte ist verziert mit rosa und blauen Singdrosseln aus Zuckerguss, die Schleifchen und Rosengirlanden im Schnabel und mit den Füßen halten – hat sie passend zur Gesamtdeko bestellt. Sehr kompliziert, aber Charmaine hat es mit einem 3-D-Drucker machen lassen.

Die Marilyns übertreiben es ein bisschen mit ihrer Nummer, und in diesen schulterfreien rosa Taftkleidern kann man ihnen tief in den Ausschnitt gucken, was Stan auch tut, aber man kann ihm keinen Vorwurf machen, denn warum steht etwas im Regal, wenn nicht, um es sich anzusehen?

Es wird Zeit, einzugreifen. Zügig spaziert sie zu ihnen rüber. »Danke, dass ihr so gut auf meinen wunderbaren Mann aufpasst«, sagt sie und hakt Stan unter. Dann sieht sie, dass eine der Marilyns Veronica ist, wenn auch mit weißblonder Perücke, und wie jeder weiß, kann Veronica nur ihren blauen Bären lieben, das arme Ding, so wie Charmaine nur Stan lieben kann – die Teddybär-Story war überall im Fernsehen, Veronica ist inzwischen ziemlich prominent –, also ist das in Ordnung.

»Veronica!«, sagt sie. »Du hier?«

»Das hätte ich mir nicht entgehen lassen«, sagt Veronica. »Ich wollte das Happy End erleben. Du erinnerst dich doch noch an Sandi, oder?«

»Sandi!«, ruft Charmaine und umarmt sie. Als sie Sandi das letzte Mal begegnet ist, war sie in Handschellen und Fußfesseln. »Oje! Bin ich froh, dass du lebend rausgekommen bist! Ich hab dich im Fernsehen gesehen! Es ist wie ein Wunder!«

»Ja, es war knapp«, sagt Sandi. »Die hatten mir eine Kapuze übergezogen und mich gerade aus der Zellentür geschleift; inzwischen denke ich, ich sollte zur Organspende gebracht werden, obwohl mir das in dem Moment nicht klar war. Dann wurde auf einmal telefoniert, es war Jocelyn, die sagte, die sollen die Notbremse ziehen, es wär' 'ne Enthüllungsstory rausgekommen und Ed hätte sich mit dem ganzen Geld aus dem Staub gemacht. Die beiden Wärterinnen haben mich einfach fallen lassen und sind abgehauen, und dann hab ich mich hochgerappelt und bin rausgerannt, und die Tore waren offen und alle waren so: *Nix wie raus!* Totales Verkehrschaos! Ich hab mir voll den Ellenbogen geprellt.

Aber was soll's! Ich will mich nicht beschweren! Ich bin noch in einem Stück, ich bin kein Schaschlik.«

»Ich erklär ihr immer wieder, dass sie ihr bestimmt keine Organe entnommen hätten«, sagt Veronica. »Dazu ist sie viel zu süß. Sie hätten sie hier nach Vegas verfrachtet und operieren lassen. Am Ende wär sie bei irgendeinem reichen alten Sack gelandet und hätte nach seiner Pfeife tanzen müssen.«

»Genau wie im Fucktank«, sagt Sandi. »Nur mit Gefühl.«

»Und mit viel mehr Kohle«, sagt Veronica, und beide lachen.

Sandi hebt das Champagnerglas. »Auf die alten Zeiten«, sagt sie. »Mögen sie in der Hölle schmoren!«

Die Marilyns steuern auf den Champagnertisch zu, um sich die Gläser auffüllen zu lassen, und Charmaine nimmt Stan in die Arme und drückt ihn an sich. »Ach, Stan«, sagt sie. »Das alles ist so wunderbar! Wir haben doch wirklich Glück gehabt, oder?« Stan drückt sie ebenfalls, aber er ist nicht bei der Sache. Er wirkt benommen, oder es liegt am Champagner. Er hat ihn wie Limo in sich hineingeschüttet, mehr als genug getrunken. Aber morgen ist er wieder topfit, denkt Charmaine. Es hat sich alles zum Besten gewendet, *denn was vorbei ist, ist vorbei, und Ende gut, alles gut*, wie Oma Win zu sagen pflegte. Nicht dass das jetzt das Ende wäre. Nein, es ist der Anfang, ein Neuanfang. Der Anfang, wie er eigentlich hätte sein sollen. Nicht jeder bekommt so eine Chance.

Ein leiser Zweifel bleibt dennoch. Zählt sie überhaupt, ihre Liebe zu Stan, wenn sie keine andere Wahl hat? Ist es richtig, dass sie das Glück ihrer Ehe gar nicht den eigenen Anstrengungen, sondern einer Gehirnoperation verdankt, der sie nicht einmal zugestimmt hat? Nein, das scheint nicht ganz richtig. Aber es *fühlt* sich richtig an. Und das kann sie kaum fassen – wie richtig sich das alles anfühlt.

Es war Jocelyn, die die ganze Feier finanziert oder zumindest für die Finanzierung gesorgt hat. Aber trotz Charmaines Drängen war

Jocelyn nicht zur eigentlichen Trauung gekommen. »Ich habe keine Lust, die böse Hexe beim Königsfest zu spielen«, das hatte sie gesagt. In Wirklichkeit war Charmaine erleichtert, denn bei allem, was Jocelyn für sie und Stan getan hatte, gab es zugegebenermaßen einige Dinge, die nicht jeder als positiv einstufen würde. Zum Beispiel, dass sie ständig über Stan hergefallen ist. Aber Charmaine trägt Jocelyn nichts nach, das steht ihr nicht zu. Und am Ende gleicht sich alles aus, so als hätte man nichts auf dem Konto und keine Schulden.

Aber jetzt ist Jocelyn hier, sie geht hinaus auf die Terrasse. Zum Empfang ist sie also gekommen, wie angedeutet. Sie trägt Malve, was nicht dasselbe ist wie Rosa und Blau, aber immerhin beißen sich die Farben nicht. Charmaine freut es, dass Jocelyn sich darüber Gedanken gemacht hat und auf eine geschmackvolle Lösung gekommen ist.

Stans verstörender Bruder Conor steht neben ihr, er trägt eine dieser verspiegelten Brillen und kommt sich damit megacool vor, und daneben stehen seine drei kriminellen Freunde. Nein, nicht kriminell, dieses Wort will Charmaine nicht benutzen. *Ungewöhnlich.* Das ist ein besseres Wort, denn Conor und diese Männer haben sie vor Ed gerettet, wie könnte sie sie also jemals als Kriminelle bezeichnen, auch wenn sie in ihrem normalen Leben genau das sind? Wobei Conor ihrer Meinung nach für Stan schon immer ein schlechter Einfluss war. Oder zumindest damals, als die beiden noch jünger waren. Heute wirkt er reifer, denkt sie. Vielleicht lernt er irgendwann mal eine weise ältere Frau kennen, die ihm hilft, ein produktives Mitglied der Gesellschaft zu werden. Das wünscht sie sich für ihn an diesem wundervollen Tag; in jedem Menschen sollte man etwas Gutes sehen.

Charmaine macht sich von Stan los, damit er und Conor und die ungewöhnlichen Freunde sich in Ruhe auf den Rücken klopfen und Faustchecken und ihre Namen sagen können. »Con!« »Stan!« »Rikki!« »Jerold!« »Budge!« Als würden sie immer noch nicht wissen, wie sie heißen. Aber das ist ein Männerding, da kam mal was drüber im Fernsehen, das ist wie »Herzlichen Glückwunsch« sagen oder so ähnlich. Jetzt bewegen sie sich hinüber zum Champagnerausschank, obwohl Stan wirklich nicht noch mehr trinken sollte, sonst ist er nachher zu betrunken, um das zu machen, worauf sie hofft, wenn sie endlich in ihrem Hotelzimmer sind und sie schön heiß geduscht und sich mit den flauschigen weißen Handtüchern abgetrocknet und von Kopf bis Fuß mit Mandelduft-Bodylotion eingecremt hat.

Und wenn Conor und seine Kumpels erst mal was intus haben, wird Conor überlegen, dass er die Braut küssen will, und er wird auch Charmaine küssen wollen; er wird ihr ein paar aggressive Knutscher aufdrücken wollen, nur um Stan zu ärgern. Sie sollte Aurora vor Conor warnen – so wie Max drauf ist, jetzt, wo er ernsthaft verliebt ist, könnte er entschieden etwas dagegen haben, dass ein anderer Mann Aurora anrührt, und es könnte zu einem Handgemenge kommen, bei dem Max keine Chance hätte, denn es wären vier gegen einen, oder gar fünf, wenn man Stan mitzählt, und Max würde eine Faust ins Gesicht kriegen und mit seiner blutverschmierten Nase mindestens die Torte oder die Blumengestecke besudeln, und das würde diesen wunderschönen, perfekten Tag ruinieren – doch als sie den Blick über die Terrasse schweifen lässt, sieht sie, dass Max und Aurora gar nicht mehr da sind. Die können's ja kaum erwarten, denkt sie ohne den leisesten Anflug von Wehmut. Oder ist da doch ein leiser Anflug? Kann nicht sein, da ihr jeder Anflug von Wehmut und jeder Anflug überhaupt aus dem Kopf gelasert wurde. Alle Anflüge schlechthin.

Sie beschließt, davonzuschlendern, möglichst weit hinter den Brunnen, wo Conor sie nicht mehr sehen kann, denn: aus den Augen, aus dem Sinn. Jocelyn begleitet sie.

»Na dann, Glück und heitere Liebestage nach Herzenswunsch«, sagt sie.

»Ja, so wird es sein«, sagt Charmaine. Jocelyn sagt manchmal seltsame Sachen. »Auf mich und Stan trifft das wirklich zu.«

»Gut«, sagt Jocelyn. »Ich habe ein Hochzeitsgeschenk für Sie.

Aber ich werde es Ihnen erst in einem Jahr überreichen. Es ist nämlich noch nicht fertig.«

»Oh, ich liebe Überraschungen!«, sagt Charmaine. Stimmt das? Nicht immer. Manchmal kann sie Überraschungen nicht leiden. Die überfallartigen aus der Dunkelheit, die mag sie nicht. Aber so wird Jocelyns Überraschung bestimmt nicht sein.

»Wie kann ich Ihnen nur danken«, sagt sie, »für alles, was Sie für uns getan haben. Für mich und Stan.«

Jocelyn lächelt. Ist das ein echtes Lächeln, warm und freundlich, oder ein leicht gruseliges Lächeln? Charmaine fällt es schwer, Jocelyns diverse lächelnde Gesichter zu deuten. »Danken Sie mir später«, sagt Jocelyn. »Wenn Sie wissen, was es ist.«

Dann, nach dem Händeschütteln und den Abschiedsworten und nachdem Conor Charmaine doch noch geküsst hat, aber nur auf die Wange, steigen Jocelyn und Conor und die anderen Männer in einen schwarzen Nobelschlitten mit getönten Scheiben und fahren davon.

Charmaine steht mit Stan da, sie hat ihn untergehakt und winkt dem Auto hinterher, bis es nicht mehr zu sehen ist. »Glaubst du, die haben was miteinander?«, fragt sie. »Conor und Jocelyn?« Das würde ihr gar nicht schlecht gefallen, denn so würde Jocelyn nicht unbemannt durch die Gegend pirschen und käme weniger schnell auf die Idee, sich an Stan zu vergreifen. Charmaine ist Jocelyn zwar dankbar, aber sie traut ihr nach all den Lügen und Tricksereien noch immer nicht über den Weg.

»Da würde ich drauf wetten«, sagt Stan. »Con hatte schon immer 'ne Schwäche für abgebrühte Frauen. Er sagt, für ihn wär das 'ne Herausforderung, außerdem wüssten die genau, wo's langgeht, und sie hätten mehr Umdrehungen.«

Umdrehungen, das ist ein Begriff aus der Automechanik, das weiß Charmaine. Sehr höflich ist es nicht. »Sehr höflich ist das nicht«, sagt sie. »Frauen sind doch keine Autos.«

»So redet Con aber nun mal«, sagt Stan. »Unhöflich. Auf jeden Fall machen die beiden Geschäfte miteinander.«

»Was denn für Geschäfte?«, fragt Charmaine. Es müsste ja irgendwas sein, was beide gut können, bluffen zum Beispiel. Vielleicht arbeiten sie für die Casinos. Wie lange das wohl schon geht, fragt sie sich, also falls sie was miteinander haben.

»Ich würde sagen, ihre Geschäfte geh'n uns nichts an«, sagt Stan.

XV   DORTHIN

DORT

Stan hat einen neuen Job. Er ist der Empathiemodul-Mann in der neu eröffneten Potentibots-Zweigstelle Las Vegas. Dafür zuständig, das Elvis-Grinsen zu perfektionieren, was bisher noch nicht ganz gelungen war: zu fest, und es wird zu einem Zähnefletschen, zu locker, und es wird zu einem Sabbern; über beides hat es schon Beschwerden gegeben. Aber Stan ist kurz davor; er wird diese Sache wuppen! Und sobald er das abgehakt hat, ist er schon für die Marilyns gebucht; das Schmollen braucht noch etwas Feintuning.

Es ist Wochenende, also ist er zu Hause und schneidet die Kaktushecke, seine eigene Kaktushecke. Mit seiner eigenen Heckenschere; er sorgt dafür, dass sie immer messerscharf ist. Auf dem Rasen – seinem Rasen, oder besser, ihrem gemeinsamen Rasen, der eigentlich Kunstrasen ist wegen der Bewässerungsrestriktionen in Vegas – liegt die kleine Winnie, schon drei Monate alt, auf einer Decke mit süßen kleinen Entchen und gluckst vor sich hin. Stan war verwundert, dass sie Winifred heißen sollte – ihr Kosename würde doch viel zu sehr nach dem Kinderbuch-Bären klingen, und in der Schule würde man sie Pu nennen und aufziehen –, aber Charmaine sagte, der Name sei zu Ehren ihrer Großmutter Win, denn was wäre geschehen, wenn sie nicht gewesen wäre? Also: Kommt Zeit, kommt vielleicht Rat, und notfalls könnten sie dann immer noch auf Winnies Zweitnamen Stanlita zurückgreifen. Charmaine hat darauf bestanden; sie sagte, der Name sei ein Denkmal für ihre unsterbliche Liebe. Stan sagte, den Namen Stanlita gebe es doch gar nicht, Charmaine widersprach, er guckte im Internet nach und verdammt noch mal, sie hatte auch noch recht.

Im Schatten eines Sonnenschirms sitzt Charmaine im Liegestuhl und strickt an einer kleinen Mütze für das hoffentlich bald folgende nächste Baby, ohne Winnie dabei aus den Augen zu lassen. Schon einige Male seien Babys spurlos verschwunden, hatte es in den Nachrichten geheißen, und Charmaine sorgt sich, dass die Babys wegen ihres kostbaren jugendverheißenden Blutes gestohlen werden. Stan meint, in ihrem Teil der Stadt sei das eher unwahrscheinlich, aber Charmaine sagt, man wisse es nie, und Vorsicht sei besser als Nachsicht.

Auch Stan behält sie im Blick, denn sie hat ein bisschen Angst, er könnte streunen gehen und sich in Abenteuer verwickeln, egal ob mit oder ohne räuberische Frauen. So besitzergreifend war sie früher nie, aber seit diese Sache mit ihrem Kopf gemacht wurde, ist sie es auf einmal. Stans Mikromanager. Erst war er geschmeichelt, aber an manchen Tagen kommt er sich ein bisschen beobachtet vor.

Auch macht ihm die Tatsache zu schaffen, dass Charmaine mal bereit war, ihn zu töten, egal wie viel Tränen sie deswegen vergossen hat. Die Geschichte – die Jocelyn ihm später weiszumachen versuchte –, ging so, dass Charmaine die ganze Zeit gewusst habe, alles sei nur Theater, und jetzt tun beide so, als glaubten sie es. Aber er kauft es ihr nicht ab; es war ihr Ernst gewesen.

Nicht dass er es gegen sie verwenden könnte. Und auch ihre Affäre mit Max gibt ihm keine Handhabe, denn dank Jocelyn hat Charmaine die Gegenwaffe, nämlich seine Affäre mit Jocelyn. Er könnte sagen, er sei dazu gezwungen worden, aber das wird nicht ziehen: Charmaine würde nur dasselbe von sich behaupten: Ich konnte nichts dafür und so weiter. Außerdem weiß Charmaine von seiner Jagd auf die imaginäre Jasmine, was ihm extrem peinlich ist: Ein Frauenheld zu sein ist eine Sache und hat ja schon fast was Respektables, aber ein Idiot zu sein ist einfach nur erbärmlich. Was Untreue anbelangt, sind sie absolut quitt, darüber herrscht stillschweigende Übereinkunft.

Andererseits war sein Sexleben noch nie so gut. Teilweise liegt das an dieser Feinjustierung, die sie mit Charmaines Hirn vorgenommen haben, wobei es auch mit seinem Repertoire an verbalen Ermutigungen zusammenhängen muss. Sie stammen unmittelbar aus den Videos von Charmaine und Max, die er mit Jocelyn zusammen gucken musste, und obwohl es damals die Hölle war, ist er ihr heute dankbar, denn er braucht nichts weiter zu tun als einen dieser Sprüche rauszukramen – *Dreh dich um, knie dich hin, sag mir, was du für ein kleines Luder bist* –, und Charmaine ist wie Sahnetoffee in seinen Händen. Sie macht alles, sie sagt alles; sie ist alles, nach dem er sich bei der imaginären Jasmine gesehnt hat, und noch mehr. Es stimmt schon, der Ablauf ist inzwischen ein wenig vorhersehbar, aber was soll er sich beschweren. Das wäre ja so, als würde man sich beschweren, dass das Essen zu gut schmeckt. Was soll denn das für 'ne Beschwerde sein?

GESCHENK

Charmaine lässt sich die Sonne auf den Pelz scheinen, wie eine Seerobbe. Oder wie ein Wal. Wie ein Nilpferd. Wie ein Tier in der Sonne jedenfalls. Selbst das Stricken klappt jetzt besser, wo sie weiß, für wen sie strickt. Sie hat für Winnie einen Bären gestrickt, wenn auch keinen blauen, sondern einen grünen, und die Augen hat sie vorsichtshalber gestickt, damit das Kind nicht aus Versehen irgendetwas verschluckt. Und dieses Mützchen wird so süß, wenn es fertig ist.

Was für ein wunderschöner Tag! Aber alle Tage sind wunderschön. Sie ist so dankbar, dass sie diese Korrektur am Gehirn hatte, denn ihr Leben lässt nichts mehr zu wünschen übrig; sie hat gelernt, die Dinge viel mehr zu würdigen als früher, selbst wenn irgendetwas schiefgeht, wenn zum Beispiel, wie gestern, das Abflusswasser in den Trockner hochspritzt, in dem auch noch eine volle Ladung Wäsche drin ist. Früher wäre ihre Laune richtig im Keller gewesen. Aber nachdem der Klempner da war und den Schlauch repariert hatte, hat sie die Ladung mit einer Extraportion Lavendelduft-Weichspüler einfach noch mal gewaschen, und sie war wie neu. Und das ist gut so, denn ihre weiße Bauernbluse mit den Rüschen war auch darunter, und die will sie zum Treffen der Positron-Überlebenden anziehen. Sandi und Veronica kommen auch, und sie werden sich viel zu erzählen haben. Beiden geht es gut, nach ihren Websites zu urteilen. Sandi macht Hairweaving, sie hat wirklich ein Händchen dafür, und Veronica arbeitet für eine Redneragentur, reist durch die Gegend und hält Vorträge darüber, wie man mit seiner sexuellen Orientierung umgehen soll, wenn man damit nicht in gesellschaftliche Schablonen passt. Erst letzte Woche sprach sie vor einer Gruppe von Schuhfetischisten, und statt Blumen oder einer Plakette oder was auch immer schenkten sie ihr ein Paar supersüße blaue Peeptoes mit gigantisch hohen Absätzen. Charmaine kann solche Schuhe nicht mehr tragen, wegen ihrer Achillessehne. Vielleicht wird sie doch langsam alt.

Max und Aurora sind vielleicht auch dort. Sie hat keine Ahnung, was die beiden so machen. Irgendwo zwischen den Polstern ihrer warmen Wünsche, die sie ihnen bei jeder Gelegenheit in Gedanken sendet, steckt noch eine piksende kleine Nadel. Oder wenn sie an Max denkt. Und sie denkt noch an ihn, von Zeit zu Zeit. Irgendwie. Was eigentümlich ist, denn diese Gefühle für Max müssten doch eigentlich gelöscht sein.

Woran sie nicht zu denken versucht, ist ihre frühere Arbeit, damals in ihrem anderen Leben im Positron-Gefängnis. Wenn man aus Gründen, die angeblich gut sind, schlimme Dinge tut, macht einen das dann zu einem schlimmen Menschen? Zu viel darüber nachzudenken könnte alles zerstören, und das wäre egoistisch. Also versucht sie, diese Seite der Dinge aus ihrem Kopf zu verbannen.

Stan schaltet die Heckenschere aus. Er schiebt die Sichtblende hoch, die er wegen der herumfliegenden Kaktusdornen tragen muss, zieht seine Arbeitshandschuhe aus und wischt sich über die Stirn. »Stan, Schatz, möchtest du ein Bier?«, ruft Charmaine. Sie selbst trinkt keinen Alkohol, das wäre nicht gut wegen Winnie.

»Gleich«, sagt er. »Nur noch einen halben Meter.« Charmaine denkt, sie sollten vielleicht die Kaktushecke entfernen und dafür einen geflochtenen Holzzaun aufstellen, aber Stan ist für die Idee nicht zu haben. Er sagte, was nicht kaputt sei, müsse man nicht reparieren. Eigentlich sagte er: *muss man verdammt noch mal nicht reparieren*, und sie solle aufhören, ihn damit zu nerven. Wollte sie ja gar nicht, aber sie ließ es dabei bewenden. Soll er glauben, was er glauben will, denn wenn er schlecht gelaunt ist, will er keinen Sex, und der Sex ist der Hammer, viel besser als vorher; wie könnte es anders sein, jetzt, wo ihr Gehirn wie neugeboren ist?

Stan wird im Alltag manchmal etwas ungeduldig mit ihr. Obwohl alles so wundervoll ist. Er steht beruflich ziemlich unter Druck. Auch Charmaine will sich einen Job suchen, bald, vielleicht Teilzeit, denn es ist gut, auch mal ein bisschen Anerkennung aus dem richtigen Leben zu bekommen.

Ein dunkles Hybridauto hält vor dem Haus. Jocelyn steigt aus. Sie scheint allein zu sein.

Stan zieht seinen Schutzschirm vors Gesicht, schaltet die Heckenschere an und dreht ihr den Rücken zu. Das ist in Ordnung, denkt Charmaine: Es bedeutet, dass er kein Interesse an Jocelyn hat, obwohl sie ihre Beine so zur Schau stellt.

»Jocelyn!«, sagt Charmaine, während Jocelyn über den Kunstrasen auf sie zukommt. »Das ist ja eine Überraschung! Schön, Sie zu sehen!« Sie legt das Strickzeug zur Seite und wedelt in ihrem Liegestuhl mit den Armen.

Jocelyn trägt ein modisches dunkelgraues Leinenkleid, weiße Sandalen mit Blockabsatz und einen Sonnenhut mit breiter weicher Krempe. »Bleiben Sie sitzen«, sagt sie. »Süßes Baby.« Ihr ist anzumerken, dass sie kein großes Interesse hat, sonst hätte sie Winnie hochgehoben und *Dutzidutzi* oder irgendetwas Normales in dieser Art gemacht. Aber Winnie könnte ihr ja auf das teure Outfit spucken, und das würde ihre Beziehung nicht besser machen. Nicht dass sie eine hätten: Seit der Hochzeit haben sich Charmaine und Jocelyn nicht mehr gesehen. Sie und Conor sind in Washington und machen da irgendetwas Supergeheimes. Zumindest ist es das, was Stan von Conor weiß.

»Kann ich Ihnen was Kaltes zu trinken anbieten?«, fragt Charmaine pflichtbewusst.

»Ich kann nicht lange bleiben«, sagt Jocelyn. »Ich wollte Ihnen nur Ihr Hochzeitsgeschenk vorbeibringen.«

»Oh«, sagt Charmaine erwartungsvoll. »Wie schön!« Aber was kann es sein? Jocelyn hat kein Päckchen dabei. Vielleicht ist es ein Scheck, das wäre nett, wenn auch etwas geschmacklos. Charmaines Meinung nach ist ein persönlich ausgesuchter Gegenstand besser. Wenn auch nicht immer.

»Es ist kein Gegenstand«, sagt Jocelyn. Charmaine muss plötzlich daran denken, wie Jocelyns Kopf in einem Monitor war. Damals dachte sie, der Kopf könne ihre Gedanken lesen, und hier war Jocelyn nun und tat genau das, nur dass ihr Kopf nicht in einem Monitor war.

»Es ist eine Information, die Sie betrifft.«

»Mich?«, fragt Charmaine bestürzt. Ist das wieder einer ihrer Tricks, ist das irgendeine Sache, um sie zu erpressen, wie mit diesen Videos damals von ihr und Max? Aber die waren ja angeblich vernichtet worden.

»Sie können wählen«, sagt Jocelyn. »Ob Sie es hören wollen oder nicht. Wenn Sie es hören, werden sie freier sein, aber weniger sicher. Wenn Sie es nicht hören, werden Sie sicherer sein, aber weniger frei.« Sie verschränkt die Arme und wartet.

Charmaine muss nachdenken. Wie könnte sie noch freier sein? Sie ist doch schon so frei. Und sicher ist sie auch, solange Stan seinen Job hat und sie Stan hat. Aber sie kennt sich gut genug, und ihr ist klar, wenn Jocelyn geht, ohne es ihr zu erzählen, wird sie sich ewig den Kopf darüber zerbrechen, was es gewesen sein mag.

»Okay, sagen Sie's mir.«

»Einfach nur Folgendes«, sagt Jocelyn. »Sie haben die Operation nie gehabt. Diese Gehirn-OP.«

»Das kann nicht sein«, sagt Charmaine ausdruckslos. »Das kann nicht sein! Es ist alles so anders seitdem!«

»Das menschliche Hirn lässt sich unendlich leicht beeinflussen«, sagt Jocelyn.

»Aber. Aber jetzt liebe ich Stan so sehr«, sagt Charmaine. »Ich *muss* ihn lieben, weil das mit mir gemacht wurde! Es ist wie bei den Ameisen oder so. Wie bei einem kleinen Entchen! Das haben die mir gesagt!«

»Vielleicht haben Sie Stan ohnehin geliebt«, sagt Jocelyn. »Vielleicht brauchten Sie nur etwas Unterstützung.«

»Das ist nicht fair«, sagt Charmaine. »Es war doch alles unter Dach und Fach!«

»Nichts ist je unter Dach und Fach«, sagt Jocelyn. »Jeder Tag ist anders. Ist es nicht besser, etwas zu tun, weil man sich dazu entschieden hat? Und nicht, weil man es muss?«

»Nein«, sagt Charmaine. »Die Liebe funktioniert nicht so. Wenn's um die Liebe geht, kann man sich nicht bremsen.« Sie will diese Hilflosigkeit, sie will …

»Sie bevorzugen Zwang? Pistole an die Brust, sozusagen?«, fragt Jocelyn lächelnd. »Sie wollen, dass Ihnen die Entscheidungen abgenommen werden, damit Sie für Ihre Taten nicht verantwortlich sind? Das kann verlockend sein, wie Sie wissen.«

»Nein, nicht direkt, aber …« Charmaine wird eine Weile brauchen, um die Sache zu durchdenken. Da ist eine offene Tür, und auf der anderen Seite steht Max. Nicht Max als solcher, denn sein Hirn ist ja wirklich behandelt worden, er ist jetzt an Aurora gebunden, und er wird ihr für immer treu sein, nicht dass Charmaine Aurora das nicht gönnte, denn in ihrem früheren Leben hat sie so viel gelitten, da hat sie ein bisschen Rausch und Ekstase verdient, so wie …

Egal. Es ist besser, sich nicht zu lange mit Details aufzuhalten. Was gestern war, war gestern.

Also nicht Max selbst, aber ein Anflug von Max. Ein »Max-ähnlicher« Mensch. Jemand, der nicht Stan ist, wartet auf sie in der

Zukunft. Das wäre ja total destruktiv! Warum denkt sie überhaupt darüber nach? Vielleicht sollte sie mal in Therapie gehen. »Natürlich nicht!«, sagt sie. »Aber ich brauche …«

»Machen Sie damit, was Sie wollen«, sagt Jocelyn. »Ich bin nur der Bote. Oder, wie man vor Gericht, sagt: Sie sind frei, Sie können gehen. Vor Ihnen liegt die große weite Welt, wo Sie sich den Ruheplatz selbst wählen können.«

»Wie meinen Sie das?«, fragt Charmaine.

DANK

Mein erster Dank geht an Amy Grace Loyd, Herausgeberin beim Internetmagazin *Byliner*, wo eine erste Folge dieser Geschichte erschienen ist. Daraus ergaben sich drei weitere Folgen unter dem Titel »Positron«, die zwischen 2012 und 2013 im *Byliner* erschienen. Amy war außerdem so freundlich, *Das Herz kommt zuletzt* zu lesen und einige Vorschläge zu machen. Wer hätte das besser gekonnt als sie, die von Anfang an mit der Geschichte vertraut war?

Dank an meine Lektorinnen: Ellen Seligman von McClelland & Stewart, Penguin Random House (Canada); Nan Talese von Nan A. Talese/Doubleday, Penguin Random House (USA); Alexandra Pringle von Bloomsbury (UK). Und an meine Korrektorin Heather Sangster von *strongfinish.ca*.

Dank auch an meine Erstleser: Jess Atwood Gibson, die stets sehr gründlich liest; Phoebe Larmore, meine Agentin für Nordamerika, sowie meine Agentinnen für Großbritannien: Vivienne Schuster und Karolina Sutton von Curtis Brown.

Dank an Betsy Robbins und Sophie Baker von Curtis Brown, die für Auslandslizenzen zuständig sind. Dank an Ron Bernstein von ICM. An LuAnn Walther von Anchor; Lennie Goodings von Virago und an die vielen Agenten und Herausgeber auf der ganzen Welt. Dank auch an Alison Rich, Ashley Dunn, Madeleine Feeny, Zoe Hood und Judy Jacobs.

Dank an meine Büroassistentin Suzanna Porter und an Penny Kavanaugh; außerdem an V. J. Bauer, Designer meiner Website *margaretatwood.ca*. Auch an Sheldon Shoib und Mike Stoyan. Und an Michael Bradley und Sarah Cooper, Coleen Quinn und Xiaolan Zhao und an Evelyn Heskin; an Terry Carman und die Shock Doctors dafür, das Licht angelassen zu haben. Und Dank an den Buchladen Book Hive im englischen Norwich, aus bekannten Gründen. Mein besonderer Dank geht schließlich an Graeme Gibson, der, wiewohl immer eine Inspiration, keiner der Figuren in diesem Buch Pate gestanden hat. Und das ist auch gut so.

»Am Ende werden wir alle zu Geschichten.«

Margaret Atwood

Margaret Atwood

Der Report der Magd

Roman

Aus dem kanadischen Englisch von
Helga Pfetsch
Piper Taschenbuch, 416 Seiten
€ 12,00 [D], € 12,40 [A]*
ISBN 978-3-492-30327-9

Die provozierende Vision eines totalitären Staats, in dem Frauen keine Rechte haben: Die Dienerin Desfred besitzt etwas, was ihr alle Machthaber, Wächter und Spione nicht nehmen können, nämlich ihre Hoffnung auf ein Entkommen, auf Liebe, auf Leben ... Margaret Atwoods »Report der Magd« wurde zum Kultbuch einer ganzen Generation.

»Mit ›Der Report der Magd‹ hat sich Margaret Atwood in die Nachfolge von Aldous Huxley und George Orwell hineingeschrieben.« Der Spiegel

PIPER

»Das mit Abstand aufregendste Buch
der kanadischen Meisterautorin.«

Margaret Atwood

alias Grace

Roman

Aus dem kanadischen Englisch von
Brigitte Walitzek
Piper Taschenbuch, 624 Seiten
€ 14,00 [D], € 14,40 [A]*
ISBN 978-3-492-31347-6

Toronto, 1843: Das junge, schöne Dienstmädchen Grace
wird mit sechzehn Jahren des Doppelmordes an ihren Arbeit-
gebern schuldig gesprochen. Jahre verbringt sie hinter Gittern, bis man sie schließlich entlässt. Im Haushalt des An-
staltsdirektors begegnet sie dem Nervenarzt Simon, der sich
prompt in sie verliebt. Ist Grace wirklich eine gemeingefähr-
liche Verbrecherin oder doch unschuldig?

PIPER

Geduld ist die Mutter des Sieges.

Margaret Atwood

Die Zeuginnen

Roman

Aus dem Englischen von
Monika Baark
Piper Taschenbuch, 576 Seiten
€ 12,00 [D], € 12,40 [A]*
ISBN 978-3-492-31665-1

»Unsere gemeinsame Zeit wird jetzt beginnen, lieber Leser. Womöglich wirst du diese Seiten, die ich verfasst habe, als zerbrechliche Schatztruhe betrachten, die man mit äußerster Vorsicht öffnen muss. Womöglich wirst du die Seiten zerreißen oder verbrennen: nicht selten geschieht das mit Worten.« Margaret Atwood erzählt das hochdramatische Finale ihres Meisterwerk »Der Report der Magd«.

PIPER

Leseproben, E-Books und mehr unter www.piper.de